신조협려

4

신조협려 4 – 협지대자

1판 1쇄 발행 2005. 2. 5.
1판 18쇄 발행 2019. 5. 26.
2판 1쇄 발행 2020. 4. 1.
2판 3쇄 발행 2024. 2. 26.

지은이 김용
옮긴이 이덕옥
발행인 박강휘
편집 임지숙 디자인 박주희 마케팅 정성준 홍보 강원모
발행처 김영사
등록 1979년 5월 17일 (제406−2003−036호)
주소 경기도 파주시 문발로 197(문발동) 우편번호 10881
전화 마케팅부 031)955−3100, 편집부 031)955−3200 | 팩스 031)955−3111

값은 뒤표지에 있습니다.
ISBN 978−89−349−8584−6 04820
       978−89−349−8580−8 (세트)

홈페이지 www.gimmyoung.com   블로그 blog.naver.com/gybook
인스타그램 instagram.com/gimmyoung 이메일 bestbook@gimmyoung.com

좋은 독자가 좋은 책을 만듭니다.
김영사는 독자 여러분의 의견에 항상 귀 기울이고 있습니다.

일러두기
1. 이 책은 김용이 직접 여덟 차례에 걸쳐 수정한 3판본(2003년 12월 출간)을 저본으로 번역했다.
2. 본문에 실려 있는 삽화는 홍콩의 강운행姜雲行 화백이 그린 것이다.

신조협려

神鵰俠侶

김용 대하역사무협

이덕옥 옮김

협지대자

4

我小說裏的武功雖假的, 精神是真
的, 希望讀者們注重正義, 公正, 公平,
重情義, 對父母、兄弟、姊妹、朋友、同
學、愛人、丈夫、妻子要有真正愛心!

敬
韓國讀者諸君
恭賀新年快樂

金庸

내 소설의 무공은 비록 허구이지만 그 정신만은 진실입니다. 독자 여러분은 정의와 공정, 공평을 중시하고, 순수한 감정을 중히 여기길 바랍니다. 그리고 늘 부모와 형제자매, 친구, 동료, 사랑하는 사람, 남편, 아내에게 진정한 애심愛心을 지녀야 합니다.

한국 독자 여러분께
즐거운 새해가 되길 기원합니다.

김용 드림

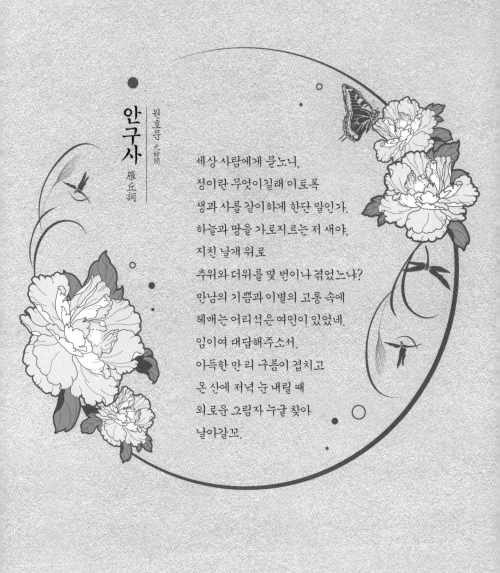

안구사
雁丘詞
원호문 元好問

세상 사람에게 묻노니,
정이란 무엇이길래 이토록
생과 사를 같이하게 한단 말인가.
하늘과 땅을 가로지르는 저 새야,
지친 날개 위로
추위와 더위를 몇 번이나 겪었느냐?
만남의 기쁨과 이별의 고통 속에
헤매는 어리석은 여인이 있었네.
임이여 대답해주소서.
아득한 만 리 구름이 겹치고
온 산에 저녁 눈 내릴 때
외로운 그림자 누굴 찾아
날아갈꼬.

4권

협지대자

俠之大者

| 각권 차례 |

▲ 진중문의 〈심산곡간深山曲澗〉

　　진중문秦仲文은 현대의 산수화가다. 그림 속에 고산준령과 협도심곡이 그려져 있다. 무협소설
에 이러한 지형 배경이 자주 묘사되는데, 양과와 천변오추가 싸운 곳이 이와 비슷했을 것이다.

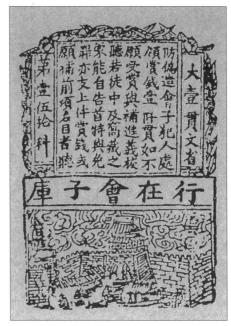

▲ 송대의 술병

이런 빛깔을 영청影青이라 한다.

▶ 남송 회자

동판 인쇄된 것으로 회자會子는 지폐를 말한다. 그림의 회자는 1관貫으로 동전 1,000문文과 같다. 행재行在는 황제의 행궁行宮 소재지로 당시 임안臨安을 뜻하고, '행재회자고行在會子庫'는 바로 행정 수도에 있는 중앙은행을 말한다. 이 소설의 주인공들이 바로 이런 지폐를 사용했을 것이다.

◀ 소림성의 〈황용〉

소림성蕭立聲은 조주潮州 사람으로 현재 홍콩에 거주하며, 주로 나한과 인물화를 그린다. 이 그림은 소 선생이 김용 작가를 위해 그린 그림으로 황용이 타구봉을 들고 있는 모습이다.

▶ 공개의 〈준골도권駿骨圖卷〉

공개龔開는 회음淮陰 사람으로 송 이종理宗 때 양회兩淮 제치사감관制置使監官을 역임했다. 그는 송이 망하자 벼슬을 거부했다. 집안이 워낙 가난해 탁자가 없어서 아들을 엎드리게 한 뒤 등에다 종이를 깔고 그림을 그렸다고 한다. 이 그림은 현재 일본에 소장되어 있다.

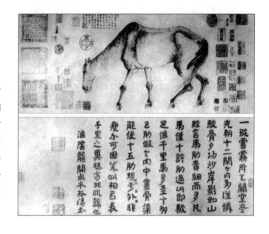

▲ 원나라 사람이 그린 〈수마도瘦馬圖〉

작가 미상. 현재 일본인이 소장하고 있다.

▶ 송대의 판화 〈사미도四美圖〉

중국에서 현존하는 가장 오래된 판화 그림이
다. 러시아 사람이 중국 감숙성甘肅省 흑수성黑
水城에서 발굴해 훔쳐갔다. 현재 러시아 알렉산
드르 3세 박물관에 소장되어 있다. 그림에 있
는 네 명의 미인은 왼쪽부터 반희班姬, 조비연趙
飛燕, 왕소군王昭君, 녹주綠珠라고 한다.

16

殺父深仇

아버지를 살해한 원수

갑자기 서늘한 바람이 휙, 불어왔다. 순간 이막수의 옷이 조각조각 날리며 팔, 어깨, 가슴, 허벅지 등의 하얀 속살이 드러났다. 그녀는 부끄러워 얼른 도망을 치려는데 갑자기 등 뒤가 서늘해지더니 등을 덮고 있던 옷 조각마저도 날아가버렸다.

양과와 육무쌍은 대장장이 풍씨 노인이 정영의 사형이라는 사실에 크게 놀랐다. 또 한편으로는 반가운 마음을 감출 수가 없었다. 황약사의 제자라면 무공도 훌륭할 테니 참으로 생각지도 못한 행운이었다.

"사부에게 쫓겨나고도 그렇게 잊지 못하고 있다니 정말 미련스럽군요. 오늘 내가 속이 후련하게 이 세 아이와 저 바보를 없앨 것이니, 영감은 옆에서 보기나 하시지!"

이막수의 목소리는 냉랭하기 그지없었다.

"내 무예를 익혔다고는 하나 평생 다른 이와 겨루어본 적이 없소. 게다가 다리도 성치 않으니 싸운다 한들 당해낼 수 없을 것이오."

"그래요? 그것참 잘됐군요! 괜히 성한 목숨 다치게 할 것 없을 테니."

"하나 내 사매의 털끝 하나 건드리지 못하게 할 거요. 또 여기 있는 아이들도 사매의 친구들이라니 해치도록 놔두지는 않을 것이오."

풍묵풍이 가만히 고개를 젓자 이막수가 살기 띤 미소를 지었다.

"그럼 넷이서 함께 덤벼보시지. 아주 재미있겠군요."

이막수가 몸을 일으켰다. 풍 노인의 표정에는 아무런 변화도 없었다. 그는 여전히 북을 치며 박자를 맞추는 배우처럼 쇠를 두드렸다. 쇠를 때리는 사이사이 몇 마디씩 말을 이어갔다.

"도화도를 떠난 지 어언 30여 년, 무공으로 대결하는 것은 일찌감치 접었는데. 잘 기억해보면 좀 생각이 나려나……."

이막수가 실소를 지으며 말했다.

"내 반평생 강호를 돌아다녔지만, 이렇게 대책 없는 양반은 처음이오. 아니, 적이 눈앞에 닥쳤는데 이제야 칼을 갈겠단 말씀인가? 오늘 아주 좋은 구경을 하겠군. 풍묵풍 영감, 그래 정말로 한 번도 싸운 적이 없소?"

"나는 사부님께 죄를 지어 중도에 그만둔 후 무공에 대해서는 마음을 접었고 욕심을 부린 적도 없소. 그래서 평생 누구에게든 잘못을 저지른 적이 없소. 설사 누가 때리거나 시비를 걸어도 따지고 들지 않았으니 싸울 일이 없었지."

"흐흥, 황 노사가 정말 답답한 사람을 제자로 두었군. 이러니 세상에 창피한 일이 아니겠소."

"내 스승님을 함부로 말하지 마오."

"그 사람은 진작에 영감을 내쳤는데, 이제 와서 그에 대해 누가 뭐라고 하든 상관할 것 없잖아요?"

풍묵풍은 여전히 쇠를 때리는 손을 멈추지 않았다.

"나는 외로운 사람이오. 세상에 가까운 분이라고는 스승님 한 분뿐이셨소. 내가 존경하고 마음속에 그릴 수 있는 사람이 그분 말고 또 누가 있겠소? 사매, 스승님은 잘 지내신다고?"

"예, 건강하게 잘 계십니다."

풍묵풍의 표정이 한결 밝아졌다. 이막수는 그의 표정에서 진심을 읽을 수 있었다.

'황 노사, 한 세대의 종사로서 역시 대단한 구석이 있군. 자신을 이 꼴

15

로 만들어놓았는데도 여전히 스승을 진심으로 존경하고 의지하다니.'

풍 노인이 내려치던 쇳덩이가 어지간히 식었다. 순서대로라면 그것을 다시 화로에 넣어야 했다. 그런데 딴생각을 하느라 정신이 없어서인지 풍 노인은 쇳덩이가 아닌, 오른손에 든 망치를 화로에 넣었다.

"영감, 아무리 사부에게 배운 무공을 생각하느라 정신이 없어도 그렇지, 그렇게 허둥댈 것 있겠소?"

풍묵풍은 말없이 붉게 타오르는 불길을 바라보며 생각에 잠겼다. 잠시 후, 이번에는 왼팔 겨드랑이에 버티고 있던 지팡이를 화로에 꽂았다.

"어, 어, 그건 지팡이에요!"

"사형!"

양과와 육무쌍, 정영이 일제히 외쳤으나 풍묵풍은 여전히 입을 꾹 다문 채 화로를 바라보고 있었다. 그런데 지팡이는 이글거리는 불길 속에서도 타지 않고 붉게 달구어졌다. 언뜻 보기에 나무 지팡이처럼 보였던 것이 사실은 쇠지팡이였던 것이다.

잠시 후 쇠망치도 온통 벌겋게 달아올랐다. 그런데 양손에 망치 자루와 지팡이를 각각 쥐고 있는 풍묵풍은 조금도 뜨거운 내색을 하지 않았다. 계속 풍묵풍을 무시하던 이막수는 그제야 조금 경계심을 느꼈다. 별 볼일 없어 보이는 노인에게도 뭔가 범상치 않은 점이 있었던 것이다. 혹시 이 영감의 독수에 당하지나 않을까 염려된 이막수는 일단 불진을 흔들어 제 급소를 보호하며 땅을 박차고 뛰어올랐다.

"영감, 덤비시오!"

말이 떨어지기 무섭게 풍묵풍이 앞으로 나섰다. 그 몸놀림은 도저히 불구의 몸이라고는 볼 수 없을 정도로 민첩했다. 그는 시뻘겋게 달구어진 쇠지팡이를 땅에 찍었다.

"도사님, 우리 스승님을 욕하지 마시오. 우리 사매도 괴롭히지 말고! 이 불쌍한 대장장이도 좀 봐주시구려."

"나는 영감 한 사람만 용서할 것이니, 겁이 나거든 아예 끼어들지도 마시오!"

여전히 냉랭한 이막수의 말에 풍묵풍은 뿌드득 이를 갈았다.

"좋소, 나도 이렇게나마 사부님께 보답해야겠소."

두려움과 분노로 그는 온몸이 떨리고 있었다. 이막수는 불진을 들어 그의 정수리를 노렸다. 풍묵풍은 재빨리 몸을 날려 멀찍이 떨어졌다. 몸놀림은 빠르고 정확했으나 손이 떨려 반격을 하지는 못했다. 이막수는 연달아 세 초식을 공격했으나 풍묵풍은 날랜 움직임으로 피해 다닐 뿐 끝내 반격하지 않았다.

양과 등은 한쪽에 서서 숨을 죽이고 싸움을 지켜보며, 여차하면 뛰어들어 풍묵풍을 도울 생각이었다.

이막수의 공격이 점차 거세지는 반면, 풍묵풍은 정말 한 번도 싸워본 적이 없는 사람 같았다. 평소의 온화한 성품을 드러내는 듯 붉게 달구어진 쇠망치를 움켜쥐고 있을 뿐 제대로 공격을 펼치지 못했다. 몇 합을 겨루면서 이막수의 공격이 몇 차례 주효하자 풍묵풍의 발놀림이 흔들렸다.

양과는 아무래도 불안했다. 노인의 무공은 강할 것 같은데 도무지 싸울 생각이 없으니 점차 밀리는 것이 당연했다. 그렇다면 노인의 화를 돋우는 수밖에 없었다.

"이막수, 어찌 도화도주가 불효 불충하고 인의를 모르는 사람이라 모욕하는 거냐?"

'내가 언제 그런 말을 했다는 거지?'

이막수는 양과가 도무지 무슨 소리를 하는지 알 수 없어 그저 고개만 갸웃거렸다.

"너는 도화도주께서 여색을 탐하고 아이들을 잡아갔다고 했는데, 네 눈으로 직접 보았느냐? 또 그분이 친구들을 속이고 은인을 팔아먹는다고 한 말도 사실이 아니지? 너는 어찌 강호에 그런 소문을 퍼뜨리며 황 도주의 이름에 먹칠을 하는 것이냐?"

정영 역시 양과가 왜 이리도 험한 말을 하는지 알 수 없었다. 돌아보니 풍묵풍의 얼굴이 분노로 잔뜩 일그러져 있었다. 그는 가슴에서 치밀어 오르는 분노를 억누르지 못하고 쇠망치와 지팡이를 동시에 뻗었다. 그러고는 왼쪽 다리로 서서 금계독립金鷄獨立의 자세를 취했다. 다리가 땅에 박혀 있기라도 한 듯 굳건히 버티고 선 모습에 흔들림이라곤 전혀 찾아볼 수 없었다. 쇠망치와 지팡이는 뜨거운 열기를 내뿜으며 이막수를 향해 뻗어갔다.

이막수는 갑자기 사나워진 공격에 정면으로 맞서지 못하고 몸을 날려 피하며 반격할 틈을 엿보았다. 또다시 양과의 외침이 터져 나왔다.

"이막수, 도화도주가 거짓으로 사람들을 속여 수치라곤 모르는 시정잡배라고 했지? 내가 보기에는 너야말로 수치를 모르는 것 같구나!"

풍묵풍은 더욱 화가 치밀어 쇠망치와 쇠지팡이를 세차게 휘두르며 이막수를 압박했다. 처음에는 아무래도 어색해 보이더니 공격을 계속

하자 무기가 손에 잘 맞는 듯 몸놀림이 자연스러워졌다.

두 사람은 원래 무공 수준이 비슷했다. 다만 이막수는 강호를 휘젓고 다니며 수없이 많은 상대와 겨루었기 때문에 풍묵풍보다 경험이 훨씬 풍부했다.

20~30초식을 겨루면서 이막수는 풍묵풍의 무공이 범상치 않다는 것을 느꼈다. 그러나 경험이 부족한 데다 한쪽 다리를 쓸 수가 없으니 시간이 길어질수록 자신이 유리할 것이라고 자신했다. 그래서 슬슬 힘들이지 않고 겨루다가 풍묵풍의 날카로운 기세가 한풀 꺾이면 반격할 생각이었다. 과연 다시 10여 합을 더 겨루고 나니 풍묵풍은 분노가 점차 누그러지고 투지가 꺾이며 조금씩 밀리기 시작했다. 양과는 계속 고함을 치며 이막수가 여기저기서 황약사를 모욕했다고 떠들어댔다. 풍묵풍은 다시 화가 머리끝까지 치밀었다.

"우리 사부님을 욕하다니! 내 오늘 여기서 죽어도 좋다!"

풍묵풍의 얼굴은 이미 몇 차례 불진에 맞아 선혈이 낭자했다. 그런 무시무시한 얼굴을 하고도 그는 붉게 달아오른 쇠망치와 지팡이를 휘두르며 이막수를 향해 돌진했다. 이미 자신의 목숨은 안중에도 없는 듯 이막수와 함께 죽을 각오를 한 것 같았다.

이막수는 풍묵풍의 기세에 조금 주눅이 들어 몇 걸음 뒤로 물러났다.

"그만둡시다. 노인장을 죽이고 싶지 않소!"

"내가 사부님의 은혜를 갚든, 당신 손에 죽든 둘 중 하나다!"

풍묵풍은 용기백배하여 더욱 맹렬히 달려들었다. 이막수는 아무래도 상황이 여의치 않은 데다 양과가 옆에 있는 것이 마음에 걸렸다. 저 애송이 녀석의 무공이 또 크게 늘었을 터, 절대 쉽게 볼 상대가 아니라는 것을 잘 알고 있었다. 일단 몸을 피하는 것이 상책이겠다 싶어 불진을 풍묵풍의 가슴 쪽으로 세차게 휘둘렀다.

풍묵풍은 쇠망치를 들어 이막수의 공격을 막았다. 그러나 이내 불진이 쇠망치를 휘감았다. 이것이야말로 이막수가 상대의 무기를 빼앗는 절초였다. 이제 그녀가 잡아당기기만 하면 쇠망치는 그대로 풍묵풍의 손에서 빠져나올 상황이었다. 그런데 이게 어찌 된 일인가! 치치쩍, 하는 담금질 소리와 함께 푸른 연기가 피어오르면서 누린내가 진동을 했다. 알고 보니 감겼던 불진이 불에 타들어가고 있었다. 이렇게 되자, 이막수는 상대의 무기를 빼앗기는커녕 오히려 자신이 가지고 있던 무기를 잃을 처지가 되었다. 그러나 그녀는 당황하는 기색 없이 자루만 남은 불진을 내던져버리고 적련신장을 펼치기 시작했다. 이 장법은 매우 강력하기는 하지만 상대에게 접근하지 않으면 효력을 볼 수가 없었다. 그래서 다가갈 기회만을 노렸지만 풍묵풍이 양손에 든 쇠망치와 지팡이를 휘둘러대니 속수무책이었다.

그때 두 사람 사이에서 계속 푸른 연기가 피어올랐다. 알고 보니 이막수의 도포가 붉게 달구어진 쇠망치와 지팡이에 스치며 타들어가고 있는 것이었다. 그녀는 화가 치밀었다. 분명 이길 수 있는 대결인데도 이 노인네가 무기를 이용해 우위를 점하고 있으니 안타깝기만 했다. 그녀는 절대 질 수 없다는 생각에 어떻게든 적련신장의 일장을 성공시키려 무던히도 애를 썼다.

풍묵풍은 남과 싸우는 것이 처음이라 만일 계속 수세에 몰렸다면 크게 위축되었을 것이나, 우위를 점하게 되자 쇠망치와 지팡이의 움직임이 더욱 정교해졌다.

이막수는 그에게 일장을 뻗으려고 했으나 번번이 달구어진 쇠망치와 지팡이에 가로막혔다. 그나마 재빨리 피했기에 망정이지 하마터면 손바닥을 델 뻔했다.

"그만두지, 그만둬! 이거 너무 꼴사납구먼!"

갑자기 풍묵풍이 소리를 치며 뒤로 반 장쯤 물러났다. 이막수는 영문을 모르고 풍묵풍을 바라보는데 갑자기 서늘한 바람이 휙, 불어왔다. 순간 이막수의 옷이 조각조각 날리며 팔, 어깨, 가슴, 허벅지 등의 하얀 속살이 드러났다. 처녀의 몸인 그녀는 창피해 견딜 수가 없었다. 얼른 도망을 치려는데 갑자기 등 뒤가 서늘해지더니 등을 덮고 있던 옷 조각도 날아가버렸다.

양과는 이막수가 어쩔 줄 몰라 하는 것을 보고는 풍묵풍이 벗어둔 낡은 도포를 주워 내공을 실어 던져주었다. 도포는 마치 사람이 껴안는 듯 사뿐히 이막수의 등을 감쌌다. 이막수는 얼른 소매를 찾아 팔을 집어넣고는 옷차림을 수습했다.

그녀는 평생 큰 싸움을 수없이 치러보았지만 이런 낭패를 당한 적은 처음이었다. 부끄러움과 수치심으로 얼굴이 붉어졌다가 새하얗게 창백해져 계속 적을 공격해야 하는지조차 얼른 판단이 서지 않았다.

'계속 싸우다가 이 옷마저 타버리면 큰일이지. 오늘은 이쯤에서 참는 수밖에 없겠군.'

그녀는 양과에게 고개를 끄덕여 감사의 뜻을 표하고는 풍묵풍을 돌아보았다.

"그렇게 이상한 무기를 쓰시다니, 과연 황 노사의 제자답군요. 양심이 있으면 한번 대답해보시오. 정말 무공으로 겨룬다면 나를 이길 수 있을 것 같소? 황 노사의 제자께서 정말 공정하게 일대일로 겨룬다면 나를 누를 수 있겠냔 말이오!"

"당신이 무기를 잃지 않고 계속 싸웠다면 나를 이겼을 거요."

풍묵풍은 솔직히 인정했다.

"그걸 안다니 다행이오. 그러게 내가 도화도 사람들은 사람 수로 싸워 이긴다 하지 않았소. 내 말이 틀리지 않았군."

풍묵풍은 고개를 숙인 채 잠시 말이 없었다.

"누구든 내 사부님을 모욕하면 나는 목숨 걸고 싸울 것이오. 여기 곡 사형, 진 사형, 매 사자, 육 사형 네 분이 계셨다면 누구든 당신을 이겼을 것이오. 곡 사형, 진 사형의 무공은 말할 것도 없고 매 사자 역시 여협女俠이라 할 만한 분이셨소. 당신은 절대 그분을 이길 수 없소!"

이막수는 차가운 미소를 지었다.

"그 사람들이야 이미 죽어 증명할 길이 없는데, 뭘 그렇게 떠들어대시오? 황 노사의 무공도 뭐 그저 그런 정도 아닌가요? 그 친딸인 곽 부인의 무공을 한 수 배워볼까 했는데 하나를 보면 열을 안다고…… 그만두겠소."

그녀가 몸을 돌려 자리를 뜨려는 순간, 양과가 불러 세웠다.

"잠깐!"

"뭐냐?"

"도화도주의 무공이 그저 그렇다고 했는데, 그건 잘못된 생각이다. 그분께서 옥소검법을 전수해주셨는데 그것으로 너의 불진을 깨뜨릴 수 있다."

양과는 기다란 쇳조각을 들어 땅바닥에 그림을 그리며 설명했다.

"자, 네가 이렇게 앞에서 공격을 받는 동작은 정말 빠르고도 위력적이다. 그러나 장검을 여기서 가로로 내지르면 너는 막아낼 도리가 없겠지. 만일 반격을 한다면 검은 이렇게 찌르고 들어갈 거고, 또 네가 정면에서 불진을 써 혈도를 노린다면 이쪽에서는 호형조조虎形爪抓를 써서 네 뒤로 돌아서며 검 자루로 너의 견정혈을 찍을 수가 있다. 이런 방법을 생각이나 해보았느냐?"

양과가 말한 초식은 정말 쉽게 생각해낼 수 있는 것이 아닌 정교하기 이를 데 없는 절륜絶倫의 초식이었다. 특히 정면에서 불진으로 혈을 찍는 것은 이막수가 불진으로 구사하는 가장 위력적인 초식 중 하나였다. 그런데 양과가 말한 방법이라면 그녀는 궁지에 몰려 불진을 잃고 반격할 여지도 없이 패배를 인정할 수밖에 없을 것 같았다.

양과는 계속 그림을 그리며 말을 이어갔다

"적련장법에 대해서도 도화도주께서 언급을 하셨다. 이렇게 장법을 펼칠 경우, 장이 다가오기를 기다려 몸에 닿는 순간 탄지신통을 사용해 튕겨내면 네 손이 어찌 견뎌낼 수 있겠느냐? 그리고 즉시 손톱을 깎아버리면 아무리 지독한 독이라도 몸으로 퍼지지 않을 것이다."

그리고 그는 이막수를 꺾을 수 있는 무공 10여 가지를 더 설명했다. 하나하나 무공을 설명할 때마다 이막수의 얼굴은 점차 흙빛으로 변해갔다. 양과의 말 한마디 한마디가 모두 이치에 정확히 맞아떨어지는 것이었고, 그 무공이 모두 절묘하기 이를 데 없었다. 그것이 펼쳐지면 이막수는 도저히 막아낼 수 없으리라.

양과의 말은 계속되었다.

"도화도주께서는 너의 방약무인한 언행에 노하셨지만 대종사의 신분으로 직접 나설 수는 없어 이러한 무공들을 내게 전수해주시고 널처치하라 하셨다. 그러나 네가 우리 사부님인 소용녀와 동문수학한 인연을 생각해 오늘은 도화도주님의 위력을 설명하는 것으로 그치겠다. 다음부터는 도화도 문하의 사람을 보면 조용히 피하는 것이 좋을 것이다."

이막수는 한참 동안 말이 없다가 양과를 지그시 쏘아보았다.

"됐다, 그만해라."

그녀는 휙 하고 몸을 돌렸다. 그러고는 순식간에 산 뒤편으로 사라졌다. 강호 고수들 사이에서도 보기 드문 몸놀림이었다.

사실 황약사가 양과에게 이 무공들을 전수해주기는 했지만 실제로 연마해서 상대를 제압할 정도가 되려면 수년은 걸릴 터였다. 그래서 양과는 그림을 그려가며 설명한 것이다. 그런데 이막수는 이미 크게 놀라 황약사의 무공에 완전히 무릎을 꿇었으니 앞으로 평생 황약사를 모욕하는 말은 입 밖에도 내지 않을 듯했다.

육무쌍은 이막수에게 시달릴 대로 시달려 그 목소리만 들어도 가슴이 두방망이질 칠 정도였다. 이제 그녀가 사라지고 나니 억눌려 있던 마음이 일순간 풀린 듯해 저도 모르게 손뼉을 쳐댔다.

"바보! 말이 아주 청산유수구나! 그렇게 지독한 악녀를 쉽게 쫓아버리다니."

정영은 양과가 이막수에게 초식을 보여주느라 몸을 움직일 때마다 자신이 만들어준 도포 속으로 낡은 도포의 옷깃이 살짝살짝 드러나는 것을 놓치지 않았다. 그 옷은 소용녀가 만들어준 것이 틀림없었다. 그는 여전히 소용녀를 자기 사람으로 명확하게 구분해놓고 그녀를 잊지 않고 있었던 것이다. 정영은 가슴 한쪽이 아려오는 것을 느끼면서도 애써 태연한 척 미소를 지었다. 그런 정영의 마음을 아는지 모르는지 양과가 그녀를 돌아보았다.

"정 사자, 이막수는 풍 사형의 기세에 눌려 도망가긴 했지만 다음번에 만나면 어떨지 모르겠어요. 만일 혼자서 싸워야 한다면 벅찰 수도 있겠죠. 그러니 사부님께서 가르쳐주신 무공을 함께 연습해보는 게 어때요?"

정영은 고개를 끄덕였다. 두 사람은 대장간 옆 숲에 있는 공터에서 황약사가 가르쳐준 탄지신통과 옥소검법을 연마했다. 탄지신통은 오랜 기간 공력을 쌓아 손가락 힘을 길러야만 적을 제압할 수 있는 무공으로 하루 이틀 사이에 익힐 수 있는 것이 아니었다. 정영 역시 그런 사실을 잘 알았다. 양과가 이제껏 적련신장을 상대했던 것은 빠르고 변화무쌍한 옥녀신장의 초식이었다. 그러나 이것은 고묘파의 비기秘技여서 다른 이에게 알려줄 수는 없었다. 그래서 두 사람은 옥소검법만을 연마했다. 양과는 황약사가 가르쳐준 검법 중 특이한 기술을 하나하나 풀어 정영에게 보여주었다. 그리고 자신은 이막수가 되어 정영에게 옥소검법을 이용해 상대해보도록 했다. 양과는 허리띠를 휘둘러 불진으로 삼고 공격했다. 정영은 그의 움직임을 간파하고 몸을 돌려 통소로 몸을 버티며 양과의 뒤에서 반격해 들어갔다. 그녀의 무기는 단단한 대나무로 통소를 대신하는 것이었다.

"아야야!"

양과는 사실 별로 아프지는 않았지만 정영이 웃었으면 하는 마음에 일부러 호들갑을 떨었다. 그가 무척 아픈 얼굴을 하며 팔짝팔짝 뛰자 옆에서 지켜보고 있던 육무쌍이 손뼉을 치며 웃음을 터뜨렸다.

"언니, 대단한걸! 저 바보, 좀 더 때려줘!"

정영은 가만히 미소를 지었다.

"양 소협께서 내게 양보해주신 거야. 정말인 줄 아니?"

"좋아, 그럼 둘이서 실컷 놀아."

"색시가 와서 놀려무나."

언니의 말에 육무쌍이 입을 삐죽거렸다.

"바보는 아마 언니랑 더 놀고 싶을걸?"

정영이 대나무로 때리려는 시늉을 하자 육무쌍은 혀를 쏙 내밀며 몸을 돌렸다. 양과가 말했다.

"바보 누나는 좀 어떤지 가봐야겠어!"

순간 멀리서 말발굽 소리가 요란스레 울려왔다.

"내가 가볼게요."

양과가 얼른 말 위에 뛰어올라 내달렸다. 산기슭을 돌아 몇 리를 달려 큰길에 닿으니 흙먼지가 일며 깃발이 하늘을 가득 메우고 있었다. 자세히 보니 남하하는 몽고 대군이었다. 철궁鐵弓과 장검 등 병기가 파도처럼 일렁였다. 난생처음 대군의 행렬을 본 양과는 위풍당당한 모습에 기가 눌려 그만 자기도 모르게 굳어버리고 말았다.

"이 머저리 녀석! 뭘 보는 거냐?"

군관 두 명이 장검을 휘두르며 달려왔다. 양과는 얼른 말 머리를 돌려 그대로 내달렸다. 두 군관이 활시위를 당기는가 싶더니, 바람 소리와 함께 양과의 등을 향해 화살이 날아왔다. 양과는 팔을 뒤로 돌려 화살을 잡았다. 화살에 상당한 힘이 실려 있었다. 양과 정도의 무공을 지닌 사람이 아니었다면 진작에 화살이 가슴까지 꿰뚫었을 것이다. 두 군관은 양과의 솜씨를 보고 놀라 말을 멈추고는 더 이상 쫓아오지 않았다. 양과는 대장간으로 돌아와 자신이 본 광경을 이야기해주었다.

풍묵풍이 고개를 떨구고 한숨을 내쉬었다.

"몽고 대군이 정말로 남하하는구나. 우리 백성들이 도탄에 빠지겠군!"

"몽고인들의 기마술과 궁술이 대단하더군요. 송나라 병사들은 당해 낼 수 없을 정도예요. 이제 아주 큰 난리가 나겠어요."

"양 공자는 한창 젊은 나이인데, 어찌 남으로 내려가 군에 들어가서 외적 막을 생각을 하지 않지?"

양과는 잠시 주춤하다 입을 열었다.

"안 돼요. 저는 북으로 올라가 우리 선자를 찾아야 해요. 몽고군의 위세가 저리도 대단한데, 저 한 사람의 힘이 소용이나 있겠어요?"

풍묵풍은 가만히 고개를 저었다.

"한 사람의 힘은 미약하지만, 그것이 모이면 큰 힘이 되지. 사람들이 모두 양 공자 같은 생각을 가지고 있다면 누가 나가 외적을 막으려 하겠나?"

양과가 듣기에도 분명 옳은 말이었다. 그러나 그에게 소용녀를 찾는 것보다 더 중요한 일은 없었다. 그는 어려서부터 강호를 떠돌아다니며 낮은 벼슬아치들에게 온갖 수모를 당하면서 자랐다. 몽고인이 물론 잔혹하다고는 하나 그에게는 송나라 황제 역시 좋은 사람은 아니었다. 그래서 그를 위해 나설 필요는 없다고 생각했다. 양과는 가만히 미소를 지으며 더 이상 대답하지 않았다. 풍묵풍은 쇠망치며 집게, 풀무 등 집기를 함께 묶어 등에 짊어졌다.

"사매, 나중에 사부님을 뵙거든 제자 풍묵풍, 사부님의 가르침을 잊지 않고 있다고 말씀드려주게. 나는 오늘 몽고 군중에 뛰어들어 우리 강산을 침범한 귀족이나 장수를 한두 사람이라도 없애야겠네. 사매, 조심하게. 이렇게 사부님의 제자를 만나니 참으로 기쁘구먼."

그는 지팡이를 짚고 걸음을 옮겼다. 모습이 차츰 멀어져가는 동안 그는 고개 한 번 돌리지 않았다. 더욱이 양과에게는 더 이상 눈길도 주지 않았다.

양과는 정영과 육무쌍을 돌아보았다.

"뜻밖에 이런 곳에서 기인을 뵙게 되었군."

육무쌍은 내심 양과를 두둔하고 있던 참이라 말이 곱게 나오지 않았다.

"언니네 사부님 문하 사람들은 언니 말고는 바보 아니면 미치광이 같아."

"풍 사형은 충의를 중히 여기시는 분이야. 사부님의 은혜도 잊지 않으시고. 우리에게는 모범이 될 만한 분이지. 너는 그분이 미치광이 같다고 하지만 어쩌면 사형은 우리가 나라와 민족도 생각하지 않는다고 실망했는지도 몰라. 따지고 보면 우리에게도 바보스럽고 미치광이 같은 구석이 조금은 있겠지."

정영의 말에 양과는 가슴이 뜨끔했다. 그는 얼른 고개를 들어 정영의 표정을 살펴보았지만, 평소와 다름없는 얼굴이라 다른 뜻을 가지고 한 말인지 확인할 길이 없었다.

그때였다. 갑작스레 쿵, 하는 소리에 깜짝 놀라 일제히 돌아보니 바보 낭자가 걸상에서 떨어져 있었다. 세 사람은 얼른 그녀를 부축해 방으로 옮겼다. 그녀는 얼굴이 온통 붉어져 두 눈을 부릅뜨고 있었다. 적련신장의 독이 발작한 것이었다. 정영은 얼른 그녀에게 약을 먹였고, 양과는 혈을 찍고 문질렀다. 바보 낭자는 멍하니 그런 양과의 모습을 바라보더니 점점 공포에 질린 표정으로 변했다.

"오빠, 나한테 오지 마세요! 내가 죽인 게 아니에요."

"언니, 무서워하지 마세요. 그 사람이 아니에요."

정영이 바보 낭자를 가만가만 달래는 사이, 양과는 문득 다른 생각이 들었다.

'지금 정신없는 틈을 타서 진상이 어찌 된 것인지 알아봐야겠다.'

그는 두 손을 뒤집어 바보 낭자의 손목을 움켜쥐고 짐짓 노기 띤 목소리로 외쳤다.

"누가 날 죽였느냐? 말하지 않으면 네 목숨을 가져가겠다!"

"오빠, 제가 아니에요."

"말 안 해? 좋다, 그럼 너를 없애주마."

양과가 손을 뻗어 목을 조르려 하자 바보 낭자는 놀라 고래고래 소리를 질러댔다. 정영과 육무쌍은 양과가 정말 죽이려는 줄 알고 그를 뜯어말렸다.

"양 소협, 그렇게 윽박지르지 마세요."

"바보야, 뭘 하려고 그러는 거야?"

양과는 들은 척도 하지 않고 손에 점점 힘을 주었다. 얼굴이 점차 일그러지며 험상궂은 표정이 되었고, 뿌드득 이 가는 소리가 옆에 있는 사람에게까지 들렸다.

16. 아버지를 살해한 원수

"나는 양강의 원혼이다. 나는 처참하게 목숨을 잃었다. 너도 알고 있지?"

"알아요. 죽은 후에 까마귀가 오빠의 시신을 뜯어 먹은걸요."

양과는 가슴을 칼로 도려내는 듯 아팠다. 그는 아버지가 비명에 돌아가신 줄만 알았지 죽은 후 까마귀밥이 되었으리라고는 상상도 하지 못했다.

"누가 나를 죽인 것이냐? 말해라, 어서 말해!"

바보 낭자는 목이 멘 듯 캑캑거리며 겨우겨우 말을 이었다.

"오빠가 고모를 쳤는데, 고모 몸에 독침이 있어서 죽었어요."

"고모가 누구야?"

바보 낭자는 이제 숨을 쉬기도 힘든 듯 헐떡거리며 곧 정신을 잃을 것 같았다.

"고모가…… 고모지요."

"고모 성이 뭔데? 이름은 뭐고?"

"나는…… 나는…… 몰라요. 놓아주세요!"

육무쌍이 보고 있자니 상황이 급박해 보였다. 그녀는 얼른 다가가 양과의 팔을 잡아끌었다. 양과는 마치 미친 사람처럼 힘껏 팔을 휘둘렀다. 그녀는 전력을 다하는 양과의 몸부림에 쿵, 하고 벽에 부딪치며 나가떨어졌다. 평소에는 온순하고 살갑던 양과가 미친 호랑이처럼 날뛰는 모습을 보니 육무쌍은 손발에서 힘이 빠져나가는 듯했다.

'오늘 아버지의 원수를 알아내지 못하면 여기서 피를 토하고 죽으리라.'

양과는 마음을 다잡고 목소리를 한층 높였다.

"고모 성이 곡씨냐? 아니면 매씨냐?"

그는 바보 낭자의 성이 곡씨이므로 고모도 곡씨이거나, 아니면 매초풍일 수도 있겠다는 생각을 했다.

바보 낭자는 그의 손에서 벗어나기 위해 버둥거렸다. 그녀가 양과보다 오래 무공을 익혔다고는 하나 양과의 무공에 비할 수 없었고, 게다가 손목의 혈도가 찍혀 그저 꺽꺽 숨넘어가는 소리만 낼 뿐이었다.

"고모한테 가란 말예요. 나…… 나한테 오지 말고!"

"고모가 어디 있는데?"

"나랑 할아버지는 나왔어요. 고모는 남편과 섬에서 살아요!"

바보 낭자의 말에 양과는 서늘한 냉기가 등골을 타고 지나가는 느낌이 들었다.

"고모가 네 할아버지를 뭐라고 부르느냐?"

양과의 목소리가 떨렸다.

"아빠라고 하지 뭐라고 해요?"

양과의 얼굴에서 핏기가 싹 가셨다. 혹 잘못 안 것이 아닐까 다시 한 번 확인해보았다.

"고모 남편의 이름은 곽정이냐?"

"몰라요. 고모는 '정 오빠, 정 오빠' 그랬어요."

바보 낭자는 곽정을 부르는 황용의 말투를 흉내 내고는 두 다리를 버둥거리며 돼지 멱따는 소리를 질러댔다.

"살려줘요, 살려줘요! 귀신…… 귀신이야!"

이제 양과의 머릿속을 가리고 있던 의혹이 구름 걷히듯 말끔히 사라졌다. 어려서 외롭게 고생하며 사람들의 천대를 받던 옛일들이 갑자기 떠올랐다.

'아버지가 화를 당하지 않으셨다면 어머니도 그렇게 어렵게 살다가 일찍 돌아가시지 않았을 거야. 그럼 나도 그렇게 천덕꾸러기로 살지 않았을 테지. 도화도에 있을 때 백부, 백모가 나를 대하는 것이 그다지 자연스럽지 않았어. 언제나 거리를 두고 피하는 듯한 느낌이 들었지. 무씨 형제를 대하듯 편하게 이야기하고 야단치는 일도 없었고. 이상하다는 생각은 했지만, 그들이 우리 아버지를 죽여 그러는 줄은 꿈에도 몰랐지. 내게 무공을 가르쳐주지도 않고, 전진교로 보내 고생을 시킨 것도 모두 그런 연유에서였군.'

양과는 놀라움과 분노가 교차했다. 온몸에 힘이 빠지며 금방이라도 주저앉을 것 같았다. 바보 낭자가 괴성을 지르며 침상에서 벌떡 일어났다.

정영이 양과 곁으로 다가와 가만가만 속삭였다.

"사자는 언제나 바보처럼 횡설수설하는 걸 잘 알고 계시잖아요. 부상을 입어서 더 정신이 없는 것 같으니 사자의 말을 믿지 마세요."

이렇게 말하는 그녀도 바보 낭자의 말을 믿을 수밖에 없었다. 또 어떻게 위로를 해도 지금의 양과에게는 아무런 소용이 없다는 것도 잘 알고 있었다. 그러나 슬픔과 고통, 분노가 뒤섞인 양과의 표정을 보고 그냥 있을 수만은 없었다.

"양 소협, 드릴 말씀이 있어요."

양과는 천천히 돌아서며 숨을 골랐다.

"말씀하세요."

"양 소협, 예로부터 부모님의 원수와는 같은 하늘 아래에 살 수 없다고 했어요. 물론 원수를 갚아야겠죠. 하나 충고하고 싶은 말이 있어요."

"사자께서 하시는 충고라면 물론 따라야지요!"

"양 소협, 지금 농담하는 거 아니에요. 진심으로 드리는 말씀이에요."

정영이 정색을 하고 말하자 양과의 얼굴에서도 웃음이 사라졌다.

"그래요, 당신은 줄곧 제게 참 잘해주셨어요. 제가 함부로 사자네, 선자네 하고 불렀지만……."

양과는 이참에 정영이 오해하지 않도록 진지하게 말을 이었다.

"나는 마음속으로 당신을 내 친누이처럼 생각했어요. 이건 진심이에요. 내 생명은 이미 선자에게 주었으니 당신께 드릴 수는 없어요. 하지만 그것 외에는 뭐든 당신 말을 들을 거예요."

"양 소협, 고마워요."

정영은 오른손을 들어 손바닥을 위로 향하게 내밀었다. 양과가 손을 뻗어 그녀의 손바닥을 가볍게 때리고 손을 뒤집었다. 정영도 마찬가지로 그의 손바닥을 치고 양과도 다시 한번 같은 동작을 반복했다. 이것이 바로 송대 사람들이 맹세할 때 손바닥을 세 번 치고 굳게 약속하는 행동인 '삼격장三擊掌'이었다.

"양 소협, 아버지 원수는 반드시 갚아야 해요. 하지만 한 가지만 약속해주세요."

"얘기하세요."

"제 사자가 바보스럽기는 해도 우직해서 거짓말은 하지 않아요. 하지만 정신이 또렷하지 않아 때로는 헷갈려서 잘못 알고 있는 경우도 있죠. 복수를 하지 말라고는 하지 않을게요. 하지만 행동에 옮기기 전

꼭 세 번은 다시 생각해주세요. 제가 한 말 잊지 마세요. 원수를 잘못 안 게 아닐까, 혹 잘못 알았다면 어떻게 할까? 또 정말 행동을 해야 할 때가 오더라도 다시 한번 신중히 생각하겠다고 약속해주세요. 절대 후회하지 않도록 행동하겠다고요."

"나를 위해 하는 말이라는 거 잘 알고 있어요. 정말 귀중한 말이에요. 꼭 가슴 깊이 새겨두고 어기는 일이 없도록 할게요."

"양 소협, 뭐든 조심하세요. 적은 강해요. 절대 마음을 놓아서는 안 돼요. 복수는 10년이 걸려도 늦지 않아요. 하루아침에 이루어야 하는 것은 아니에요. 10년을 더 기다리면 그만큼 양 소협의 무공도 높아져 있을 테고, 그만큼 원수는 더 늙어 있을 거예요. 올해 복수를 못 한다면 10년 후, 20년 후에도 할 수 있잖아요. 그때가 되면 원수는 힘을 잃고 양 소협은 성장해 있을 거예요. 반드시 성공할 수 있으니까 원수를 잘못 안다든지, 급한 마음에 실수를 저지르지 않도록 신중을 기하는 것이 중요해요."

"예, 맞아요. 정말 똑똑하시군요."

양과는 고개를 끄덕이며 두 팔을 뻗어 가볍게 정영을 안아주었다. 정영은 얼굴이 온통 빨개졌고 눈에는 따뜻한 정이 넘쳐흘렀다. 양과는 그렇게 잠시 있다가 문을 박차고 나가 말 위에 올랐다. 그가 두 다리로 말의 배를 힘껏 차자 말은 질풍처럼 빠르게 앞으로 달려 나갔다. 눈 깜짝할 사이에 양과는 이미 수십 장 밖으로 멀어졌다. 끓어오르는 분노 속에 내달리다 보니 한 시진 만에 수십 리 길을 달렸다. 갑자기 입술 부위에 통증이 느껴졌다. 손으로 만져보니 온통 피투성이였다. 분노로 이를 악물고 달린 탓에 위아래 입술이 모두 찢어졌던 것이다.

'백모님이 전에는 내게 냉담하다가 요즘 갑자기 잘해주더니, 그것도 모두 거짓이었구나. 그건 그렇다 쳐도 백부님은……'

그는 마음속으로 줄곧 곽정을 존경하고 따랐다. 그는 인품이나 무공이 다른 사람들보다 뛰어나지만 결코 자만하지 않으며, 자기와 같은 아이에게도 언제나 진심으로 대해주었다. 그런데 이제 와서 그동안 속았다는 생각을 하니, 오히려 황용보다도 간사하게 느껴졌다. 가슴이 분노로 끓어올라 금방이라도 터져버릴 것만 같았다.

양과는 아픈 가슴을 움켜쥐고 말에서 내려 길 가운데에 주저앉았다. 그러고는 머리를 감싸 쥐고 울음을 터뜨렸다. 그의 울음소리는 하늘도 땅도 함께 눈물을 흘릴 만큼 비통했다. 마치 세상의 모든 고통과 번뇌를 쏟아내는 듯했다.

그는 아버지의 얼굴을 본 적이 없었다. 그리고 다른 이에게 이야기를 들어본 적도 없었다. 어머니마저도 아버지에 대해서는 철저히 함구했다. 그래서 어려서부터 아버지의 모습을 혼자 그려보곤 했다. 어린 마음에 그는 아버지를 완벽한 사람으로, 세상에 둘도 없는 좋은 사람으로 만들어놓았다. 그런 영웅호걸을 곽정과 황용이 간계를 써 죽음으로 몰아넣었다니.

한참 동안 구슬피 울고 있던 양과의 귀에 말발굽 소리가 들렸다. 북쪽에서 몽고군이 탄 말 네 필이 달려왔다. 앞서 달리는 사람의 손에 긴 창이 들려 있었는데, 창끝에 두세 살 먹은 듯한 어린아이가 매달려 있었다. 그 몽고군은 큰 소리로 웃고 있었다. 아이는 아직 목숨이 붙어 있는 듯 가냘프게 울부짖었다.

네 명의 몽고 무사는 양과가 길에 주저앉아 우는 것을 보고 이상한 생각이 들었다. 그러나 이런 누더기를 입고 있는 한족 청년은 어디서나 흔히 볼 수 있었으므로 그다지 개의치 않았다.

"비켜라, 비켜!"

한 사람이 창으로 양과를 찌를 듯 겨누며 외쳤다. 양과는 마침 화가 나 있던 터라 창끝을 잡아채 무사를 말에서 떨어뜨렸다. 그러고는 그대로 창을 가로 휘둘렀다. 무사는 수 장 밖으로 날아가 머리통이 깨져 절명했다. 양과의 모습에 남은 세 사람은 비명을 지르며 일제히 말 머리를 돌려 달아났다.

창끝에 매달려 있던 아이가 길바닥에 떨어졌다. 양과가 끌어안고 보니 한족의 아이였다. 토실토실 뽀얀 얼굴이 퍽 귀여웠다. 숨은 아직 붙어 있으나 창이 배를 찔러 치료를 하기에는 이미 늦은 상태였다. 조그마한 입술이 오물거리며 작은 소리를 내는데, 엄마를 부르는 것 같았다. 양과는 마음이 찢어질 듯 아팠다. 비통과 연민으로 저미는 가슴에 다 죽어가는 아이를 꼭 껴안았다. 눈물이 비 오듯 쏟아져 내렸다. 아이가 고통을 견디지 못하고 숨을 헐떡이며 얼굴을 찡그리는 것을 본 양과는 가만히 손을 들어 단숨에 아이를 즉사시켰다. 그는 몽고 무사의 창으로 땅에 구덩이를 파고 아이를 묻어주기로 했다. 슬픈 마음으로 땅을 파는데 요란한 말발굽 소리가 천지를 진동하듯 가까워졌다. 호각 소리에 맞춰 몽고병들이 몰려오고 있었다.

양과는 왼팔에 죽은 아이를 안고 오른손으로 창을 잡은 채 말에 올라탔다. 여윈 말은 오랜 세월 전쟁터를 누빈 군마였다. 눈앞에서 전투가 벌어지니 부쩍 힘이 나는 듯 길게 한 번 울어 젖히고는 몽고군을 향해 뛰어들었다.

양과는 손에 든 창을 휘둘러 잇따라 서너 명의 병사를 쓰러뜨렸다. 그러나 적군은 수를 헤아릴 수 없이 많았다. 양과는 하는 수 없이 말 머리를 돌려 내달렸다. 등 뒤로 화살이 불나방처럼 쏟아졌지만 그는 창을 휘둘러 하나하나 떨어뜨렸다. 여윈 말의 발이 빠른 덕에 뒤쫓아 오던 군사들을 따돌릴 수 있었다. 그러나 양과는 멈추지 않고 너른 황 야를 바람처럼 달려갔다.

또 한참이 흘렀다. 해가 뉘엿뉘엿 기울며 사위가 어두워졌다. 사방 을 둘러보니 잡초가 무성하고 기암괴석이 즐비했다. 어둑어둑한 게 황 야는 인기척 없이 적막하기만 하고 들새 소리조차 들리지 않았다.

양과는 말에서 내렸다. 팔에는 아직 죽은 아이를 안고 있었다. 아이 의 얼굴을 들여다보니 살아 있을 때처럼 찡그린 표정이었다. 참담한 기분이 들었다.

'이 아이의 부모는 자식을 목숨처럼 아꼈을 테지. 아이는 이제 죽어 아무런 생각도 느낌도 없는데, 부모는 자식 걱정으로 애간장을 태우며 괴로워하겠구나. 잔혹한 몽고군이 남하하면서 또 얼마나 많은 사람을 죽일까.'

그는 커다란 나무 아래 구덩이를 파고 아이를 묻어주었다. 갑자기 바보 낭자의 말이 떠올랐다.

'이 아이는 죽었어도 내가 묻어주었건만 우리 아버지는 까마귀밥이 되고 말았다. 아, 너희가 우리 아버지를 해쳤다면 땅에 묻어주기라도 했어야 할 것 아니냐. 그렇게 악독한 무리였다니, 복수를 하지 않으면 나는 사람이 아니다!'

그날 밤, 양과는 나무 위에서 잠을 잤다. 다음 날 새벽, 안장 위에 올라 여윈 말이 가는 대로 몸을 내맡겼다. 고묘로 가 소용녀를 만나야겠다는 생각도 들었고, 또 어찌 되었든 먼저 곽정과 황용을 죽여 복수를 해야겠다는 생각도 했다. 배가 고파지면 열매를 따 먹으며 허기를 면했다.

나흘째 되던 날, 멀리서 한 사람이 나무 열매를 따는 모습이 눈에 들어왔다. 양과는 별생각 없이 말을 몰았다. 그 사람은 금륜국사의 제자 달이파였다. 그는 풀쩍거리며 열매를 하나씩 따는 것이 짜증스러웠던지, 훌쩍 뛰어올라 나뭇가지에 매달리더니 몸부림을 쳤다. 우지직 소리와 함께 나뭇가지가 부러지자 달이파는 열매를 따 품에 가득 집어넣었다.

'설마 근처에 금륜국사가 있는 것은 아니겠지?'

그와 금륜국사는 원래 원한 관계가 있지는 않았다. 이제 곽정과 황용이 아버지를 죽인 원수라는 사실을 알고 나니, 얼마 전 곽정과 황용을 도와 금륜국사와 맞선 것이 후회되었다.

그는 어찌 된 일인지 알아보기 위해 살금살금 달이파 뒤로 돌아갔다. 달이파는 성큼성큼 걸음을 옮기더니 바람처럼 산기슭을 돌아갔다. 양과는 말에서 내려 멀찍이 그 뒤를 따랐다. 점점 숲 깊숙이 들어가 계곡을 따라 한참 올라가니 마침내 산봉우리가 저만치 눈에 들어왔다.

봉우리 위에는 조그마한 움막이 있었다. 움막은 하늘만 겨우 가리고 사면은 그냥 뚫려 바람이 휜히 통했다. 금륜국사가 눈을 감은 채 움막 아래 앉아 있었다. 달이파는 열매를 움막에 내려놓고 돌아서다 양과가 다가오는 것을 보고는 얼굴빛이 변했다.

"대사형, 사부님을 해치러 온 것이오?"

그러곤 양과를 향해 몸을 솟구치더니 다짜고짜 손을 뻗어 그의 옷자락을 움켜쥐려 했다. 그는 원래 양과보다 무공이 한 수 위였다. 그러나 지금은 사부가 위험에 처한 나머지 외부에서 조금만 충격을 주어도 목숨을 부지하기 어려운 터라 다급한 나머지 달려드는 바람에 그만 장법이 흐트러졌다. 성급히 출수를 하다 헛손질을 하고 말았다. 그러니 오히려 양과에게 손을 붙잡혀 벌렁 넘어졌다. 달이파는 양과가 환생한 대사형이라고 생각했다. 그런 데다 양과에 잡혀 데굴데굴 구르고 나니 완전히 전의를 상실했다. 그는 벌떡 일어나 양과 앞으로 몸을 날렸다. 양과는 그가 또 공격을 하려는 줄 알고 뒤로 한 걸음 물러섰다. 그러나 뜻밖에 달이파는 무릎을 꿇고 고개를 조아렸다.

"대사형, 전생에 있었던 사제 간의 정을 생각해주십시오. 사부님은 중상을 입고 요양을 하며 치료 중이십니다. 지금 사부님에게 충격을 가하면 그때는…… 그때는……."

달이파는 목이 메어 말을 잇지 못하고 눈물을 흘렸다. 양과는 그가 하는 몽고어는 알아듣지 못했지만, 감정이 격해진 달이파의 표정과 초췌한 얼굴의 금륜국사를 보고 상황을 대충 짐작할 수 있었다. 그는 얼른 달이파를 부축해 일으켰다.

"절대 존사를 해하지 않을 거요. 걱정 마시오."

달이파는 양과의 부드러운 표정을 보고 얼굴이 환해졌다. 양과의 말을 알아듣지는 못했지만, 이미 적의는 사라졌다.

그때 금륜국사가 눈을 번쩍 떴다. 그는 양과를 보고 크게 놀랐다. 조금 전까지 운기를 하느라 양과와 달이파가 이야기하는 소리를 듣지 못했던 것이다. 그는 느닷없이 눈앞에 나타난 적을 보고 속으로 길게 탄식을 내뱉었다.

'나는 여러 해 동안 수련을 쌓았는데, 명성을 날리지도 못하고 결국 중원에서 생을 마치는구나.'

그는 바위에 짓눌려 내장에 중상을 입었다. 그래서 이 황량한 산봉우리 꼭대기 움막에서 며칠간 요양을 하며 상처를 치료하던 참이었다. 그러니 난데없이 나타난 양과를 상대할 힘이 없었다. 달이파가 양과를 쫓아버린다 해도 두 사람이 겨루는 동안 마음을 안정시키지 못할 테니 상처를 치료할 수 없을 것이다. 그런 걱정을 하고 있는데 돌연 양과가 허리를 굽혀 예를 올렸다.

"제가 이곳에 온 것은 대사와 겨루기 위한 것이 아니니, 염려 마십시오."

금륜국사는 고개를 저으며 뭔가 말을 하려다가, 갑자기 가슴에 통증을 느꼈다. 그는 입을 떼지 못한 채 얼른 눈을 감고 운기 조식에 들어갔다.

양과는 움막에 들어가 오른손을 뻗어 금륜국사의 등 뒤 지양혈至陽穴에 갖다 댔다. 일곱 번째 척추뼈 아래에 있는 이 혈도는 몸 전체의 맥을 조절하는 대혈이었다. 달이파는 대경실색하여 양과를 공격하려 했다. 양과는 침착하게 왼손을 들어 눈짓을 하며 달이파를 제지했다. 달이파는 사부의 표정에 별다른 변화가 없는 것을 확인하고는 얼굴에 겸연쩍은 미소를 지으며 들었던 손을 떨구었다.

양과는 수련이 그다지 깊지 못한 터라 몽고 밀종의 내공에 대해서는 아는 바가 없었다. 그는 금륜국사의 체내에 흐르는 기를 손바닥에 느끼며 내공을 가하여 열기를 보냈다. 위로는 영대靈臺, 신도神道, 신주身柱, 도도陶道 등의 혈을 통하게 하고, 아래로는 근축筋縮, 중추中樞, 척중脊中, 현추懸樞 등의 혈을 통하게 했다.

달이파는 무공이 강하기는 했지만, 그가 연마한 것은 모두 외공뿐이어서 사부의 상처를 치료하는 데에는 도움이 되지 않았다.

이제 금륜국사는 기의 활발한 움직임을 통해 가슴과 복부의 상처를 치료하는 데 전념할 수 있었다. 한 시진쯤 지나자 통증도 확연히 줄고 얼굴에 혈색이 돌았다. 그는 눈을 뜨고 양과에게 고개 숙여 합장하며 고마움을 표시했다.

"양 거사居士, 어찌 갑자기 나타나 나를 도와주는 겁니까?"

양과는 곽정 부부가 제 아버지를 죽인 일이며, 복수를 해야겠다는 결심과 뜻밖에 달이파를 발견해 쫓아온 일 등을 숨김없이 이야기했다. 금륜국사는 양과의 말을 믿기 어려웠다. 그러나 자신을 손쉽게 죽일 수 있는 상황에서도 오히려 부상을 치료해주었고, 자신을 대하는 태도에도 전혀 적의를 찾아볼 수가 없어 그 말을 믿을 수밖에 없었다.

"거사에게 그런 깊은 원한이 있었구려. 그러나 곽정 부부의 무공이 깊어 양 거사가 원수를 갚기란 쉽지 않을 것이오."

양과는 입술을 깨물며 말했다.

"우리 부자가 이 대에 걸쳐 그의 손에 죽으면 그만이지요!"

"나는 애초에 천하무적이라 자부하며 내 힘으로 중원의 군웅들을 평정하고 무림 맹주 자리를 차지하려 했소. 그러나 중원의 무학인들은 혼자서 싸우는 규율을 중히 여기지 않고 모두가 한꺼번에 덤벼드니 다른 방법을 생각해냈소. 일단 부상을 치료한 후에 고수들을 규합할 것이오. 우리 편의 세력이 커지면 중원 사람들도 무조건 사람 수를 믿고 나서지는 않을 테고, 그러면 공정하게 승부를 가릴 수 있을 것이오. 양 거사, 우리 편에 들어올 생각이 있소?"

양과는 막 승낙을 하려다가 몽고병이 양민을 학살하던 일이 떠올라 고개를 저었다.

"나는 몽고를 도울 수 없소."

"어허, 혼자서 곽정 부부를 죽여 원수를 갚으려면 참으로 어려울 텐데."

양과는 다시 생각에 잠겼다가 말했다.

"좋소, 당신이 무림 맹주가 되도록 돕겠소. 그러면 당신도 내가 원수를 갚도록 도와줘야 하오."

금륜국사가 냉큼 손을 내밀었다.

"남아일언중천금이오. 장을 마주쳐 맹세를 합시다."

두 사람은 서로 손바닥을 세 차례 마주쳐 협약을 맺었다.

"나는 당신이 맹주 자리를 얻는 것만 돕는 거요. 몽고가 강남을 공격해 백성을 죽이는 일을 도우라면 나는 절대 나설 수 없소."

"당신은 한족이니 억지로 시킬 수는 없겠지요. 당신의 무공은 참으로 다양하여 오랜 수련에서 비롯된 나의 무공과는 사뭇 다르오. 여러 문파를 아우르는 다양한 무공이 대단하기는 하지만, 아무래도 난삽하고 정통이 아닌 데서 오는 단점은 피하기 어렵지요. 당신이 가장 자신 있는 것은 어느 문파의 무공이오? 그리고 어떤 무공을 써서 곽정 부부를 상대할 생각이오?"

금륜국사의 질문에 양과는 말문이 막혔다. 그는 그간 살아온 과정이 남다르고 욕심도 많아 전진파, 구양봉, 고묘파, 〈구음진경〉, 홍칠공, 황약사 등의 여러 무공을 두루 배웠다. 모두 오묘하기 이를 데 없어 평생 동안 수련을 쌓아도 궁극의 경지에 이르기 어려운 무공이었다. 그러나 양과는 여기서 조금, 저기서 조금 배웠을 뿐 한 문파의 무공을 절정의 경지에 이를 때까지 연마하지는 않았다. 조금 떨어지는 상대는 양과가 펼치는 현란한 무공에 얼떨떨하여 정신을 못 차렸지만, 진정한 고수를 상대하기에는 그저 흉내에만 그칠 뿐 여러모로 부족했다.

금륜국사의 제자 달이파나 곽도와 견주어도 양과의 무공은 부족했다. 그는 고개를 떨구고 가만히 생각해보았다. 뒤통수를 호되게 얻어맞은 기분이었다. 금륜국사의 말은 양과의 약점을 날카롭게 지적하고 있었다.

'나는 이미 선자와 평생을 함께하기로 했는데, 어찌 여기저기 정을 주고 다녔단 말인가? 정 낭자, 색시, 그리고 완안평까지. 나는 그들에게 마음이 없는데도 아무렇게나 행동했다. 참으로 탐욕스럽고 문란한 짓이 아니던가. 홍칠공, 황약사, 구양봉, 그리고 전진칠자와 금륜국사는 모두 무공의 일가를 이룬 고수들로서 자기 문파의 무공을 정통으로 수련했다. 다른 문파의 무공을 모르는 것은 아니나 그들은 그 이치만을 알고 있을 뿐 직접 연마하지는 않는다. 하지만 나는 어떤 무공이든 닥치는 대로 연마했다. 그중 하나를 골라 경지에 이를 때까지 수련한다면 어떤 것을 택해야 하는가? 이치를 따지자면 고묘파의 〈옥녀심경〉을 수련하는 것이 옳겠으나, 홍칠공의 타구봉법이며 황약사의 옥소검법 같은 정교하고 깊이 있는 무공들을 생각하면 너무나 배우고 싶다. 게다가 의부의 합마공이며 경맥의 역행, 〈구음진경〉의 무공들도 어느 것 하나 천하에 이름을 날리지 않은 것이 없다. 힘들게 배운 이 무공들을 어찌 하나라도 버릴 수가 있단 말인가?'

43

양과는 움막을 나와 뒷짐을 지고 천천히 거닐며 생각에 잠겼다. 한참 동안 고민을 거듭하던 양과는 갑자기 눈을 번쩍 떴다.

'각 문파의 정수를 골라 나 스스로 문파를 만들 생각을 어찌 못했을까? 천하의 무공이란 모두 사람이 만든 것. 다른 사람이 만들 수 있는데 나라고 못 할까?'

갑자기 눈앞에 서광이 비치는 듯했다.

그는 새벽부터 오후를 지나 깊은 밤까지 생각에 생각을 거듭했다. 산봉우리 위에 앉아서 먹지도 마시지도 않고 그간 배운 정교한 무공들을 머릿속에 떠올려보았다. 그는 홍칠공과 구양봉이 입으로 무공을 설명하며 겨루는 것을 보았다. 자신도 황약사가 가르쳐준 무공을 그려가며 이막수를 놀라게 한 적이 있었다. 이제 머릿속으로 이 무공들을 서로 겨루게 하니, 입으로 말하는 것보다 훨씬 빠르고 격렬했다. 나중에는 저도 모르게 주먹을 휘두르고 발로 차며 홀로 싸우기도 했다. 처음에는 홍칠공에게 배운 무공과 구양봉에게 배운 무공이 구분되었으나 나중에는 모두 하나로 섞였다. 이렇게 나흘 밤낮을 보냈다. 더 이상 버틸 수 없게 된 양과는 그대로 쓰러져 그만 정신을 잃고 말았다.

달이파는 멀리서 미친 듯 날뛰는 양과를 바라보며 도무지 무슨 영문인지 알 수가 없어 고개를 갸우뚱거렸다. 그러다 갑자기 양과가 쓰러지자 깜짝 놀라 달려가려 했다. 금륜국사가 미소를 지으며 그런 제자를 만류했다.

"생각을 흐트러뜨리지 말거라. 네 재주가 평범해 저 속에 담긴 의미를 알아보지 못하는 것이 안타깝구나."

양과는 하룻밤을 꼬박 잠들어 있다가 새벽에 깨어나 다시 생각에 잠겼다. 7일 동안 다섯 차례나 정신을 잃어가며 생각하고 또 생각했다. 여러 문파의 무공을 한데 모아 새로운 무공을 만든다는 것이 어디 말처럼 쉬운 일이겠는가. 지금 양과가 지닌 재주와 식견으로는 어림도 없는 일이었고, 게다가 열흘, 혹은 한 달 동안 해낼 수 있는 일도 아니었다. 이렇게 며칠 동안 고심을 거듭한 양과는 또 하나 터득한 것이 있었다. 이는 하나로 합칠 수도 없거니와 억지로 그럴 필요도 없는 것이었다. 적당한 때 제대로 사용할 수 있다면 자신이 문파를 만드는 것과 별 차이가 없다는 생각이 들었다. 이렇게 생각하니 양과는 가슴이 뻥 뚫리는 듯 시원했다.

금륜국사는 며칠간 운공을 하며 부상을 치료했다. 이제 거의 완치되어 평소와 같이 움직일 수 있었다. 금륜국사는 평온하고 자신감에 차 있는 양과의 모습을 보고, 그가 무학의 도를 깨우치는 데 진일보했음을 느꼈다.

"양 형제, 내가 사람을 하나 소개해주려 하오. 그는 가슴속에 웅지를 품은 도량이 크고 호탕한 사람이라오. 양 형제도 만나고 나면 틀림없이 감탄할 거요."

"누군데요?"

"몽고의 왕자 홀필열忽必烈*이오. 테무친의 손자이며, 왕자 타뢰의 넷째 아들이라오."

양과는 몽고군의 잔혹한 행동을 본 후, 몽고인에 대해 강한 반감을 가지고 있던 터라 몽고 왕자라는 말에 저도 모르게 눈살을 찌푸렸다.

"나는 아버지의 원수를 갚고자 하는 것뿐이니, 몽고 왕자는 만날 필요가 없소."

"난 양 형제를 돕기로 약조했는데, 아무러면 신의를 저버리겠소? 다만 나는 홀필열 왕자의 초빙을 받은 몸이어서 왕자에게 보고를 해야 하오. 그의 막사는 여기서 멀지 않아 하루면 갈 수 있소."

양과로서는 선택의 여지가 없었다. 무공으로 보나 지혜로 보나 자신은 곽정과 황용의 상대가 될 수 없었다. 금륜국사의 도움 없이 원수를 갚기란 불가능한 일이었다. 결국 금륜국사와 함께 나서기로 했다.

금륜국사는 몽고 제일호국대사에 봉해져 있어 몽고병들은 그를 지극히 숭배했다. 그가 병영에 도착하자 그 소식이 즉시 왕자에게 전해졌다. 몽고인들은 대대로 '파오氈'에서 살아왔기 때문에 입성한 후에도 궁실 생활에 적응하지 못하고 여전히 천막을 치고 지냈다.

홀필열도 마찬가지로 막사에서 지냈다. 금륜국사는 양과의 손을 잡고 막사 안으로 들어갔다. 막사는 일반 몽고군 막사의 두 배쯤 되었지만, 왕자의 막사라고 하기에는 대단히 수수했다. 그곳에 스물다섯 살쯤 되어 보이는 젊은 남자가 자리에 앉아 책을 읽고 있었다. 그는 두 사람이 막사로 들어오는 것을 보고는 얼른 일어나 웃으며 맞이했다.

"오랜만입니다, 국사. 자주 생각이 나더군요."

---

* 쿠빌라이. 몽고제국 제5대 칸이며 원나라의 시조이다. 홀필열은 지략이 뛰어나고 큰 뜻을 품은 인물로, 몽고 태후와 대칸의 명을 받들어 대막大漠 남쪽, 한족으로부터 빼앗은 영토를 다스렸다. 그는 한족의 인재들과 두루 교류하며 의견을 모아 정치·군사·경제적 전략을 펼쳤다. 당시 그의 신임을 받은 한족 인물로는 조벽趙璧, 동문용董文用, 두묵竇默, 왕악王鶚, 장덕휘張德輝, 자총子聰 등이 있다. 그는 한족 유생들의 건의를 받아들여 유가儒家적 치도治道를 채택했고, 공자를 숭상했다. 그의 친형 몽가蒙哥(몽케. 몽고제국 제4대 칸)가 대칸 자리에 오르자 홀필열의 권력은 크게 팽창했다. 그 후 한족 신하인 요추姚樞, 장문겸張文謙 등을 등용했고, 여전히 자총을 중용함으로써 몽고 대신들을 견제했다.

"왕자님, 젊은 영웅 한 분을 소개해드릴까 합니다. 여기 양 형제는 아직 어리지만 대단한 인재입니다."

테무친의 손자라는 말에 양과는 홀필열이 대단히 위풍당당한 인물일 것이라 예상했는데, 만나고 보니 한어도 할 줄 알고 검손하며 연방 친근한 미소를 짓고 있으니 오히려 의아한 생각이 들었다.

홀필열은 양과를 잠시 살펴보더니 왼손으로 금륜국사를 잡아끌며 좌우에 지시를 내렸다.

"어서 술상을 차려와라. 내 이 형제와 한잔 마셔야겠다."

시중꾼들이 나가 몽고의 마유주가 가득 담긴 술 사발 세 개를 가지고 왔다. 홀필열은 사발을 받아 들자마자 쭉 들이켰다. 금륜국사 역시 남김없이 마셨다.

양과는 평소에 술을 잘 마시지 않았으나 주인이 이렇게 격의 없이 대하는데 사양하기 난처해 단숨에 사발을 비웠다. 술은 매우 강렬하면서 신맛이 났다.

"양 형제, 술맛이 어떠한가?"

"신맛과 쓴맛이 섞여 있고 입으로 들어가는 느낌이 마치 칼에 찔리는 것처럼 얼얼하니 가히 사내대장부의 맛이라 하겠습니다."

홀필열은 크게 기뻐하며 연신 술을 더 가져오라 시켰다. 세 사람은 각각 세 사발씩 쉬지 않고 들이켰다. 양과는 내공이 튼튼해 술을 마시고도 얼굴빛 하나 달라지지 않았다. 양과의 그런 모습에 홀필열은 대단히 흡족한 표정을 지었다.

"국사, 어디서 이런 호걸을 만나셨소? 우리 대몽고에 아주 좋은 행운이오."

금륜국사는 양과의 내력을 간단히 설명해주었다. 그는 양과의 신분을 한껏 높여 이야기했다. 그러다 보니 마치 양과가 중원 무림에서 중요한 위치를 차지하는 인물처럼 묘사되었다. 그는 무림 맹주 자리를 노렸으나 양과 때문에 뜻을 이루지 못한 사실도 숨기지 않고 말했다. 금륜국사가 이렇듯 자신을 존중해주자, 양과는 저도 모르게 우쭐한 기분이 되었다.

홀필열은 남하하여 대송을 치라는 명령을 받고 중원으로 내려와 머무르고 있었다. 그는 한漢의 문화를 숭앙해서 언제나 유생과 무리 지어 다녔고, 경서를 공부했다. 그리고 무예와 학문이 뛰어난 사람을 두루 불러들여 친구로 사귀고 손님으로 대접하며 송을 공격할 계획을 세웠다. 다른 사람이었다면 아직 어린 양과를 보고 그의 능력을 믿지 못했을 것이나 홀필열은 지모가 뛰어나고 도량이 큰 사람이었다. 또한 금륜국사에 대한 신뢰가 깊은 탓도 있어 망설이는 기색 없이 선뜻 양과를 반기고 연회를 베풀어주었다.

잠시 후 연회 자리가 마련되고 술과 고기가 한 상 가득 차려졌다. 거기에는 몽고의 음식과 한족의 음식이 골고루 갖춰져 있었다. 홀필열이 좌우의 수하들에게 나직이 지시를 내렸다.

"가서 관사에 묵고 있는 영웅들을 모셔오너라."

명을 받든 부하들이 나가자, 홀필열은 좌중을 돌아보며 입을 열었다.

"요 며칠 사이 관사에 손님이 더 오셨소. 손님들마다 제각기 재능을 지니고 있으니 우리 몽고의 복이라 할 것이오. 물론 국사와 양 군楊君의 문무를 따라가지는 못할 테지만 말이오."

이야기를 나누는 사이, 손님들을 모시고 왔다는 전갈이 전해졌다. 장막의 문이 열리고 네 사람이 들어섰다. 한 사람은 키가 크고 마른 몸에 얼굴에는 혈색이라고는 없어 마치 죽은 송장 같은 모습을 하고 있었다. 홀필열은 금륜국사와 양과에게 그를 소개해주었다. 상서湘西에서 명성을 떨치고 있는 소상자瀟湘子라는 사람이었다.

두 번째 사람은 키가 작고 피부가 유달리 검었다. 천축天竺에서 온 고수로 니마성尼摩星이라고 했다. 그 뒤에 서 있는 두 사람 중 한 명은 키가 팔 척에 이르고 손발이 큼직한 것이 힘깨나 쓸 듯했다. 조금 모자라 보이는 듯한 웃음을 띤 채 눈은 초점 없이 흐렸다.

또 다른 한 사람은 코가 높고 눈이 움푹 파여 있었다. 곱슬머리에 누런 수염을 보니 이방인이 틀림없건만, 한족의 복장을 하고 있었다. 목에는 진주 목걸이를 걸었고 팔에는 옥팔찌를 차고 있었다.

홀필열은 이들을 하나하나 소개해주었다. 몸집이 커다란 사내는 신강新疆 사람으로, 이름은 마광좌麻光佐였다. 또 옆에 서 있는 이방인은 페르시아 대상大商으로 조상 삼대가 대대로 변량卞梁, 장안長安, 태원太原 등지에서 보석 장사를 하여 중국 이름을 따른다고 했다. 그의 이름은 윤극서尹克西였다.

니마성과 소상자는 금륜국사가 '몽고 제일국사'라는 말에 차가운 표정으로 그의 아래위를 훑어보았다. 그리고 그 옆에 서 있는 양과는 워낙 나이가 어려 보이는 탓에 금륜국사의 제자나 도손徒孫쯤으로 여기고 마음에 두지 않는 듯했다. 술이 세 순배쯤 돌자 니마성이 참지 못하고 입을 열었다.

"전하, 대몽고는 영토가 넓으니 이 스님이 제일국사라면 무공 또한 대단할 것으로 여겨집니다. 저희도 한번 구경할 기회가 있을까요?"

기다렸다는 듯 소상자도 거들고 나섰다.

"니마성 형제는 천축에서 왔습니다. 몽고의 무공은 천축에서 전해진 것이니 청출어람이라는 말이 정말인지 보고 싶습니다. 저희는 그다지 믿지 못하겠습니다마는……."

금륜국사가 고개를 들어보니 니마성은 두 눈이 형형한 빛을 발하고, 소상자는 서슬 푸른 얼굴을 하고 있었다. 두 사람 모두 내공이 깊다는 것을 한눈에 알 수 있었다.

윤극서는 히죽거리며 저잣거리 장사치 흉내를 내고 있었다. 하지만 무능해 보이려 애를 쓰면 쓸수록 다른 꿍꿍이가 있는 것 같아 방심할 수 없었다. 몸집만 커다란 마광좌는 정말로 신경 쓸 필요가 없어 보였다. 좌중을 둘러보며 금륜국사가 얼굴에 미소를 지었다.

"노승이 국사에 봉해진 것은 대칸과 넷째 왕자 전하의 은덕이었습니다. 그 과분한 은혜에 몸 둘 바를 모르겠습니다."

"그렇다면 자리를 다른 영웅께 양보하고 물러설 일이지요."

소상자가 곧바로 말하고 곁눈으로 니마성을 바라보며 입가에 냉소를 흘렸다. 금륜국사는 젓가락을 들어 커다란 고깃덩어리를 집었다.

"이 고깃덩어리가 접시에 담긴 것 중 가장 큰 것이군요. 노승, 원래는 먹으려던 것이 아닌데, 그냥 젓가락을 뻗다 보니 이렇게 집게 되었습니다. 이게 다 불가에서 말하는 인연인 거지요. 거, 드시고 싶은 분이 있으면 가지고 가시지요."

그는 젓가락을 접시 위에 멈추고 가만히 기다렸다. 마광좌는 금륜국사의 의도를 알지 못한 채 그저 몽고 제일국사의 신분으로 고기를 손님에게 양보하려는 것인 줄만 알고 젓가락을 뻗었다. 그의 젓가락이 고깃덩어리에 닿으려는 순간, 금륜국사의 젓가락이 갑자기 들리는가 싶더니 마광좌의 젓가락과 가볍게 부딪쳤다. 그러자 마광좌는 손에 벼락이 떨어지는 듯한 통증을 느끼며 젓가락을 더 쥐고 있지 못하고 그만 탁자에 떨어뜨리고 말았다.

금륜국사는 어느새 젓가락을 거두어 아까처럼 고깃덩어리를 집고 있었다. 자리에 있던 사람들은 놀라 서로 얼굴만 번갈아 바라볼 뿐이었다. 마광좌는 어찌 된 영문인지 모르고 다시 젓가락을 들어 다섯 손가락으로 힘껏 쥐었다.

'이번에는 절대 부딪치지 말아야지.'

그는 재빨리 젓가락을 고기 쪽으로 뻗었다. 순간, 금륜국사는 또 젓가락을 툭 쳤다. 이번에는 마광좌가 워낙 힘껏 쥐고 있었기 때문에 떨어뜨리지는 않았지만, 젓가락은 순식간에 두 동강이 났다. 젓가락 한 쌍이 마치 칼로 베어낸 것처럼 네 조각이 되었고, 그중 두 조각이 탁자 위로 떨어졌다. 마광좌는 화가 머리끝까지 치밀어 괴성을 지르며 금륜국사에게 달려들었다.

그때 홀필열의 웃음소리가 들렸다.

"마 장사는 그리 화낼 것 없소. 무예를 겨루겠다면 우선 식사를 하고 나서 시작해도 늦지 않소."

왕자의 말이라 마광좌는 어찌지 못하고 자리로 돌아가 앉았다. 그러나 여전히 분이 풀리지 않는 듯 금륜국사를 돌아보며 씩씩거렸다.

"무슨 수작을 부려 내 젓가락을 부러뜨린 거요?"

금륜국사는 말없이 미소를 띠었다. 젓가락은 여전히 고깃덩어리를 집은 채였다.

니마성은 애초에 금륜국사를 대단찮게 봤으나 그의 내공을 확인하니 더 이상 얕볼 수 없을 것 같았다. 그는 천축국 사람으로 밥을 먹을 때 젓가락을 쓰지 않고 손을 사용했다.

"이렇게 큰 고기를 마다하시니, 내가 먹어야겠소."

말이 떨어지기가 무섭게 그는 다섯 손가락을 갈퀴처럼 펴 순식간에 뻗었다. 금륜국사는 오른쪽 젓가락을 휘둘러 번개처럼 몇 차례 털었다. 그리고 니마성의 손바닥, 손목, 손등, 손아귀, 그리고 중지 끝의 혈도를 찍었다. 니마성은 얼른 손을 뒤집어 금륜국사의 손등을 내리쳤다. 금륜국사는 팔을 전혀 움직이지 않은 채 젓가락을 거꾸로 세워 또 몇 차례 흔들었다.

니마성은 젓가락 끝이 자신의 손아귀에 닿는 것을 느끼고는 얼른 손을 거두어들였다. 금륜국사의 젓가락도 방향을 틀어 고깃덩어리를 집고 있었다. 그가 젓가락을 뻗어 혈을 찍고 몇 차례 흔든 후 다시 돌아갈 때까지 고깃덩어리는 떨어지지 않았다.

양과를 비롯해 이를 지켜보던 사람들은 모두 눈 깜짝할 사이에 두 사람이 이미 수 초식을 겨룬 것을 알았다. 젓가락의 움직임도 빨랐지만, 니마성의 피하는 동작도 전광석화 같았다. 그도 대단한 무공을 지닌 고수인 듯했다. 소상자는 속으로 감탄을 금치 못했다.

'대단하군!'

홀필열은 두 사람이 상승 무공으로 겨루었다는 것은 알고 있었으나 정확히 어떤 무공인지는 파악할 수가 없었다.

이번에는 윤극서가 사람 좋은 웃음을 흘리며 나섰다.

"여러분, 예를 너무 갖추는군요. 서로 안 드시겠다 양보를 하는 사이에 음식이 다 식지 않습니까?"

그러곤 느릿느릿 젓가락을 뻗었다. 손목에 있던 비취 팔찌와 금을 세공한 옥팔찌가 서로 부딪치며 쟁그랑쟁그랑, 하며 울렸다. 그의 젓가락이 고기에 닿기도 전에 금륜국사의 젓가락이 그의 내공에 밀려 가볍게 흔들렸다. 윤극서가 먼저 수를 써 자신의 내공으로 금륜국사가 젓가락을 뻗지 못하게 밀고 들어간 것이었다.

금륜국사는 젓가락을 아예 앞으로 밀어 윤극서가 고기를 집게 하고 내공을 그의 젓가락으로 보내며 팔을 공격했다. 윤극서는 얼른 내공을 조절해 반격했다. 그러나 금륜국사가 내공을 발했다가 즉시 거두자, 잠시 옮겨갔던 고깃덩어리는 윤극서가 발하는 힘에 밀려 다시 금륜국사에게 돌아왔다.

"윤 형께서도 양보를 하시니 너무 예를 갖추시는 것 같습니다."

결국 금륜국사의 교묘한 움직임이 승리를 거둔 셈이었다. 윤극서는 금륜국사의 수에 휘둘린 뒤 상대의 내공이 자신보다 한 수 위라는 것을 확인했다. 다행히 아직 크게 망신을 당하지 않았을 때 상황을 수습하고 싶어 천연덕스럽게 미소를 지으며 접시에 있는 작은 고깃덩어리를 집었다.

"보석이나 재물이라면 모를까, 고기는 그다지 좋아하지 않습니다. 이 작은 거나 한 조각 맛보지요."

말을 마치고는 고기를 입안에 넣고 천천히 씹었다.

'이 페르시아 녀석, 제법 대범하구나.'

금륜국사는 내심 감탄하고 고개를 돌려 소상자를 바라보며 짐짓 예를 갖추었다.

"이처럼 사양을 하시니 그럼 이 노승이 맛을 보겠습니다."

그러고는 고기를 집은 젓가락을 천천히 반 자쯤 거두었다. 소상자의 내공도 상당한 수준이라 금륜국사는 방심할 수 없었다. 이제 젓가락을 반 자 거두었으니 내공을 발했을 때보다 반 자 가까워진 것이요, 상대에게서 반 자 멀어진 것이었다.

소상자는 차갑게 웃음을 지으며 천천히 젓가락을 들었다. 그리고 갑자기 젓가락을 뻗어 고깃덩어리를 집더니 그 기세를 타고 자기 쪽으로 다시 반 자를 당겼다.

금륜국사는 그의 손놀림이 이처럼 빠를 것이라고는 예상하지 못했다. 그는 급히 내공을 조절해 힘을 거두었다. 그 기세에 고깃덩어리가 조금씩 움직였다. 소상자는 자리에서 일어나 왼손으로 탁자를 내리눌렀다. 탁자가 덜컥덜컥 흔들렸지만, 금륜국사 쪽으로 옮겨가는 고깃덩어리를 막을 수는 없었다. 금륜국사는 여유로운 표정인 반면, 소상자의 이마에서는 땀방울이 송골송골 맺혔다. 승부는 이미 결정이 났다. 그때였다. 멀리서 누군가의 외침 소리가 들렸다.

"곽정, 어디 있느냐? 어서 나와라! 곽정, 이 곽가 녀석아!"

목소리는 동쪽에서 들리는가 싶더니 어느새 서쪽에서 들려왔다. 동쪽과 서쪽의 거리가 족히 몇 리는 될 듯한데, 여기서 들렸다가 금방 또 다른 쪽에서 들려온 것이다. 목소리는 분명 한 사람인데 동서로 끊이지 않고 이어지니 누군지 몰라도 신법身法이 대단히 빠른 사람임이 틀림없었다. 목소리를 들어서는 내공도 강호에서 손꼽힐 만큼 깊은 사람일 듯했다.

사람들이 놀라 서로 얼굴을 마주 보는 사이, 소상자는 젓가락을 놓고 앉았다. 금륜국사가 호탕한 웃음을 터뜨렸다.

"양보해주시니 고맙소이다!"

그가 고깃덩어리를 막 입에 넣으려는 순간 갑자기 막사의 문이 열리더니 그림자가 스쳐 지나갔다. 그 그림자는 어느새 금륜국사의 젓가락에 있던 고깃덩어리를 낚아채 입안에 넣고 우적우적 씹기 시작했다. 자리에 있던 사람들은 모두 깜짝 놀라 벌떡 일어났다. 나타난 사람은 백발에 수염까지 하얗게 센 노인으로, 얼굴은 온통 불그스레하고 만면에 웃음이 가득했다. 그는 막사에 깐 양탄자 위에 자리를 잡고 앉아 왼손으로 하얀 수염을 쓰다듬으며 오른손으로는 연방 고깃덩어리를 입안으로 쑤셔 넣었다. 쩝쩝거리고 입맛까지 다시며 정신없이 먹어댔다.

금륜국사는 이 늙은이가 자신이 집고 있던 고깃덩어리를 어떻게 빼앗아갔는지 더듬어 생각해봤으나 도무지 어찌 된 영문인지 알 수 없었다.

"자객을 잡아라!"

막사 입구를 지키던 무사들이 그제야 뛰어들어와 일제히 노인의 가슴에 창을 겨누었다. 노인은 왼손을 뻗어 한 손에 창 네 개를 모두 움켜쥐고 양과를 돌아보았다.

"어이, 형제, 고기를 좀 더 가져다줘. 배가 고파 죽을 지경이라고."

몽고 무사 넷이서 창을 힘껏 밀어보았으나 꿈쩍도 하지 않았다. 이번에는 반대로 당겨보았지만, 창 네 자루는 철산鐵山에 조각을 해놓은 듯 도무지 움직일 기미가 보이지 않았다. 네 명의 무사만 얼굴이 시뻘게져 연신 거친 숨을 몰아쉴 뿐이었다.

양과는 점점 흥미가 생겨 탁자 위의 고기 접시를 노인 쪽으로 던져 주었다.

"드시지요!"

노인은 오른손으로 접시를 받아 가슴 앞으로 받쳐 들었다. 순간, 고깃덩어리 하나가 튀어오르더니 그대로 노인의 입속으로 들어갔다. 마치 고깃덩어리가 살아 있는 듯이 움직였다.

홀필열 역시 점차 흥미가 당겼다. 그는 노인이 무슨 마술을 쓰는 줄 알고 연신 손뼉을 치며 재주를 칭찬했다. 금륜국사 등은 그 노인이 손바닥의 일부를 운공하여 접시 안의 고깃덩어리를 튀어오르게 했다는 걸 알았다. 일반 사람도 접시를 사이에 두고 두드리면 고기를 튀어오르게 할 수는 있으나, 그러면 분명 여러 조각이 한꺼번에 튀어오를 것이고 덩달아 국물까지 튈 것이다. 각각의 덩어리를 하나하나 튀어오르게 하는 것은 절대 아무나 할 수 있는 일이 아니었다. 노인의 장력은 자유자재로 힘을 조절하는 경지에까지 와 있는 듯했다. 이 자리에 있는 사람들 가운데에는 이 같은 재주를 가진 자가 없었다. 그래서 그들은 모두 경외의 눈빛으로 노인을 바라보았다.

노인은 쉬지 않고 입을 우물거렸다. 막 고기 한 점을 삼키는가 싶으면 곧바로 접시에서 또 한 조각이 튀어올랐다. 순식간에 고기 한 접시를 말끔히 비웠다.

그때 노인이 오른손을 휘두르자 접시가 날아올라 허공에서 반원을 그리며 양과와 윤극서가 있는 쪽으로 날아갔다. 두 사람은 이미 노인의 무공을 본 터라 혹 접시에 뭔가 계략이 숨겨진 것이 아닌가 싶어 차마 손을 뻗지 못하고 허둥지둥 양옆으로 피했다. 접시는 탁자 위로 사뿐히 떨어지면서 구운 양고기가 담긴 접시와 부딪쳤다. 양고기 접시는 그 힘에 밀려 붕 떠오르며 노인이 있는 쪽으로 날아갔다. 빈 접시는 탁자 위에서 몇 바퀴를 구르고는 그대로 멈추었다.

노인이 펼친 것은 태극경太極勁이었다. 즉 태극 문양처럼 원을 그리며 제자리로 돌아와 끊이지 않고 순환하는 이치를 담은 움직임이었다. 넓은 곳에서 했다면 노인이 던진 접시는 사람들 주위로 원을 그렸을 터였다. 그리 어려운 것은 아니어서 변환술에 능한 사람들이 장기로 삼는 무공이기도 했다. 까다로운 문제는 힘을 잘 맞추어야 한다는 점이었다. 즉 빈 접시를 던져 그 빈 접시는 멈춰 서게 하고, 음식을 담은 다른 접시는 노인의 손으로 오도록 힘을 조절하는 것이 중요했다.

노인은 재미있다는 듯 큰 소리로 웃었다. 이번에도 아까처럼 양고기가 하나하나 튀어올라 노인의 입으로 들어갔다. 노인이 고기를 다 먹는 동안 가장 난처해하고 있는 이들은 바로 몽고의 무사들이었다. 힘을 주어 창을 빼앗자니 힘이 부족하고, 그냥 창을 놓아버리자니 감히 그럴 수가 없었다. 몽고 군법은 엄격하기 짝이 없어 전장에서 무기를 포기하면 참수형을 당하게 돼 있었다. 게다가 이 네 사람은 왕자를 호위하는 지엄한 책임을 지고 있으니 그저 젖 먹던 힘까지 모두 짜내어 버티는 수밖에 없었다.

노인은 그들이 어찌할 바를 모르고 허둥대는 모습을 보고 흥이 났는지 갑자기 소리를 질렀다.

"자, 자, 자! 두 사람은 내게 절을 하고, 두 사람은 벌러덩 넘어져보아라! 하나, 둘, 셋!"

말이 끝나기도 전에 노인의 팔이 흔들리는가 싶더니 창 네 자루가 동시에 부러졌다. 노인은 손가락의 방향을 각각 달리해서 손가락 두 개는 밖을 향해 밀고 다른 두 개는 안쪽으로 당겼다.

"우아악!"

비명 소리와 함께 두 무사는 절을 올리듯 앞으로 고꾸라졌고, 나머지 두 무사는 뒤로 벌렁 자빠졌다. 노인은 손을 탁탁 털고 노래를 부르기 시작했다.

"아가야, 아가야, 자꾸만 넘어져야 그만큼 자라는 법이란다."

이는 아이가 넘어졌을 때, 어른이 달래기 위해 부르는 노래였다. 순간 윤극서의 머리에 갑자기 떠오르는 이름이 있었다.

"선배님께서는 혹시 성이 주씨 아니십니까?"

"그래, 하하…… 나를 아는가?"

윤극서는 벌떡 일어나 포권의 예를 취했다.

"노완동 주백통 선배님께서 오셨군요."

소상자도 그 이름을 익히 들어 알고 있었으나, 금륜국사와 니마성은 그의 명성을 들어본 적이 없었다. 그러나 지금 눈앞에서 펼쳐진 무공과 멋대로 까불며 수선을 떠는 모습만 보아도 과연 늙은 악동, 즉 노완동이라 할 만하다고 생각했다. 순간 모두의 얼굴에서 미소가 떠오르며 적의敵意가 온데간데없이 사라졌다.

금륜국사가 공손히 입을 열었다.

"노승의 눈이 어두워 무림 선배님을 몰라보았습니다. 잠시 자리에 오르시는 것이 어떨지요? 저희 전하께서는 널리 현자와 인재들을 찾고 계십니다. 오늘 이렇게 대단한 분이 오셨으니 틀림없이 크게 기뻐하실 것입니다."

옆에 있던 홀필열이 두 손을 모으고 예를 갖추었다.

"그렇습니다. 주 선생, 잠시 자리에 오르시지요."

그러나 주백통은 무심히 손을 저었다.

"아, 나는 배불리 먹었으니 이제 더 먹지 않겠소. 그런데 곽정은? 혹시 여기 있소?"

양과는 황약사에게 주백통과 곽정이 의형제를 맺은 일에 대해 들은 적이 있었다. 그래서 대뜸 나섰다.

"그를 찾아 뭘 하려는 거죠?"

곽정과 관련된 일이니 말이 곱게 나올 리 없었다. 주백통은 천성이 거침없고 제멋대로인 데다 젊은 사람이나 아이들과 사귀는 것을 좋아했다. 그런데 이 자리에서 가장 나이 어린 양과가 자기를 상대해주니 기뻐하며 옆으로 다가섰다. 양과가 자기를 '노 선배님'이나 '주 선생님'이라고 부르지 않는 것쯤은 아랑곳하지 않았다.

"곽정은 내 의형제인데, 그를 아느냐? 그는 어려서부터 몽고인들과 함께 생활했거든. 내 몽고의 천막을 보고 그를 찾으러 곧장 달려왔지."

양과는 미간을 살짝 찌푸렸다.

"곽정을 찾아 뭘 하려고 그러시는데요?"

주백통은 누굴 의심하고 속에 있는 말을 숨기지 않았다. 그는 그저 곧이곧대로 대답했다.

"그가 사람을 시켜 내게 편지를 보냈어. 영웅대연에 참석해달라고 말이야. 그래서 멀리서 출발을 하긴 했는데, 아, 중간에 좀 놀다 보니 며칠 늦어졌지 뭐야. 그런데 그새 영웅대연은 파했더라고. 그러면 재미가 없잖아."

"편지도 남기지 않았던가요?"

주백통은 잠시 말을 멈추고 눈알을 굴리며 생각에 잠겼다.

"그런데 왜 네가 그렇게 짜증스럽게 물어보느냐? 그래서 네가 곽정을 안다는 것이냐, 모른다는 것이냐?"

"어찌 모르겠습니까? 곽 부인 성함은 황용이지요? 그 부부의 딸 이름은 곽부이고요."

양과의 말에 주백통은 손뼉을 마주치며 어린아이처럼 좋아했다.

"아냐, 아냐! 황용 고 어린것한테 무슨 딸이 있단 말이냐?"

양과는 잠시 할 말을 잃었다. 그러다 뭔가 짐작가는 바가 있어 차근차근 이야기를 하기로 했다.

"그 부부와 만난 지 얼마나 되셨습니까?"

주백통은 손가락을 꼽아가며 헤아려보았다. 열 손가락을 모두 편 뒤 다시 한번 꼽았다.

"아하, 그러니까 벌써 20년이 되었구먼."

"20년이 지났는데 아직도 어린 나이입니까? 20년 사이에 아이를 열은 낳았겠습니다."

그제야 주백통도 웃음을 터뜨렸다. 그의 요란한 웃음에 수염이 이리저리 어지럽게 흩날렸다.

"으하하하, 네 말이 맞다. 네 말이 맞아! 그 둘이서 딸을 낳았다면 참 예쁘겠구나?"

"제가 봤을 때 그 아이는 아무래도 아버지보다는 어머니를 더 닮은 것 같더군요. 그러면 예쁜 건가요?"

"거 잘되었구나. 여자아이가 우리 곽 형제처럼 짙은 눈썹에 부리부리한 눈을 하고 얼굴빛이 시커멓다면 예쁘다고 할 수가 없지.”

주백통은 여전히 웃음을 그치지 못했다. 양과는 주백통의 의심이 모두 풀린 것을 보고 그의 믿음을 더욱 굳히기 위해 한마디 덧붙였다.

“황용의 아버지이신 도화도주 황약사 형님은 저와 막역한 사이지요. 그분을 아시나요?”

주백통은 깜짝 놀라 웃음을 그치고 양과를 멍하니 바라보았다.

“네 나이에 어찌 황 노사와 호형호제를 한단 말이냐? 네 사부는 누구시냐?”

“저희 사부님은 대단하신 분입니다. 말씀드리면 깜짝 놀라실 거예요.”

“그런 일은 없을 거다.”

주백통은 오른손을 들어 손에 있던 빈 접시를 양과를 향해 날렸다. 공기를 가르는 바람 소리가 예사롭지 않았다.

양과는 주백통이 마옥, 구처기 등의 사숙이라는 것을 알고 있었다. 그리고 그가 팔은 움직이지 않고 손가락 힘으로만 접시를 던지는 것이 눈에 들어왔다. 바로 전진교의 무공이었다. 양과는 전진교의 무공은 이제 두려울 것이 없으므로 흔들림 없이 왼손 식지를 뻗어 접시 바닥을 받쳐 들었다. 접시는 양과의 손가락 위에서 뱅그르르 맴돌았다.

주백통은 기뻐 어쩔 줄 모르는 얼굴인 반면 소상자와 윤극서, 니마성 등은 내심 움찔하는 기색이었다. 소상자는 애초 남루한 옷차림에 나이도 어린 양과에게는 눈길도 주지 않았다. 그런데 이제 그를 다시 볼 수밖에 없었다.

‘접시가 날아오는 기세를 봤을 때 나라면 손을 뻗어 받을 생각도 못했을 텐데, 손가락 하나로 받아내다니. 조금이라도 어긋났다면 손가락 하나가 잘렸을 상황인데 어찌…… 도대체 어디서 온 소년일까?'

주백통은 벌어진 입을 다물 줄 모르고 양과를 칭찬했다.

"그래, 잘했다!"

그러나 그 역시 양과의 솜씨가 전진교의 무공이라는 것을 알아보았다.

"마옥, 구처기를 아느냐?"

"그리 대단하신 도사 나리들을 제가 어찌 모르겠습니까?"

양과는 비꼬는 말투를 구태여 숨기지 않았다. 주백통은 오히려 반가웠다. 그는 구처기 등 사질들에 대해 나쁜 감정은 없었으나 그들이 지나치게 까다롭게 규율을 중시하고 번거롭게 따지는 것이 많아 조금은 그들을 깔보고 있던 차였다. 그가 살아오면서 진심으로 감탄하는 사람은 사형 왕중양을 제외하고는 자유로이 강호를 떠돌아다니는 구지신개 홍칠공뿐이었다. 그리고 황약사의 악한 구석이라든지 황용의 교활한 점과도 알게 모르게 맞는 구석이 있었다. 그런데 양과가 마옥, 구처기 등을 '도사 나리'라고 비꼬는 말을 들으니 기분이 썩 나쁘지만은 않았다.

"그래, 학대통은 어떠냐?"

'학대통'이라는 석 자를 듣자, 양과는 분노가 치밀어 올랐다.

"그 망할 도사 놈은 언젠가 제게 혼쭐이 날 거예요!"

주백통은 점점 더 흥이 났다.

"으흠…… 그래, 어떻게 혼쭐을 내주겠다는 거냐?"

"그자를 잡아 손발을 묶은 후 똥통에 한나절 동안 담아놓을 거예요."

주백통은 웃음을 터뜨리며 양과의 귀에 대고 가만히 속삭였다.

"그래, 그를 붙잡은 후 똥통에 빠뜨릴 때 잊지 말고 꼭 나를 좀 불러다오. 나도 옆에서 몰래 구경 좀 하자꾸나."

그렇다고 주백통이 학대통에 대해 악의를 품고 있는 것은 아니었다. 그저 천성이 장난을 좋아하고 소동에 끼어드는 걸 즐기는 것뿐이었다.

"예, 잊지 않을게요. 그런데 왜 몰래 구경을 하죠? 전진교 도사들을 무서워하세요?"

"나는 학대통의 사숙이다. 나를 보기라도 하면 구해달라고 소리를 지를 텐데, 내가 구해주지 않으면 두고두고 미안할 테고, 또 그렇다고 구해주면 좋은 구경을 못 하게 되는 거 아니냐? 하하……."

양과는 속으로 가만히 웃었다.

'이 사람은 무공은 굉장히 강한데, 성격은 꾸밈없고 순진한 애 같군. 하지만 어쨌든 전진파야. 또 곽정의 의형제이기도 하고. 사내대장부가 마음을 먹었으면 어떻게든 실천을 해야지. 무슨 수를 써서라도 이자를 없애야 해.'

주백통은 양과의 이런 속셈은 꿈에도 모르고 계속 말을 붙였다.

"언제 학대통을 잡으러 갈 거냐?"

"지금 갈 겁니다. 구경하고 싶으면 함께 가시죠."

주백통은 뛸 듯이 기뻐하며 손뼉을 마주치고 일어나다가 갑자기 의기소침해하며 자리에 앉았다.

"아, 안 돼. 나는 양양襄陽에 가야 해."

"양양에 뭐 재미있는 게 있다고요? 가지 마세요."

"곽 형제가 육가장에 편지를 남겨놓았는데, 몽고 대군이 남하해 양양을 공격할 거라더군. 그는 중원의 호걸들을 이끌고 먼저 가니 나더러 힘을 보태달라고 했어. 계속 그를 찾으려고 했지만 못 만났으니 양양으로 갈 수밖에."

홀필열은 금륜국사와 눈을 마주치며 말없이 같은 생각을 하고 있었다.

'중원 무인들이 모두 양양으로 몰려가 성을 지키려 하는구나.'

두 사람이 실랑이를 하고 있는데, 막사 문이 열리며 한 중이 들어섰다. 마흔 살쯤 되었을까. 곱상하게 생긴 얼굴과 행동거지가 영락없는 서생 같았다. 그는 홀필열 옆으로 다가가 함께 머리를 맞대고 뭔가 수군거렸다. 승려는 한족으로 법명은 자총子總이며 홀필열의 모사謀士 역할을 하고 있었다. 그의 속명은 유간劉侃 또는 유병충劉秉忠이라고도 했다. 그는 어린 시절 현 관아의 아전 노릇을 하다가 출가해 중이 되었다. 학문이 깊고 일처리가 빈틈없어 홀필열이 대단히 신임하는 사람이었다. 그는 홀필열의 막사에 이상한 사람이 왔다는 호위군의 말을 듣고 즉시 달려온 길이었다.

주백통은 배를 슬슬 문지르며 중을 돌아보았다.

"이 형제와 할 말이 있으니 스님은 좀 비켜주시구려. 이봐, 형제, 이름이 뭔가?"

"성은 양이고 이름은 과라 합니다."

"사부님은 누구신가?"

"우리 사부님은 여자입니다. 용모도 아름다우시고 무공도 심오하시지요. 하지만 그 이름은 알려드릴 수 없습니다."

주백통은 순간 등골이 서늘해졌다. 옛 연인이던 영고瑛姑가 떠올랐던 것이다. 그는 더 묻지 않고 몸을 일으켰다. 그가 소매를 휘둘러 먼지를 털자 순식간에 막사 가득 먼지가 피어올랐다. 자총은 참지 못하고 콜록콜록 기침을 했다. 주백통은 얼굴이 환해지며 소매를 더욱 힘껏 털어대더니 갑자기 껄껄 웃음을 터뜨렸다.

"나는 가네!"

이어 왼손을 들어 부러진 창을 소상자, 니마성, 윤극서, 마광좌 네 사람에게 각각 던졌다. 바람 소리와 함께 창은 눈 깜짝할 사이에 네 사람의 눈앞까지 날아갔다. 소상자는 깜짝 놀라 미처 피하지도 못했다. 때는 이미 늦은 듯했다. 각자 내공을 써 받아내는 수밖에 없었다. 그러나 네 사람이 일제히 뻗은 손은 창에 닿지 않고 허공을 갈랐다. 창은 둔탁한 소리를 내며 땅에 꽂혔다. 주백통은 교묘한 무공으로 손에서 창이 나가자마자 힘을 거두어들였다. 그래서 창이 네 사람 눈앞까지 날아갔다가 갑자기 방향을 바꾸어 바닥에 꽂혔던 것이다. 마광좌는 워낙 우직한 사람이라 그저 재미있다는 생각에 웃음을 터뜨렸다.

"백발노인께서 재주도 많으십니다."

그러나 소상자 등 세 사람은 크게 놀라 안색이 흙빛이 되었다. 창은 그들에게 날아오지 않고 바닥에 떨어졌지만, 그들의 생명은 이미 상대의 손에 넘어간 것이나 다름없었다.

주백통은 네 사람을 보기 좋게 놀려주고 득의양양한 모습으로 막사를 나가려 했다. 그러다 갑자기 또 장난기가 발동했는지 막사의 기둥을 붙잡고 힘을 주어 흔들어대기 시작했다. 기둥은 이내 부러지고 소가죽으로 만든 막사는 순식간에 무너져 내렸다. 홀필열, 금륜국사, 양과 등은 모두 그 밑에 깔리고 말았다. 주백통은 기분이 좋아 막사 위로 몸을 날려 이리저리 경중경중 뛰어다녔다. 밑에 깔려 있던 사람들은 그의 발에 사정없이 밟힐 수밖에 없었다. 당황한 금륜국사는 무작정 위를 향해 장을 뻗어보았다. 마침 이 일격이 주백통의 발바닥에 맞았다. 주백통은 강한 힘에 부딪치자 미처 막지 못하고 몸을 솟구쳐 맴돌았다.

"재미있다, 재미있어!"

그는 한바탕 신나게 논 아이처럼 소매를 흔들며 멀어져갔다. 금륜국사 등은 황급히 홀필열을 끌어냈다. 그들이 대충대충 막사를 새로 세우는 사이, 주백통은 이미 모습이 보이지 않았다. 금륜국사와 소상자는 연신 홀필열 앞에 허리를 굽히며 호위를 제대로 하지 못한 것에 대해 용서를 빌었다. 그러나 홀필열은 전혀 개의치 않고 오히려 주백통의 재주를 침이 마르게 칭찬했다. 그런 인재를 막하에 두지 못하는 것이 못내 아쉬운 듯했다. 금륜국사 등의 얼굴에 부끄러운 기색이 떠올랐다. 막사를 세우고 연회석이 다시 차려졌다.

"몽고 대군이 수차례 양양을 공략했지만 함락시키지 못했소. 그런데 이제 중원의 호걸들이 모여 성을 지키려 하고, 주백통마저 그리 달려갔으니 정말 난감한 일이오. 여러분, 혹시 무슨 묘책이 없겠소?"

홀필열의 하문에 윤극서가 나섰다.

"주백통의 무공이 강하다고는 하나 저희도 그에 못지않습니다. 전하께서 공격하시기만 하면 병졸에는 병졸로, 장수에는 장수로 맞설 것입니다. 중원에 영웅이 있다면 서역에는 호걸이 있습니다."

"말씀은 그럴듯하오만 예로부터 싸움에 임하기 앞서 가능성을 충분히 타진해봐야 한다고 했소. 군사를 일으키기 전에 계획이 있어야 하지 않겠소?"

"전하의 말씀이 지극히 영명하⋯⋯."

자총의 말이 끝나기도 전에 갑자기 막사 밖에서 누군가 고함을 치는 소리가 들려왔다.

"내가 안 간다면 안 가는 거지, 너희가 아무리 애원해도 소용없어!"

주백통의 목소리였다. 그가 어찌 다시 돌아왔을까. 또 누구와 이야기를 나누고 있는 것일까. 막사 안 사람들은 궁금해 어서 나가고 싶어 엉덩이가 들썩거렸다.

"모두들 나가 살펴보시오. 노완동이 또 누구와 시비가 붙은 건지 모르겠구려."

홀필열이 웃으며 허락을 내렸다. 모두들 막사를 뛰어나가 살펴보았다. 주백통은 저 멀리 서쪽 광야에 서 있고 네 사람이 각각 남쪽과 서쪽, 북서쪽, 북쪽에 서서 반원 모양으로 주백통을 둘러싸고 있었다. 그런데 동쪽은 비워둔 채였다. 주백통은 손발을 마구 휘두르며 소리를 질러댔다.

"안 가! 안 간다고!"

양과는 무슨 일인지 궁금해 견딜 수가 없었다.

'저분이 안 간다는데 누가 그렇게 억지로 권하는 걸까?'

주백통을 둘러싸고 있는 네 사람을 살펴보니 모두 녹색 도포를 입고 있었다. 그런데 그 복식服飾이 아주 독특한 것이 요즘 사람이 입는 의상이 아니었다. 세 남자는 중년인데 모두 높은 모자를 쓰고 있었고, 북서쪽에 서 있는 사람은 어린 여자였다. 허리를 동여맨 녹색 허리띠가 바람에 날렸다. 북쪽에 서 있는 남자의 말소리가 들렸다.

"저희는 절대 일부러 괴롭히려는 것이 아닙니다. 다만, 단로丹爐를 뒤집고, 영지靈芝를 부러뜨리고, 책을 찢어버리고, 검방劍房을 불태웠으니 함께 가셔서 저희 사부님께 직접 설명을 해주십사 하는 것입니다. 그러지 않으면 저희로서는 사부님의 책망을 감당할 수가 없습니다."

주백통은 개구쟁이처럼 싱긋 웃었다.

"글쎄, 지나가던 떠돌이가 갑자기 저지른 일이라고 말하면 되지 않느냐?"

"끝내 안 가시겠다는 것입니까?"

주백통은 고개를 설레설레 내저었다. 이야기를 하던 남자가 갑자기 동쪽을 가리키며 말을 돌렸다.

"아, 그래, 저기 오는군!"

주백통이 고개를 돌렸으나 아무도 보이지 않았다. 그사이 남자가 손짓을 하자 네 사람의 손에서 갑자기 녹색 어망이 튀어나와 일제히 주백통을 향해 뿌려졌다. 그들의 솜씨가 워낙 숙련되어 있는 데다 처음 보는 수법이라 주백통 같은 무림의 고수도 어망에 갇혀 손발을 허우적댈 뿐이었다. 그는 손써볼 방도도 없이 고래고래 소리만 질러댔다.

네 사람은 어망을 들고 이리저리 돌아 단단하게 묶었다. 한 남자가 그를 어깨에 둘러메고, 나머지 세 사람은 검을 빼 들고 옆에서 호위를 하며 동쪽으로 바람처럼 멀어졌다.

양과는 원래 주백통을 해칠 생각이었다. 그래야 복수할 때 짐을 덜수 있을 것 같았다. 그러나 이렇게 잡혀가는 모습을 보니 애초에 가졌던 생각은 온데간데없이 사라졌다. 주백통과는 아무런 원한도 없는 데다 어린아이처럼 순수한 그를 만나고 나니 친구가 되고 싶은 마음이 생겼다. 양과는 주백통이 무사할지 걱정되었다.

'아무래도 구해드려야겠다.'

양과는 즉시 그들을 뒤쫓았다.

"이봐, 그분을 어디로 데려가는 거야?"

홀필열은 금륜국사의 귀에 대고 나지막이 속삭였다.

"국사, 주 선생은 대단한 인물이니 가능하면 잡아오시오. 주 선생이 양양으로 가 적에게 힘을 보태주어서는 안 될 것이오."

"예. 소승, 쫓아가서 상황을 보고 처리하겠습니다."

니마성 등도 함께 가기를 청하여 모두 뒤를 쫓기 시작했다. 한참을 달려가 앞서 나선 양과를 만날 수 있었다. 몇 리를 더 달려가니 급류가 흐르는 계곡에 닿았다. 아까 본 네 사람이 주백통을 들쳐 메고 배에 오르는 모습이 보였다. 그들은 노를 저어 배를 상류로 몰았다. 양과 일행은 계곡을 따라 그들을 쫓았다. 조금 가다 보니 작은 배가 한 척 눈에 띄었다. 그들은 얼른 배에 올라탔다. 힘이 센 마광좌가 노를 저었다. 순식간에 주백통이 탄 배와 거리를 좁힐 수 있었다. 그러나 계곡이 워낙 구불구불하여 몇 차례 모퉁이를 돌고 나니 앞서 가던 배의 모습이 사라지고 없었다.

니마성은 배에서 몸을 날려 계곡 옆 언덕으로 올라갔다. 그는 마치 원숭이라도 된 듯 날쌔게 10여 장을 올라가 사방을 둘러보았다. 녹색 도포를 입은 사람들의 배는 서쪽 끝 꺾이는 협소한 지류로 들어서고 있었다. 그 입구는 나무로 뒤덮여 있기 때문에 만일 높은 데 올라가 살펴보지 않았더라면 그런 곳이 있는지조차 모를 뻔했다.

니마성이 다시 배로 돌아와 방향을 잡았고, 사람들은 서둘러 뱃머리를 돌렸다. 그리고 노를 저어 되돌아가 곧장 나무로 가려진 입구로 들어갔다. 그 입구엔 거대한 암석이 괴물인 양 입을 크게 벌리고 있었다. 하나의 큰 동굴이었다. 이 동굴은 높이가 수면에서 삼 척이 채 되지 않아 사람들은 가로누워 배를 저어갈 수밖에 없었다. 한참 노를 젓다 보니 양쪽으로 산봉우리가 깎아지른 벽처럼 서 있고, 고개를 들어면 하늘을 보니 산봉우리가 선을 그리며 연결되어 있었다. 산도 물도 푸르러 청아하기 그지없었다. 사방은 소리 하나 들리지 않았다. 어쩐지 으스스한 기운이 감도는 듯했다.

일행은 3~4리쯤 배를 더 저어갔다. 그러자 계곡의 경관이 일변하면서 앞쪽에 아홉 개의 바위가 우뚝 버티고 나타나 마치 병풍처럼 배의 앞길을 가로막았다. 바위의 좌우로 난 좁은 틈으로 계곡물이 흐르고 있었다. 마광좌가 투덜거렸다.

"이런, 이런! 이제 나갈 수가 없잖아."

"마 형의 힘이 장사니 배를 들어 올려 지나가면 되겠소."

소상자가 한마디 내뱉자 마광좌가 벌컥 성을 냈다.

"그런 힘은 없소! 누가 무슨 요술이라도 부리면 모를까."

금륜국사는 두 사람이 다투기 전부터 이미 생각에 잠겨 있었다.

'그 배는 어떻게 이 바위 절벽을 지나갔을까?'

그는 일단 힘을 좀 모아보기로 했다.

"한 사람의 힘으로는 도저히 배를 들어 올릴 수 없겠고, 우리 여섯 명이 힘을 합치면 되겠소. 양 형제와 윤 형, 나, 이렇게 셋이서 한쪽을 맡고, 니 형, 소상 형, 마 형께서 한쪽을 맡아 동시에 들어보는 게 어떻겠소?"

일행은 모두 찬성하고 금륜국사의 말대로 조를 나누었다. 그리고 각각 한쪽에 서서 발 디딜 만한 곳을 찾아보았다. 계곡이 워낙 좁다 보니 여섯 사람이 양쪽에 서서 팔을 뻗어도 충분히 배를 잡을 수 있었다.

"자, 들어!"

금륜국사의 기합에 맞춰 일행은 일제히 힘을 주었다. 이들 중 양과와 윤극서의 힘이 조금 약했지만 나머지 넷은 몇 사람 몫을 할 정도로 힘이 좋았고 마광좌는 특히 힘이 장사였다. 배는 가볍게 수면을 때리고 들어 올려져 절벽을 넘어갔다.

일행은 다시 배 위에 앉아 함께 손뼉을 마주치며 웃음을 터뜨렸다. 원래 서로 싸우던 사람들이라 내심 적의를 품고 있었는데, 함께 힘을 모아 뭔가를 해내자 조금은 가까워진 듯한 느낌이 들었다.

"우리 여섯 사람의 무공이 대단치는 않지만 그래도 무림에서 일류 고수를 상대하는 사람들이오. 힘을 합쳐 작은 배 한 척 들어 올리는 거야 어려운 일이 아니지요. 그런데……."

소상자의 말이 끝나기도 전에 니마성이 끼어들었다.

"그 네 사람의 무공이 시원찮다면 배를 들어 올릴 수 있었을까요?"

그 점에 대해 여섯 중 다섯이 이미 내심 궁금해하던 참이었다. 마광좌만 니마성의 말이 무슨 뜻인지 알지 못해 눈알을 이리저리 굴렸다.

"그들의 배가 작기는 하지만 음…… 네 사람은 적은 수인데 배를 들수 있었다는 것은 힘이 상당하다는……."

니마성의 말에 이번에는 윤극서가 한마디 보탰다.

"남자 셋이야 그렇다 쳐도 그 열일곱 살 정도 되어 보이는 가냘픈 소녀는 절대 그런 힘이 없을 거요. 바위에 무슨 장치가 있는 걸 우리가

16. 아버지를 살해한 원수

몰랐던 거지요."

금륜국사는 가만히 미소를 지으며 고개를 저었다.

"사람이란 그냥 봐서는 모르는 거요. 우리 양 형제를 보시오. 이렇게 어린 나이에도 절정의 무공을 익히지 않았소? 우리가 직접 보지 않았다면 믿을 수나 있었겠소?"

"소제小弟는 아직 부족함이 많은데 어찌 그런 과분한 말씀을 하십니까? 그 넷이 주백통 선배님을 잡아간 것을 보면 분명 보통 사람은 아닌 듯합니다."

양과의 말투는 겸손했지만, 어느새 소상자 등 일류 고수들을 형제로 일컫고 있었다. 사람들은 그가 손가락 하나로 주백통이 날린 접시를 받아내는 것을 본 후 이미 그를 가볍게 보지 않았고, 또 그의 말이 일리가 있다고 여겨 더 대꾸하지 않고 각자 이런저런 추측을 해보았다.

여섯 명 중 양과는 나이가 어리고, 금륜국사, 마광좌, 니마성은 중원 사람이 아니고, 소상자는 산속에서 홀로 무공을 쌓아 외부인과 교류가 없었다. 윤극서만 중원 무림의 문파, 인물, 무공, 과거 사건들을 잘 알고 있었으나 주백통을 잡아간 네 남녀의 내력에 대해서는 도무지 짚이는 바가 없었다.

서로 이런저런 이야기를 나누는 사이, 배는 어느새 계곡 끝에 닿았다. 일행은 배를 버리고 육지에 올라 작은 길을 따라 계곡 깊숙이 들어갔다. 길이 한 줄기라 잘못 들 염려는 없었다. 그러나 산길은 점차 높고 험준해졌다. 게다가 날까지 저물어서 네 사람의 모습을 좀처럼 찾을 수가 없었다. 막 다급해지려는 찰나 멀리서 불빛이 보였다. 일행은 서로 마주 보며 크게 기뻐했다.

'이런 깊은 계곡에 불빛이 있다면 당연히 인가가 있을 터. 그 녹색 옷을 입은 자들이 아니라면 보통 사람이 이런 험준한 곳에 살 리가 없지.'

일행은 모두 같은 생각을 하며 걸음을 옮겼다. 그러나 제 발로 호랑이 굴에 걸어 들어가는 셈이니 각자 바짝 긴장하고 경계했다. 이들은 과거 혈혈단신 강호에 뛰어들어 수많은 위험을 넘긴 사람들이었다. 이 여섯 고수가 나란히 산으로 들어가는데, 천하에 누가 막을 수 있겠는가. 모두 경계하고 있었으나 두려움은 없었다.

얼마 가지 않아 산 정상의 평지에 도착했다. 커다란 불더미가 활활 타고 있는 것이 눈에 들어왔다. 조금 더 가니 불빛 주위가 뚜렷이 보였다. 그 뒤쪽으로 석실이 보였다.

"여보시오! 아무도 없소? 어서 나와보시오!"

니마성이 고함을 치자 석실 문이 천천히 열리며 네 사람이 나왔다. 세 남자와 한 여자. 바로 주백통을 잡아간 사람들이었다. 네 사람은 허리를 굽혀 예를 표했다.

"귀한 손님들께서 멀리서 오셨는데 미처 나와 맞이하지 못했습니다. 송구스럽습니다."

가장 오른쪽에 선 사람이 인사를 올리자 금륜국사가 손을 저었다.

"원, 별말씀을……."

"들어오시지요."

일행은 석실로 들어갔다. 석실 안은 탁자와 의자 몇 개만 덩그러니 놓여 있었다. 네 사람의 녹의인도 뒤따라 들어와 자리에 앉았다.

"여섯 분의 성함을 여쭈어봐도 되겠습니까?"

개중 말주변이 좋은 윤극서가 웃으며 다섯 사람을 차례로 소개하고 마지막으로 자신을 밝혔다.

"저는 윤극서라 하며 페르시아 사람이올시다. 재주라고는 밥 먹는 것 말고는 보석을 좀 볼 줄 알지요. 여기 계신 분들처럼 뛰어난 재주는 없습니다."

"이곳이 워낙 편벽하여 외부에서 찾아주시는 분이 없었는데, 이렇게 귀한 분들께서 오셨으니 기쁘기 한량없습니다. 한데 무슨 일로?"

"저희는 네 분께서 노완동 주백통 선배님을 잡아가는 것을 보고 어찌 된 일인지 알아보고자 찾아왔습니다. 참으로 아름답고 조용한 곳이라 새로운 세상을 만난 것 같으니 헛걸음한 것은 아닌 듯합니다."

"그 시끄러운 노인의 성이 주씨입니까? 노완동이라 불릴 만도 하군요."

주백통 이야기가 나오자 첫째 녹의인은 생각만 해도 치가 떨리는 듯 미간을 찌푸렸다. 옆에 있던 둘째 녹의인이 말을 받았다.

"여러분은 그분과 일행이십니까?"

"저희도 오늘 처음 그분을 뵈었습니다. 교분이 있다고는 할 수 없지요."

금륜국사의 대답에 양과가 덧붙였다.

"그분은 제 친구입니다. 놓아주시지요."

첫째 녹의인이 설명을 했다.

"그 노완동이라는 분이 이 계곡에 들어와 함부로 소란을 피웠습니다."

"소란이라니요? 정말로 여러분 말씀처럼 책을 찢고 집을 불태웠습니까?"

"어디 그뿐이겠습니까? 제가 사부님의 명에 따라 단로를 받들고 있는데 느닷없이 뛰어들어와 저에게 밑도 끝도 없는 소리를 하더니 무슨 이야기를 해주겠다, 내기를 하자, 미친 사람처럼 소란을 피우더군요. 단로에서 약초를 태우는 중이었는데, 마침 중요한 때라 이곳을 떠날 수 없었습니다. 하여 그냥 못 들은 척하고 있었더니 그 노인이 글쎄 단로를 걷어차 뒤집어버리지 않겠습니까. 새롭게 약초를 따서 단약을 만들려면 또 얼마나 걸릴지 알 수 없는 일입니다."

그의 얼굴에 격한 분노가 일었다. 양과는 피식 웃음이 나왔다.

"그러고도 자신을 외면한 당신이 잘못했다고 했겠군요?"

이번에는 여자가 입을 열었다.

"맞습니다. 저는 영지를 보관하던 방에 있다가 단로방이 소란스러워지는 것을 듣고 뭔가 문제가 생긴 것을 알았습니다. 건너가 살펴보려는데 그 노인이 어느새 들어와 팔을 휘두르는 통에 400년 된 영지가 두 동강 나고 말았습니다."

양과가 그 여자를 살펴보니 나이는 열일곱 살쯤 되어 보이고 유난히 하얀 피부에 가녀린 몸매, 맑은 눈이 빛을 발했다. 입가에 난 조그만 사마귀가 눈에 띄었다.

"노완동께서 엄청난 말썽을 부리셨군요. 400년 된 영지라면 대단히 진귀한 물건일 텐데요."

양과가 맞장구를 쳐주자, 여자는 가만히 한숨을 내쉬었다.

"아버지께서 결혼하는 날 저와 계모에게 영지를 나누어주겠다 약속하셨는데, 노완동이 그렇게 망가뜨리고 말았습니다. 저희 아버지께서

화를 내면 정말 아무도 말릴 수가 없답니다. 그런데 노완동은 영지를 망가뜨리고도 그걸 품 안에 넣고는 제가 아무리 사정을 해도 껄껄 웃기만 할 뿐 돌려주지 않았습니다. 저는 그분께 뭘 잘못한 일도 없는데, 어찌 아무런 상관도 없는 사람을 괴롭히는지 모르겠어요."

어느새 여자의 눈언저리가 붉게 물들었다. 참으로 억울하고 속상한 듯 보였다.

"노완동이 아무런 이유도 없이 낭자를 괴롭히다니 안 될 일이지요. 영지를 돌려받을 수 있도록 저도 돕겠습니다."

양과의 말이 떨어지자마자 윤극서가 화제를 돌렸다.

"여러분 성함은 어찌 되시는지요? 저희가 갑자기 찾아와 주인의 성함조차 모르고 있으니 예의가 아니올시다."

소녀는 말없이 입을 꼭 다물었고, 첫째 녹의인이 대신 말을 받았다.

"저희는 곡주谷主의 허락이 없어 함부로 알려드릴 수 없습니다. 손님들께서 양해해주시기 바랍니다."

양과는 고개를 끄덕였다.

'이들이 깊은 계곡에 은거하며 이렇게 비밀스러운 곳을 마련한 이유가 외부에 신분을 알리지 않기 위한 것이었구나.'

"노완동이 영지를 빼앗아간 후 어떻게 되었나요?"

이번에는 셋째 녹의인이 나섰다.

"그 노인은 단로방, 영지방에서 소란을 피우고도 부족했는지 이번에는 서재로 들어오더니 책 한 권을 빼앗아 읽기 시작했습니다. 저는 서재를 책임지고 있는지라 그러지 못하게 막았지요. 그런데 그…… 그는 '아이들이나 속이는 물건이 뭐가 대단하다고!' 하며 코웃음을 치더니 순식간에 책 세 권을 찢어버렸습니다. 그때 대사형과 둘째 사형, 사매가 함께 들어왔지요. 저희는 넷이서 힘을 합쳐 그를 말렸지만 소용이 없었습니다."

금륜국사가 가만히 미소를 지으며 입을 열었다.

"노완동은 성격이 괴상하고 무공도 대단하니, 그를 막기란 쉬운 일이 아니었을 겁니다."

둘째 녹의인이 고개를 끄덕였다.

"그는 단로방, 영지방, 서재에서 소동을 일으키더니 검방도 그냥 지나치지 않더군요. 문을 열고 들어서자마자 버럭 화를 내더니 검방 안에 무기가 너무 많다면서 이것저것 모조리 어지럽히다가 그만 칼에 찔릴 뻔하기도 했습니다. 결국은 그가 검방에 불을 붙이는 바람에 벽에 있던 서화書畵가 모조리 불타버렸지요. 그러곤 저희가 불을 끄느라 정신이 없는 사이에 도망쳐버렸습니다. 아무래도 보통 일이 아닌지라 저희가 그를 뒤쫓아가서 잡아왔습니다. 잡아서 곡주에게 넘겨 자초지종을 밝혀야 하겠기에."

"곡주가 어떻게 처리할지는 모르겠으나 노완동을 해치지는 말았으면 합니다."

양과가 은근히 부탁하자 셋째 녹의인이 고개를 끄덕였다.

"사부님도 결혼식이 코앞에 닥친 터에 쉽게 사람을 해치지는 않으실 겁니다. 하지만 그 노인이 여전히 헛소리를 하고 중언부언하여 사부님을 화나게 한다면 스스로 화를 자초하는 일이 될 겁니다."

윤극서도 웃으며 한마디 거들었다.

"노완동이 왜 일부러 여기까지 와서 소동을 부렸는지 모르겠습니다만, 시끄럽고 말썽을 부리기는 해도 심성이 악한 분은 아닙니다."

"그는 우리 아버지가 나이도 많으면서 여자를 얻으려……."

녹의 소녀가 뭔가 말을 하려는 순간 대사형이라는 사람이 가로막았다.

"노완동이 계속 횡설수설하는데, 뭐 하나 맞는 말이 없더군요. 손님들께서는 멀리서 오시느라 시장하실 텐데 식사를 준비하겠습니다."

"거, 좋지요!"

줄곧 말이 없던 마광좌의 얼굴에 화색이 돌았다. 녹의인들은 주방에 들어가 밥과 음식을 마련했다. 잠시 후 커다란 그릇에 두부, 콩나물, 표고 등을 담은 식탁이 차려졌다. 마광좌는 어려서부터 고기 없이는 밥을 먹어도 먹은 것 같지 않은 사람이었다. 눈앞에 펼쳐진 음식이 기름기라고는 찾아볼 수 없는 푸성귀뿐이라 적이 실망하는 눈치였다.

"저희 계곡에서는 고기를 먹지 않으니 헤아려주시기 바랍니다."

첫째 녹의인이 양해를 구하며 커다란 자기병을 들고 와 각자의 앞에 놓인 그릇에 가득 따라주었다.

'고기가 없다면 술이나 실컷 마셔야지.'

마광좌는 속으로 투덜대며 그릇을 들고 벌컥벌컥 마셨다. 그런데 아무런 맛도 느껴지지 않았다. 쩝쩝 입맛을 다셔보니 그것은 술이 아니라 맑은 물이었다.

"주인이라는 자가 얼마나 쩨쩨하기에 술도 한 모금 없단 말이오!"

첫째 녹의인이 평정을 잃지 않은 눈으로 마광좌를 바라보았다.

"계곡 안에서는 술을 마실 수 없습니다. 이는 수백 년 동안 전해오는 저희 규율이니 손님들께서 이해해주십시오."

녹의 소녀가 또박또박 설명을 했다.

"저희도 책에서만 '미주美酒'라는 글자를 읽었지, 여태껏 그것이 어떤 것인지 모르고, 본 적도 없습니다. 책에서 보니 술 때문에 함부로 행동을 하기도 한다니 좋은 것은 아닐 듯합니다."

금륜국사, 윤극서 등은 아직 나이도 많지 않은 녹의인들의 언행이 워낙 바르고 단정한 데다 말을 하는 동안 한 번도 웃는 얼굴을 보이지 않는 것에 적잖이 놀랐다. 싫은 표정은 아니었지만 말은 무미건조하기 짝이 없었다. 뜻이 맞지 않는 사람과는 한마디 말도 무의미한 법, 각자 더 이상 대꾸하지 않고 고개를 숙인 채 밥을 먹었다. 녹의인들도 방을 나가 돌아오지 않았다.

식사를 마치자 마광좌가 돌아가자고 졸랐다. 그러나 나머지 다섯 사람은 이 계곡의 모든 것이 이상하여 호기심이 생겼다. 이들은 구석구석 살펴보고 조사하고 싶었다. 게다가 금륜국사는 주백통을 붙잡으라는 홀필열의 명을 받든 몸이었다.

"마 형, 이왕 여기까지 왔으니 내일 곡주라도 만나봐야지 어찌 이대로 돌아가겠소?"

가만가만 달래보아도 마광좌는 막무가내였다.

"술도 없지 고기도 없지, 이게 우리를 괴롭히려는 게 아니면 뭐겠소? 난 이런 곳에서는 반나절도 지낼 수 없소!"

"모두들 안 간다는데 어찌 혼자서 난리를 치는 거요?"

소상자가 정색하고 호통을 치자 마광좌는 움찔했다. 그는 소상자의 시체처럼 창백한 얼굴을 무서워하던 터라 더 이상 말대꾸를 하지 않았다.

16. 아버지를 살해한 원수

그날 밤, 일행은 석실에 잠자리를 마련했다. 바닥에는 풀로 엮은 자리가 몇 장 있었을 뿐이다. 이 계곡에서는 뭐든 인정을 베푸는 일이 없는 듯 절간이나 사당보다 근엄하고 딱딱했다. 절에 있는 중도 채식을 하기는 하지만 이처럼 웃지도 않는 차가운 얼굴로 사람을 대하지는 않았다. 그러나 양과는 고묘에서 살던 습관이 있고 시종 냉정한 얼굴인 소용녀에게 익숙해 있던 터라 그런 것에는 전혀 마음을 쓰지 않았다. 니마성이 화가 난 듯 투덜거렸다.

"노완동이 소란을 피우고 불을 지른 건 잘한 짓이야!"

마광좌가 그의 말에 크게 동감하듯 손뼉을 치며 맞장구를 쳤다. 니마성은 금륜국사를 돌아보았다.

"금륜 노형, 우리 중에서 우두머리시니 한번 말씀을 좀 해보시지요. 그 곡주라는 사람이 어떤 인물일까요? 좋은 사람일까요, 아니면 악인일까요? 내일 그 사람을 만나면 예의를 갖추어야 하겠습니까, 아니면 추풍…… 뭐더라, 추풍…… 아무튼 확 쓸어버릴까요?"

"곡주라는 인물에 대해서야 저도 여러분과 마찬가지로 잘 알지 못합니다. 내일 상황을 보아가면서 대응해야 하지 않겠습니까?"

"저 네 명의 제자도 무공이 상당한 것으로 보아, 이 계곡에는 분명 더 뛰어난 고수가 있을 겁니다. 모두들 조심하셔야 합니다. 행여 조금이라도 방심하여 한꺼번에 위험에 말려들기라도 하면 그땐 정말 큰일입니다."

윤극서가 소곤대며 주의를 주는 와중에도, 마광좌는 여전히 먹을 것 없는 식사였다고 툴툴거리며 귓등으로도 듣지 않았다.

"내일은 특히 조심하셔야 할 겁니다. 혹여 저들에게 잡혀 평생 간혀 있게 된다면 날마다 맹물과 밥, 푸성귀와 두부만 먹게 될 테니까요. 그렇게 되면 마 형 배 속의 회충도 견디기 힘들 거예요."

양과의 말을 듣고서야 마광좌는 정신이 번쩍 드는 모양이었다.

"아, 그렇군! 듣겠소, 말을 듣겠소!"

그날 밤, 일행은 위험한 곳에 들어섰다는 생각에 편히 잠들 수가 없었다. 그러나 마광좌만은 드르렁드르렁 코를 골며 잠꼬대까지 해댔다.

"자, 자, 건배! 이야, 거 고깃덩어리 한번 크구나!"

절정유곡

번일옹은 급히 고개를 왼쪽으로 돌려 피했다. 빠른 속도로 고개를 돌리니 수염이 허공으로 치솟으며 흔들렸다. 그때 날을 벌린 채 기다리고 있던 양과의 가위가 그의 수염을 한 자 정도 잘라버렸다.

다음 날 아침, 양과는 잠에서 깨어난 후 석실을 나섰다. 어젯밤에는 어두워서 제대로 보지 못했는데 아침을 맞은 이곳의 풍경은 정말 아름다웠다. 사방은 푸른 초목이 무성하고 온갖 꽃이 만발해 있었다. 오는 길도 풍경이 아름다웠는데 실제는 더욱 아름다워 이곳이 말로만 듣던 무릉도원이 아닌가 싶었다. 삼삼오오 무리를 지어 다니는 선학仙鶴이며 한가롭게 노니는 하얀 노루 떼, 그 밖에 다람쥐며 토끼 등의 모습도 신기해 보였다. 모퉁이를 두 번 돌자 어제 만났던 녹의 소녀가 길가에서 꽃을 따고 있다가 양과를 보고 손짓했다.

"일찍 일어나셨네요. 아침 드세요."

소녀는 나무에서 딴 꽃 두 송이를 양과에게 건네주었다. 양과는 꽃을 건네받으며 이상한 생각이 들었다.

'나보고 이 꽃을 먹으라는 건가?'

그런데 소녀가 먼저 꽃잎을 떼어 입에 넣고 씹는 게 아닌가. 양과는 소녀가 하는 대로 꽃잎을 떼어 입에 넣고 씹어보았다. 조금 씹자 입안 가득 향기가 퍼지면서 꿀처럼 달기도 하고, 술처럼 향기롭기도 하면서 정신을 맑게 해주는 것 같았다. 그런데 조금 더 씹자 쓰고 떫은맛이 났다. 양과는 얼른 뱉고 싶었지만 어쩐지 아쉬워 그냥 삼켜버렸다. 꽃나무를 자세히 보니 작은 가시가 수없이 돋아 있었다. 색깔은 무척 화려 했고 향기가 유난히 좋았다.

"이건 무슨 꽃이죠? 한 번도 본 적이 없어요."

"정화情花라는 꽃이에요. 다른 곳에선 거의 볼 수 없는 꽃이라고 들었어요. 먹어보니 맛이 어때요?"

"처음엔 무척 달았는데 나중에는 쓰던데요. 이름이 정화라고요? 독특하네요."

양과가 막 손을 뻗어 꽃을 따려는데 소녀가 소리쳤다.

"조심하세요! 가시에 찔리면 큰일 나요."

양과는 가시를 피해 조심스럽게 꽃을 땄다. 그러나 가지 뒤쪽에 숨어 있는 가시를 미처 보지 못해 그만 손가락을 찔리고 말았다.

"이 계곡의 이름은 절정곡絶情谷이라고 해요. 여기저기에 많은 정화가 피어 있답니다."

"계곡의 이름도 특이하군요. 왜 절정곡이라는 이름이 붙었지요?"

소녀는 고개를 가로저었다.

"나도 잘 몰라요. 옛날부터 전해 내려오는 이름이에요. 우리 아버지는 이름의 내력을 아실지도 모르죠."

양과는 입가에 미소를 지었다.

"정이라는 건 마음대로 끊을 수 있는 것이 아니죠. 계곡 이름을 절정絶情이라고 짓다니 인간의 모든 감정을 끊겠다는 뜻인 모양인데, 정이란 건 사람의 인생과 같다고 봐야 해요. 사람이 사는 곳엔 어디나 정이 오가게 마련이죠. 그래서 절정곡에 정화가 많이 피는 모양이군요."

소녀는 손에 턱을 대고 잠시 생각에 잠겼다.

"일리 있는 말이네요. 머리가 총명하시군요."

소녀의 칭찬에 양과는 미소를 지었다.

"그냥 되는대로 해본 말이에요. 제 말이 틀릴지도 모르죠."

소녀가 고개를 가로저으며 대답했다.

"아니에요. 아무리 생각해도 그 말이 맞는 것 같아요."

두 사람은 대화를 나누며 나란히 걸었다. 사방에서 풍겨오는 은은한 꽃향기에 둘러싸여 길옆을 오가는 토끼며 사슴을 바라보고 있자니 마음이 더없이 편안해졌다.

양과는 저도 모르게 소용녀 생각이 났다.

'만약 옆에 있는 사람이 선자라면, 영원히 밖으로 나가지 않고 이 계곡에 있으라고 해도 마다하지 않을 텐데…….'

그때 갑자기 가시에 찔렸던 손가락이 심하게 아팠다. 상처는 거의 보이지도 않을 만큼 작은데 뜻밖에도 통증은 매우 심했다. 마치 커다란 몽둥이로 가슴을 얻어맞은 것 같았다. 양과는 신음 소리를 내며 손가락을 입에 넣었다.

"아!"

"사모하는 분이 있는 모양이군요. 그렇죠?"

양과는 쑥스러워 얼굴을 붉혔다.

"어떻게 알았어요?"

"정화 가시에 찔릴 경우 열두 시진 내에는 사랑하는 사람을 떠올리면 안 돼요. 그러면 통증이 매우 심해져요."

"세상에 그런 이상한 일이 있단 말이에요?"

"아버지가 그러시는데, 원래 시작할 때는 달콤하지만 추억이 되면 아프고 힘든 게 남녀 사이의 정이래요. 정화 꽃잎도 그렇잖아요. 막 씹을 때는 향긋하지만 조금 오래 씹으면 쓴맛이 나지요. 정화 가지는 온통 가시로 덮여 있어서 조심한다고 해도 찔리게 마련이에요. 아마도 그래서 정화라는 이름이 붙은 거겠지요."

소녀는 어제저녁 주백통에게 영지를 돌려달라고 하겠다는 양과의 모습을 보면서 은근히 호감을 갖게 되었다. 그래서 양과를 대하는 태도가 매우 호의적이었다. 그러나 평소 습관이 되어 있는 냉랭한 태도를 완전히 떨쳐버리지는 못했다.

"열두 시진 내에 사랑하는 사람을 떠올리면 안 되는 이유는 뭔가요?"

"아버지가 그러시는데, 정화의 가시에는 독이 있대요. 일반적으로 사람들이 사모하는 이를 떠올리거나 정욕이 생기면 혈행血行이 빨라지면서 핏속에 무언가가 생기는데, 정화의 독이 평소에는 전혀 해를 끼치지 않지만, 그것을 만나면 즉시 독소를 발해 통증을 느끼게 하는 거죠."

허무맹랑하게 들리기도 했으나 어찌 생각하면 또 일리가 있는 것 같기도 했다. 양과는 반신반의하며 고개를 끄덕였다.

두 사람은 천천히 걸어 산의 양지쪽에 도착했다. 햇빛이 잘 비치고 땅의 기운도 온화한 곳이라 정화가 일찍 만개해 지금은 이미 열매가 맺혀 있었다. 정화 열매는 어떤 것은 청색, 어떤 것은 홍색, 또 어떤 것은 청색과 홍색이 섞여 있었다. 그리고 마치 송충이처럼 가는 털이 송송 나 있었다.

"정화는 꽃은 아름다운데, 열매는 흉하게 생겼군요."

"정화 열매는 먹을 수가 없어요. 신 것도 있고, 매운 것도 있고, 정말 이상한 냄새가 나서 구토가 나는 것도 있죠."

"맛있는 건 없어요?"

"있긴 있어요. 하지만 겉으로 봐서는 구분이 되지 않아요. 보기에는 정말 이상하게 생겼는데 맛은 좋은 것도 있고, 그렇다고 못생긴 것이 꼭 맛있는 것도 아니고, 직접 먹어봐야만 그 맛을 알 수 있죠. 열 개 중 아홉 개는 맛이 이상해요. 그래서 다들 먹을 생각을 안 하죠."

양과는 소녀의 말을 듣고 잠시 생각에 잠겼다.

'꼭 남녀 관계를 비유하는 것 같구나. 남녀 사이의 정은 처음에는 정말 달콤하지. 그렇다고 끝이 꼭 쓴 것일까? 남녀의 사랑이 끝까지 아름다울 수는 없을까? 선자를 이토록 그리워하는데 우리 사랑의 끝은 과연⋯⋯.'

소용녀를 떠올리자마자 손가락 통증이 또 심해졌다. 양과는 너무 아파 팔을 흔들었다. 과연 소녀의 말은 거짓이 아니었다. 양과를 바라보는 소녀의 입술이 약간 움직였다. 웃음이 나오려는 걸 일부러 참는 것 같았다. 아침 햇살이 소녀의 얼굴을 비추었다. 하얀 피부에 불그레한 볼, 짙은 눈썹과 큰 눈이 조화를 이룬 아름다운 얼굴이었다.

"옛날에 어떤 왕이 한 아름다운 여인의 미소 짓는 얼굴을 보려고 온 나라를 불태웠다더니, 그때나 지금이나 미인의 미소 짓는 얼굴을 보기는 쉽지 않군요."

양과의 농담에 소녀는 결국 참지 못하고 웃고 말았다. 항상 냉랭한 표정을 띠고 있던 소녀가 소리를 내어 웃자 두 사람 사이의 어색했던 감정도 일순간 사라지는 듯했다.

"세상 사람들은 모두 미인의 미소를 보기가 어렵다고 하죠. 미인을 한 번 웃게 하려면 성城이 망하고, 두 번 웃게 하려면 나라가 망한다고

들 하죠. 그런데 미인의 웃음보다 더 얻기 힘든 게 하나 더 있어요. 그게 뭔 줄 알아요?"

"뭔데요?"

"미인의 이름이에요. 미인의 얼굴을 한 번 볼 수만 있어도 대단한 인연인데, 거기다 그 미소를 볼 수 있다면 대단한 복이지요. 그런 복을 얻으려면 조상 때부터 덕을 쌓고 오랫동안 수련을 해야……."

양과의 말이 끝나기도 전에 소녀가 또 웃었다. 양과는 더욱 진지한 얼굴로 말을 이었다.

"미인의 입에서 직접 그 이름을 듣는다는 것은 그야말로 조상 18대부터 덕을 쌓아온 사람이나 가능한 거죠."

"난 무슨 미인도 아닌데 왜 자꾸 그런 농담을 하시는 거죠? 이곳 사람들 중 나보고 아름답다고 말한 사람은 아무도 없었어요."

양과가 한숨을 내쉬었다.

"이 계곡의 이름을 절정곡이라 한 것이 잘못됐어요. 제가 보기에는 이름을 바꿔야 할 것 같은데요."

"어떻게요?"

"맹인곡盲人谷으로."

"왜요?"

"이렇게 아름다운 미인을 몰라보다니, 이곳에 사는 분들 모두 눈이 먼 것 아니겠어요?"

소녀는 즐거운 듯 함박웃음을 지었다. 사실 소녀의 외모가 매우 아름답기는 했으나 소용녀와 비교하면 많이 떨어지는 편이고, 정영이나 육무쌍보다도 조금 못했다. 그러나 세속을 떠나 절정곡에서만 살다보니 아름다운 외모와 어우러져 순수하고 청초한 매력이 넘쳤다. 소녀는 사실 지금까지 살아오면서 누가 자기를 아름답다고 칭찬하는 소리를 들어본 적이 없었다.

절정곡 사람들은 거의 선禪에 가까운 무공을 익혔기에 감정 표현이 거의 없고 서로를 대할 때도 극히 냉담했다. 그래서 누가 그녀를 아름답게 생각했다고 하더라도 결코 입 밖에 드러내어 말할 리가 없었다. 그런데 양과는 달랐다. 자유롭고 활발했으며, 소녀가 진지하면 진지할수록 더 장난을 치며 다가왔다. 소녀는 조금 전 양과가 절정곡의 이름을 풀이하는 것을 듣고 그 총명함에 매우 감탄한 데다 자신의 미모를 칭찬하는 말을 듣자 절로 마음이 즐거웠다.

"나보고 미인이라니 그쪽이야말로 장님이군요."

양과가 정색을 하며 대답했다.

"어쩌면 내가 잘못 본 것일지도 모르지요. 그러나 어쨌든 이 계곡이 무사하려면 낭자는 웃으시면 안 됩니다."

"왜요?"

소녀가 이상한 듯 물었다.

"미인이 한 번 웃으면 성이 망하고 두 번 웃으면 나라가 망한다고 했는데, 원래는 두 번 웃으면 나라가 망한다가 아니고 계곡이 망한다였어요. 그러니 낭자가 두 번 웃으면 이 절정곡도 망하게 되는 것 아닙니까?"

소녀가 배를 잡고 웃었다.

"하하하! 제발 그만 웃겨요."

양과는 허리를 굽히며 활짝 웃는 그녀의 아름다운 모습에 가슴이 두근거렸다. 그러자 즉시 손가락에 심한 통증이 느껴졌다. 그녀는 양과가 아파하는 모습을 보자 약간 불쾌했다.

"저와 이야기하면서도 계속 사모하는 분을 생각하시나 봐요."

"억울합니다. 이번에 손가락이 아픈 건 낭자 때문이에요."

양과의 말에 소녀는 얼굴을 붉히더니 급히 걸음을 재촉해 가버렸다. 양과는 생각 없이 말을 뱉고 나서 금세 후회했다.

'일편단심 선자만 생각한다면서 이런 농담을 하다니, 이놈의 나쁜 버릇은 고쳐지지도 않는군. 양과! 정신 차려! 네게 여자는 선자뿐이야.'

양과는 부친을 닮아 다소 가벼운 면이 없지 않았다. 젊은 여자들과 대화를 나누다 보면 꼭 이런 식의 농담을 하게 되고, 당황하는 여자들의 모습을 보며 은근히 즐거워했다.

앞서가던 소녀가 갑자기 걸음을 멈추었다. 고개를 숙인 채 생각에 잠기더니 잠시 후 고개를 돌려 양과를 바라보며 미소를 지었다.

"만약 못생긴 여자가 자기 이름을 알려주면 그건 조상 18대부터 악행을 쌓았기 때문이겠군요?"

양과가 웃으며 다가갔다.

"일부러 반대로 이야기하시는군요. 우리 조상님께서는 덕을 많이 쌓으셨으니 제게 좋은 일이 있을 것 같은데요."

소녀의 얼굴이 살짝 붉어졌다.

"좋아요. 제 이름을 알려드릴 테니 대신 다른 사람에게 말하면 안 돼요. 그리고 다른 사람들이 있는 데서 제 이름을 부르셔도 안 돼요."

양과가 혀를 날름거렸다.

"미인의 명령을 어기면 벌받죠. 맹세할게요."

소녀가 미소를 지었다.

"저희 아버지는 성이 공손公孫이시고요."

소녀는 직접 이름을 알려주지 못하고, 말을 빙 돌렸다.

"글쎄, 아버지는 그런데 낭자의 성은 뭔지 모르겠군요."

소녀가 입을 삐죽거렸다.

"그건 나도 잘 몰라요. 어쨌든 아버지가 하나뿐인 딸에게 지어주신 이름은 녹악綠萼이에요."

"역시, 이름도 얼굴처럼 예쁘군요."

이름을 알려주고 나니 좀 더 가까워진 느낌이 들었다.

"조금 있다 아버지와 만나게 될 텐데 그때 절 보고 웃거나 하면 안 돼요."

"웃으면 어떻게 되는데요?"

"만약 제가 웃거나 제 이름을 공자에게 알려주었다는 사실을 아시면 어떤 벌을 내리실지 몰라요."

"아니, 딸이 다른 사람을 향해 웃기만 해도 벌을 내려요? 그렇게 엄한 아버지가 세상에 어디 있답니까? 이렇게 꽃같이 예쁜 딸에게 어찌 벌을 내린답니까?"

양과의 말에 소녀는 갑자기 눈시울을 붉혔다.

"전엔 아버지께서도 절 무척 아껴주셨어요. 하지만 제가 여섯 살 때 어머니가 돌아가신 후로 갈수록 엄하게 대하세요. 새엄마를 맞이하면 이제 저를 어떻게 대하실지 걱정이에요."

소녀의 눈에서 눈물이 흘러내렸다. 양과가 따뜻한 목소리로 위로해주었다.

"재혼을 하게 되면 기분이 좋으실 터이니 더 잘해주실 거예요."

녹악이 고개를 저었다.

"나한테 더 엄하게 대하셔도 좋으니 재혼하지 말았으면 좋겠어요."

일찍 부모를 잃은 양과는 그녀의 이런 심정을 이해할 수 없었다. 양과는 그녀가 우울해하는 것을 보자 일부러 농담을 걸었다.

"새어머니 되실 분은 낭자보다 안 예쁠 거예요."

"아니에요. 정말 아름다우세요. 아버지는 새어머니를 위해서…… 새어머니를 위해서……. 어제저녁에 기껏 주씨 노인을 잡아왔는데, 만약 아버지가 혼인 준비를 서두르지만 않았다면 도망가지 못했을 거예요."

양과가 깜짝 놀라 물었다.

"또 도망갔어요?"

녹악이 인상을 찌푸리며 대답했다.

"그렇다니까요."

양과는 주백통의 무공 실력을 잘 알고 있었기 때문에 절정곡의 제자들이 어망을 들고 덤빈다 해도 잡을 수 없으리라는 것을 진작에 예상하고 있었다.

아침 해가 점점 높이 떠오르고 있었다. 녹악이 문득 무언가가 생각난 듯 말했다.

"어서 돌아가세요. 사형들이 우리가 함께 있는 것을 보면 아버지께 이를지도 몰라요."

양과는 어쩐지 가여운 생각이 들어 그녀의 오른손을 잡고 손등을 가볍게 두드려주었다. 공손녹악은 고마운 듯 양과를 바라보다 문득 얼굴을 붉히며 고개를 숙였다. 양과는 이러다 소용녀 생각에 또다시 손가락이 아플까 두려워 얼른 손을 놓고 석실로 돌아갔다. 아직 문에 들어서지도 않았는데 마광좌가 떠드는 소리가 들렸다.

"어떻게 꽃잎을 먹으라는 거야? 맛도 없고 쓰기만 한데! 우리를 죽이려는 속셈 아니야?"

윤극서가 웃으며 말했다.

"마 형, 혹시 무슨 보물이라도 지니고 있으면 조심하셔야겠습니다. 내가 보니 이 계곡의 주인이 뭔가 노리는 게 있는 것 같아요."

마광좌는 윤극서의 농담을 자못 진지하게 받아들여 고개를 끄덕이며 맞장구를 쳤다. 양과가 방에 들어가서 보니 탁자 위에 정화 꽃잎이 몇 접시 놓여 있고 모두들 울상이 된 채 꽃잎을 씹고 있었다. 인상을 쓰고 있는 금륜국사를 보니 피식 웃음이 나왔다. 양과가 막 물을 마시려는데 문밖에서 발소리가 들리더니 녹의인 한 명이 들어와 공손히 인사를 올렸다.

"주인님께서 여러분을 모셔오라 하십니다."

금륜국사가 미간을 찌푸렸다. 그들은 모두 무학의 종사였다. 어디를 가든지 항상 주인의 극진한 영접과 배웅을 받곤 했다. 대몽고국의 네 번째 왕자인 홀필열 역시 예를 갖추어 대했다. 그런데 뜻밖에 이 계곡에 와보니 주인의 모습은 보이지도 않고 하인을 시켜 영접을 하다니 무례하기 그지없었다. 모두들 마음이 편치 않았다.

'이곳 주인을 만나게 되면 두고 보라지. 우리가 어떤 사람인지 알게 해줄 테니.'

일행은 녹의인을 따라갔다. 잠시 걷다 보니 맞은편에 우거진 죽림竹林이

나왔다. 북방 지역에는 본디 대나무가 많지 않았다. 게다가 이렇게 큰 죽림은 거의 보기 힘들었다. 죽림 속으로 들어가자 은은한 꽃향기가 나면서 속세의 온갖 근심 걱정이나 불만 등이 눈 녹듯 사라지는 것 같았다. 죽림을 통과하고 나니 은은하고 상큼한 꽃향기가 코를 찔렀다. 뒤이어 수선화로 가득 뒤덮인 끝없이 넓은 연못이 눈앞에 펼쳐졌다. 연못은 그다지 깊지 않았다. 수선화 역시 남방에서나 볼 수 있는 꽃인데 어떻게 이곳에 이렇게 많이 피어 있는지 신기하기만 했다. 금륜국사도 이상한지 고개를 갸우뚱했다.

'틀림없이 산 밑에 온천 같은 것이 있어서 땅의 기운이 따뜻한 모양이군.'

연못에는 나무로 된 징검다리가 있었다. 길을 안내하던 녹의인이 훌쩍 뛰어 징검다리를 건너갔다. 나머지 여섯 사람도 그를 따라 징검다리를 건넜다. 그러나 마광좌는 몸이 둔한 데다 경공에도 능하지 못해 한 번에 징검다리 하나를 건너기가 조금 버거웠다. 한두 차례 건너 뛰어 보더니 결국은 그냥 물속을 걸어갔다.

연못을 건너고 나자 저 멀리 산기슭에 매우 크고 웅장한 석옥石屋이 보였다. 가까이 다가가니, 두 명의 시동이 손에 불진을 들고 문 앞을 지키고 있었다. 일행을 본 시동 하나가 안으로 들어가더니 잠시 후 다시 나와 문을 열고 손님을 맞아들였다.

'곡주가 직접 나와서 손님을 맞을까?'

양과가 막 이런 생각을 하고 있는데 마침 그때 녹포를 입고 수염을 길게 기른 나이 든 노인이 문밖으로 나왔다. 키는 사 척이 채 되지 않을 정도로 작고, 수염은 땅에 닿을 정도로 길었으며, 녹포를 입고 허리에는 녹색 노끈을 매고 있었다. 전체적으로 어딘가 부조화스러운 모습이었다.

'딸은 예쁜데 아버지는 이상하게 생겼군.'

양과는 녹악의 모습을 떠올리며 혼자 미소 지었다. 노인이 여섯 사람을 향해 허리를 숙여 인사했다.

"찾아주시니 영광입니다. 차를 준비해두었으니 어서 안으로 드시지요."

마광좌는 '차를 준비해두었다'는 말에 이마를 찌푸렸다.

"차를 마시라고요? 어디 차가 없어서 여기까지 와서 차를 마신단 말입니까?"

노인은 영문을 몰라 의아한 눈길로 마광좌를 바라보고는 다시 허리를 굽혀 손님들에게 길을 양보했다.

니마성이 곁눈질로 노인을 힐끗 바라보았다.

'나도 키가 작은데 저 사람은 나보다 더 작구나. 무공 실력은 어떤지 궁금하군.'

니마성은 앞으로 나서서 손을 내밀며 인사를 청했다.

"만나 뵙게 되어 영광입니다."

니마성은 마주 내민 노인의 손을 잡은 후 힘을 주었다. 곁에 있던 일행은 두 사람이 손을 맞잡은 것을 보고 뒤로 몇 발짝 물러났다. 악수를 하고 있는 것 같지만 실은 힘을 겨루고 있음을 눈치챈 것이다.

니마성은 처음에는 약간만 힘을 주었다. 그러나 상대방이 전혀 대응하지 않자 좀 더 힘을 실어보았다. 그런데 이상하게도 마치 단단한 나뭇조각을 쥐고 있는 느낌이 들었다. 니마성은 좀 더 힘을 주었다. 그러자 노인의 안색이 약간 변했다. 그러나 전혀 반격하는 것 같지 않고, 여전히 나뭇조각을 쥐고 있는 듯한 느낌이 들 뿐이었다. 니마성은 감히 전력을 다하지는 못했다. 혹 전력을 다해 손을 쥐었을 때 상대방이 갑자기 반격을 해올까 봐 두려웠던 것이다. 니마성은 웃음을 터뜨리며 상대방의 손을 놓았다.

금륜국사는 그들 곁에 있었기 때문에 니마성이 상대의 무공을 시험해보려다 물러나는 상황을 똑똑히 지켜보았다. 금륜국사는 상대의 실력을 파악하지 못한 상황에서 함부로 나서서는 안 되겠다 싶어 양손을 합장해 예를 갖춘 후 안으로 들어갔다. 소상자와 윤극서, 그리고 마광좌가 차례로 뒤를 따랐다.

마광좌는 아침부터 아무것도 먹지 못해 화가 나 있었다. 정화 꽃잎을 몇 개 먹기는 했으나 먹으면 먹을수록 허기만 더할 뿐이었다. 마광좌는 화풀이를 하려는 마음에 문안으로 들어서면서 땅바닥에 닿아 있는 노인의 수염 끝을 밟았다. 그러나 노인은 전혀 화를 내는 기색이 없었다.

"조심하십시오."

마광좌는 모르는 척하고 다른 쪽 발로 또다시 노인의 수염 끝을 밟았다.

"이런!"

노인이 고개를 살짝 흔들었다. 그 힘이 어찌나 강한지 마광좌는 그만 중심을 잡지 못하고 그 자리에서 비틀거렸다. 그 커다란 체구가 넘어지면 충격이 보통이 아닐 터였다. 맨 끝에 있던 양과가 얼른 다가가 양손으로 마광좌의 엉덩이를 받쳐 가볍게 퉁겨주었다. 마광좌는 겨우 중심을 잡고 선 후 엉덩이를 만지며 잠시 멍하니 서 있었다. 노인은 못 본 척 등을 돌려 안쪽으로 들어가 여섯 사람을 대청으로 안내했다.

"잠시만 기다려주시면 곡주께서 나오실 겁니다."

일행은 모두 깜짝 놀랐다.

'곡주가 아니었구나!'

대청 뒤쪽에서 녹색 옷을 입은 남녀 10여 명이 나오더니 왼쪽으로 나란히 자리를 잡고 섰다. 그중엔 공손녹악도 있었다.

잠시 후 드디어 병풍 뒤에서 한 사람이 나오더니 여섯 사람을 향해 허리를 굽혀 읍을 한 후 동쪽 앞에 놓인 의자로 가서 앉았다. 아까 그 긴 수염을 늘어뜨린 노인이 의자 곁에 가서 섰다. 그의 공손한 태도로 보아 의자에 앉은 사람이 바로 곡주인 모양이었다.

곡주의 나이는 40대 중반쯤 되어 보였고, 잘생긴 외모에 행동거지도 시원스럽고 중후한 멋이 있었다. 병풍 뒤에서 걸어 나와 의자에 가서 앉기까지 짧은 순간에 불과했지만 상당히 무게가 있어 보였다. 다만 얼굴이 비쩍 마르고 누런 것이 마치 어딘가 아픈 사람 같았다.

그가 의자에 앉자, 녹의 동자가 차를 올렸다. 대청 내의 가구며 장식품은 모두 녹색 일색이었는데, 곡주가 걸친 옷은 파란 비단으로 만든 것이어서 유난히 눈길을 끌었다.

곡주가 찻잔을 손에 들고 입을 열었다.

"여러분, 차를 드시지요."

그런데 차는 이미 식은 듯 차가웠고, 찻잎이라고 해봐야 물 위에 두세 잎 떠 있는 것이 고작이었다. 마광좌는 더 이상 참지 못하고 일침을 놓았다.

"곡주 어른, 고기도 안 드시고, 차조차 이리 인색하게 드시니 그토록 병색이 완연한 것 아닙니까?"

그러나 곡주는 표정 하나 변하지 않고 차를 마셨다.

"우리 절정곡 사람들은 수백 년 동안 채식을 해왔습니다."

마광좌가 말했다.

"채식을 하면 불로장생할 수 있답니까?"

"조상님들께서 당唐 현종玄宗 당시 이 계곡에 정착하신 후 지금까지 채식을 해오셨습니다. 조상 대대로 내려온 전통을 어길 수는 없지요."

금륜국사가 예를 갖추며 인사치레를 했다.

"천보天寶 연간 때부터 이곳에 거주하셨군요. 그야말로 유구한 전통을 지닌 집안이십니다."

"별말씀을."

갑자기 소상자가 기괴한 목소리로 입을 열었다.

"그럼 곡주 어른의 조상들께서는 양귀비를 보셨겠습니다."

니마성과 윤극서 등은 평소 소상자의 목소리에 익숙했는데, 오늘따라 그의 목소리가 더욱 기괴해 고개를 돌려 그를 바라보았다. 그런데 소상자의 얼굴을 본 니마성과 윤극서는 그만 깜짝 놀라고 말았다. 원래 시체처럼 딱딱하게 굳어 있던 소상자의 얼굴이 더욱 괴상하게 변해 있었다. 변화가 어찌나 심한지 완전히 딴사람 같아 보였다.

'내공이 정말 강한가 보군. 얼굴까지 바꿀 수 있다니. 곡주에게 도전이라도 하려는 것일까?'

모두들 행여 무슨 변고가 생기는 것은 아닌가 싶어 각자 경계심을 늦추지 않았다.

"저희 조상님께서는 당 현종 당시 관직에 계시다가 후에 양국충楊國忠이 조정을 어지럽히자 이에 분노해 이곳에 은거하게 된 것입니다."

그런데 소상자가 느닷없이 기괴한 목소리로 웃으며 말했다.

"하하하! 그렇다면 곡주 어른의 조상께서는 틀림없이 양귀비가 발 씻은 물을 마셨겠군요."

소상자의 말에 모두들 깜짝 놀랐다. 이는 정면으로 곡주에게 도전하는 것과 다를 바 없는 말이었다. 금륜국사 역시 의아한 생각이 들었다.

'저자가 본디 음흉하고 교활해 먼저 나서는 법이 없거늘 어찌 된 일일까?'

다행히 곡주는 소상자의 말에 전혀 대꾸하지 않고 다만 옆에 서 있는 수염이 긴 노인에게 손짓을 할 뿐이었다.

"곡주께서 예로써 손님을 대하시는데 그 무슨 망언이십니까?"

수염이 긴 노인이 대신 말을 받았다. 소상자는 이상한 웃음을 멈추지 않았다.

"큭큭큭, 댁의 조상께서는 틀림없이 천하일색 양귀비가 발 씻은 물을 마셨을 겁니다. 아니라면 내 목을 쳐도 좋소이다."

마광좌가 호기심이 가득한 목소리로 우스갯소리를 건넸다.

"소상 형, 어떻게 아십니까? 설마 그분들과 같이 드신 것은 아니겠지요?"

"양귀비가 발 씻은 물을 마시고 비위가 크게 상하셔서 그 이후로 고기를 안 드시는 것 아니겠습니까? 하하하하!"

마광좌가 박수를 치며 따라 웃었다.

"맞소이다! 하하하하! 그랬군요."

금륜국사가 이마를 찌푸렸다.

'개인마다 음식을 먹는 습관이 다르게 마련이거늘 어찌 그것을 가지고 농담을 한단 말인가? 게다가 적진 깊숙이 들어와 있는 마당에 신중하지 못하게, 쯧쯧……'

긴 수염의 노인이 더 이상 참을 수 없다는 듯 대청 중앙으로 나서며 언성을 높였다.

"소상 선생, 우리가 그대에게 아무런 잘못도 한 것이 없거늘 어찌 이리 무례하게 구십니까? 무공을 겨루실 생각이라면 좋습니다. 어디 한번 덤벼보시지요."

"좋지요!"

소상자가 시원스레 대답하더니 의자에 앉은 채로 의자와 함께 몸을 날려 바로 앞의 탁자를 넘어 대청 중앙으로 내려섰다.

"긴 수염 나리, 존함이 어찌 되시는지요? 어른께서는 제 이름을 아시는데, 난 어른의 이름을 모르니 불공평한 것 아닙니까?"

비웃는 듯한 소상자의 말투에 노인은 더욱 화가 났다. 그러나 소상자가 의자와 함께 탁자를 넘어 대청 중앙으로 나서는 모습을 보고 함부로 공격하지 못했다.

"이름을 알려주어라."

곡주의 말에 노인이 고개를 끄덕였다.

"성은 번樊이요, 이름은 일옹—翁이라 합니다. 자, 그럼 시작해볼까요?"

"어떤 무기를 사용하실지 먼저 구경 좀 합시다."

"무기를 사용하시려고요? 좋습니다."

수염이 긴 노인이 오른발을 구르며 명령했다.

"가져오너라!"

녹의 동자 두 명이 내실로 들어가더니 곧 일 장 일 척쯤 되는 용두강장龍頭鋼杖을 어깨에 메고 나왔다. 양과 등은 모두 깜짝 놀랐다.

'저렇게 키가 작은 사람이 저리 길고 무거운 무기를 어찌 사용한단 말인가?'

그러나 소상자는 전혀 놀라는 기색도 없이 품속에서 매우 큰 가위를 꺼내 들었다.

"이것이 무엇에 쓰는 가위인지 아십니까?"

다른 사람들은 이 가위를 보고 다소 생소한 무기라고 생각했을 따름이지만 양과는 놀라지 않을 수 없었다. 얼른 등에 지고 있던 옷짐을 만져보니 과연 짐 속에 넣어둔 가위가 없어졌다.

'저 가위는 풍 노인이 이막수의 불진을 잘라버리라고 만들어주신 것인데, 언제 저자가 훔쳐갔을까? 전혀 눈치채지 못하고 있었다니……'

번일옹은 강장을 받아 들더니 그 끝이 땅바닥을 향하도록 한 다음 한 차례 내리쳤다. 쿵, 하는 굉음이 나더니 사방 벽이 바닥에서 나는 소리를 되받아 넓은 대청 안에 가득 울려 퍼졌다. 그 위력이 실로 대단했다. 소상자는 오른손으로 가위를 들어 올렸다. 손가락 하나하나 한껏 힘을 주어야 겨우 가위 날을 벌릴 수 있었다.

"수염 긴 영감, 이 가위 이름이 뭔지 아시오?"

"사도邪道의 무리나 사용하는 그런 괴상한 무기에 무슨 제대로 된 이름이 있을 수 있단 말이오?"

"하하하하! 맞아요, 이름이 웃기지요. 이 가위는 구모전狗毛剪이라고 합니다. 개털을 자르는 가위이지요."

양과는 은근히 불쾌한 생각이 들었다.

'남의 가위를 함부로 훔쳐가서는 제멋대로 이름을 붙이다니!'

"내 일찍이 이곳에 수염을 길게 기른 괴물이 있다는 말을 듣고 특별히 주문해서 이 가위를 만들었지요. 이것으로 영감의 수염을 자를 작정입니다. 하하하하!"

이 말을 듣고 마광좌, 니마성, 윤극서가 웃음을 터뜨렸고 양과도 참지 못하고 큰 소리로 웃었다. 하지만 곡주와 마주 앉은 금륜국사는 마치 아무 말도 듣지 못한 듯 표정 하나 변하지 않았다.

번일옹이 강장을 들고 가볍게 휘둘렀다. 그러자 바람을 가르는 소리가 매섭게 울렸다.

"그러지 않아도 수염이 너무 길어 귀찮은 참이었는데 잘되었군요. 한번 잘라보시지요."

소상자는 들은 척도 하지 않고 대청 기둥을 멍하니 바라보고 있었다. 그러더니 갑자기 번개같이 손을 뻗어 번일옹의 수염을 향해 가위질을 했다. 번일옹은 소상자가 의자에서 일어나지도 않은 채 공격을 하리라고는 꿈에도 생각지 못했던 터라 당황한 나머지 강장을 땅에 짚은 채 허공으로 몸을 날렸다. 소상자의 공격도 무척 빨랐고, 그 공격을 피하는 번일옹의 신법도 예사롭지 않았다. 두 사람은 순식간에 상승 무공을 선보였다. 그러나 불의의 습격을 당한지라 제대로 피할 수 없었던 탓에 결국 번일옹의 수염 끝이 소상자의 가위에 약간 잘려나가고 말았다.

소상자는 의기양양한 표정으로 잘린 번일옹의 수염을 손에 들더니 훅 불었다. 수염이 탁자 위에 놓여 있던 찻잔으로 날아갔고, 뒤이어 찻잔이 바닥으로 떨어지면서 깨졌다.

양과 등은 소상자가 일부러 농간을 부린 것을 눈치챘다. 찻잔은 수염에 부딪쳐서 떨어진 것이 아니라 소상자의 입김에 의해 떨어진 것이었다. 마광좌는 어찌 된 영문인지 파악하지 못하고 어리둥절해했다. 그는 찻잔이 정말 수염에 부딪쳐 떨어진 것이라고 생각했다.

"소상자, 수염의 위력이 대단하군요!"

소상자가 웃으며 가위를 휘둘렀다.

"긴 수염 영감, 어때요? 구모전의 맛을 또 한번 보실 테요?"

소상자는 큰 소리로 웃기도 하고 말을 하기도 했지만 얼굴 근육은 전혀 움직이지 않았다. 양과는 볼수록 신기하기만 했다.

'내공이 상승 경지에 이르면 희로애락이 얼굴에 드러나지 않는다는 말은 들었어도 저자처럼 큰 소리로 웃는데 얼굴 표정은 도리어 음산한 경우는 처음 보는군.'

그의 얼굴 표정은 그야말로 너무나 보기가 싫었다. 모두들 한 번 바라보고 나면 고개를 돌린 채 다시는 그의 얼굴을 보려 하지 않았다.

번일옹은 소상자의 조롱에 더 이상 참을 수가 없었다. 우선 곡주를 향해 공손히 인사를 올리며 허락을 구했다.

"사부님, 더 이상은 예를 갖추어 객을 대할 수 없습니다. 제자에게 허락해주십시오."

양과는 의아한 생각이 들었다.

'저 노인이 곡주보다 나이가 훨씬 많은 것 같은데 곡주를 사부라고 부르는군.'

곡주는 가볍게 고개를 끄덕였다. 번일옹은 곡주의 허락이 떨어지기 무섭게 몸을 돌려 소상자가 앉아 있는 의자를 향해 강장을 휘둘렀다. 비록 키는 작았지만 힘은 대단했다. 100근이 넘는 강장을 힘주어 휘두르니 바람을 가르는 소리가 무섭게 들렸다.

양과 등은 비록 소상자와 일행이기는 했지만, 그의 무공이 어떤지는 알지 못했다. 모두들 흥미진진하게 두 사람의 싸움을 지켜보았다.

번일옹이 휘두르는 강장이 의자 다리에 막 닿으려는 순간 소상자가 팔을 내밀어 강장을 잡으면서 동시에 가위를 뻗어 번일옹의 수염을 자르려 했다. 번일옹은 화가 머리끝까지 났다.

"사람을 이렇게 무시하다니!"

그는 머리를 흔들어 가위를 피하면서 소상자의 손을 향해 강장을 휘둘렀다. 강장은 정확히 소상자의 손에 맞았다.

"아!"

소상자가 손을 크게 다쳤으리라는 생각에 모두들 깜짝 놀라 자리에서 벌떡 일어났다. 그러나 정작 놀란 사람은 번일옹이었다. 분명 소상자의 손을 때렸는데 마치 물을 내리친 느낌이 들었다. 번일옹은 무언가 잘못되었다는 생각에 얼른 강장을 거두려 했으나 이미 소상자에게 강장의 끝을 잡힌 뒤였다.

번일옹은 상대가 틀림없이 강장을 잡아당길 것이라 예상하고 힘주어 강장을 앞으로 밀었다. 소상자가 이 힘을 받아내려면 의자에서 일어나지 않고는 버티지 못할 것이었다. 그런데 뜻밖에도 소상자는 의자에서 일어나기는커녕 강장을 놓고 의자에 앉은 채로 뛰어올라 좌측으로 비켜났다. 번일옹은 이번엔 왼손을 머리 위로 돌리며 강장을 휘둘러 소상자의 머리를 공격했다. 소상자는 옆으로 피할 수도 있었지만 일부러 무공을 뽐내려는 마음에 의자에 앉은 채로 허공으로 높이 솟아올라 강장 위를 뛰어넘었다.

모두들 소상자의 특이하고도 민첩한 신법에 감탄을 금치 못했다. 번일옹은 상대의 무공이 이렇듯 고강한 것을 보고 더욱 정신을 바짝 차리고 싸움에 응했다. 결코 만만한 상대가 아닌 듯싶었다.

그가 강장을 휘두를 때마다 획획, 하고 바람 가르는 소리가 났다. 강장으로 상대의 몸을 치기는 어려울 것 같아 의자를 부수려 해보았지만 그 역시 쉽지 않았다. 소상자의 무공이 신출귀몰한 데다 수시로 손에 든 가위를 벌려 수염을 자르려 하면서 또 다른 한 손으로는 금나수법으로 강장을 빼앗으려 했기 때문에 잠시도 긴장을 늦출 수 없었다.

금륜국사는 은근히 놀라움을 감추지 못했다.

'시체나 다름없는 괴물이 저렇게 뛰어난 무공을 지니고 있는 줄은 미처 몰랐군.'

또 수 합을 겨루었다. 번일옹은 의자의 다리를 노리며 끊임없이 강장을 횡으로 휘둘렀고, 소상자는 의자에 앉은 채 뛰면서 강장을 피했다. 의자의 발이 바닥에 부딪치는 소리가 점점 빨라졌다. 갑자기 곡주가 입을 열었다.

"의자를 공격하지 마라. 잘못하면 네가 진다."

번일옹은 사부의 말을 듣고 문득 깨달은 바가 있었다. 번일옹은 순간 장법杖法을 바꾸어 그야말로 미친 듯이 빠른 속도로 강장을 휘둘렀다. 그러자 강장의 끝을 따라 은빛 테두리가 생겼다. 은빛 테두리 안에는 수염이 긴 키 작은 노인이 서 있고, 그 밖에는 시체 같은 표정의 남자가 의자에 앉아 있었다. 참으로 보기 드문 광경이었다.

곡주는 소상자가 일부러 번일옹을 골탕 먹이려는 것을 보고 그대로 두면 번일옹이 당하겠다는 생각이 들었다. 곡주는 천천히 자리에서 일어나 제자를 향해 입을 열었다.

"일옹, 넌 저분의 적수가 못 된다. 그만 물러나거라."

"예, 사부님!"

번일옹이 사부님의 명에 막 강장을 거두고 비켜나려는 순간, 소상자가 의자에서 일어나더니 번일옹을 공격했다. 그때 번일옹이 휘두른 강장에 의자가 산산조각이 났다. 그러나 동시에 소상자 역시 왼손으로 번일옹의 강장을 휘어잡더니 오른손으로 가위를 벌려 가위 날 사이로 번일옹의 수염을 잡았다. 이제 힘만 조금 주면 번일옹은 수염을 잃게 될 판이었다.

사실 번일옹의 수염은 단순한 수염이 아니라 연편軟鞭이나 운추云帚처럼 막강한 힘을 가진 연병기軟兵器이기도 했다. 번일옹이 머리를 약간 흔드는가 싶자 수염이 순식간에 가위의 날 사이를 빠져나가더니 도리어 가위를 휘감았다. 그리고 번일옹이 머리를 뒤로 젖히자 강한 힘이 가위를 잡아당겼다.

"이런, 늙은 난쟁이 영감, 수염의 위력이 대단하군."

번일옹은 수염으로 소상자의 가위를 잡아당기고, 소상자는 손으로 번일옹의 강장을 잡아당겼다. 그야말로 막상막하였다. 소상자가 큰 소리로 웃어젖혔다.

"하하하! 재미있구먼, 재미있어."

그때 갑자기 문 입구에 사람 그림자가 얼핏 스치더니 누군가가 엄청난 속도로 다가와 소상자의 등을 향해 쌍장을 뻗어 공격했다.

"누구냐?"

곡주가 소리를 질렀다. 소상자는 강장을 쥐고 있던 손을 놓고 자신을 향해 뻗어 있는 상대의 팔꿈치를 살짝 쳐서 장풍을 무산시켰다. 즉시 상대방의 호통이 들렸다.

"나쁜 놈! 네놈을 가만두지 않을 테다."

양과 등은 일제히 그에게 시선을 집중했다. 갑자기 나타나 소상자를 공격하는 자가 누구인지 알아본 사람들은 또 한번 놀라움을 금치 못했다.

"소상자!"

소상자를 공격한 사람은 다름 아닌 소상자였던 것이다. 어찌 소상자가 둘이란 말인가? 또한 왜 서로를 공격한단 말인가? 모두들 어찌 된 영문인지 몰라 딱 벌어진 입을 다물지 못했다. 자세히 살펴보니 번일옹과 싸우던 사람은 분명 소상자의 옷을 걸치고 신발을 신고 있었다. 얼굴 표정 역시 시체 같은 것이 영락없이 소상자와 닮았지만 실제 얼굴은 소상자와 약간 달랐다. 후에 들어온 사람이야말로 진짜 소상자였다. 그런데 그는 절정곡 사람들이 입는 녹색 옷에 녹색 허리띠를 매고 있었다. 후에 들어온 소상자가 다시 손가락을 새 발톱처럼 세우더니 가위를 들고 있는 소상자를 공격하기 시작했다.

"비겁한 방법을 쓰다니, 그러고도 네가 사내대장부냐?"

번일옹은 갑자기 나타난 남자가 소상자를 공격하자 일단 강장을 거두고 한쪽으로 비켜섰다. 비록 절정곡 사람들이 입는 복장을 하고 있었지만 누구인지는 알 수가 없었다. 이제 대청 중앙에는 시체처럼 생긴 두 사람이 서로 뒤엉켜 싸우고 있었다.

양과는 대충 전후사정을 짐작했다. 가위를 든 사람이 자신의 짐에서 가위를 훔칠 때 인피 가면도 같이 훔친 것임에 틀림없었다. 가면을 쓴 그가 소상자의 옷을 갈아입고 대청에 나타나 소란을 일으킨 것 같았다. 소상자가 평소 시체 같은 얼굴을 하고 아무런 표정이 없기 때문에 다른 사람들이 쉽게 알아낼 수 없었던 것이다. 양과는 가끔 인피 가면을 사용하긴 했지만, 가면을 썼을 때의 자기 모습을 직접 보지는 못했다. 물론 가면을 쓴 정영의 모습을 본 적이 있긴 하지만, 그 역시 자세히 바라본 적은 없어서 그만 속아 넘어가고 말았다. 잠시 생각에 잠겨 있던 양과는 곧 가위를 든 사람이 누구인지 알아냈다.

"주백통, 내 가면과 가위를 돌려줘요."

양과는 대청 중앙으로 걸어 나가 가짜 소상자의 손에서 가위를 빼앗으려 했다. 양과의 짐작이 맞았다. 가짜 소상자는 바로 주백통이었다. 그는 한바탕 소란을 피울 속셈으로 절정곡의 제자들이 던진 어망에 일부러 걸려들어 절정곡 안으로 들어왔다. 일단 절정곡 안으로 들어오자 어망을 찢고 도망 나와 산에 숨어 있다가 나중에 다시 절정곡을 한바탕 뒤집어놓을 속셈이었다. 그러고는 곧 양과 일행이 오는 것을 보았다. 주백통은 밤이 되기를 기다려 몰래 양과 일행의 숙소로 잠입해 소상자의 혈도를 찍어 그를 석실 밖으로 데리고 나온 후 그의 옷을 벗겨 자신이 입었다. 주백통의 경공 실력이 워낙 뛰어났기 때문에 금륜국사를 비롯해 그 누구도 그 사실을 알아채지 못했다. 주백통은 소상자의 옷을 입은 후 다시 석실로 돌아와 양과 옆에 누워서 잤다. 물론 그 전에 양과의 짐에서 가위와 가면을 훔쳐놓은 상태였다.

다음 날 아침 날이 밝아 모두가 일어났을 때 아무도 변화를 눈치채지 못했다. 소상자는 급히 내공을 운기하여 혈을 풀려고 했으나 주백통의 점혈술이 워낙 뛰어나 세 시진이 지난 후에야 겨우 몸을 움직일 수 있었다. 그러나 주백통이 옷을 벗겨가서 속옷만 입은지라 밖으로 나갈 수가 없었다. 그때 마침 녹의 소년을 만나 그의 옷과 신발을 벗겨 갈아입은 후 급히 일행의 뒤를 쫓았다. 대청으로 와서 보니 자신의 옷을 입은 사람이 번일옹과 무공을 겨루고 있었다. 화가 머리끝까지 치민 소상자는 다짜고짜 쌍장을 휘두르며 주백통을 공격한 것이다.

주백통은 양과가 가위를 빼앗으려 하자 좌우호박술을 사용하여 왼손 장으로 양과를 상대하고 오른손으로는 가위를 움직이며 소상자가 가까이 접근하지 못하도록 막았다. 가위가 워낙 커서 가위를 벌리면 날 사이가 이 척 정도 벌어졌다. 자칫 잘못해 날 사이에 목이라도 끼는 날이면 그야말로 목이 날아갈 판이었다. 소상자는 화가 나서 당장이라도 주백통에게 보복하고 싶었지만 함부로 접근할 수가 없었다.

공손곡주는 주백통이 번일옹과 겨룰 때 이미 그의 무공에 은근히 놀랐는데, 지금 그가 두 사람을 동시에 상대하는 모습을 보고 또 한번 감탄을 금치 못했다. 자신의 전문 무공인 음양쌍인陰陽雙刃과 다소 유사한 점이 있긴 했지만, 자신은 결코 주백통처럼 양손을 완전히 분리해서 서로 다른 적을 공격할 정도에 이르지는 못했다.

소상자는 양손을 짐승의 발톱처럼 세운 채 날카로운 공격을 퍼부어댔고, 반면 양과는 단아하고 여유 있게 상대방을 공격했다.

'세상은 넓고, 인재 역시 참으로 많구나. 저 두 노인도 대단하지만 저 소년 역시 노인들 못지않군. 신법이며 장법이 예사롭지 않은걸.'

곡주는 잠시 생각에 잠겼다가 이윽고 큰 소리로 말했다.

"세 분, 잠시 멈추시지요."

곡주의 말에 양과와 소상자가 동시에 뒤로 물러났다. 주백통은 얼굴에서 가면을 벗은 후 가위와 함께 양과를 향해 던졌다.

"실컷 놀았다. 난 이제 갈 테야."

주백통은 두 발을 한 번 구르더니 훌쩍 뛰어 천장의 대들보 위로 올라갔다. 주백통이 모습을 드러내자 대청 안은 금세 시끌벅적해졌다. 공손녹악이 소리쳤다.

"아버지, 노완동이에요!"

주백통이 대들보 위에서 화통하게 웃어댔다. 대들보는 바닥에서부터 삼 장이나 되는 높이여서 대청에 비록 무공이 뛰어난 이가 많기는 했으나 이 정도 높이를 한 번에 올라갈 수 있는 사람은 없었다.

번일옹은 절정곡의 대제자였다. 곡주를 제외하고는 무공이 가장 강했다. 그런데 오늘 연이어 주백통에게 당하고 나니 화를 참을 수가 없었다. 그는 비록 키는 작았지만 나무나 벽을 타는 기술에는 능했다. 훌쩍 뛰어 기둥을 붙잡은 그는 마치 원숭이처럼 위를 향해 기어올라가기 시작했다.

주백통은 원래가 이런 식으로 소동을 피우는 것을 좋아하는 사람인지라 번일옹이 기어올라오는 것을 보자 재미있어하며 손을 뻗어 올려주려 했다. 사실 주백통은 호의에서 도와주려 한 것인데 번일옹은 주백통이 공격해오는 줄 알고 손을 뻗어 그의 손목에 있는 대릉혈^{大陵穴}

을 찍으려 했다. 주백통은 얼른 혈도를 닫고 근육을 풀었다. 그러자 주백통의 손목을 찌른 번일옹은 마치 부드러운 솜을 찌르는 느낌이 들었다. 번일옹은 급히 손을 거두려 했다. 그러나 주백통은 때를 놓치지 않고 손을 뻗어 번일옹의 손등을 사정없이 내리쳤다.

"형님한테 맞아보니 맛이 어떠냐?"

번일옹은 화가 나서 머리를 뒤로 젖히며 긴 수염을 위로 날려보냈다. 수염이 바람 가르는 소리를 내며 다가오자 주백통은 왼손으로 대들보를 감아쥐고 마치 그네라도 타는 양 허공에 대롱대롱 매달렸다.

소상자는 번일옹이 주백통의 적수가 아니라는 것을 금방 파악했다. 설사 자기가 올라가서 같이 공격한다 해도 승산이 없을 것 같아 니마성과 마광좌에게 도움을 청했다.

"니 형, 마 형, 저 노인네가 우리 여섯 사람을 저렇게 무시하는데 가만히 있어야 되겠습니까?"

니마성은 성격이 급하기로 유명했고, 마광좌는 머리가 둔한 사람이었다. 소상자가 '우리 여섯 사람을 무시한다'며 자극하자, 둘은 대뜸 화를 버럭 내며 대들보 위로 뛰어올라가 주백통의 양발을 잡으려 했다. 주백통은 왼발 오른발을 내질러 니마성과 마광좌를 공격했다. 소상자가 윤극서를 향해 고개를 돌렸다.

"윤 형, 정말 모른 척하실 겁니까?"

윤극서가 미소를 지었다.

"뒤를 따르지요."

소상자가 괴상한 소리를 내자 대청 안이 금세 차갑게 얼어붙는 것 같았다. 그와 동시에 소상자는 무릎도, 상체도 굽히지 않은 채 허공으로 치솟더니 주백통의 아랫배를 낚아 잡으려 했다.

주백통은 소상자가 공격해오자 몸을 공처럼 움츠리더니 대들보를 잡았던 왼손을 오른손으로 바꾸었다. 소상자는 주백통을 잡지 못하고 다시 바닥으로 떨어졌다. 소상자의 몸은 마치 나무토막같이 뻣뻣해 발바닥이 땅에 닿자마자 쿵, 하는 소리와 함께 다시 허공으로 떠올랐다.

한편 번일옹은 대들보 위에서 긴 수염을 휘두르며 주백통을 공격했고 소상자, 니마성, 마광좌 세 사람은 허공으로 뛰어올랐다 떨어졌다를 반복하며 주백통을 잡으려 했다.

"노인네 솜씨가 보통이 아니군. 어디 나도 끼어서 한판 놀아볼까?"

윤극서가 웃으며 품속에서 연편을 꺼내 들었다. 금실과 은실로 짠 채찍의 곳곳에는 호화로운 보석이 박혀 있었다. 보석에서 발하는 빛 때문에 대청 안이 금세 환해졌다. 아마도 무림에서 가장 호화로운 무기일 듯했다. 윤극서의 채찍이 빛을 발하며 주백통을 향해 날아갔다.

양과는 흥미진진하게 이들의 싸움을 지켜보고 있었다.

'저 다섯 사람이 온갖 방법을 다 동원해도 노완동 하나를 잡지 못하는구나. 내가 나서서 한번 처리해볼까?'

양과는 인피 가면을 얼굴에 쓰고 소상자가 하던 대로 괴성을 내질렀다. 그러고는 번일옹이 바닥에 떨어뜨린 강장을 집어 들어 땅을 짚은 다음 그 힘으로 날아올랐다. 강장 자체의 길이가 일 장이 넘는 데다 이를 짚고 허공으로 날아오르니 주백통이 있는 곳까지 사뿐히 닿을 수 있었다.

"노완동, 조심하시지!"

양과는 가위를 벌려 주백통의 흰 수염을 자르려 했다. 주백통은 고개를 돌려 가위를 피하더니 신이 나서 소리를 질렀다.

"꼬마! 제법인데."

"노완동! 내가 당신한테 잘못한 것도 없는데 왜 몰래 내 물건을 훔쳐갔지?"

"오는 정이 있으면 가는 정이 있는 법. 내가 너한테 손해를 보게 한 것도 없는데 뭘 그러느냐?"

양과는 무슨 뜻인지 얼른 이해가 가지 않았다.

"오는 정, 가는 정이라니……."

"네가 전에 날 친구라며 저놈들보고 풀어달라고 하지 않았느냐? 그러니 나 역시 널 친구로 생각한다는 뜻이지."

그때 윤극서의 채찍이 주백통을 향해 날아왔다. 그러자 주백통이 잽싸게 손을 뻗어 채찍을 잡으려 했다. 윤극서는 채찍을 반대로 감아 주백통의 손등을 공격하려 했으나 몸이 허공에서 오래 버티지 못해 결국 다시 땅으로 떨어졌다.

"무공이 제법 쓸 만하군."

주백통이 비웃듯 말했다.

이번에는 번일옹의 수염이 공격해왔다. 번일옹은 양손으로 대들보를 잡은 채 수염으로만 공격했다.

"수염의 용도가 정말 다양하군."

주백통도 번일옹을 따라 자신의 수염을 휘둘러보았다. 그러나 주백통의 수염은 번일옹의 수염보다 짧은 데다 수염을 무기로 사용해본 적이 없기 때문에 아무런 위력도 발휘하지 못했다. 그러는 사이 번일옹의 수염에 그만 뺨을 얻어맞고 말았다. 뺨이 화끈거리더니 이내 부어오르기 시작했다. 주백통의 내공이 워낙 강했기에 망정이지 그러지 않았다면 그 자리에서 정신을 잃었을 것이다. 주백통은 번일옹의 수염에 얻어맞고도 화를 내기는커녕 그의 무공에 찬사를 보냈다.

"당신 수염이 나보다 훨씬 낫구먼. 내가 졌소이다. 이제 우리 그만 합시다."

그러나 번일옹은 처음으로 공격이 성공한 마당에 여기서 그만둘 생각은 추호도 없었다. 그는 주백통의 말은 아랑곳하지 않고 다시 수염을 휘둘러 공격을 가했다.

주백통은 감히 수염으로 맞설 엄두를 내지 못하고, 공명권空明拳을 사용해 왼손을 휘둘렀다. 번일옹의 수염이 권풍에 밀려 오른쪽으로 방향을 바꾸었다가 하필 그때 허공으로 뛰어오른 마광좌의 얼굴을 향해 날아갔다. 마광좌는 두 눈이 수염에 가려서 보이지 않자 되는대로 양손을 뻗어 수염을 잡았다. 원래 번일옹은 수염의 방향을 자유자재로 조정할 수 있었지만, 주백통의 권풍에 밀려 잠시 균형을 잃었다가 그만 뜻밖에 마광좌에게 수염을 잡히게 되었다. 그는 깜짝 놀라 수염을 거두려 했으나 마광좌는 수염을 꼭 잡은 채 놓지 않았다. 마광좌가 땅바닥으로 떨어지면서 수염을 잡아당기는 바람에 번일옹도 덩달아 대청 바닥에 떨어지고 말았다. 마광좌는 살이 피둥피둥 쪘기 때문에 그다지 아프지는 않았다. 마광좌의 몸 위로 떨어진 번일옹이 그의 배를 밟고 일어나며 화를 버럭 냈다.

"왜 수염을 잡고 놓지 않은 거요?"

마광좌는 떨어질 때의 통증은 그리 크지 않았으나 번일옹의 발에 밟히자 통증을 참을 수가 없어 버럭 화를 냈다.

"놓든 말든 당신이 무슨 상관이야?"

마광좌는 팔을 휘둘러 번일옹의 수염을 팔에 감았다. 번일옹이 오른쪽 장을 뻗어 마광좌의 얼굴을 내리쳤다. 마광좌는 얼른 고개를 돌려 번일옹의 공격을 피했으나 뜻밖에도 그의 장법은 허초였다. 번일옹은 기다렸다는 듯이 왼쪽 장을 뻗어 고개를 돌린 마광좌의 코를 갈겼다. 마광좌는 비명을 지르며 반격했다. 원래 무공으로 따지자면 번일옹이 단연 뛰어났지만 마광좌에게 수염을 잡힌 탓에 고개를 돌릴 수가 없었다. 결국 번일옹 역시 마광좌의 주먹에 턱을 맞았다. 두 사람은 땅바닥을 뒹굴며 싸우기 시작했다.

금륜국사는 난리법석이 된 대청을 둘러보았다. 여섯 명 중 다섯 명이 나섰는데 노완동 하나 어찌하지 못하다니 체면이 말이 아니었다. 금륜국사는 품속에서 은륜과 동륜을 꺼내 들었다. 은륜과 동륜이 맞부딪치니 명쾌한 소리가 났다. 금륜국사는 은륜과 동륜을 하나는 좌에서 우로, 하나는 우에서 좌로 던졌다. 은륜과 동륜은 둥글게 반원을 그리며 주백통을 향해 날아갔다. 바람을 가르는 소리가 대단했다.

주백통은 처음 보는 무기에 호기심이 일었다.

"이건 또 뭐 하는 물건이지?"

주백통은 손을 뻗어 은륜과 동륜을 잡으려 했다.

"잡으면 안 돼요!"

양과가 소리치며 강장을 던졌다. 엄청난 소리가 나면서 굵고 긴 강장이 동륜에 맞아 벽 모서리로 날아갔다. 벽에서 떨어진 돌가루와 충격으로 인한 불꽃이 사방으로 튀었다. 동륜은 다시 금륜국사에게 뻗쳐갔다. 금륜국사가 왼손을 휘두르자 동륜이 다시 방향을 바꾸며 대들보를 향해 날아갔다.

주백통은 금륜국사가 만만하게 볼 상대가 아님을 깨달았다. 만약 저들이 함께 공격해오면 혼자 힘으로 당해낼 수 없을 것 같았다. 주백통은 몸을 날려 바닥으로 뛰어내렸다.

"나는 이만 물러가겠소이다. 기회가 되면 다시 만나 신나게 놀아봅시다."

주백통이 막 대청 입구로 나가려는데 녹의인 네 명이 어망을 펴 들고 앞을 가로막았다. 주백통은 이 어망에 당한 적이 있기 때문에 흠칫 몸을 움츠렸다.

"이런!"

주백통은 몸을 날려 동쪽 창문을 통해 나가려 했으나 그곳에서도 금세 어망이 날아왔다. 주백통은 다시 대청 중앙으로 돌아왔다. 주위를 둘러보니 동서남북 네 모퉁이에 각각 네 명의 녹의인이 어망을 든 채 길을 가로막고 서 있었다. 주백통은 또다시 대들보 위로 뛰어오르더니 충천장冲天掌 초식을 사용해 지붕에 구멍을 뚫고, 그 구멍을 통해 나가려 했다. 그런데 뜻밖에 지붕 위에서도 어망이 기다리고 있었다. 주백통은 더 이상 빠져나갈 길이 없음을 알고 다시 대청 중앙으로 돌아왔다.

"영감, 왜 날 못 가게 하는 거야? 나랑 더 놀고 싶은 거야?"

주백통이 곡주를 향해 말했다. 공손곡주가 냉담한 표정으로 대답했다.

"훔쳐간 물건 네 가지를 돌려주면 당장 풀어주겠다."

"응? 내가 뭘 훔쳐갔다는 거지?"

공손곡주는 오른손 소매를 흔들어 먼지를 헤치며 천천히 대청 중앙을 향해 걸어갔다.

"한차례 손을 봐주고 싶으나 오늘은 내 결혼식이라 참기로 하지. 어서 훔쳐간 물건을 내놓고 얌전히 물러가거라."

"내가 뭘 훔쳤다는 거야? 흥! 이런 가난한 산골 구석에 무슨 훔칠 만한 물건이 있다는 건지. 나 원……."

주백통은 화를 내며 옷을 하나하나 벗기 시작하더니 순식간에 알몸이 되었다. 과연 아무것도 가진 것이 없었다.

"어머!"

대청 안에 있던 여제자들은 모두 어찌할 바를 몰라 고개를 돌렸다. 곡주 역시 주백통이 옷을 다 벗으리라고는 생각지도 못했다.

서재, 단로방, 영지방, 검방에서 각기 없어진 물건은 곡주에게는 매우 중요한 물건이어서 반드시 되찾아야만 했다. 그런데 주백통이 옷을 다 뒤집어 보여도 나오지 않으니, 그렇다면 정말 주백통이 훔친 것이 아니란 말인가. 곡주는 당황하지 않을 수 없었다.

주백통이 호통을 쳤다.

"이보시오. 곡주 양반, 왜 이리 경거망동을 하시오? 신중하지 못하게 멀쩡한 사람을 도둑으로 몰다니 이래서야 어디 체통이 서겠소?"

사실 주백통이야말로 나이에 맞지 않게 체통 없이 행동하는 사람이었다. 그런데도 천연덕스럽게 상대방을 꾸짖으니 공손곡주는 웃어야 할지 화를 내야 할지 알 수가 없었다. 그때까지 번일옹과 마광좌는 여전히 땅바닥을 뒹굴며 싸우고 있었다.

"일옹! 이제 그만하고 일어나지 못할까?"

곡주는 애꿎은 번일옹에게 호통을 쳤다.

주백통이 웃으며 말했다.

"긴 수염 영감, 난 당신이 마음에 들어. 우리 친구 하면 어떨까?"

사실 번일옹은 평생을 단정하고 위엄 있게 살아왔다. 사실 이렇게 땅바닥을 뒹굴며 싸운다는 것은 있을 수 없는 일이었다. 벌써 여러 차례 그만두고 일어나고 싶었으나 마광좌가 수염을 꼭 잡고 놓지 않는 바람에 어쩔 수가 없었던 것이다.

공손곡주가 이맛살을 찌푸렸다.

"체통 없이 행동하는 사람은 바로 당신 아니오? 어서 옷을 입으시오."

"어차피 우리 모두 어머니 배 속에서 알몸으로 나왔는데, 옷을 좀 벗었기로서니 그게 무슨 체통 없는 행동이란 말이오? 그 나이에 새각시를 맞이하려는 사람도 있는데 그것이야말로 우스운 일이지. 하하!"

정곡을 찌르는 말이었다. 공손곡주는 얼굴을 붉힌 채 한참 동안 할 말을 찾지 못했다.

"아이고, 이러다 감기 들겠다."

주백통이 갑자기 소리를 지르더니 대청 입구를 향해 내달렸다. 녹의인들은 주백통이 달아나는 것을 보자 급히 방위를 옮겨 사방에서 주백통을 포위했다. 주백통은 어망을 벗어나보려 몸부림을 쳤지만 결국 어망에 에워싸인 채 곡주 앞으로 끌려왔다.

어망은 매우 질기면서도 부드러운 금사로 짜여 있었다. 아무리 예리한 보검이라도 쉽게 찢을 수 없을 만큼 질겨 보였다. 그리고 절정곡의 제자들은 어망을 사용하는 훈련이 잘되어 있어서 매우 빠르고 신속했다. 꼭 네 명이 같이 공격해야만 효과를 볼 수 있다는 단점이 있기는 했지만, 어쨌든 어지간한 고수라 해도 그들의 어망 공격을 피하는 것은 쉬운 일이 아닐 듯싶었다.

제자들은 주백통을 잡는 데 성공하자 상당히 의기양양해졌다. 그런데 이상하게도 곡주의 표정이 심상치가 않았다. 이상히 여긴 제자들은 재빨리 어망 안을 들여다보다가 그만 깜짝 놀라고 말았다. 어망 안에 잡힌 사람은 뜻밖에도 주백통이 아니라 번일옹과 마광좌였던 것이다. 알고 보니 주백통이 대청 문을 향해 달아나면서 땅바닥을 뒹굴며 싸우고 있던 번일옹과 마광좌를 들어 어망 속으로 던지고 자기 자신은 빠져나갔는데, 그 동작이 워낙 빠르고 민첩해 아무도 눈치채지 못했던 것이다. 그야말로 신출귀몰한 신법이었다.

주백통이 이렇게 소란을 피우자 공손곡주는 창피해 얼굴에 빛을 잃었고, 금륜국사도 부끄러운 마음이 일었다.

'무림의 고수라는 사람들이 저런 노인 하나를 어찌하지 못하다니 체면이 말이 아니군.'

그러나 양과는 기분이 좋았다. 양과는 주백통이 매우 좋아졌던 터라 만약 주백통이 잡히면 어떻게든 구해줄 생각이었는데, 그가 스스로 위기를 모면했으니 이보다 더 다행스러운 일은 없을 듯싶었다.

금륜국사는 원래 곡주가 어떤 사람인지 살펴보려 했는데 주백통이 이처럼 난리를 피우는 통에 경황이 없어서 곡주와 말 한마디 제대로 나누지 못했다. 금륜국사는 소상자와 윤극서, 두 사람과 낮은 목소리로 상의하더니 몸을 일으켜 예를 갖추며 말했다.

"곡주께서 극진히 대접해주시니 너무나 감사드립니다. 그러나 저희는 볼일이 있어 그만 물러갈까 합니다."

공손곡주는 원래 이들 여섯 사람과 주백통이 한패가 아닌가 의심했다. 그러나 후에 소상자와 주백통이 치열하게 싸우는 데다 금륜국사, 윤극서, 양과, 니마성, 마광좌 등이 모두 주백통을 공격하는 것을 보고 상당히 호감을 갖게 되었다.

"제가 감히 부탁드릴 것이 있는데 들어주실 수 있는지요?"

금륜국사가 대답했다.

"저희가 할 수 있는 일이라면 최선을 다해 받들어야죠."

"오늘 오후에 제 혼례가 있습니다. 괜찮으시면 손님으로 참석해주십시오. 깊은 계곡에 은거하는지라 혼례라 해도 청할 손님이 없던 차에 이렇게 귀빈들이 왕림해주셨으니 저로서는 이런 영광이 또 어디 있겠습니까?"

마광좌가 물었다.

"술도 마실 수 있습니까?"

곡주가 막 대답을 하려는데 문득 이상한 표정으로 멍하니 대청 밖을 바라보는 양과의 모습이 눈에 띄었다. 표정으로 보아 기분이 좋은지 나쁜지 구분할 수가 없었다. 모두들 이상한 생각에 양과의 눈길이 머무는 곳으로 시선을 돌렸다.

거기에는 흰옷을 입은 여인이 천천히 대청을 향해 걸어오고 있었다. 햇빛이 그녀의 창백한 얼굴을 비추었는데 표정이 냉담하고 차갑기 그지없었다. 그녀의 눈언저리에서 물기가 잠시 반짝이더니 몇 걸음 걸어가자 눈물이 뺨을 타고 흘러내렸다. 걸음걸이가 어찌나 가벼운지 마치 물 위에 떠서 미끄러지듯 마루를 걸었는데, 한 번도 대청 쪽을 바라보지 않았다.

혈도라도 찍힌 양 꼼짝하지 않고 멍하니 그녀를 바라보던 양과가 갑자기 크게 소리를 질렀다.

"선자!"

복도 끝을 향해 걸어가던 여자는 양과의 목소리를 듣고 전율이라도 느끼는 듯 온몸을 부르르 떨었다.

"과야, 과야, 어디 있니?"

여자가 고개를 돌려 대청 쪽을 바라보았다. 무언가를 애타게 찾고 있는 듯하기도 하고, 꿈꾸는 듯 몽롱해 보이기도 했다. 양과는 미친 듯이 그녀를 향해 달려가 손을 잡았다.

"선자, 저예요. 제가 얼마나 찾았는지 모르시죠?"

그러나 말을 마치기도 전에 정화 가시에 찔린 손가락에 격렬한 통증이 느껴졌다. 양과가 큰 소리로 비명을 질렀다.

"아야!"

"아!"

흰옷을 입은 여자도 큰 소리로 비명을 지르더니 몸을 부들부들 떨며 그 자리에 쓰러졌다. 아마도 기절한 것 같았다.

"선자, 선자, 왜 그러세요?"

잠시 후 여자가 천천히 눈을 뜨더니 자리에서 일어났다.

"누구신지요? 왜 저를 선자라고 부르시나요?"

양과는 깜짝 놀라 그녀의 얼굴을 자세히 바라보았다. 그러나 분명 그녀는 소용녀였다.

"선자, 저 양과예요. 왜 절 몰라보시는 거죠? 왜 그러세요? 어디 불편하세요?"

여자가 잠시 양과를 물끄러미 바라보더니 이내 냉정한 표정으로 대답했다.

"저는 댁을 모르는데요."

여자는 천천히 대청 안으로 걸어 들어가 곡주의 옆자리에 앉았다. 양과는 어찌 된 일인지 몰라 마치 홀린 듯 대청 안으로 따라 들어가 의자 등받이를 붙잡고 서서 소용녀를 바라보았다.

잠시 놀란 듯했던 곡주는 이내 기분이 좋아진 듯 금륜국사를 향해 여자를 소개했다.

"제 아내가 될 사람입니다. 오늘 오후에 혼례를 올릴 예정이지요."

곡주는 냉담한 표정으로 양과를 한 번 흘겨보았다. 사람을 잘못 보고 경솔하게 행동해 아내를 놀라게 한 양과를 꾸짖는 듯한 표정이었다. 곡주의 말에 양과는 더더욱 깜짝 놀랐다.

"선자, 정말 소용녀, 소용녀가 아니란 말인가요? 제 사부이신 소용녀가 아니란 말씀이에요?"

여자가 천천히 고개를 저었다.

"아니에요. 소용녀가 누구죠?"

양과는 두 주먹을 꼭 쥔 채 몸을 부들부들 떨었다. 주먹을 어찌나 세게 쥐었던지 손바닥에 손톱자국이 깊게 파였다. 머릿속이 온통 뒤죽박죽되어 생각을 가다듬을 수가 없었다.

'선자가 화가 나서 나를 모른 척하는 걸까? 아니면 이곳이 위험한 곳이어서 일부러 저러시는 걸까? 그것도 아니면 의부처럼 모든 기억을 잊어버렸단 말인가? 그래도 의부는 날 알아보았는데……. 설마 이 세상에 선자와 똑같이 생긴 사람이 또 있단 말인가?'

"선자, 저, 저, 양과예요."

공손곡주가 눈살을 찌푸렸다.

"누이, 오늘은 이상한 사람이 참 많군."

여자는 아무 말도 하지 않고, 물을 한 잔 따라 천천히 마셨다. 금륜국사부터 한 사람씩 눈길을 주었지만 양과는 쳐다보지도 않았다. 사실 손이 떨려 잔에서 물이 튀어 옷을 적시고 있었지만, 그녀는 느끼지 못하고 있는 것 같았다.

양과는 뜻밖의 상황에 당황한 나머지 어찌할 바를 몰랐다. 그는 고개를 돌려 금륜국사를 바라보며 애타는 목소리로 물었다.

"제 사부님과 무공을 겨뤄본 적이 있으니 국사는 아실 겁니다. 저분이 제 사부님이 아니란 말입니까?"

여자가 대청 안으로 들어올 때 금륜국사는 이미 그녀가 소용녀임을 한눈에 알아보았다. 그러나 그녀가 양과를 모르는 척하는 것을 보고, 젊은 청춘 남녀 사이에 무언가 우여곡절이 있을 것이니 자기도 모른 척하기로 했다. 금륜국사는 미소를 지으며 고개를 저었다.

"기억이 잘 나지 않소이다."

사실 금륜국사로서는 소용녀와 양과가 곱게 보이지만은 않았다. 금륜국사는 소용녀와 양과의 옥녀소심검법을 당해내지 못해 평생 처음으로 패배를 경험해야 했다. 소용녀와 양과의 사이가 틀어진다면 도리어 반가운 일이었다.

양과는 금륜국사의 심사를 눈치채고 화가 났다.

'산에서 부상을 치료할 때 내가 도와주었건만 이런 식으로 배신을 하다니……'

당장이라도 죽이고 싶을 만큼 그가 미워졌다. 살기 어린 눈으로 자신을 바라보는 양과를 보고 금륜국사 역시 나름대로 생각에 잠겼다.

'나에 대한 증오가 대단하군. 저 녀석을 살려두면 언젠가는 후환이 될 거야. 오늘 저 녀석이 정신이 혼란한 틈을 타 없애버려야겠다.'

금륜국사는 공손곡주를 향해 웃으며 말했다.

"오늘 곡주께서 혼례를 올리신다 하는데 미처 선물도 준비하지 못했습니다. 이거 참 부끄럽군요."

곡주는 금륜국사가 혼례에 참석할 의사를 비치자 크게 기뻐했다.

"이분들은 모두 무림의 고수들이오. 한 분만 모시기도 힘드는데 이렇게…… 이렇게…… 여러……."

곡주는 원래 '여러 고인高人'이라고 말하려 했으나, 양과는 나이가 어린 데다 조금 전 주백통과 겨루는 모습을 보니 자세는 잘 잡혀 있었지만 무공 실력 자체는 평범한 듯하여 과연 '무림의 고수' 대접을 해도 좋을지 잠시 망설여졌다. 그러나 차마 양과만 빼놓고 그냥 '다섯 고인'이라고 말하기도 어려워 잠시 주저하다가 이어서 말했다.

"이렇게 여러분을 한꺼번에 모시게 되었소."

금륜국사는 속내를 드러내지 않고 엷은 미소를 지었다.

'그물을 이용해 노완동을 잡는 진세로 보아 지략도 뛰어나고 무공도 대단할 듯싶은데 그릇은 작군. 양과가 소용녀를 알은척했다고 그걸 마음에 두고 있다니.'

"누이, 이분은 금륜국사이시고."

곡주는 금륜국사부터 차례차례 소개했다. 끝으로 양과 차례가 되었다. 여자는 내내 고개를 끄덕이며 인사치레를 하다가 양과 차례가 되

125

자 눈길도 주지 않고 고개를 창밖으로 돌려버렸다. 양과는 얼굴이 벌겋게 달아오르며 마음속에 온갖 상념이 뒤엉켜 뒤죽박죽되었다. 곡주의 말 따위는 귀에 들어오지도 않았다.

니마성과 윤극서는 영문을 모르니 양과가 사람을 잘못 본 것이라고 여길 뿐이었다. 공손녹악은 부친 뒤에 서서 양과의 모든 행동을 자세히 지켜보았다.

'아침에 정화의 가시에 찔렸을 때 마음에 사모하는 사람이 있다 했는데, 설마 새엄마가 그 사람일까? 세상에 이런 우연이 또 어디 있단 말인가? 그렇다면 저 사람들 모두 새엄마 때문에 절정곡에 온 것일까?'

녹악은 곁눈질로 새엄마의 표정을 살폈다. 전혀 기뻐하거나 수줍은 듯한 기색이라고는 찾아볼 수 없었다. 신부가 될 사람의 모습과는 너무 거리가 멀었다. 녹악은 부쩍 의심스러운 생각이 들었다.

양과는 가슴이 답답해서 숨이 막힐 것만 같았다.

'선자가 날 모르는 척하는 데는 반드시 이유가 있을 거야. 다른 방법을 통해 진상을 알아봐야겠다.'

양과는 자리에서 일어나 곡주에게 읍을 하며 인사를 했다.

"죄송합니다. 저희 사부님과 너무 닮아서 그만 실례를 범했습니다. 용서해주십시오."

곡주는 양과가 정중하게 사과를 하자 금세 안색이 풀어지며 답례를 했다.

"아닙니다. 사람을 잘못 보는 거야 흔히 있을 수 있는 일이지요. 다만……."

곡주는 잠시 뜸을 들였다가 다시 말을 이었다.

"세상에 이렇게 외모가 아름다운 사람이 또 있다니 그것참 이상한 일이군요."

다시 말하면 자신의 신부처럼 아름다운 사람은 없다는 뜻이었다.

"그러게 말입니다. 죄송하게 됐습니다. 그런데 실례입니다만, 이 아름다운 분의 존함은 어찌 되시는지요?"

곡주가 미소를 띠며 대답했다.

"성이 유柳씨입니다."

"역시 제 사부님이 아니시군요."

'선자는 왜 하필 유씨라고 거짓말을 하신 걸까? 참! 내 성이 양楊이기 때문이군.'

양과의 양과 유를 합하면 양류楊柳, 즉 '버드나무'라는 뜻이 되는데, 아마도 그래서 '유'라는 성을 사용한 모양이었다. 이런 생각을 하니 순간 또다시 손가락 끝이 격렬하게 아파왔다.

공손녹악은 고통스러워하는 양과의 모습을 보고 연민의 정이 느껴져 잠시도 양과에게서 눈을 떼지 못했다.

곡주는 잠시 양과를 응시했다가 다시 여자를 바라보았다. 고개를 숙인 채 아무 말도 하지 않는 여자의 모습을 보자 문득 의심스러운 생각이 들었다.

'조금 전 이 녀석이 부르는 소리를 듣고 그녀 역시 '과야, 과야' 하고 누군가를 부르는 것 같았는데, 정말 이 여자가 이 녀석의 정인이란 말인가? 그렇다면 왜 그를 모르는 척하는 것일까?'

곡주는 무슨 연유인지 상세히 물어보려다가 우선 혼례를 치른 후 천천히 알아보아도 늦지 않을 것 같아 그만두었다.

양과가 물었다.

"이분은 원래부터 절정곡에 살던 분은 아니신 듯한데, 두 분은 서로 어찌 알게 되셨습니까?"

사실 당시 여자들은 함부로 외부인을 접하지 않는 것이 법도였다. 더군다나 혼례를 치르는 날이라면 더욱 그랬다. 그러나 금륜국사 등은 몽고인 또는 서역 사람이거나 강호를 떠도는 무리들로 예의범절이나 법도 따위는 그다지 중시하지 않기 때문에 곧 결혼할 신부가 손님을 접견하는 것을 보고도 그다지 이상하게 여기지 않았다. 다만 신부가 혼례 날이 되었는데도 흰옷을 입고 있는 것이 조금 이상하기는 했다. 그러나 양과가 사적인 질문을 하는 것을 듣고 다소 지나치다는 생각을 했다. 공손곡주도 마침 자기 부인 될 사람의 내력을 알아보려고 생각하던 중이었다.

'이 녀석이 정말 누이를 아는지도 모르겠군.'

"양 형의 말씀이 맞습니다. 약 보름 전에 산에서 약초를 캐고 있는데, 누이가 산기슭에 쓰러져 있었습니다. 큰 부상을 입었는지 신음을 하고 있더군요. 자세히 살펴보니 무공을 연습하다 주화입마한 듯했습니다. 급히 누이를 집으로 데려와 영험한 약초를 사용해 부상을 치료해주었습니다. 그러니 우리 두 사람의 인연도 우연에서 비롯되었다 하겠습니다."

금륜국사가 끼어들었다.

"원래 인연이라는 게 다 우연에서 출발하는 거지요. 유 낭자께서 곡주의 은혜에 감읍하여 두 분이 혼례를 올리게 되신 거군요. 두 분께서는 참으로 선남선녀이시니 그야말로 하늘이 맺어준 인연인가 봅니다."

금륜국사의 말을 듣고 있던 양과의 안색이 점차 흐려지더니 갑자기 전신을 부들부들 떨었다. 목구멍으로 무언가가 넘어오는가 싶더니 곧 피를 토해냈다.

"괜…… 괜찮……."

흰옷을 입은 여자가 떨리는 목소리로 무언가 말하려 했다. 양과에 게 다가가 부축이라도 하려는지 자리에서 일어나려다가 겨우 마음을 진정시키고 다시 자리에 앉았다. 그러나 결국 그녀 역시 피를 토하고 말았다. 그녀의 흰옷이 온통 붉은 피로 물들었다.

그녀는 역시 소용녀였다. 당시 객점에서 황용과 이야기를 나눈 이후 저녁 내내 잠을 이루지 못하고 뒤척이며 이런저런 생각을 한 끝에 결심을 내렸다. 소용녀는 결국 마음을 독하게 먹고 홀로 객점을 떠났다. 양과를 너무나 사랑하기에 내린 결단이었다.

소용녀는 이대로 고묘로 돌아가면 반드시 양과가 자신을 찾아올 것 같아 고묘로 돌아가지 못하고 황량한 산속을 헤매고 다녔다. 그러던 어느 날 홀로 무공을 연마하다 마음속에 온갖 사념이 넘치는 것을 억제하지 못해 결국 경맥이 끊기면서 과거에 입었던 부상이 재발하고 말았다. 만약 공손곡주가 구해주지 않았더라면 소용녀는 황량한 산속에서 외로이 목숨을 잃었을 것이다.

공손곡주는 일찍이 아내를 잃고 오랜 기간 외로운 삶을 살아왔다. 그러다 산기슭에 쓰러져 있는 아름다운 소용녀를 보자 사람을 살려야 겠다는 생각도 물론 있었지만, 그 절세의 미모에 반해 그녀를 구해주었다.

사실 소용녀는 자포자기한 상태였다. 만약 계속 이렇게 지낸다면 외로운 나머지 자신도 모르게 양과를 찾게 되는지도 몰랐다. 그러던 차에 공손곡주가 간절히 청혼을 해오자 선뜻 승낙을 하게 된 것이다.

'다른 사람의 아내가 되어버리면 양과와의 질긴 인연도 자연히 끊어지리라. 게다가 이 절정곡은 외부인의 발길이 거의 닿지 않는 곳이니 다시는 양과를 만날 일도 없겠지.'

그런데 뜻밖에도 노완동이 나타나 한바탕 소동을 피우더니 결국 양과 일행을 절정곡으로 끌어들였다. 소용녀는 갑자기 양과와 재회하게 되자 온갖 상념이 떠오르면서 자신의 감정을 억제할 수가 없었다.

'어차피 다른 사람에게 시집가기로 한 이상 내가 끝까지 모른 척하면 화가 나서 이곳을 떠날 것이다. 이곳을 떠난 후에는 평생 날 미워하고 증오할 거야. 양과처럼 외모가 수려한 사람이 어디에선들 아름다운 아내를 만나지 못하겠어? 비록 마음이 천 갈래 만 갈래로 찢어지겠지만, 그것이 양과에게 좋은 길이라면 그렇게 해야지.'

소용녀는 이런 생각에 계속해서 양과를 모른 척했다. 그러나 양과가 고통스러워하는 모습을 지켜보자니 가엾고 불쌍한 마음을 누를 길이 없었다. 겨우 감정을 억누르고 있는데 갑자기 양과가 피를 토하자 양과에 대한 연민과 연모의 정이 더 이상 참을 수 없이 끓어오르면서 자신 또한 피를 토했던 것이다. 안색이 창백해진 그녀는 비틀거리며 안채로 들어가려 했다.

"누이, 움직이면 안 되오. 안정을 취해야지."

곡주가 양과를 바라보며 격앙된 목소리로 말했다.

"어서 돌아가시오. 다시는 이곳에 들어오지 마시오."

양과는 소용녀를 바라보며 뜨거운 눈물을 흘렸다.

"선자, 내가 뭘 잘못했다면 날 때려도 좋고 욕을 해도 좋아요. 선자가 날 죽인다 해도 달게 죽겠어요. 제발 모른 척하지만 말아주세요."

소용녀는 고개를 숙인 채 아무 말도 하지 않고 있다가 가볍게 기침을 했다. 소용녀는 객점에서 황용과 대화를 나눈 후 많은 생각을 했다. 만약 자신과 양과가 부부가 되면 그보다 더 기쁜 일이 없겠지만, 양과는 평생 천하 영웅들의 비웃음을 사게 될 것이고 양과가 가장 존경하는 곽정 부부 역시 그를 멀리할 것이니 양과가 상심할 것이 분명했다. 두 사람이 영원히 고묘에서 속세와 인연을 끊고 살면 그만이겠으나 활발하고 적극적인 성격의 양과가 고묘에서 오래 견딜 수 있을 것 같지는 않았다. 소용녀는 양과를 너무나 사랑했다. 양과를 위해서라면 그 어떤 고통도 감내할 수 있었다. 그러나 양과가 자신 때문에 고통스럽게 사는 모습은 보고 싶지 않았다. 양과를 사랑하기 때문에 양과가 즐겁고 행복해하는 모습을 보고 싶었다. 오래 고민할 필요가 없었다. 자신이 불행해지더라도 양과가 행복해지는 길을 택하면 되었다. 그래서 눈물을 머금고 홀로 객점을 떠났던 것이다. 객점을 떠난 이후 소용녀는 한 번도 뒤를 돌아보지 않았다.

양과는 소용녀가 자신에게 화가 나서 자신을 버렸으며, 지금 역시 그래서 자기를 모르는 척하는 것이라고 생각했다. 그러나 사실 소용녀가 양과를 모른 척하는 것은 양과를 사랑하는 마음 때문이었다. 만약 두 사람의 입장이 바뀌었다면 양과 역시 소용녀를 지극히 사랑하기 때문에 자신이 고통스럽더라도 소용녀가 행복할 수 있는 길을 택했을 것이다.

공손곡주는 소용녀가 피를 토하는 모습을 보고 마음이 심히 불안해지며 끓어오르는 분노를 참을 수 없었다. 그러나 워낙 수양을 많이 한 사람인지라 화를 참으며 낮은 목소리로 말했다.

"당장 나가지 않으면 가만두지 않겠소."

그러나 양과는 곡주의 말은 아랑곳하지 않고 소용녀만 뚫어지게 바라보았다.

"선자, 평생 고묘에서 함께 살기로 약속했잖아요. 절대 후회하지 않을게요. 우리 어서 돌아가요."

소용녀가 고개를 들었다. 두 사람의 눈이 마주쳤다. 양과의 절절한 표정을 보자 마음이 움직이지 않을 수 없었다. 당장이라도 양과를 따라나서고 싶었지만 그럴 수가 없었다.

'내가 양과를 떠난 것은 결코 일순간의 충동 때문이 아니었다. 수도 없이 많이 생각하고 고민한 끝에 내린 결정이었어. 한순간의 격정을 이기지 못하면 평생 양과에게 해를 끼칠 수도 있어.'

소용녀는 고개를 돌린 채 긴 한숨을 내쉬었다.

"난 댁을 모릅니다. 무슨 말을 하셔도 전 댁을 몰라요. 그러니 이제 그만 이곳을 떠나세요."

소용녀의 목소리는 비록 힘은 없었지만, 양과에 대한 따뜻한 애정이 절절히 넘치고 있었다. 아둔한 마광좌를 제외하고는 누구나 소용녀가 마음에 없는 말을 하고 있다는 사실을 눈치챘다.

공손곡주는 질투심이 일었다.

'누이가 비록 나에게 시집을 오기로 했지만, 내게는 한 번도 저렇게

따뜻하게 대해준 적이 없는데.'

곡주는 양과를 한 번 힐끗 쳐다보았다. 젊고 수려한 외모가 정말 소용녀와 잘 어울렸다. 곡주의 눈빛에 노기가 어렸다.

'두 사람이 원래 연인인 모양이군. 무슨 일 때문인지 둘이 싸운 후 누이가 홧김에 나에게 시집오겠다고 한 모양이야. '선자'네, '사부님'이네 하는 것도 다 평소 장난치면서 부르던 호칭인 거지. 보아하니 저 녀석이 나이도 조금 많아 보이는데 어찌 누이가 저 녀석의 사부가 될 수 있겠어?'

번일옹은 평소 사부에 대한 충성심이 대단한 사람이었다. 항상 사부가 홀로 지내는 것이 마음에 걸렸는데, 이제 아름다운 소녀를 아내로 맞이하게 되니 사부 못지않게 기뻤다. 그런데 갑자기 양과가 나타나 일을 꼬이게 하자 마음이 조급해졌다.

"네 이놈, 어서 이곳을 떠나지 못하겠느냐?"

그러나 양과는 들은 척도 하지 않았다. 그의 시선은 여전히 소용녀에게 향해 있었다.

"선자, 정말 절 잊으신 거예요?"

번일옹은 화가 나서 손을 뻗어 양과의 뒷덜미를 잡아 대청 밖으로 던져버리려 했다. 양과는 소용녀에게만 신경을 쓰느라 전혀 느끼지 못하고 있다가 번일옹의 손이 등에 와서 닿자 그제야 깜짝 놀라 몸을 움츠리며 피했다. 비록 피하기는 했으나 옷자락이 크게 찢겨나갔다.

양과는 아무리 애원해도 소용녀가 상대해주지 않자 점점 마음이 조급해졌다. 만약 고묘에 있거나, 최소한 다른 사람이 없는 자리에서라면 천천히 달래고 애원해서 어떻게든 소용녀를 설득할 수 있을 것 같은데 지금은 사람이 너무 많았다. 그러잖아도 애가 타던 차에 번일옹이 나서자 양과는 결국 참고 있던 분노와 조급한 마음을 번일옹에게 쏟아부었다.

"선자와 이야기하는 중인데 난쟁이 주제에 어디서 함부로 간섭이야?"

"곡주께서 나가라면 나갈 것이지, 왜 버티는 것이냐?"

"안 나가면 어쩔 테냐? 우리 선자가 여기 계시는 한 나는 한 발짝도 나갈 수 없다. 죽어서 재가 된다 해도 선자 곁에 있을 테다."

물론 양과의 이 말은 소용녀에게 들으라고 하는 말이었다.

공손곡주는 몰래 신부의 표정을 훔쳐보았다. 소용녀는 두 눈 가득 눈물을 머금고 억지로 감정을 억누르고 있는 듯하더니 결국 또 한차례 피를 토했다. 공손곡주는 질투심과 격정을 억누를 길이 없었다. 그는 번일옹에게 눈짓하며 양과를 없애버리라는 신호를 보냈다. 양과를 죽여버리면 결국 언젠가는 단념하겠지 싶었다.

번일옹은 사부의 지시를 받고 깜짝 놀랐다. 그는 원래 양과를 절정곡에서 쫓아내어 다시는 돌아오지 못하게 하면 되리라고 생각했다. 그런데 뜻밖에 곡주가 양과를 죽이라는 지시를 내리자 당황하지 않을 수 없었다.

"오늘은 우리 사부님께서 혼례를 올리는 경사스러운 날이다. 이런 뜻깊은 날에 내가 꼭 널 죽여야겠느냐?"

양과를 향해 하는 말이었지만 실은 사부에게 묻는 것이었다. 그러나 공손곡주는 여전히 양과를 죽이라는 손짓을 했다. '그런 것 따질 필요 없이 없애버리라'는 뜻이었다.

번일옹은 하는 수 없이 강장을 집어 들고 대청 바닥을 한 번 세게 내리쳤다. 그러자 엄청난 소리가 울려 퍼졌다.

"이놈! 네가 정녕 죽고 싶으냐?"

양과는 조금 전 꽤 많은 피를 토했음에도 불구하고 지금 또다시 피를 토할 것만 같았다. 고묘파의 내공은 자기 절제를 매우 중시했다. 사부가 소용녀에게 무공을 전수할 때 희로애락 등 인간의 모든 감정을 절제할 것을 매우 엄히 가르쳤다. 그런데 지금 이토록 격정에 휩싸이자 손발이 차갑게 얼어붙으면서 또다시 피가 솟구쳐 나올 것 같았다.

'차라리 선자 앞에서 피를 토하고 죽어버리면 좋겠다. 설마 그래도 모른 척하지는 않겠지.'

안타까운 마음에 이런 생각을 했다가 또 금세 마음을 바꾸었다.

'아니야. 평소 선자가 날 얼마나 아끼는데. 오늘 선자가 날 모른 척하는 데는 필시 이유가 있을 거야. 혹 저 곡주가 선자를 위협하고 있는 것은 아닐까? 내가 몸을 다치면 저들과 싸울 수 없는데…….'

생각이 여기에 미치자 갑자기 용기가 솟아오르면서 어떻게든 저들을 물리치고 선자를 구해 이곳을 빠져나가야겠다는 생각이 들었다. 양과는 정신을 가다듬고 기를 단전에 모아 가슴에 고인 피를 천천히 내리눌렀다. 양과가 미소를 지으며 말했다.

"내가 오고 싶으면 오고, 가고 싶으면 가는 것이지 날 막을 수 있을 것 같으냐?"

사람들은 갑자기 침착하게 변한 양과의 태도를 놀란 눈으로 쳐다보았다. 번일옹은 양과가 피를 토하는 모습을 보고 은근히 안타까운 마음이 들었다. 또한 비록 곡주의 명이 있기는 했지만 결코 양과를 죽이

135

고 싶지는 않았다. 번일옹은 선뜻 공격에 나서지 못하고 강장만 휘둘러댔다.

"어서 꺼지지 못하겠느냐?"

공손곡주가 이마를 찌푸렸다.

"일옹, 왜 쓸데없는 소리만 반복하는 것이냐?"

공손곡주의 재촉에 번일옹은 하는 수 없이 양과의 다리를 향해 강장을 휘둘렀다. 공손녹악은 대사형이 비록 키는 작지만 무공이 남다르고 힘이 대단하다는 것을 잘 알고 있었다. 이미 그는 아버지에게 대부분의 무공을 전수받은 상태였다. 대사형은 저 강장으로 흉악한 맹수를 수도 없이 잡았다. 반면 양과는 아직 젊고 경험도 적어 대사형의 적수가 되지 못할 것 같았다. 일단 두 사람이 싸움을 시작하고 나면 양과를 구하기 어려울 것 같아 녹악은 비록 엄한 아버지가 무서웠지만 그래도 양과를 위해 용기를 내보기로 했다.

"양 공자, 이곳에 오래 계신다고 해서 이로울 것이 없습니다. 어찌 헛되이 목숨을 잃으려 하십니까?"

매우 부드럽고 애정이 넘치는 목소리였다. 모두들 일제히 의아한 눈길로 그녀를 바라보았다.

'양과는 우리와 함께 이 계곡에 왔는데 언제 저 소녀와 가까워졌을까?'

양과가 고개를 끄덕이며 미소를 지었다.

"고마워요. 수염 가지고 노는 거 좋아하세요?"

녹악은 양과의 말이 무슨 뜻인지 몰라 잠시 멍해 있었다.

"예?"

"내가 저 난쟁이의 수염을 뽑아줄게요. 어때요?"

녹악의 얼굴이 창백해졌다. 감히 그런 농담을 하다니 정말 화를 피할 수 없을 것 같았다. 절정곡의 규율은 매우 엄해서 녹악이 양과에게 먼저 말을 건넨 것만으로도 아버지에게 호되게 꾸지람을 들을 판이었다. 그런데 거기다가 양과가 함부로 농담을 해대니 보통 일이 아니었다. 녹악은 얼굴을 붉힌 채 자기 자리로 돌아갔다.

번일옹은 평소 자신의 수염을 매우 자랑스럽게 생각했다. 그런데 양과가 자신의 수염을 가지고 천박한 농담을 해대니 화가 나지 않을 수 없었다. 그는 강장을 내던지고 맨손으로 양과를 향해 다가갔다.

"네 이놈, 먼저 내 수염 맛을 좀 보아라."

번일옹의 수염이 양과를 향해 날아갔다.

"노완동이 당신 수염을 자르지 못했으니, 이번에는 내가 한번 해볼까?"

양과는 등에서 가위를 꺼내 번일옹의 수염을 자르려 했다. 번일옹의 수염은 양과를 향해 맹렬히 날아와 양과의 머리를 내리치려 했다. 그 위력이 실로 대단했다.

양과는 자리를 살짝 옮겨 수염을 피한 후 전광석화같이 가위를 벌려 수염을 노렸다. 번일옹은 깜짝 놀라 자리에서 한 바퀴 굴러 가위를 피했다. 조금만 늦었으면 수염이 송두리째 잘릴 뻔했다. 번일옹뿐만 아니라 지켜보던 다른 사람들도 안도의 한숨을 내쉬었다.

원래 양과가 풍묵풍에게 부탁해 이 가위를 만든 것은 이막수의 불진에 대적하기 위해서였다. 이막수는 적련신장과 불진으로 강호에서 악명을 떨쳤다. 그녀의 불진 위력은 실로 대단했다. 양과는 가위로 그녀의 불진에 대적하기 위해 불진이 어느 방향에서 날아오면, 어떤 식으로 가위를 사용할지 세심하게 생각해두었다. 그런데 뜻밖에 이막수를 만나기 전에 번일옹의 수염을 상대로 가위를 사용하게 된 것이다.

'네 수염이 아무리 강해도 설마 이막수의 불진만 하랴?'

양과는 두려울 것이 없었다. 그래서 대담하게 가위를 벌려 공격을 퍼부었다.

번일옹은 10여 년이 넘게 수염을 이용한 무공을 연마해왔다. 게다가 채찍이나 불진 등과 달리 수염은 양손이 자유로운 상태에서 사용할 수 있었기 때문에 위력이 더 강했다. 그는 고개를 움직여 수염을 자유자재로 조정하면서 동시에 장력을 발해 양과를 공격했다.

조금 전 주백통은 가위로 번일옹의 수염을 자르려 했으나 도리어 그 수염에 감겨 실패하고 말았다. 그 자리에 있던 사람들 모두 주백통의 무공이 얼마나 대단한지 잘 알고 있었고, 양과의 무공이 주백통과 비교할 수 없다는 사실 또한 잘 알고 있었다. 그런데 뜻밖에도 양과가 동서남북을 종횡무진으로 누비며 가위를 사용하는 수법이 주백통보다 훨씬 뛰어나자 모두들 은근히 놀라움을 감추지 못했다. 물론 무공으로 따지자면 양과가 주백통보다 나을 리 없었다. 다만 양과는 오래 전부터 불진을 상대로 가위를 어떻게 사용할지 자세히 생각해둔 덕에 효과적으로 가위를 움직일 수 있었던 것이다.

금륜국사는 양과가 검법에 능하다는 것은 잘 알고 있었지만, 가위는 노완동의 무기라고 생각했기 때문에 양과가 이토록 능란하게 가위를 사용하는 것을 보고 놀라지 않을 수 없었다.

번일옹은 몇 차례의 위기를 겪으면서 양과를 무시하던 마음이 싹 사라졌다. 곧 초식을 바꾸어 수염을 빙빙 돌리며 사방팔방에서 무차별적으로 공격을 퍼부었다. 동시에 양과를 향해 계속해서 장력을 발했다.

양과는 여러 차례 가위로 공격을 했지만 허탕을 쳤다. 장풍이 예사롭지 않은 데다 수염과 장력이 연달아 공격해오자 당황하지 않을 수 없었다. 수염과 장력을 동시에 사용하는 이러한 초식은 당연히 무림에서 보기 드문 무공이었다. 수십 초식을 겨루었지만 승부가 나지 않았다.

'곡주의 무공은 필경 이 난쟁이보다 뛰어나겠지. 만약 곡주의 제자를 이기지 못한다면 어찌 그 사부를 이길 수 있겠는가?'

양과는 초조한 생각이 들었다. 그러나 번일옹의 수염은 이막수의 불진보다 훨씬 길고 두꺼웠다. 더군다나 수염을 사용한 초식에 전혀 빈틈을 찾을 수가 없었다. 몇 초식을 더 겨루면서 양과는 상대방을 자세히 관찰했다. 수염을 조정하기 위해 고개를 흔들어대는 모습이 퍽 우스꽝스러웠다. 수염을 빨리 휘두를수록 고개 또한 심하게 흔들렸다. 그때 문득 허점을 찾아낼 수 있었다. 양과는 훌쩍 뛰어 뒤로 물러났다.

"잠깐만!"

번일옹은 양과의 말에 공격을 멈췄다.

"패배를 인정하겠느냐? 어서 이 계곡에서 나가거라."

양과는 웃으며 고개를 저었다.

"수염이 잘리면 얼마나 지나야 다시 이만큼 자랄까?"

번일옹은 화를 버럭 냈다.

"네놈이 무슨 상관이냐? 내 수염은 자르지도, 잘리지도 않는다."

양과가 또 고개를 저었다.

"아깝군, 아까워."

"뭐가 아깝단 말이냐?"

"내가 세 초식 내에 당신 수염을 자를 것이다. 사실 당신은 참 괜찮은 사람 같은데……. 만약 무섭거든 괜찮으니까 지금이라도 포기하고 물러나시지."

번일옹이 콧방귀를 뀌었다.

"수십 초식을 겨루어도 내 수염을 건드리지도 못한 놈이 세 초식 안에 내 수염을 자르겠다고? 흥!"

"잔소리 말고 덤벼라!"

번일옹이 오른쪽 장을 날렸다. 양과는 오른손을 비스듬히 뻗어 가위로 번일옹의 왼쪽 이마를 공격했다. 양과의 키가 훨씬 컸기 때문에 가위는 위쪽에서 비스듬히 밑을 향해 내리쳐졌다. 번일옹은 고개를 돌려 가위를 피했다. 그런데 뜻밖에 양과의 왼손 장이 오른쪽 이마를 공격해왔다. 그 힘이 어찌나 맹렬한지 피하지 않을 수 없었다. 번일옹은 급히 고개를 왼쪽으로 돌렸다. 빠른 속도로 고개를 돌리니 수염이 허공으로 치솟으며 흔들렸다. 그때 날을 벌린 채 기다리고 있던 양과의 가위가 번일옹의 수염을 한 자 정도 잘라버렸다.

모두들 깜짝 놀라 외마디 비명을 내질렀다. 양과가 과연 세 초식 만에 번일옹의 수염을 자른 것이다.

양과는 조금 전 번일옹을 자세히 관찰한 결과 번일옹이 고개를 오른쪽으로 돌리면 수염은 왼쪽으로 움직이고, 고개를 왼쪽으로 돌리면 수염은 오른쪽으로 움직인다는 사실을 파악했다. 그가 수염을 위로 향하게 하려면 고개를 숙여야 한다는 것을 예상했던 것이다.

'수염이 얼굴에 달려 있으니, 수염을 움직이려면 반드시 먼저 머리를 움직이겠지. 초식의 근본이 머리에 있거늘, 왜 머리를 공격하지 않고 수염만 공격하려 했을까? 내가 너무 멍청했군.'

그래서 머리를 공격해 수염을 자를 계책을 세우고 세 초식 만에 수염을 자르겠다고 호언장담한 것이다.

번일옹은 그만 정신이 멍해졌다. 반평생 소중하게 기른 수염이 땅바닥에 떨어져 있었다. 아깝고 분한 마음을 참을 길이 없어 땅바닥에 놓인 강장을 들고 소리를 질렀다.

"오늘 한번 끝까지 붙어보자. 살아서 이 계곡을 나갈 생각일랑 꿈에도 하지 마라."

"내 애초에 가지 않겠다 하지 않았던가!"

번일옹이 양과의 허리를 향해 강장을 휘둘렀다.

마광좌는 조금 전 번일옹과 싸우면서 당한 것이 많은지라 번일옹이 몰리는 모습을 보자 통쾌했다.

"원래 생긴 것도 못생겼는데 수염까지 잘리니 정말 볼만하군."

번일옹은 더욱 이를 갈며 힘주어 강장을 휘둘렀다. 양과는 계속해서 그의 수염을 상대로 싸우느라 번일옹의 팔 힘은 파악하지 못했다. 강장이 공격해 들어오자 들고 있던 가위를 휘둘러 막았다. 그런데 땅, 하는 엄청난 소리가 울리더니 팔이 마비되는 느낌이 들었다. 가위는 강장에 맞아 사정없이 구부러졌다.

분명 양과가 이겼건만 무기를 바꾸자마자 금세 우열이 바뀌었다. 이제 번일옹은 무겁고 긴, 위력이 대단한 무기를 손에 들고 있는 반면 양과는 못 쓰게 된 고철을 들고 있을 뿐이었다.

공손녹악은 걱정스러운 마음을 참지 못하고 또다시 앞으로 나섰다.

"양 공자, 상대가 안 되는 것을 뻔히 알면서 왜 계속 싸우려 하십니까?"

공손곡주는 딸이 두 차례나 외부인을 감싸고 나서자 무서운 눈초리로 딸을 노려보았다. 딸의 얼굴은 양과에 대한 관심과 걱정으로 가득했다. 공손곡주는 다시 소용녀를 바라보았다. 그런데 뜻밖에도 소용녀의 얼굴은 침착했다. 별로 양과를 걱정하는 것 같지 않았다. 공손곡주는 금세 기분이 좋아졌다.

'연인 사이는 아닌가 보군. 그렇지 않으면 저 녀석이 위험에 처했는데 저리 태연할 리가 있나?'

그러나 사실 소용녀는 양과가 워낙 총명하고 지략이 많은 사람인지라 그다지 걱정하지 않았다.

양과는 구부러진 가위를 땅바닥에 내려놓았다.

"이봐, 당신은 내 적수가 못 되니 어서 강장을 내려놓고 항복하시지?"

"네가 만약 내 손에서 강장을 빼앗을 수 있다면 내 그 자리에서 자결하고 말겠다."

"아까운 사람을 그렇게 죽이면 쓰나!"

"덤벼라!"

번일옹은 태산압정泰山壓頂 초식으로 양과의 머리를 향해 강장을 내리쳤다. 양과는 몸을 돌려 피한 후 훌쩍 몸을 날려 왼발로 강장의 끝을 밟고 섰다. 번일옹이 강장을 흔들어보았지만 양과는 떨어지지 않았다. 이번에는 강장의 손잡이를 쥐고 돌려보았다. 그러나 양과는 강장 위에 서서 발을 재게 놀리면서 결코 떨어지지 않았다.

모두들 이런 기괴한 무공에 혀를 내둘렀다. 그러나 사실 이것은 고묘파 경공에서 길고 큰 무기를 상대할 때 흔히 사용하는 초식이었다. 과거 이막수가 가흥에서 무삼통과 싸울 때도 무삼통이 무기 삼아 사용한 나뭇가지 위에 올라서서 이런 식으로 애를 태운 적이 있었다.

번일옹이 깜짝 놀라 잠시 머뭇거리는 틈에 양과는 강장을 타고 성큼 앞으로 다가가 오른발을 들어 냅다 번일옹의 코를 걷어찼다. 양과가 강장 위에 서 있었기 때문에 강장을 놓지 않는 한 양과의 발을 피할 수는 없었다. 실로 난감한 상황이 아닐 수 없었다. 게다가 수염도 이미 잘려나간 뒤라 달리 방어할 방법이 없었다. 번일옹은 급한 나머지 하는 수 없이 강장을 놓고 뒤로 물러나 양과의 발을 피했다. 쿵, 하는 소리와 함께 강장의 한쪽 끝이 땅바닥에 떨어졌다. 다른 한쪽 끝이 땅바닥에 떨어지기 전에 이미 양과가 팔을 뻗어 강장의 끝을 잡았다.

마광좌, 니마성, 소상자 등은 일제히 양과를 향해 갈채를 보냈다. 양과는 강장을 밑으로 향하게 해서 땅바닥을 짚고 선 후 의기양양한 웃음을 띠었다.

"어때?"

번일옹의 얼굴이 벌겋게 달아올랐다.

"잠시 방심해 네놈의 간계에 넘어간 것일 뿐, 패배를 인정할 수 없다."

"그럼 또 해볼까?"

양과는 번일옹을 향해 가볍게 강장을 던졌다. 그런데 번일옹이 막 받으려는 순간 강장이 갑자기 위로 솟아올랐다. 결국 번일옹의 손은 허공을 스쳤을 뿐이고 양과가 팔을 뻗어 다시 강장을 잡았다. 마광좌

등이 다시 한번 갈채를 보냈다. 번일옹의 얼굴이 붉으락푸르락해졌다.

금륜국사와 윤극서는 서로 마주 보며 미소를 지었다. 두 사람 모두 양과의 총명함에 감탄했다. 어제 주백통이 몽고 무사들을 상대로 부러진 단창斷槍을 사용할 때 자유자재로 힘을 발휘하고 거두어들이며 사람들을 놀라게 한 바 있었는데, 양과도 어느 틈에 그것을 보고 배웠던 것이다. 다만 주백통은 단창 네 개로 묘기를 부렸고, 양과가 사용한 강장은 하나뿐이고 무겁기 때문에 힘을 조절하다가 더 쉬웠다. 공손곡주와 다른 제자들로서는 처음 보는 무공이니 모두들 깜짝 놀랄 수밖에 없었다.

"왜? 더 해보고 싶은가?"

번일옹은 수염을 잘린 데다 강장마저 빼앗기기는 했어도 상대방의 지략에 넘어간 셈이니 도저히 굴복할 수가 없었다.

"정말 무공 실력으로 겨뤄 진다면 패배를 인정하겠다."

양과는 히죽히죽 웃으며 말을 받았다.

"무학이란 우선 머리가 좋아야 하는 법. 사부의 머리가 좋지 않으니 그 제자 역시 머리가 떨어질 수밖에. 이봐, 좀 영리한 사부를 찾아보지 그래?"

양과의 말은 당연히 공손곡주를 욕하는 것이었다.

번일옹은 마음이 괴로웠다.

'내 무공이 보잘것없어 사부님까지 욕되게 만드는구나. 내 만약 오늘 저 녀석을 이기지 못한다면 사부님 앞에서 자결하는 수밖에 방법이 없겠다.'

번일옹은 이를 악물며 양과를 향해 달려들었다. 양과는 강장을 횡으로 들고 번일옹을 향해 내밀었다.

"이번엔 조심해야 해. 또다시 내게 빼앗기면 그때는 딴소리하기 없어."

번일옹은 아무 대꾸도 하지 않고 오른손으로 강장의 끝을 단단히 쥐었다.

"내 팔을 자르지 않는 한 다시는 내게서 강장을 빼앗을 수 없을 것이다."

번일옹은 이를 악물었다.

"조심해!"

양과는 소리를 내지르며 앞을 향해 내달리더니 왼손으로 강장의 끝을 잡고 오른손 식지와 중지로 번일옹의 눈을 찌르면서 왼발을 들어 강장을 눌렀다. 이것은 타구봉법의 절묘한 초식 중 하나인 오구탈장獒口奪杖이었다.

번일옹은 뒤로 물러나지 않을 수 없어 강장을 다시 상대방에게 빼앗겼다. 앞서 두 차례에 걸쳐 양과가 강장을 빼앗았을 때는 비록 신법이 매우 빠르고 특이하기는 했으나 옆에서 지켜보는 사람들은 그 수법을 똑똑히 파악할 수 있었다. 그러나 이번에는 그 누구도 그 수법을 알아채지 못했다.

마광좌가 신이 나서 떠들어댔다.

"수염 잘린 난쟁이 영감, 이번에는 인정하겠나?"

"무공을 겨루지 않고 자꾸 요법을 사용하는데 내 어찌 인정할 수 있단 말이오?"

양과가 말했다.

"대체 어떻게 하면 인정하겠다는 거냐?"

"진짜 무공으로 날 쓰러뜨려라. 그러면 인정하겠다."

양과는 또다시 강장을 그에게 돌려주었다.

"좋아, 다시 겨루어보자."

번일옹은 양과에게 몇 차례 강장을 빼앗기고 나자 경계심을 늦출 수가 없었다.

'내가 아무리 저 녀석을 이기려 해도 막상 불리해지면 또 무슨 요법을 써서 내 강장을 빼앗으려 하겠지.'

"나는 이렇게 길고 큰 무기를 사용하는데, 넌 빈손으로 싸우니 이 또한 불공평한 일 아니냐!"

"내가 또 강장을 빼앗을까 봐 무서운 모양이군. 좋다! 나도 무기를 쓰면 그만 아니냐!"

양과는 대청 안을 둘러보았다. 그러나 대청 안에는 무기는커녕 흔한 가구나 장식품도 없었다. 문득 정원에 버드나무 두 그루가 서 있는 것이 보였다. 양과가 소용녀를 바라보며 말했다.

"성이 유씨라 하니, 내 버드나무를 무기 삼아 싸워보지요."

양과는 정원으로 나가 넉 자 정도 되는 길이의 버드나무 가지를 꺾어 손에 들었다. 길이나 두께가 타구봉과 비슷했다. 다만 버드나뭇잎을 떼어내지 않아 무기치고는 운치가 있었다.

소용녀의 마음은 이미 혼란에 빠져 있었다. 앞으로 어떻게 해야 할지 더 이상 신중히 생각할 수가 없었다. 양과를 오래 보고 있을수록 감정을 억제할 수가 없었다. 떠날 당시에는 양과를 보지 않은 상태에서 혼자 곰곰이 생각한 끝에 과감하게 결단을 내릴 수 있었지만 지금 양과를 눈앞에 두고, 그의 목소리를 듣고, 그의 미소를 바라보고 있자니 마음이 흔들리지 않을 수 없었다. 차라리 안채로 들어가 안 보면 그만 이겠으나 양과를 두고 차마 발길이 떨어지지 않았다. 그녀는 고개를 숙인 채 아무 말도 하지 않았으나 마음만은 천 갈래 만 갈래로 찢어지는 듯했다.

공손곡주

공손지가 갑자기 평생의 절기인 음양도란인법을 전개했다.
그러자 원래 가볍고 부드럽던 흑검이 순간 위맹한 기세로
변했고, 묵직한 금도는 유연한 변화를 구사하는 검법으로
바뀌었다. 칼은 검의 성질로, 검은 칼의 성질로 둔갑하자 그
위력이 현묘하기 이를 데 없었다.

번일옹은 양과가 어린아이 칼싸움하듯 버드나무 가지를 휘두르자 그 모습이 자신을 조롱하는 것 같아 더욱 화가 났다. 그는 이 버드나무 가지에 타구봉법의 위력이 실려 있다는 것을 전혀 알지 못했다.

　"양 형, 이 검을 받으시오!"

　마광좌가 예리한 날이 번득이는 검을 뽑아서 건네자 양과는 공수의 예로 감사를 표했다.

　"감사합니다. 하지만 이 난쟁이 영감이 나쁜 사람은 아닌 듯합니다. 그저 사부를 잘못 섬겼을 뿐이지요. 무예가 일천하니 이 버드나무 가지로도 충분합니다."

　양과는 강장을 향해 버드나무 가지를 휘둘렀다. 번일옹은 자신의 사부님마저 모욕을 하자 더욱 화가 나서 이 싸움에 목숨을 걸고자 마음먹었다. 번일옹은 즉시 팔십일로八十一路의 발수장법潑水杖法을 전개했다. 이 장법은 발수潑水, 즉 아무도 접근하지 못하게 물을 뿌린다는 의미로 그 이름만큼이나 실로 물샐틈없는 공격법이었다. 장법杖法을 펼치자 처음에는 맹렬한 기세와 소리가 났으나 수 합을 겨루고 나자 방향이 약간씩 어긋나면서 끝이 기울어지고 소리 또한 약해졌다. 그도 그럴 것이 양과가 타구봉법 중 얽힘纏 초식으로 버드나무 가지를 강장 끝에 얽었기 때문이다. 상대방의 강장이 동으로 가면 버드나무 가지도 따라서 동으로 가고, 강장이 위로 향하면 버드나무 가지도 위로 향했다. 양과는 번일옹이 힘을 싣는 방향에서 옆으로 살짝 밀거나 끌어당기며 강장을 자유자재로 조정했다. 타구봉법의 얽힘 초식은 무학의 상승 무공인 사량발천근에서 유래한 것으로 그 정교함과 오묘함은 평범한 차력타력이나 순수추주 수법보다 훨씬 뛰어났다. 아직 어린 나이에 이런 신묘한 무공을 구사하고 있다니 모두들 양과의 출수를 바라보며 경탄을 금치 못했다.

번일옹의 강장 힘이 약해질수록 양과의 버드나무 가지 힘은 더욱 강해졌다. 그렇게 30합을 겨루고 나니 번일옹은 이제 완전히 버드나무 가지에 제압당하여 출수에 힘을 실을수록 제 몸을 이기지 못하고 휘청거렸다. 그는 마치 거대한 회오리바람에 갇힌 듯 빙글빙글 돌면서 몸을 제대로 가누지 못했다. 그때 공손곡주가 오른쪽 탁자를 내리쳤다.

"일옹! 물러서라!"

하늘과 땅을 울리는 쩌렁쩌렁한 목소리에 양과마저 가슴이 섬뜩해졌다.

'이제 와서 순순히 물러나도록 할 수는 없지.'

양과는 타구봉법 중 전轉, 즉 회전 초식으로 방법을 바꾸었다. 몸은 한 치의 흔들림도 없이 꼿꼿이 선 채 손목만 빙글빙글 돌리자 번일옹의 몸이 팽이처럼 빙글빙글 돌기 시작했다. 양과가 손목을 빨리 돌릴수록 번일옹의 몸도 더욱 빠르게 돌았다. 그러다가 양과가 갑자기 버드나무 가지를 위로 휙 던지고 물러났다. 번일옹은 제 몸을 전혀 가누지 못하고 휘청거리며 몇 바퀴 돈 후 거의 쓰러지기 직전이었다. 그때 공손곡주가 돌연 몸을 날려 공중에서 강장 끝을 내리친 후 다시 가볍게 방향을 틀어 제자리로 돌아왔다. 보기에는 슬쩍 손을 댄 것처럼 보였지만 매우 강한 힘으로 강장을 대청 바닥에 한 자 정도 박아 넣은 것이었다. 그제야 강장이 회전을 멈추었고 번일옹도 넘어지지 않았다. 그러나 그는 여전히 술 취한 사람처럼 휘청거리며 몸의 균형을 잡지 못했다.

소상자, 윤극서 등은 양과를 한 번 쳐다보고 다시 공손곡주를 쳐다보면서 실로 비범한 자들이라 생각하며 놀라워했다. 또 이 용쟁호투에서 누가 이기든지 아주 멋진 한판승을 구경할 수 있을 거라는 기대감까지 들었다. 이들 중 특히 마광좌가 줄곧 양과의 편을 들며 응원했다.

"양 형, 훌륭한 무공이오. 난쟁이 영감이 졌소!"

번일옹은 숨을 깊이 들이쉬어 정신을 차린 후 사부를 향해 몸을 돌리더니 돌연 바닥에 엎드려 연거푸 네 번이나 절을 올렸다. 그러고는 한마디도 하지 않고 바로 돌기둥을 향해 돌진했다. 머리를 처박고 죽으려는 것이었다. 이 돌발적인 행동에 모두 깜짝 놀랐다. 그의 성격이 불같은 줄은 알았지만 싸움에서 패했다고 자살을 시도하리라고는 생각지도 못했다.

공손곡주가 깜짝 놀라 의자에서 일어나 그의 등덜미를 잡으려고 손을 뻗었지만 너무 먼 거리였고, 번일옹이 달려가는 기세가 너무 빨라서 그만 놓쳐버렸다.

번일옹은 전력을 다해 돌기둥을 향해 몸을 날렸다. 그런데 이마가 닿는 부분이 하나도 아프지 않았다. 고개를 들어보니 양과가 양손을 뻗어 돌기둥 앞을 가로막고 서 있었다.

"번 형, 세상에서 가장 슬픈 일이 무엇입니까?"

양과는 번일옹이 자신의 사부에게 절을 할 때부터 뭔가 일이 벌어질 것을 짐작하고 경계하고 있었다. 다행히 번일옹과 가까운 곳에 있어서 불상사를 막을 수 있었다.

양과가 던진 뜻밖의 질문에 번일옹은 멍해졌다.

"그게 뭐냐?"

"실은 저도 모릅니다. 지금 제 마음은 번 형보다 훨씬 아프지만 죽을 생각을 하지 않는데 번 형이 왜 자결하려는 겁니까?"

"너는 대결에서 이겼는데 뭐가 그리 슬프다는 것이냐?"

"이기고 지는 것이 뭐가 대수입니까? 난 평생 얼마나 많은 사람에게 졌는지 모릅니다. 번 형이 자결하려고 하니 번 형의 사부께서 너무나 당황하시더군요. 그러나 제가 자결한다면 제 사부는 신경도 쓰지 않을 겁니다. 이것이 바로 가장 슬픈 일입니다."

번일옹은 무슨 소리인지 이해가 되지 않았다. 그때 사부의 엄명이 떨어졌다.

"일옹, 다시 한번 그런 바보 같은 생각을 한다면 나를 거역한 것이라 생각하겠다. 이리 와서 물러나 있거라. 저 아이는 내가 손보겠다."

번일옹은 사부의 말을 거역하지 못하고 옆으로 물러나 양과를 바라보았다. 그의 마음은 착잡했다. 양과를 미워하는 것인지, 그에게 탄복하는 것인지 자신의 마음을 알 수가 없었다.

소용녀는 '내가 자결한다면 제 사부는 신경도 쓰지 않을 것입니다'라는 양과의 말에 눈시울이 붉어져서 또 눈물을 뚝뚝 떨어뜨렸다.

'만약 네가 죽는다면 너 없이 내가 어찌 살겠니?'

공손곡주는 계속 소용녀를 힐끗거리며 표정을 살피다가 눈물이 뚝

뚝 떨어지는 것을 보고 질투와 분노의 감정에 휩싸였다. 그는 두 손을 세 번 부딪치며 호령했다.

"저놈을 잡아라!"

"네!"

공손곡주는 자신의 체통과 신분을 고려해 양과와 직접 싸울 수는 없었다. 녹악을 포함한 양옆에 늘어선 열여섯 명의 녹의인이 네 사람씩 짝을 지어 각각 네 방위로 나뉘어 도열한 후, 어망을 들고 양과를 포위했다. 공손곡주는 자신의 딸 녹악이 양과에게 어서 빠져나가라고 연신 눈짓을 보내는 것을 보았다.

'딸아이가 딴맘을 먹고 있군. 이 어망은 모든 사람이 전력을 다해야 한다. 만약 한 사람이라도 전력을 다하지 않으면 허점이 생기게 된다.'

곡주는 다시 명령을 내렸다.

"녹악아, 넌 물러나서 쉬어라. 막내야, 네가 나가서 녹악을 대신하거라."

그러자 열댓 살쯤 되어 보이는 소년이 대답을 하고 앞으로 나와 녹악의 위치에 섰다.

양과는 금륜국사와 함께 왔고 금륜국사는 무리의 우두머리 격이었다. 그런데 상황이 이런 지경에 이르렀으니 당연히 수습에 나서야 하는데도 여전히 냉소만 머금은 채 수수방관하고 있었다.

공손곡주는 금륜국사의 의도를 모른 채 자신이 양과에게 쩔쩔매고 있는 걸 비웃는다고만 생각했다.

'좋아, 절정곡의 무공을 보여주마.'

공손곡주가 다시 한번 세 번 손뼉을 치자 제자들은 서로 방향을 바꾸어가면서 포위를 좁혀갔다.

양과는 녹의인들이 두 번이나 어망으로 주백통을 사로잡는 것을 보았다. 그래서 이 어망진은 전진교의 천강북두진과 쌍벽을 이룬다는 것을 알았다.

'주백통도 어망에 사로잡혔는데 내가 어떻게 빠져나가겠어? 게다가 주백통은 이곳에서 나가기만 하면 되니까 번일옹과 마광좌를 어망 속에 던지고 빠져나갈 수 있었지. 하지만 난 반드시 이곳에 남아야만 해.'

어망은 정방형 모양으로 크기는 일 장 남짓 되었다. 그리고 어망진을 펼치고 있는 사람은 어망 뒤로 몸을 숨기고 있었다. 진법을 뚫기 위해서는 먼저 어망을 쥐고 있는 이들을 공격해야 했지만, 가까이 가기만 해도 먼저 어망에 사로잡힐 판이니 섣불리 손을 쓸 수가 없었다.

열여섯 명의 제자가 바짝 포위를 좁혀오자 양과는 그저 고묘파의 경공으로 이리저리 뛰어다니며 피하기만 할 뿐 제대로 대응할 수가 없었다. 그는 옆으로 아슬아슬하게 빠져나갔다가 순식간에 방향을 틀어 위로, 옆으로 날아오르면서 간신히 적의 출수를 피했다. 양과가 어망 주위를 빙글빙글 돌자 열여섯 명의 제자도 따라 돌면서 차츰차츰 포위를 좁혀갔다. 양과는 어망을 피해 다니면서 줄곧 진법의 허점을 찾았다. 하지만 좀처럼 허점을 발견해낼 수가 없었다.

'암기로 저들을 다치게 하는 수밖에 없겠구나.'

양과는 천천히 몸을 돌리면서 손에 옥봉침을 쥐었다. 몸은 서쪽 네 사람을 향하면서 북쪽 네 사람에게 7~8개의 옥봉침을 날렸다. 보나마나 제자들은 옥봉에 맞아 쓰러져 있을 것이 뻔했다. 그러나 뜻밖에도 옥봉침은 모두 그물에 걸려 있었다. 금사로 짠 어망 이음매 부분에 작은 자석이 달려 있었던 것이다.

양과는 어망에 그런 장치가 있는 줄은 생각지도 못하고 자신의 암기 공격이 성공할 것이라 확신하고 있다가 실패로 돌아가자 너무 어이가 없었다. 양과는 오른손에 움켜쥔 금침을 다시 품속에 넣고, 어망진을 뚫을 수 있는 다른 방법을 생각했다. 그런데 돌연 동쪽에서 어망이 다가왔다. 진을 지휘하는 제자가 휘파람을 불자 금빛이 번쩍이며 오른쪽 어깨 쪽으로 어망이 덮쳐왔다. 양과가 몸을 굽혀 서북쪽으로 도망가려 하자 서쪽과 북쪽의 어망이 앞을 가로막았다. 양과는 반사적으로 천라지망세 신법을 펼쳐 두 어망 사이를 빠져나갔다. 바람같이 날렵한 신법이었다.

모두들 경탄을 내지르는 사이, 양과는 여유만만하게 웃으며 소용녀 옆에 서 있었다. 소용녀는 자신이 전수한 경공으로 위험에서 벗어나자 절로 안도의 한숨을 내쉬었다. 그녀는 너무 기쁜 나머지 엷게 미소를 지었다. 그러나 곧 다시 정색을 했다.

양과는 웃는 듯 마는 듯한 소용녀의 표정을 보고 마음속에 기쁨이 일렁였다.

"선자, 제 솜씨가 괜찮았죠?"

소용녀는 모른 척하고 싶었지만 결국 가만히 고개를 끄덕였다. 양과가 소용녀 옆에 서 있으니 열여섯 명의 녹의인은 섣불리 다가가지 못하고 공손곡주의 눈치를 보며 지시를 기다렸다. 공손곡주는 손바닥을 마주쳤다. 그러자 마치 철을 두드리는 듯한 웅장한 소리가 울렸다. 이윽고 그가 아주 음산한 목소리로 말했다.

"이놈, 내 철장을 받아라! 자신 없으면 얼른 이곳을 떠나서 다시는 귀찮게 하지 말거라."

양과는 소용녀를 보았다. 자신을 향해 미소를 지어준 소용녀가 옆에 있으니 더 이상 두려울 것이 없었다.

"선자가 떠나지 않겠다면 열 번을 죽인다 해도 갈 수가 없어요. 능력이 있으면 나를 죽여보세요."

양과는 돌연 몸을 날려 공손곡주의 등 뒤로 간 후, 오른손을 구부려 손가락 관절로 그의 대추혈大椎穴을 찍었다. 대단히 날랜 신법으로 먼저 기습을 전개한 것이다. 양과는 몸을 날렸을 때 공손곡주와 서로 마주 보는 형상이었으나 공중에서 몸을 틀어 그의 등 뒤로 착지했다. 공손곡주가 몸을 돌렸을 때는 이미 목뒤의 요혈이 양과에게 찍힌 뒤였다. 양과의 이 출수는 바람같이 신출귀몰했다. 견문이 넓은 금륜국사, 소상자 등도 이처럼 빠른 출수는 본 적이 없었다. 이것은 〈옥녀심경〉에 수록된 절초로서 이막수가 아무리 연마해도 익히지 못한 비기秘技였다. 소용녀와 양과도 함께 연마는 했지만 한 번도 정식으로 써본 적이 없었다.

이 초식의 이름은 따로 없었다. 임조영은 이 무공을 창시할 때 속도를 가장 중시해 일 초식이 끝나기 전에 다음 초식을 연이어 구사하도록 해놓았다. 즉, 바람같이 빠른 속도로 연이어 수십 초식을 구사하는 것이 이 절초의 핵심이었다. 초식을 전개하는 자가 초수招數를 생각하거나 명칭이나 순서 따위를 생각하는 순간 손과 발이 느려지게 되어 제대로 효과를 발휘할 수가 없었다. 그래서 이 초식에는 이렇다 할 명칭을 따로 붙이지 않았던 것이다.

아무튼 광풍폭우와 같은 초식이 연거푸 이어졌다. 뭇 사람들의 갈채 속에 공손곡주는 양과에게 등을 연타당했다. 양과는 신명 난 듯 연달아 곡주의 등에 충격을 가했다.

"이제 됐죠?"

양과는 여유만만하게 뒤로 물러나 손을 탁탁 털었다. 곡주는 잠시 꿈쩍도 하지 않다가 앞으로 한 발짝 다시 옆으로 한 발짝 발을 떼더니 태연하게 입을 열었다.

"안마해줘서 고맙군."

소용녀는 양과가 조사 임조영의 뜻을 이해하고, 옥녀권법을 제대로 구사하는 것을 보고 속으로 혀를 내둘렀다. 그 마음이 얼굴에 드러나 꽃이 핀 듯 환해졌다. 그런데 공손곡주가 요혈을 수차례 격타당하고도 아무 일 없다는 듯 끄떡도 하지 않자 아연실색할 수밖에 없었다. 놀라기는 양과도 마찬가지였다. 분명 등의 요혈을 수차례 명중시켰는데도 끄떡도 하지 않다니! 양과는 홍칠공, 구양봉, 황약사 등 무학 고수들에게 내공이 최고 상승 경지에 달하면 혈을 스스로 막을 수 있다는 말을 들은 적이 있었다. 그러나 적이 공격해올 때 잠시 혈을 막을 수는 있지만 장시간 동안 연속해서 막을 수는 없었다. 구양봉은 무공을 잘못 연마해서 경맥이 거꾸로 운행되고 전신의 대혈大穴을 변위變位시킬 수 있었지만, 그렇게 하려면 거꾸로 물구나무서기를 해야 했다. 그런데 곡주는 가만히 서 있으면서도 아무런 반응을 보이지 않았다. 그것은 죽은 시체가 부활한 것이 아니면 몸에 혈도가 없어야 가능한 일이었다. 아니면 금종조金鐘罩, 철포삼鐵布衫 같은 도창불입刀槍不入의 기공奇功을 연마해야 가능했다. 혹시 사람이 아닌 건 아닐까, 아니면 무슨 요술을 부리는 것이 아닐까. 양과는 덜컥 겁이 났다.

공손곡주는 곧 두 손바닥을 뒤집어 공격을 전개했다. 손바닥 중앙에 검은빛이 서려 있었다. 양과는 감히 정면으로 대응하지 못하고 일단 경공으로 피했다. 그런데 공손곡주의 장법은 완안평의 철장鐵掌 무공과 다소 비슷할 뿐 별반 특이한 점이 없어 보였다.

양과가 다시 정신을 집중하니 두려움이 점점 가시면서 〈옥녀심경〉의 신공을 제대로 펼칠 수 있었다. 그는 상대방이 사람인지 강시인지 알 수 없어 달이파를 공격했던 이혼대법이나 미녀권법을 사용하지 않고, 소용녀에게 전수받은 고묘파 정종正宗 장법으로 대응했다. 한참 싸우다가 양과는 곡주의 왼쪽을 뚫고 들어가서 다리를 냅다 걷어찼다. 공손곡주는 피하지도 않고 기문혈期門穴을 차이면서 왼손을 꺾어 양과의 오른쪽 다리를 잡았다. 양과는 오른쪽 다리가 잡힌 터라 왼쪽 다리로만 겨우 지탱할 수밖에 없었다. 순간 고묘에서의 옛 기억이 떠올랐다.

고묘 밖에서 소용녀와 무예를 연마할 때 소용녀는 양과의 왼쪽 다리를 잡고 넘어뜨린 적이 있었다. 그때는 고묘에 온 지 얼마 되지 않았었다. 양과는 무공이 미약해 쓰러지면서 이마를 바위에 찧었는데, 그는 투정하듯 장난으로 땅에 엎드려 목 놓아 우는 척했고, 그런 양과에게 소용녀는 엉덩이를 찰싹 때리면서 호통을 쳤다.

"울지 말고 일어나!"

양과는 얼굴에 눈물 자국이 하나도 없이 벌떡 일어나서는 소용녀에게 혀를 날름거리며 익살스러운 표정을 지었다. 소용녀는 원래 기쁨이나 분노의 감정을 쉽게 드러내지 않았지만 그 상황에선 참을 수가 없었던지 함박웃음을 지었다. 그러고는 곱게 눈을 흘겼다.

"울다가 웃으면 엉덩이에 뿔난대!"

양과도 한껏 얼굴을 펴고 웃었다.

"안 울었어요. 근데 선자도 웃을 줄 아네요."

지금의 상황이 그 당시와 비슷했다. 양과는 당시 고묘에서의 즐거운 추억을 일깨워주기 위해 일부러 소용녀 앞으로 다가가 넘어진 뒤 땅에 엎드려서 우는 척했다. 그러나 이 행동은 실로 위험하기 짝이 없는 짓이었다. 자신의 등을 그대로 적에게 노출시키는 셈이니 만약 곡주가 손이나 발을 뻗어서 요혈을 공격한다면 목숨이 날아갈 수도 있었다. 하지만 양과는 목숨 따위는 안중에도 없었다. 곡주를 이기기 위한 싸움이 아니라 소용녀의 마음을 다시 움직이기 위한 싸움이었다. 소용녀도 지난날 양과에게 무예를 가르쳐주던 때를 떠올리며 자신도 모르게 양과의 엉덩이를 찰싹 때리며 웃었다.

"울지 말고 일어나!"

너무나 적절한 때 소용녀가 나선 것이다. 마침 곡주가 양과의 등을 겨냥해 장풍을 날리려는 찰나 소용녀가 그에 앞서 양과의 엉덩이를 때렸다. 양과는 벌떡 일어나서 기분 좋게 껄껄 웃으며 소용녀의 두 손을 붙잡았다.

"선자, 이제 날 받아들이는 거죠? 그럼 안 울게요."

공손곡주는 양과를 무섭게 노려보고는 손뼉을 네 번 쳤다. 그러자 열여섯 명의 제자가 빠른 걸음으로 내당을 향해 물러갔다.

'설마 패배를 인정하는 것인가?'

양과는 이들이 갑작스럽게 물러나자 이상하게 생각하며 공손녹악을 바라보았다. 공손녹악의 얼굴에 두려움과 당황한 빛이 역력했다. 그녀는 어서 이곳을 벗어나라는 눈짓을 연신 보내왔다. 분명 큰 화가 눈앞에 닥친 듯했다. 그러나 양과는 방금 소용녀에게 엉덩이를 맞은 후 그저 기쁜 마음에 미소를 지으며 오히려 의자를 끌어와서 천연덕스럽게 앉았다.

내당에서 쩽쩽, 하는 소리가 들리더니 열여섯 명의 제자가 다시 뛰어나왔다. 그들은 여전히 손에 어망을 들고 있었다. 그 어망을 보자 모두들 낯빛이 싸늘하게 변했다. 알고 보니 그들은 어망을 바꾸기 위해 내당으로 들어갔던 것이다. 바뀐 어망에는 갈고리와 비수가 주렁주렁 매달려 있어 싸늘한 광채를 발했다. 누구든지 이 어망에 걸려들면 온몸에 상처를 입어 목숨을 부지할 수 없을 것 같았다.

"이봐요, 공손곡주! 찾아온 손님에게 이런 악랄한 짓을 하다니, 부끄럽지도 않소?"

마광좌가 소리치자 공손곡주는 양과를 가리키며 말했다.

"원래는 널 해치려는 마음이 없었다. 여러 번 떠나줄 것을 요구했는데도 넌 이곳에 남아 소란을 피웠다. 마지막으로 경고하는데 어서 이 계곡을 떠나라!"

그 어망을 바라보고 있자니, 제아무리 간이 크고 무딘 마광좌라 하더라도 오싹 소름이 끼쳤다. 그는 얼른 일어나 양과의 손을 잡아끌었다.

"양 형, 저런 악랄하고 무례한 것들과 싸울 필요 없이 그냥 이 빌어먹을 곳을 떠나는 게 좋을 것 같소. 저놈이랑 싸울 이유가 뭐가 있소?"

양과는 소용녀를 바라보며 무슨 말이든 해주기를 바랐다. 소용녀는 공손곡주가 비수와 쇠고리가 달린 어망을 가지고 나온 것을 보자 마음속으로 이미 죽을 각오를 했다. 만약 양과가 어망에 걸린다면 자신도 어망에 몸을 던져 함께 끌어안고 죽을 작정이었다. 이런 생각을 하니 오히려 마음이 편해졌다. 이승에서의 모든 괴로움과 번뇌가 이로써

끝난다고 생각하니 자신도 모르게 입가에 웃음이 번졌다.

한편 양과는 고묘에서 소용녀와 무예를 연마하던 일을 생각하고 있다가 칼날이 달린 어망을 보자 문득 좋은 생각이 떠올랐다. 그는 바로 의자에서 일어나 소용녀에게 다가가 허리를 굽혔다.

"선자, 저에게 큰 화가 닥쳤으니 선자의 비단 띠와 장갑을 빌려주세요."

소용녀는 양과와 함께 죽을 것이라는 기쁨에 들떠 아무 생각 없이 즉시 품속에서 흰 장갑과 흰 비단 띠를 꺼내주었다. 양과는 천천히 받아 들면서 소용녀의 얼굴을 응시했다.

"이제 저를 인정하시는 거죠?"

"마음으로 벌써 너를 인정했어."

소용녀는 그윽한 정을 가득 담은 눈빛으로 양과를 바라보았다. 이 말에 양과는 정신이 번뜩 들면서 목소리까지 떨렸다.

"그럼 저와 함께 가고, 저 곡주와 혼인하지 않는 거죠?"

"너와 함께 갈게. 다른 사람과 혼인하지 않을 거야. 과야, 난 이미 너의 아내야."

소용녀는 미소를 지으며 고개를 끄덕였다. 소용녀가 '너와 함께 갈게'라고 말한 것은 양과와 함께 죽는다는 말이었으나 양과도, 다른 사람들도 그 뜻을 전혀 알지 못하고 '난 이미 너의 아내야'라는 말에만 관심을 기울였다.

공손곡주는 얼굴이 하얗게 질렸다. 그는 힘껏 손뼉을 네 번 쳐서 제자들에게 공격 개시를 명했다. 제자들은 어망을 흔들며 걸음을 교차해서 앞으로 다가왔다.

양과는 소용녀의 말을 듣자, 죽음에서 다시 살아난 것 같았다. 양과는 즉시 칼날도 뚫고 들어오지 못하는 금사 장갑을 끼고, 오른손으로 비단 띠를 떨쳐냈다. 비단 띠는 딸랑딸랑 소리를 내며 살아 있는 백사처럼 앞으로 쭉 뻗어나갔다. 비단 띠 끝에 달려 있는 금방울을 앞으로 뻗고 다시 거두어들이는 사이, 금방울이 남쪽에 있는 한 제자의 음곡혈陰谷血과 동쪽 편에 있는 제자의 곡택혈曲澤血을 찍었다. 음곡혈은 무릎 안쪽이라 혈도가 찍힌 자는 휘청거리더니 이내 무릎을 꿇고 주저앉았고, 곡택혈을 찍힌 자는 팔이 마비되어 어망을 놓쳤다. 이렇게 되자 녹의인들은 금방울 소리에 압도당하여 지레 겁을 먹게 되었다. 휘익, 비단 띠가 뻗어오자 서쪽에서 어망을 잡고 있던 녹의인들이 움찔하는 사이에 어망진의 허점이 드러났다. 양과는 그 순간을 놓치지 않았다. 딸랑딸랑 소리를 내며 양과가 잽싸게 비단 띠의 방향을 틀자 다시 두 제자가 쓰러졌다. 그러나 바로 그때 북쪽의 어망이 양과의 머리 위로 덮쳐왔다. 비단 띠를 쓰기에는 이미 때가 늦어 양과는 왼손을 뒤집어 어망을 움켜쥐고 냅다 밖으로 뿌리쳤다. 그는 손에 장갑을 끼고 있어서 예리한 갈고리에 아무런 상처를 입지 않았다. 양과가 뿌리친 어망은 오히려 상대방 쪽으로 날아가며 그들을 덮쳐갔다.

제자들은 어망진을 연마하면서 공격에만 치중해왔을 뿐 어망이 거꾸로 자신들을 공격할 것에는 대비하지 못했다. 어망의 번뜩이는 칼날과 갈고리가 자신들의 머리를 향해 덮쳐오자 그들은 비명을 지르며 허둥지둥 도망쳤다. 그러나 공손녹악의 자리를 대신하고 있던 소년은 아직 무공이 약해 비수에 다리를 찔려 선혈을 펑펑 쏟아내며 땅에 쓰러졌다. 그러고는 고통스럽게 울부짖기 시작했다.

"겁내지 마. 널 해치지 않을 거야."

양과는 웃으면서 소년을 안심시키고 왼손으로 어망을 흔들며 오른손으로 다시 비단 띠를 떨쳤다. 어망과 금방울이 내는 소리가 서로 어우러져 귓전을 때렸다. 제자들은 아무도 감히 나서지 못하고 멀찌감치 벽에 바짝 붙어 섰다. 그나마 사부 앞이라 도망치지 못하고 버티고 있는 상태였다. 이미 승패는 완연히 기울어졌다.

군호들 중 마광좌만이 손뼉을 치며 갈채를 보냈다. 그는 주위 사람들이 다들 가만히 있자 멋쩍은지 금륜국사에게 눈을 부라리며 소리쳤다.

"국사, 양 형의 무공이 대단하지 않소? 어째서 박수를 치지 않는 거요?"

"대단하군요, 대단해요. 하지만 그렇게 요란을 떨 것까지는 없잖소?"

"뭐라고요?"

금륜국사는 공손곡주가 분노로 두 눈썹을 치켜올리는 것을 보고는 천천히 대청 중앙으로 걸어 나가며 더 이상 마광좌가 무슨 말을 하든 귀담아듣지 않고 공손곡주의 동정만을 살폈다.

공손곡주는 소용녀가 '난 이미 너의 아내야'라고 하는 말을 듣고 보름 동안 품어왔던 꿈이 산산조각 났음을 깨달았다. 허탈감과 분노가 이내 오기로 변했다.

'네 마음을 얻지 못한다면 너의 몸이라도 가져야겠다. 저놈을 죽여버리면 나와 함께하고 싶지 않아도 해야 될 것이다! 시간이 지나면 언젠가는 나한테 마음을 돌리겠지.'

양과는 공손곡주의 눈썹이 점점 치켜올라가서 나중에는 눈과 눈썹이 거의 수직이 되자 간담이 서늘해졌다. 그는 오른손에는 비단 띠를 왼손에는 어망을 부여잡고 바짝 경계했다. 자신과 소용녀의 생사가 지금 이 순간에 달려 있다고 생각하니 조금도 긴장을 늦출 수 없었다.

공손곡주는 천천히 양과의 주위를 한 바퀴 맴돌았다. 양과도 그 자리에 서서 천천히 고개를 돌리면서 곡주에게서 시선을 떼지 않았다. 양과는 상대가 출수를 늦출수록 공격이 더욱 매서워질 것이라고 예상했다.

드디어 공손곡주가 두 손을 앞으로 세 차례 뻗더니 손뼉을 쳤다. 뜻밖에도 철이 서로 부딪치는 듯한 소리가 났다. 양과는 흠칫 놀라 뒤로 한 발 물러났다. 그 순간 공손곡주는 다짜고짜 오른팔을 쭉 뻗어 어망의 한쪽 끝을 낚아 잡아챘다. 잡아채는 거대한 힘 때문에 양과는 다섯 손가락에 극심한 통증이 느껴져 어쩔 수 없이 손을 놓을 수밖에 없었다. 공손곡주는 어망을 대청 한쪽 끝에 있는 네 명의 제자에게 휙 던지면서 호령했다.

"물러나라!"

양과는 어망을 빼앗긴 후, 곡주가 먼저 공격하기 전에 비단 띠를 떨쳐냈다. 금방울이 흔들리며 상대의 어깨 견골혈과 목 부위 천정혈을 정확히 찍었다. 그러나 공손곡주는 혈도 두 군데가 찍혔는데도 전혀 아랑곳하지 않았다. 그는 기합을 내지르며 구부렸던 손을 쫙 펴서 양과의 왼쪽 가슴을 노렸다. 양과는 황급히 옆으로 몸을 피했다. 뛰어난 경공 덕분에 겨우 공격을 피할 수 있었다.

〈옥녀심경〉의 내공은 날렵한 경공이 장점이었다. 그래서 적을 상대할 때 빠른 신법과 손놀림으로 혈도를 찍거나 급소를 공격할 수 있었다. 한데 공손곡주는 스스로 혈도를 봉쇄하는 폐혈기공閉穴奇功으로 〈옥녀심경〉의 공격을 번번이 무산시켰다.

양과는 방금 전까지만 해도 소용녀의 마음을 되돌리는 것에만 주력해 생사 따위는 신경 쓰지 않았다. 하지만 지금은 소용녀가 마음을 되돌린 상태였다. 이제는 소용녀를 이곳에서 구해내기 위해 반드시 곡주를 이겨야만 했다.

곡주의 철장에는 엄청난 위력이 실려 있어 겨우 두 번 맞닥뜨렸을 뿐인데도 손이 얼얼했다. 양과는 더 이상 정면으로 맞받지 않고 빠른 신법을 이용해 여기저기로 피해 다녔다. 한 치의 실수도 용납되지 않는 위험한 상황이 계속 이어졌다. 양과의 반격은 번번이 수포로 돌아갔고 이미 패색이 짙었다. 마광좌 등은 모두 손에 땀을 쥐고 이 상황을 지켜보고 있었다. 양과는 다시 두 차례 공격을 피한 후 몸을 번득여 곡주의 등 뒤로 날아가 대추혈을 네 번 후려쳤다. 그러나 곡주는 오히려 웃음을 날렸다.

"하하하, 아주 시원하다. 다시 때려봐라!"

뒤이은 곡주의 일장이 양과의 얼굴을 아슬아슬하게 스쳐 지나갔다.

"아이코!"

양과는 크게 놀라 피하면서 하마터면 넘어질 뻔했지만 곧 천라지망세를 펴서 몸을 솟구쳐 다시 곡주의 등 뒤로 갔다. 그러고는 곡주의 허리 부분 지양혈至陽穴을 연이어 네 번 강타했다.

"하하하, 덕분에 아주 시원하다!"

곡주는 화통하게 웃고는 즉시 주먹으로 반격했다. 양과는 다리가 휘청하며 넘어지는가 싶더니 다시 곡주의 등 뒤로 몸을 날려 대추혈을 연거푸 여덟 번 강타했다. 이번에는 곡주가 큰 소리로 호통을 치며 욕을 했다.

"이 짐승 같은 놈!"

곡주는 쌍장을 횡으로 수직으로 마구 떨쳐내며 전력을 다해 맹공을 퍼부었다. 양과는 황급히 공격을 피하며 소리쳤다.

"시원하세요?"

곡주는 공중으로 몸을 솟구쳐 열 손가락을 갈고리처럼 구부려 성난 독수리같이 양과를 향해 덮쳐갔다. 양과는 얼른 몸을 옆으로 틀어서 피했다. 곡주는 공격이 빗나가고 두 발이 땅에 닿자 갑자기 간질 환자처럼 몸을 뒤틀었다. 온몸이 가려워서 견딜 수가 없었다. 결국 땅에 푹 고꾸라져서 고래고래 악을 썼다.

공손녹악이 놀라서 그에게 달려갔다.

"아버지, 아버지! 왜 그러세요?"

곡주는 왼손으로 딸을 힘껏 밀쳐내며 절규하듯 괴성을 질렀다.

"이 피라미 같은 자식! 독 암기를 쓰다니. 어서, 어서…… 해독약을 내놓아라!"

소용녀는 양과가 이미 졌다고 생각하고 있다가 돌연 상황이 역전되자 어안이 벙벙했다. 양과는 헤헤 웃으며 말했다.

"옥봉침을 맞으니 시원하시죠? 다 내 덕분이오."

소용녀는 그제야 사태를 파악하고 옥봉꿀을 내주려고 했다.

"안 돼요. 먼저 이곳을 빠져나간 후 꿀을 줘요. 저 사람의 말은 믿을 수가 없어요."

소용녀는 고개를 끄덕였다.

양과는 날렵한 신법을 이용해 아무리 상대방의 혈도를 찍어도 소용이 없자 이러다가는 목숨을 잃겠다는 생각이 들었다. 위급한 상황에 놓이자 문득 예전에 곽도 왕자를 이겼던 방법이 떠올랐다. 그는 즉시 두 차례 곡주의 등 뒤로 몸을 번득여 혈도를 내리쳤고, 이 방법이 소용 없다는 것을 알면서도 두 번이나 더 혈도를 찍었다. 그 까닭은 곡주의 경계를 느슨하게 만들려는 속임수였다. 그리고 세 번째 공격을 전개하 면서 금침 두 개를 중추혈中樞穴에 꽂은 것이다. 옥봉침으로 피부만 살 짝 긁어도 가려움을 견디기 힘든데, 정확히 혈도를 찔렀으니 그 고통 이 오죽하랴? 양과는 혈도를 막아서 금침이 들어가지 않을까 봐 금침 두 개는 중추혈에 꽂고 나머지 네 개로는 혈도 옆을 찍었다.

공손곡주는 무엇보다 체통을 중시하는 사람이었다. 만약 다리나 팔 이 부러졌다면 신음 소리도 내지 않고 참을 수 있었을 테지만 옥봉침 에 찔리자 자신도 모르게 미친 듯이 소리를 지르며 땅을 데굴데굴 굴 렀다.

공손녹악은 양과에게 가서 허리를 굽혀 정중하게 부탁했다.

"양 공자, 해독약을 주십시오. 저의 아버지를 구해주세요."

"낭자, 너무 예를 차릴 필요는 없어요."

양과는 곧 공손곡주에게 쩌렁쩌렁한 목소리로 말했다.

"공손곡주, 만약 우리를 순순히 놓아준다면 해독약을 주겠소."

공손곡주는 가까스로 몸을 일으켜 앉았다.

"좋다. 순순히 보내주마. 어서 해독약을 내놓아라."

"선자, 옥봉꿀을 줄까요?"

소용녀는 고개를 끄덕이며 품에서 옥봉 꿀병을 꺼내 녹악에게 건네 주었다.

"곡주님, 저의 무례를 용서하십시오. 앞으로는 모든 것을 이해하고 친구로 지내요. 정말 실례가 많았어요.”

소용녀는 정중하게 예를 차려 몸을 굽혔다.

“낭자, 너무 감사드려요.”

녹악도 몸을 굽혀 예로 답하고 얼른 꿀병을 아버지에게 가져다주었다. 공손곡주는 황급히 그것을 두 손으로 낚아챘다.

“먹는 것이오?”

“먼저 금침을 뽑은 후 꿀을 드시면 나을 겁니다.”

공손녹악은 소용녀가 건네준 자석을 가지고 부친의 등에서 금침을 뽑아냈다. 곡주는 황급히 병마개를 따고 꿀을 들이켰다. 한 병을 다 마신 후 공손곡주는 돌연 딸에게 명령했다.

“내 병기를 가져오너라.”

공손곡주가 딸을 보며 명하자, 공손녹악의 얼굴이 하얗게 질렸다.

“네…….”

녹악은 마지못해 대답을 하고 내당으로 들어갔다.

양과는 두 부녀의 표정을 보고 짐작하는 바가 있었다.

‘곡주가 약속을 어기고 또 무슨 수작을 부릴 모양이군. 지금 도망치지 않으면 안 되겠다.’

양과는 소용녀에게 손을 내밀었다.

“선자, 저와 함께 가요.”

공손곡주는 가려움이 완전히 가시지 않았지만 쌍장에 잔뜩 힘을 끌어올려 만반의 공격 태세를 갖추고 소용녀가 양과의 손을 잡기만 하면 즉시 내뿜을 생각이었다.

‘누이가 날 원망하든 말든 저 녀석을 죽이고야 말겠다. 만약 누이가

저 녀석을 따라간다면 내 남은 생을 무슨 낙으로 산단 말인가?'

그러나 소용녀는 일어서지 않고 담담한 목소리로 말했다.

"물론 너랑 가야지. 하지만 여기 공손곡주께서는 내 목숨을 구해주셨어. 그러니 먼저 이분께 이유를 말하고 양해를 구해야 해."

양과는 속이 탔다.

'선자는 왜 이렇게 답답하지? 사연을 말하고 아무리 고맙다고 말한들 저 음흉한 곡주가 이해하고 보내줄 것 같아?'

소용녀는 그의 속도 모르고 다정하게 물었다.

"과야, 그동안 잘 지냈니?"

너무나 사랑이 넘치는 말투였다. 양과는 소용녀의 따뜻한 음성과 사랑이 가득 담긴 눈빛을 보니 이제 하늘이 무너지고 땅이 꺼진다 해도 여한이 없을 것 같았다. 도망 따위는 아무래도 좋았다.

"선자, 이젠 절 싫어하지 않죠?"

"내가 왜 널 싫어하니? 한 번도 그런 적 없어. 널 모른 척한 건 차라리 내가 마음 아프고 말지 널 다치게 하고 싶지 않아서였어. 모두 너를 위해서였지. 몸을 돌려봐."

양과는 영문도 모른 채 그저 순순히 몸을 돌렸다. 소용녀는 품에서 바느질 쌈지를 꺼내 바늘에 실을 꿴 후 번일옹과 싸우다 찢어진 부분을 잡았다. 그러고는 한숨을 내쉬었다.

"너에게 새 옷을 지어주고 싶었어. 하지만 앞으로 영영 만나지 못할 거라 생각하니 옷을 지어봐야 뭐 하겠나 싶었지. 그런데 네가 이곳까지 찾아올 줄은 몰랐어."

소용녀의 표정이 점차 기쁨으로 바뀌고 있었다. 그녀는 작은 가위를 꺼내 자신의 옷 귀퉁이를 자른 후 천천히 양과의 옷을 기워주었다. 양과가 겉에 입은 장포는 정영이 만들어준 것이었지만, 안에는 소용녀가 만들어준 낡은 장포를 입고 있었다. 겉에 입은 장포도 오랜 여정으로 이미 낡아 있었다.

"이 장포는 누가 만들어준 거니?"

양과는 정영이 어떻게 자신을 구해주었는지 왜 이 옷을 만들어주었는지 등을 이야기했다. 두 사람이 두런두런 정겹게 이야기를 나누자 호랑이 굴같이 무시무시한 이곳이 순식간에 두 사람만의 고묘가 된 것만 같았다. 두 사람이 함께 고묘에 살 때 양과의 옷이 뜯어지면 소용녀가 이렇게 양과를 가까이 세운 후 옷을 기워주곤 했던 것이다. 두 사람은 이미 생사의 안위는 아랑곳하지 않았다. 대청에 수많은 사람이 지켜보는데도 남들의 시선은 신경 쓰지 않고 고묘에서처럼 서로를 의지하고 몸을 맡기며 옷을 기워주고 있었다.

양과는 너무 기뻐서 눈물이 흘러나왔다.

"선자, 선자는 저 때문에 피를 토하셨는데…… 제…… 제가 정말 나빴어요."

"너 때문이 아니야. 내가 원래 약한 거 알잖아. 널 못 만나는 동안에도 매일 네 생각뿐이었어. 근데 못 보는 사이에 무공이 많이 강해졌더구나. 너도 피를 토하던데 괜찮아?"

양과는 웃으면서 씩씩한 목소리로 그녀를 안심시켰다.

"괜찮아요. 배 속에 아직도 피가 이렇게나 많은데요, 뭘."

소용녀도 미소로 답했다.

"참 농담도 잘해."

두 사람의 대화를 듣고 있던 사람들은 그들의 정이 얼마나 깊고 두 터운지를 한눈에 파악했다. 금륜국사 등은 모두 서로의 얼굴을 쳐다보며 당황해했고, 공손곡주는 놀라움과 질투의 감정에 휩싸여 어쩔 줄 몰라 했다.

"며칠 동안 아주 재미있는 사람들을 만났어요. 선자, 이 큰 가위는 어디서 났는지 아세요?"

"나도 신기했어. 여기에 수염이 길게 난 사람이 있다는 걸 알고 일부러 수염을 자르러 온 줄 알았지. 넌 정말 장난꾸러기야. 그 수염을 기르느라 몇 년 동안 고생했을 텐데 그냥 싹둑 잘라버리다니 너무했어."

소용녀의 입가에는 웃음이 가득했고 눈빛이 반짝였다. 참으로 눈부시게 우아하고 아름다운 모습이었다.

공손곡주는 가려움이 어느 정도 가라앉자 양과의 가슴을 낚아채가며 소리쳤다.

"이 잡놈아, 눈에 뵈는 게 없느냐?"

양과는 여유만만했다.

"서두를 것 없어요. 선자가 옷을 다 기워주시면 그때 다시 싸워요."

공손곡주가 살짝만 손대면 양과의 가슴에 일격을 가할 수 있었지만 무학 대종사의 신분으로 치사하게 살수를 전개할 수는 없었다. 그때 공손녹악의 목소리가 들려왔다.

"아버지, 무기를 가져왔어요."

공손곡주는 몸도 돌리지 않고 어깨를 살짝 움직여 뒤로 물러나더니 손에 무기를 잡았다. 모두의 시선이 곡주에게 쏠렸다. 그가 왼손에 든 무기는 두껍고 날이 무딘 금도金刀였는데 금빛이 번쩍이는 것이 거기에 금칠을 한 것 같았다. 오른손에 든 무기는 가늘고 긴 검은색 검이었다. 손목을 살짝 떨치자 검신劍身이 유연하게 흔들리며 양쪽 검날에서 시퍼런 광채가 번득였다. 두 가지 무기는 모두 강하면서 무거워 보였고, 또 부드러우면서 가벼워 보였다. 서로 성격이 완전히 다른 무기였다.

양과는 이 기괴한 무기를 흘끗 보고는 다시 소용녀에게 시선을 돌렸다.

"선자, 얼마 전에 만난 한 여자가 제 아버지를 죽인 원수가 누구인지 말해줬어요."

소용녀는 깜짝 놀라지 않을 수 없었다.

"원수가 누군데?"

양과는 분한 듯 이를 갈았다.

"선자는 평생 생각해도 누군지 알아맞히지 못할 거예요. 그들이 줄곧 저한테 아주 잘해준다고 생각했거든요."

"그들이라니? 너한테 아주 잘해줬다니?"

"네, 바로……."

그때 맑은 소리가 여운을 길게 끌며 들려왔다. 바로 공손곡주의 흑검黑劍과 금도가 부딪쳐서 나는 소리였다. 그는 손목을 떨치며 연달아 삼검三劍을 전개했다. 양과의 머리와 목의 왼쪽, 다시 목의 오른쪽을 노리고 들어갔다. 그러나 삼검이 모두 살갗을 아슬아슬하게 스치고 지나갈 뿐 명중시키지는 못했다. 공손곡주는 자신의 신분을 고려해 상대가 방어하지 않은 상황에서는 부상을 입힐 수 없었다. 어쨌든 그가 연거푸 전개한 이 세 번의 공격은 실로 정확하고 신묘하기 그지없었다.

소용녀가 차분하게 입을 열었다.

"다 기웠어."

그녀는 살짝 양과의 등을 쳤다. 양과는 고개를 돌려 한 번 웃고는 비단 띠를 들고 대청 중앙으로 나섰다.

"공손곡주, 아까는 우리를 순순히 보내준다고 하지 않았나요? 왜 약속을 지키지 않는 거죠?"

곡주는 두 눈썹을 치켜뜨고 얼음장같이 살벌한 목소리로 으르렁거렸다.

"내가 왜 약속을 안 지키겠느냐? 하지만 지금이 아니라 10년 뒤에 그 약속을 지킬 것이다. 난 유 낭자와 먼저 혼례를 올릴 것이다. 넌 이곳에 남아 장작을 패고 꽃을 심으면서 10년을 기다려라. 그때가 되면 약속한 대로 너희를 순순히 보내주마. 아까는 너희를 언제 보내준다는 말은 하지 않았다. 나는 평생 약속을 어긴 적이 한 번도 없으니 나중에 딴소리하는 일은 절대 없을 것이다!"

사실 공손곡주는 결코 약속을 저버리는 사람이 아니었다. 평소의 그라면 여러 사람 앞에서, 더욱이 제자들 앞에서 이렇게 스스로의 얼굴에 먹칠하는 억지 행동은 하지 않았을 것이다. 그런데 지금은 오로지 선녀 같은 소용녀를 아내로 맞이하고 싶은 욕심뿐이었다. 한 번의 실수로 그냥 순순히 보내주고 닭 쫓던 개 신세가 될 수는 없었다.

마광좌는 그의 말을 듣고 울화통이 터졌다.

"말도 안 돼! 무슨 개소리야? 양 형제, 다시 한번 그 암기를 쓰라고! 그리고 다시는 해독약도 주지 마."

소상자와 니마성 등은 원래 양과 편이 아니었고, 번일옹과 공손녹악 등은 곡주의 편이었으나 곡주의 말도 안 되는 강변을 듣자 모두들 옳지 않다고 생각했다.

곡주는 오른손으로 흑검을 들고 빠르게 원을 그리면서 몸 둘레를 검은 원으로 에워쌌다. 양과의 신법이 제아무리 빠르다 해도 곡주에게 접근해 옥봉침을 찌를 수는 없었다. 곡주는 흑검으로 호신 검기劍氣를 만들면서 점차 앞으로 다가가 양과에게 검 끝을 어지럽게 떨쳤다.

양과는 흑검이 어디를 겨냥해 뻗쳐올지 몰라 방어조차 할 수 없었다. 그는 당황해 황급히 뒤로 물러났다. 그러나 공손곡주의 출수는 매우 민첩해 양과가 뒤로 물러나자 흑검이 즉시 원을 그리며 그림자처럼 따라붙었다. 흑검이 만들어내는 원은 점점 커지면서 처음에는 가슴쪽만 겨냥하더니, 차츰 양과의 복부까지 그 사정권을 넓혔다. 그리고 점차 몸 전체로 확대했다. 목에서 배 아래까지 모든 요혈이 상대의 검기에 완전히 노출되고 만 것이다.

금륜국사, 윤극서, 소상자 등은 검기로 원을 그리며 상대를 제압하는 검법은 처음 보는지라 모두 크게 놀랐다.

양과가 공손곡주의 일 초식을 급히 피하자 공손곡주는 숨 쉴 틈을 주지 않고 연달아 10여 차례의 검기를 뿌려내며 양과를 공격했다. 양과는 피하기만 할 뿐 전혀 반격하지 못했다. 상대의 공격이 점점 맹렬해졌다. 만약 왼손에 들고 있는 금도까지 사용한다면 더 이상 피하지 못할 것 같은 예감이 들었다. 그래서 양과는 재빨리 왼쪽으로 몸을 날려 비단 띠를 휘둘렀다. 방울 소리를 내며 비단 띠는 적의 왼쪽 눈을 향해 날아갔다. 공손곡주는 고개를 살짝 기울여 피한 후 검으로 즉각 반격했다. 양과는 다시 비단 띠를 휘둘러 상대의 왼쪽 다리를 휘감았다. 막 잡아당기려는데 예리한 흑검이 시퍼런 광채를 휘날리며 비단 띠를 반으로 잘라버렸다.

모두들 놀라서 소리를 지르는 가운데, 금도가 바람을 가르며 양과의 정면을 향해 날아왔다. 양과는 급히 땅바닥을 구르며 번일옹의 강장을 빼앗아 들고 가까스로 금도를 막았다. 금도와 강장이 부딪치는 날카로운 금속성이 천지를 울리면서 두 사람 모두 심한 충격에 손목이 얼얼해졌다.

공손곡주는 왼손으로 금도를 횡으로 베고, 오른손에 든 흑검을 비스듬히 찔렀다. 원래 도법刀法은 무겁고 강한 반면, 검법은 가볍고 민첩한 것이 장점이었다. 두 가지 병기는 성질이 완전히 다르기 때문에 한 사람이 칼과 검을 동시에 쓰는 것은 거의 불가능했다. 하지만 공손곡주는 한 손에는 검을, 한 손에는 칼을 잡고 자유자재로 움직였다. 강함과 부드러움, 양과 음이 조화를 이루며 상생하니 실로 무림에서 보기 드문 절묘한 무공이 펼쳐졌다.

"이얏!"

양과는 기합을 내지르며 강장으로 타구봉법의 막음封 초식을 구사해 철통같은 방어를 유지했다. 공손곡주는 칼과 검을 동시에 휘둘렀지만 쉽사리 파고들 수 없었다. 타구봉법은 오묘한 초식 변화에 중점을 둔 무공으로, 가벼운 죽봉을 쓰면 자유자재로 변화를 구사할 수 있겠지만 길고 묵직한 강장으로는 그 장점을 제대로 구사할 수 없었다. 공손곡주는 곧 이 허점을 찾아내 금도로 강장을 막으며 흑검을 내리쳤다. 그러자 강장이 흑검에 의해 두 동강이 났다. 양과는 동강 난 강장을 휘두르며 오히려 아까보다 훨씬 오묘한 초식 변화를 구사했다.

공손곡주는 양과를 겨냥해 냅다 왼손의 금도를 내리찍었다. 이는 칼을 정면에서 그냥 내리찍는 동작이라 몸을 살짝 돌리면 쉽게 피할 수 있었다. 그러나 곡주의 흑검이 원을 그리며 양과의 앞뒤와 좌우를 다 막고 있는지라 피할 곳이 없었다. 양과는 어쩔 수 없이 동강 난 강장을 두 손으로 번쩍 치켜들어 지수경천只手驚天 초식으로 금도를 막을 수밖에 없었다. 금도와 강장이 부딪치자 굉음과 함께 불꽃이 사방으로 튀었다. 양과는 순간 두 팔이 얼얼하여 움직일 수가 없었다. 공손곡주는 여세를 몰아 다시 금도를 내리쳤다. 조금 전과 똑같은 공격이었다.

양과는 여러 가지 무공을 익혔고, 임기응변에 능했지만 그동안 주로 기교에 치중했을 뿐 힘을 키우지는 않았다. 그래서 힘으로 밀고 들어오는 상대방의 공격에 쉽게 대처할 수 없었다. 방금 전과 같이 정면으로 받아내는 것 외에는 다른 방도가 없는 것 같았다. 두 번째로 금도와 강장이 부딪치자 양과는 두 팔이 더욱 얼얼해졌다. 이대로 칼을 더 받아내다간 팔의 힘줄이 모두 끊길 것만 같았다. 어찌해야 할지 몰라 당황하고 있는데, 공손곡주가 세 번째 똑같은 공격을 전개했다. 양과로선 역시 강장으로 막는 수밖에 없었다. 이렇게 똑같은 공격과 방어가 몇 번 더 계속되자, 동강 난 강장은 금도에 찍혀서 일그러졌고, 양과의 오른손 엄지와 식지 사이에서 피가 흘렀다.

공손곡주는 이런 상황에서도 양과가 얼굴에 미소를 띠고 있자 화가 치밀어 왼손으로 금도를 내리찍으며 오른손으로 흑검을 휘둘러 배를 찔렀다. 양과는 이미 대청 구석으로 몰린 상태라 피할 곳도 없었다. 칼날이 다가오자 급한 김에 손바닥을 펴서 막을 수밖에 없었다.

모두들 놀라서 비명을 내질렀다. 그런데 순간 이상한 일이 벌어졌

다. 흑검이 양과의 손바닥을 찌르자 오히려 검이 휘어지면서 튕겨 나
갔다. 그 이유는 소용녀가 준 장갑 때문이었다. 그 장갑은 제아무리 예
리한 검이라도 쉽게 받아낼 수 있었다. 양과는 장갑의 위력을 확인하
자 더 이상 흑검이 두렵지 않았다. 그는 잽싸게 손바닥을 뒤집어 흑검
날을 잡고 전에 소용녀가 학대통에게 쓰던 방법으로 검날을 부러뜨리
려 했다. 그런데 공손곡주가 손목을 살짝 비틀자 흑검이 방향을 바꾸
어 검 끝이 양과의 팔뚝으로 다가왔다.

"윽!"

양과의 팔에서 붉은 피가 쏟아졌다. 양과는 깜짝 놀라 뒤로 물러났다.

공손곡주는 바로 공격하지 않고 차가운 미소를 지으며 천천히 양과
를 향해 다가갔다. 만약 공손곡주가 금도만 들고 있거나, 혹은 흑검만
무기로 사용했다면 그의 공격을 충분히 막을 수 있었을 것이다. 하지
만 두 가지 병기로 동시에 공격을 퍼부으니 어찌해야 할지 몰라 허둥
댈 수밖에 없었다.

공손곡주가 금도를 휘두르며 내리쳐오자 양과는 반 동강 난 강장으
로 막았다. 그러자 다시 강장이 또 잘렸다. 이제는 무기로 사용하기에
는 너무 짧았다.

공손곡주는 왼손으로 금도를 휘두르고, 오른손으로 흑검을 쭉 뻗어
양과의 어깨를 찔렀다. 그러자 양과의 장포에 핏자국이 선연하게 배어
나왔다. 공손곡주가 엄숙한 표정을 지으며 다그쳤다.

"이젠 승복하겠느냐?"

양과는 빙긋이 웃었다.

"훨씬 유리한 상황에서 날 공격했으면서도 승복하느냐고 묻다니.

하하! 공손곡주, 부끄럽지도 않소?"

공손곡주는 검과 칼을 거두었다.

"훨씬 유리한 상황이라니 무슨 소리냐?"

"왼손으로는 괴상한 칼을, 오른손으로는 보검을 들고 마구 휘두르는데 세상 천지에 그게 어찌 대등한 싸움이라 할 수 있겠소?"

"뭐라고? 너 또한 특이한 장갑과 비단 띠로 날 상대하지 않았더냐!"

양과는 동강 난 강장을 땅에 휙 내던졌다.

"이건 당신의 제자 것이오."

그는 다시 장갑을 벗고 반으로 잘린 비단 띠를 주워서 소용녀에게 건넸다.

"이것은 우리 선자의 것이오."

이어 양과는 손으로 옷에 묻은 먼지를 탁탁 털었다. 상처에서 피가 끊임없이 흘렀지만 아랑곳하지 않는 모습이었다.

"난 빈손으로 이곳에 왔으니 무슨 적의가 있었겠소? 죽일 테면 여러 말 할 것 없이 어서 죽이시오!"

공손곡주는 양과의 위풍당당한 모습과 준수한 이목구비, 부상을 입고도 당당하게 웃을 수 있는 여유를 보자 자신이 너무 옹졸하게 느껴졌다.

'이 녀석은 생각보다 만만치 않군. 만약 그냥 살려두면 누이의 마음이 이 녀석에게 갈 수밖에 없을 거야.'

공손곡주는 고개를 끄덕였다.

"좋다!"

곡주는 검을 세워 곧바로 양과의 가슴을 향해 찔러갔다.

'어차피 곡주를 이기지 못할 바에 그냥 날 찌르도록 내버려두자.'

양과는 마음을 굳히고 고개를 돌려 소용녀를 바라보았다.

'선자를 보면서 죽을 수 있으니 너무 행복하다.'

그때 소용녀가 얼굴에 미소를 띠고 양과를 향해 천천히 걸어왔다. 두 사람은 공손곡주의 흑검이 전혀 보이지 않는 듯했다.

공손곡주와 양과는 서로 생면부지이고 아무런 원한도 없었다. 양과를 죽이려 한 것은 단지 소용녀 때문이니 곡주는 양과를 찌르는 마지막 순간 자신도 모르게 소용녀를 쳐다보았다. 순간 소용녀를 본 그는 질투심에 불타 미칠 것만 같았다. 애절한 눈빛으로 양과를 바라보는 소용녀의 눈빛 때문이었다.

흑검의 칼끝이 이미 양과의 가슴에 닿았다. 조금만 더 힘을 가하면 검은 심장을 뚫을 상황이었다. 그런데 소용녀는 전혀 놀라거나 당황하는 빛이 없고 양과 역시 조금도 저항하지 않으면서 그저 애절한 눈빛으로 서로를 바라만 보고 있었다. 마음이 합해지니 상대방 외에는 아무것도 보이지 않는 것 같았다.

공손곡주는 분노와 질투에 사로잡혔다.

'저 녀석을 죽이면 누이도 함께 따라 죽을 생각이군. 먼저 혼례를 올려 첫날밤을 보낸 후 저놈을 죽여도 늦지 않을 것이다.'

그는 즉시 소용녀에게 소리쳤다.

"누이, 이놈을 죽이는 게 좋겠소, 아니면 용서하는 게 좋겠소?"

소용녀는 양과를 바라보면서 공손곡주의 존재에 대해 까맣게 잊어버리고 있다가 그제야 정신을 차리고 놀라 소리쳤다.

"검을 치우세요. 왜 검으로 그의 가슴을 겨누고 있죠?"

"이 녀석의 목숨을 살려주는 것은 어렵지 않으나 우리 혼사를 방해하지 못하게 당장 이곳을 떠나라고 하시오."

소용녀는 이곳에서 양과를 만나기 전에는 평생 다시는 양과를 만나지 않으리라 결심했다. 자신의 일생이 슬픔과 비애로 가득 찰지언정 양과만은 평안하고 행복하기를 바랐다. 하지만 이렇게 다시 만난 이상 어떻게 공손곡주와 혼인할 수 있겠는가. 차라리 죽을지언정 양과를 버리고 다른 사람에게 시집갈 수는 없는 노릇이었다. 소용녀는 고개를 저었다.

"곡주님, 저를 구해주신 은혜는 감사합니다. 하지만 혼인을 할 수는 없습니다."

"왜지?"

공손곡주는 그 이유를 잘 알고 있으면서도 혹시나 하는 심정으로 물었다. 소용녀는 양과의 곁에 나란히 서서 그의 팔을 잡고 미소를 지었다.

"저는 과와 혼인을 해서 평생을 함께할 것입니다. 제 마음을 눈치채지 못하셨나요?"

공손곡주는 그런 대답을 예측했으면서도 충격에 몸이 휘청거렸다.

"일전 혼인을 승낙하지 않았다면 내 어찌 강제로 혼인을 하려고 했겠소? 하지만 분명 승낙을 했는데 그때는 진심이 아니었소?"

"그때는 그럴 생각이었어요. 하지만 이제는 과를 버릴 수가 없어요. 과와 전 함께 갈 테니 날 너무 탓하지 마세요."

소용녀는 양과의 손을 끌고 문 쪽으로 걸어갔다. 공손곡주는 급히 몸을 날려 문을 막아섰다.

181

"정말 떠날 거면 나부터 죽이시오."

공손곡주의 목소리는 울부짖음에 가까웠다.

"제 목숨을 구해주신 분을 어찌 죽이겠습니까? 게다가 무공이 저보다 훨씬 강하시니 제 무공으로는 어림도 없습니다."

소용녀는 미소를 띠고 말하면서 자신의 옷깃을 찢어 양과의 상처를 동여맸다.

"공손곡주, 그들을 그냥 보내주시오."

금륜국사가 돌연 큰 소리로 외쳤다. 그러나 공손곡주는 콧방귀만 뀔 뿐 분노로 새파랗게 질린 얼굴을 한 채 대꾸도 하지 않았다.

금륜국사가 다시 소리쳤다.

"두 사람이 쌍검으로 함께 덤비면 금도흑검金刀黑劍이라도 이길 수 없을 것이오. 괜히 미인을 잃고 낭패당하기 전에 인정을 베풀어 곱게 보내주시구려."

금륜국사는 소용녀와 양과가 합심해 펼친 옥녀소심검법에 패한 후 항상 이를 수치스럽게 여겨왔다. 그 후 아무리 생각해도 이를 꺾을 방법을 찾지 못하고 있다가 곡주의 음양도검법陰陽刀劍法을 보게 된 것이다. 그는 곡주의 음양도검이 자신의 금륜과 막상막하라는 생각이 들자 세 사람이 함께 싸우도록 부추겼다. 세 사람이 싸우면 소용녀와 양과의 연검초법聯劍招法의 허점을 찾아낼 수 있을 것이고, 싸우다가 서로 부상을 입으면 더욱 금상첨화라 생각했다.

사실 금륜국사가 그런 말을 하지 않아도 공손곡주는 이들을 순순히 보내줄 마음이 눈곱만큼도 없었다. 그는 금륜국사를 무섭게 노려보았다.

'불난 집에 부채질하는 것도 아니고 감히 내 앞에서 그따위 말을 지 껄여? 지금은 경황이 없어 참지만 나중에 반드시 너와 결판을 내고 말 것이다.'

공손곡주는 고개를 돌려 이를 악물고 소용녀를 쳐다보았다.

'마음을 줄 수 없다면 몸이라도 줘야 한다. 살아서 나와 혼인을 할 수 없다면 죽여서라도 너를 내 것으로 만들겠다.'

곡주는 원래 양과의 생명을 위협해서 소용녀가 혼인을 받아들이도 록 할 생각이었다. 그런데 두 사람이 죽음을 두려워하지 않으니 모두 죽일 수밖에 없다고 결심을 굳혔다. 곡주의 눈썹이 천천히 위로 치켜 올라가자 무서운 살기가 내뿜어졌다.

그때 마광좌의 거친 목소리가 들렸다.

"곡주 어르신, 어르신과 혼인을 하지 않겠다지 않습니까? 서로 좋아 하는 젊은 남녀를 왜 가로막는 겁니까? 억지로 생떼를 쓰다니 부끄럽 지도 않소?"

소상자도 끼어들었다.

"마 형, 무슨 그런 섭섭한 말씀을 하시오. 공손곡주는 오늘 연회를 베풀어 우리를 대접한다고 하잖소."

마광좌가 버럭 화를 냈다.

"젠장! 채소 나부랭이밖에 더 있었소? 먹을 만한 게 있어야지. 내가 저 낭자라도 절대 곡주에게 시집가지 않을 거요. 저렇게 아름다운 미 모라면 황후라도 될 수 있을 텐데, 늙어빠진 흉악한 노인네와 평생 채 소며 두부 같은 것만 먹고 싶겠소? 화병으로 죽지 않는다면 시들시들 병들어 죽을 거요."

소용녀가 고개를 돌려 부드럽게 말했다.

"마 어르신, 공손곡주님은 제 생명의 은인이십니다. 전…… 전……
평생 그에게 감사할 겁니다."

그녀의 말에 마광좌가 한술 더 떴다.

"이보쇼, 곡주 어르신. 당신이 만약 인과 덕을 갖춘 인물이라면 두
사람을 위해 이곳에서 당장 혼례를 베풀어주고 신방을 차려주시오. 단
지 구해줬다는 이유로 낭자의 몸을 취하려 한다면 시정잡배나 비적들
과 다를 게 뭐가 있겠소?"

마광좌는 시원한 성격만큼이나 말도 직설적이었다. 그의 말은 하나
하나 다 귀에 거슬렸지만 그렇다고 딱히 반박할 건더기도 없었다. 공
손곡주는 그 말을 듣고 살기가 동하여 이곳에 있는 외부인을 모두 죽
여버리겠다고 결심했다. 하지만 아무런 내색도 하지 않고 침착하게 평
정을 유지했다.

"이 절정곡은 그리 대단한 곳은 아니지만 누구나 마음대로 오고 싶
으면 오고, 가고 싶다고 갈 수 있는 곳이 아니오. 나 공손곡주를 너무
하찮게 보는 게 아니오? 누이……."

소용녀가 생긋 웃으며 그의 말을 받았다.

"제가 유가라고 한 것은 거짓말이에요. 원래 성은 '용'이에요. 과의
성이 버들 양楊씨라서 저도 유柳씨라고 했던 거예요."

이 말을 듣고 공손곡주는 더욱 화가 치밀었다. 공손곡주는 짐짓 이
말을 못 들은 척했다.

"유 누이, 이는……."

그때 마광좌가 또 말을 막고 나섰다.

"낭자가 용씨라고 말하지 않았소? 근데 왜 자꾸 유 누이라고 부르는 거요?"

소용녀는 진심으로 공손곡주에게 미안해했다.

"곡주께서 그동안 습관이 돼서 그런 거예요. 거짓말을 한 제가 나쁘죠. 부르고 싶은 대로 부르도록 놔두세요."

공손곡주는 두 사람의 대화에는 신경도 쓰지 않고 말을 이었다.

"유 누이, 만약 저놈이 나의 음양도검을 이긴다면 그를 순순히 보내주겠소. 그리고 우리 일은 우리 스스로 해결해야지 다른 사람과는 아무런 상관이 없소."

공손곡주는 어떻게 해서든 무공으로 소용녀를 잡아두고 싶었다. 그의 말에 소용녀가 한숨을 내쉬었다.

"당신과 싸우고 싶지 않아요. 하지만 양과 혼자서는 무리일 테니 제가 도울 수밖에 없어요."

공손곡주는 화가 나서 두 눈썹을 거의 수직으로 치켜올렸다.

"방금 피를 토하고도 괜찮다면 함께 싸우든지!"

소용녀는 상황이 이렇게 되자 곡주에게 미안하고 유감스러워 어쩔 줄 몰랐다.

"저와 과는 무기가 없으니 빈손으로 칼과 검을 상대하면 질 것이 분명합니다. 넓은 아량으로 우리를 그냥 보내주세요."

금륜국사가 얼른 나섰다.

"공손곡주, 이곳엔 없는 게 없는데 장검 두 자루쯤이야 없겠소? 아까 곡주에게 미리 말했듯이 저 둘이 힘을 합치면 아마 목숨을 유지하기 힘들 것이오."

금륜국사의 말에 공손곡주는 서쪽 편을 가리켰다.

"저곳 세 번째 방이 바로 검이 있는 검방劍房이오. 어떤 종류의 검이든 알아서 고르시오. 내가 소장한 검이 과연 맘에 들지 모르겠지만."

공손곡주는 냉소를 흘렸다. 그는 자신의 신공이 천하무적이라 자부했다. 양과와 소용녀가 함께 덤벼도 자신의 무공이면 충분히 이길 수 있을 것이고, 그러면 제자들 앞에서도 체면이 설 것이라고 믿었다.

양과와 소용녀는 서로를 바라보며 같은 생각에 잠겼다.

'다른 사람을 따돌리고 조용한 곳에서 잠시라도 둘만 있을 수 있다면 죽어도 여한이 없을 것 같아.'

두 사람은 곧 손을 잡고 옆문으로 나가 두 번째 방을 지나 세 번째 방 앞으로 갔다. 소용녀는 줄곧 양과의 얼굴에서 시선을 떼지 않았다. 그녀는 방문이 닫혀 있는 것을 보고 아무 생각 없이 손으로 문을 밀고는 문지방을 넘으려 했다. 순간 양과는 퍼뜩 뇌리에 스치는 생각이 있어 급히 그녀의 손을 잡아끌었다.

"조심해요."

"왜 그래?"

양과는 왼발로 문지방을 밟아보고 오른발로 문지방을 넘어 땅을 한 번 찍은 후 곧장 발을 거두었다. 별다른 기미가 없었다.

"곡주가 우리를 해할까 봐 그러니? 그는 좋은 사람이야. 절대 그렇게 비겁한……."

그녀의 말이 끝나기도 전에 윙윙, 하는 소리가 들리며 눈앞에 검광劍光이 번뜩였다. 여덟 자루의 검이 상하좌우에서 날아와 방문 안쪽에 내리꽂혔다. 만약 아무 생각 없이 방에 들어갔다면 제아무리 무공이 높은 고수라 하더라도 난데없이 날아온 이 여덟 자루의 칼을 피할 수는 없었을 것이다. 소용녀는 긴 한숨을 내쉬었다.

"과야, 곡주는 정말 악랄한 사람이구나. 내가 사람을 잘못 봤어. 대결이고 뭐고 얼른 이곳을 떠나자."

그녀의 말이 끝나기가 무섭게 뒤에서 음산한 음성이 들려왔다.

"곡주께서 두 분더러 방에 들어가서 검을 고르시랍니다."

고개를 돌려보니 여덟 명의 녹의인이 칼날이 달린 어망을 들고 지키고 서 있었다. 곡주는 두 사람이 도망칠까 봐 사람을 보내 퇴로를 막은 것이다. 소용녀는 고개를 갸우뚱했다.

"과야, 이 방에 또 이상한 게 있을까?"

양과는 소용녀의 손을 꼭 쥐었다.

"선자, 이렇게 다시 만났는데 뭘 더 바라겠어요? 칼이 심장을 뚫고 들어온다 해도 우리는 함께 죽는 거잖아요."

소용녀는 양과의 말에 따뜻한 사랑을 느끼며 마음이 행복으로 가득 찼다. 두 사람은 함께 검방으로 들어갔고, 양과는 문을 닫았다.

방에는 벽이며 책상, 책꽂이, 상자 위 어디든 온통 다양한 병기들로 가득 차 있었다. 십중팔구는 오래된 고검古劍이었고, 길이가 7~8척이 되는 장검에서 한 뼘도 안 되는 단검도 있었다. 그리고 녹이 슨 것, 예리한 빛을 내는 것 등 갖가지 병기가 모두 갖추어져 있었다. 두 사람은 눈이 부실 정도였다.

소용녀는 양과를 가만히 바라보다가 갑자기 감탄사를 내지르며 품으로 파고들었다. 양과는 그런 그녀를 품에 꼭 껴안고 입을 맞추었다. 소용녀는 양과의 입술이 닿자 정신이 아득해지며 두 팔로 그의 목을 꼭 껴안았다. 그때 갑자기 문이 열렸다.

"곡주의 명입니다. 더 이상 지체하지 말고 어서 검을 들고 방을 나오십시오."

양과는 얼굴이 화끈거려 얼른 두 손을 풀었다. 그러나 소용녀는 부끄러운 일이 아니라고 생각했다. 오히려 방해꾼 때문에 마음껏 정을 나누지 못하게 되자 한숨만 내쉬었다.

"과야, 먼저 곡주를 이긴 다음에 다시 입을 맞춰줘."

양과는 웃으며 고개를 끄덕이고 왼팔로 소용녀의 허리를 감싸 안았다.

"평생 동안 입을 맞춰도 부족할 거예요. 먼저 병기를 고르세요."

"이곳의 병기들은 모두 특이하고 훌륭하구나. 우리 고묘에 있는 것도 이것보다는 많지 않겠어."

소용녀는 먼저 벽 쪽에 있는 검을 쭉 둘러보았다. 길이나 무게가 모두 똑같은 한 쌍을 고르고 싶었다. 그러나 아무리 찾아봐도 서로 똑같은 검은 없었다.

소용녀는 병기를 둘러보면서 양과에게 말을 건넸다.

"방금 방에 들어올 때 이곳에 함정이 있다는 걸 어떻게 알았어?"

"곡주의 표정과 눈빛을 보고 짐작했어요. 원래 선자를 아내로 삼고 싶어 했는데 저와 함께 싸운다고 하니까 선자를 죽이려고 마음을 정한 것 같았어요. 좋은 뜻으로 병기를 고르라고 할 사람이 아닌 거죠."

소용녀는 다시 나지막한 한숨을 내뱉었다.

"옥녀소심검법으로 곡주를 이길 수 있을까?"

"무공이 제아무리 높아도 금륜국사보다는 못할 거예요. 우리 두 사람이 금륜국사를 이긴 적도 있으니 곡주는 문제없어요."

"국사가 우리 두 사람이 함께 싸우도록 계속 부추겼어. 아마 다른 속셈이 있을 거야."

"그런 경황없는 가운데도 눈치를 채셨군요. 저는 그저 선자의 몸이 걱정되어요. 아까 피를 토했잖아요."

소용녀는 백합꽃처럼 활짝 웃어 보였다.

"내가 슬프거나 화가 날 때 피를 토한다는 거 알지? 지금은 너무 즐거워 죽겠는데 내상이 대수겠니? 너도 피를 토했는데 괜찮아?"

"선자를 만났는데 뭐가 문제겠어요."

"나도 그래."

소용녀는 잠시 뒤 말을 이었다.

"네 무공이 많이 증진된 것 같더구나. 예전에 국사와 싸울 때도 이겼으니 오늘은 문제없겠지?"

양과도 꼭 이길 수 있을 거라고 생각하고 소용녀 손을 잡았다.

"한 가지 약속해주세요. 약속해줄 수 있겠죠?"

"또 뭘 물으려고? 난 이미 네 사부가 아니라 너의 아내야. 네가 무슨 말을 하든지 난 너의 말을 따를 거야."

"그…… 그럼 잘됐네요. 전…… 전 그저 모르겠어요."

소용녀가 얼른 그의 말을 받았다.

"종남산에서의 그날 밤, 우리 사이에 그런 일이 있었는데 어떻게 내가 계속 사부가 될 수 있겠어? 넌 나를 아내로 인정하지 않았지만 난 그때부터 이미 너의 아내라고 생각했어."

양과는 그날 밤 종남산에서 그런 일이 있었다는 말이 대체 무슨 뜻인지 알 수 없었다. 아마 너무 감정이 격해졌거나 아니면 오랫동안 쌓여 있던 정과 그리움이 순간 폭발해서 나온 말이라 짐작했을 뿐이다. 설마 견지병이 그런 나쁜 짓을 했을 줄은 꿈에도 생각지 못했다.

'그날 난 구양봉 의부에게 무공을 전수받고 있었고 선자는 혈도가 찍혀서 누워 있었잖아요. 함께 있지도 않았는데 우리 사이에 무슨 일이 있었다니…….'

그러나 부드럽게 귀에 착 감기는 소용녀의 목소리를 듣고 있자니 술에 취한 듯 정신이 아득해지면서 아무 말도 나오지 않았다.

소용녀는 양과의 가슴에 몸을 기댔다.

"그런데 뭘 약속해달라는 거야?"

양과는 부드러운 소용녀의 머릿결을 어루만졌다.

"곡주를 이기면 얼른 고묘로 돌아가요. 앞으로 무슨 일이 있어도 절대 내 곁을 떠나면 안 돼요."

소용녀는 고개를 들고 양과의 두 눈을 응시했다.

"설마 내가 너를 떠날 것 같아? 널 떠난 후에 나도 너만큼 가슴이 아팠어. 앞으로는 하늘이 무너져도 떠나지 않을 거야."

양과는 너무 기뻤다. 그때 밖에서 또다시 재촉하는 소리가 들렸다.

"병기를 골랐습니까, 안 골랐습니까?"

"우리 얼른 나가자."

소용녀가 미소를 지었다. 나가기 전, 아무거나 검 두 자루를 집으려다가 서쪽 벽에 불탄 흔적이 있고, 의자며 탁자 등도 모두 부서진 것이 눈에 띄었다.

"노완동이 이곳에 와서 불을 질렀거든요. 여기 탄 흔적들은 모두 주백통 아저씨가 그런 거예요."

그때 방 모퉁이에 반쯤 타버린 그림 뒤로 두 개의 검집이 보였다.

"저 검들은 그림으로 덮여 있었는데 그림이 절반 정도 불에 타서 검이 모습을 드러낸 거로구나. 주인이 이렇게 숨겨두었다면 분명 진귀한 검일 거야."

양과는 벽에서 검을 내린 후, 한 자루를 소용녀에게 주고 다른 한 자루를 잡고 검집에서 검을 뽑았다. 검을 뽑자, 두 사람 모두 한기를 느꼈다. 검은 온통 검고 광택이라고는 없어서 마치 시커먼 나무토막 같았다. 소용녀도 검을 뽑아보았다. 그 검은 양과의 것과 크기며 길이가 완전히 일치했다. 두 검을 나란히 대자 한기가 더욱 강하게 느껴졌다. 그리고 두 자루의 검은 끝이 둥글고 날도 없이 뭉툭한 것이 마치 얇은 나무 채찍을 연상케 했다.

검을 이리저리 살펴보다가 양과는 검에 새겨진 글씨를 발견했다. 자신의 검에는 '군자君子'라고 적혀 있었고, 소용녀의 검에는 '숙녀淑女'라고 새겨져 있었다. 양과는 검의 모양은 썩 마음에 들지 않았지만, 서로 쌍을 이루는 검의 이름을 보니 금세 마음이 바뀌었다. 그는 소용녀에게 어떠냐는 눈짓을 보냈다.

"이 검은 끝도 뭉툭하고 날도 없으니 곡주와 싸울 때 쓰면 딱 좋겠어. 내 생명을 구해준 분을 해치고 싶지는 않거든."

"검에 '군자'와 '숙녀'라고 적혀 있어요. 제겐 너무 안 어울리네요. '군자' 대신 떠돌이 '낭자浪子'라고 적혀 있었으면 나한테 딱 어울렸을 텐데."

양과는 검을 들어 두어 번 찔러보았다. 무게도 손에 딱 맞았고, 움직임도 자유로웠다.

"좋아요. 우리 이 검을 사용해요."

소용녀는 다시 검을 검집에 넣고 방을 나가려다 탁자 위 꽃병에 너무나 아름다운 꽃이 꽂혀 있는 것을 보았다. 그래서 자신도 모르게 손을 뻗어 꽃을 만졌다.

"아, 안 돼요."

양과가 만류했으나 이미 늦었다. 소용녀는 가시에 손가락을 찔리고 말았다.

"왜 그래?"

"이 꽃은 정화예요. 계곡에 이렇게 오래 있으면서 몰랐단 말이에요?"

소용녀는 상처를 입으로 빨면서 고개를 흔들었다.

"몰라. 정화라고? 그게 무슨 꽃인데?"

양과가 막 설명을 하려는데 제자들이 연신 재촉하는 바람에 두 사람은 다시 대청으로 돌아갔다.

공손곡주는 한참을 기다려도 나오지 않자 짜증과 조바심이 났다.

'쓸모없는 것들, 왜 이리 오래 지체하도록 내버려두나.'

그는 눈을 부릅뜨고 제자들을 노려보았다. 제자들은 모두 겁을 잔뜩 먹고 낯빛이 파랗게 질렸다.

공손곡주는 양과와 소용녀를 가까이 오게 했다.

"누이, 검을 골랐소?"

소용녀는 '숙녀검'을 꺼내 보이며 고개를 끄덕였다.

"저희는 이 뭉툭한 검을 쓰기로 했습니다. 전 정말 곡주님과 싸우고 싶지 않아요. 여기서 그만뒀으면 좋겠어요."

숙녀검을 본 곡주의 눈빛에 놀라는 기색이 역력했다.

"누가 이 검을 집으라고 했소?"

그는 공손녹악을 한 번 노려보고 다시 소용녀를 보았다. 소용녀는 뜻밖의 반응에 이상한 생각이 들었다.

"그렇게 말한 사람은 없었어요. 이 검을 사용하면 안 되나요? 그럼 다른 걸로 바꿔 올게요."

공손곡주는 이글거리는 눈으로 양과를 쏘아보았다.

"검을 바꾸러 가서 또 하루 종일 있으려고? 바꾸지 말고 그냥 덤 벼라."

"공손곡주님, 먼저 드릴 말씀이 있어요. 저나 과는 곡주님과 일대일 로 싸우면 적수가 안 되니 저희 두 사람이 함께 싸울 겁니다. 그러면 저희가 크게 유리하게 되지요. 저희는 곡주님을 적으로 생각하지 않고 이길 마음도 없습니다. 저희를 보내주시기만 하면 패배를 인정하고 감 사하는 마음으로 떠나겠습니다."

"나의 칼과 검을 이긴다면 마음대로 하시오. 하지만 나에게 진다면 혼인은 예정대로 진행할 것이오."

소용녀는 담담하게 웃음을 지었다.

"우리가 지면 저와 과는 이곳에서 목숨을 끊으면 그뿐입니다."

공손곡주는 더 이상 말을 하지 않고 양과를 향해 왼손에 든 금도를 휘둘렀다. 양과는 전진파 정종검법 백학량시白鶴亮翅로 맞섰다.

'법도 있는 검법이지만 그저 평범하군.'

공손곡주는 오른손으로 흑검을 돌려 양과의 어깨를 겨냥해 찔러갔다. 그는 소용녀를 비켜서 검과 칼로 동시에 양과만을 노렸다.

양과는 온 정신을 집중해 방어한 덕분에 세 초식을 받아낼 수 있었다. 소용녀는 곡주가 세 초식을 발한 후에야 검을 들고 앞으로 나섰다. 그것은 상대방에 대한 예의였다.

공손곡주는 소용녀의 공격을 금도로 막지 않았다. 그녀의 공격이 위맹해도 흑검으로만 막았다. 일부러 소용녀를 봐주는 것 같았다. 금륜국사는 초반 싸움을 지켜본 후 입을 열었다.

"공손곡주, 그렇게 미인을 아껴주다가는 나중에 큰 화를 당할 거요."

공손곡주는 그의 의중을 꿰뚫듯 코웃음을 쳤다.

"걱정을 해주니 고맙구려! 나중에 한 수 가르침을 받을 터이니 지금은 훈수할 필요가 없소이다."

공손곡주가 검과 칼을 동시에 휘두르자 대청은 날카로운 파공음과 검광도영劍光刀影이 어지러이 난무했다. 쌍방은 다시 수 합을 겨루었다. 양과는 전진검법의 횡행막북橫行漠北을, 소용녀는 옥녀검법의 채필화미彩筆畵眉를 펼쳐 맞섰다. 둘 다 검을 횡으로 뺐고 치는 동작이었으나, 양과의 장검은 좌에서 우로 길게 쭉 뻗었고, 소용녀의 검은 그저 미세하게 두 번 떨릴 뿐이었다. 이렇게 두 초식이 합쳐져서 옥녀소심검법의 염하소장簾下梳裝을 이루었다.

공손곡주는 흠칫 놀라 흑검을 번쩍 치켜들어 양과의 장검을 막았다. 공손곡주는 금도로 자신의 미간을 방어했다. 곡주의 금도와 소용녀의 검이 서로 맞닥뜨렸다. 그런데 맑은 금속성의 소리가 들리더니 뜻밖의 일이 벌어졌다. 금도의 끝부분이 숙녀검에 의해 잘려나간 것이다. 이 광경을 보고 모두들 놀라지 않을 수 없었다. 소용녀의 평범하고 보잘것없는 둔검이 이렇게 예리할 줄은 미처 생각지 못한 것이다.

양과와 소용녀 또한 놀라기는 마찬가지였다. 처음에 이 둔검을 선택할 때는 그저 이름이 좋고, 두 검의 모양이 똑같아서 고른 것뿐이었는데, 자신도 모르게 희귀한 보검을 손에 넣은 것이다. 두 사람은 백만 군사를 얻은 듯 사기충천해 쌍검을 휘두르며 공격을 퍼부었다.

공손곡주 역시 속으로 놀랐다.

'누이와 저 아이의 무공은 모두 내 적수가 못 된다. 그런데 둘이 힘을 합하니 그 위력을 무시할 수 없군. 두 검이 조화를 이루니 이처럼 매서운 공격이 되다니, 저 중놈의 말이 거짓이 아니었구나. 오늘 저들에게 진다면…… 만에 하나 저들에게 지게 된다면……'

이런 생각이 들자 정신이 번쩍 들었다. 그는 왼손의 금도로 오른쪽을 공격하고, 오른손의 흑검으로 왼쪽을 치면서 평생의 절기인 음양도란인법을 전개했다. 흑검은 원래 부드러운 음의 성질을 지녔는데, 돌연 매섭고 강하게 내리치면서 양강陽剛한 도법으로 바뀌었고, 묵직한 금도는 유연한 변화를 구사하는 검법으로 바뀌었다. 칼이 검의 성질로, 검이 칼의 성질로 둔갑하자 그 위력이 현묘玄妙하기 이를 데 없었다.

금륜국사, 소상자, 윤극서 등은 모두 식견이 풍부해 수많은 무공을 봐왔지만, 음양도란인법의 기상천외한 역변逆變의 조화는 평생 듣도 보도 못 했다.

마광좌가 고함을 질렀다.

"공손 늙은이! 지금 무슨 괴상망측한 짓거리를 하는 거지? 이……이런…… 나이가 드니까 별의별 괴초怪招를 다 생각해내는구나!"

실은 공손곡주의 나이는 마흔 살 안팎으로 연로했다고는 할 수 없었다. 더구나 꽃다운 소용녀와 혼례를 하려는 참인데 마광좌가 자신을 늙은이라고 하면서 시비를 거니 화가 치솟았다. 그러나 지금은 마광좌를 상대할 여력이 없었다. 그는 20년 동안 갈고닦아온 자신의 무공을 모두 펼치면서 결단코 양과와 소용녀를 이기고야 말 것이라 결심했다.

　양과와 소용녀는 쌍검으로 힘을 합해 우세를 점하고 있다가 상대방이 갑자기 검과 칼을 이상하게 휘둘러대자 깜짝 놀랐다. 두 사람은 순식간에 위험한 고비를 몇 차례나 넘겼다.

　양과는 흑검의 위력이 금도보다 강한 것을 간파하고, 흑검의 모든 공격을 자신이 받아내고 소용녀는 금도를 받아내게 했다. 숙녀검이 예리하니 금도와 부딪쳐도 별 위험은 없을 것이라고 생각했다. 하지만 이렇게 두 사람이 각자 싸우는 격이 되자 옥녀소심검도 둘로 나뉘어 위력이 금세 약해졌다.

　공손곡주는 크게 기뻐하며 검을 도법으로 세 번 휘두르며 왼손의 칼로 정양침定陽針, 허식분금虛式分金, 형가자진荊軻刺秦, 구품연대九品蓮臺 등 네 초식을 연달아 전개했다.

　양과는 가까스로 이를 막아낼 수 있었으나 소용녀는 자세가 크게 흐트러졌다. 그녀는 검을 휘둘러 칼날을 막으려 했으나 금도가 날갯짓하는 봉황처럼 바람을 가르며 이리저리 휘젓는 통에 검에 맞힐 수가 없었다. 양과는 큰일 났다는 생각에 자신의 몸을 돌보지 않고 전진검법 중 마축낙화馬蹴洛花를 전개해 검날을 위로 향하여 상대방의 도검을 한꺼번에 막았다. 소용녀도 즉각 검을 치켜올려 양과와 보조를 맞췄다. 두 사람이 다시 호흡을 맞추자 옥녀소심검법도 되살아났다.

다시 수 초식을 교환하자 공손곡주의 이마에 땀이 맺히고 검과 칼에 허점이 드러나며 차츰 패색을 드러냈다. 반면 소용녀와 양과는 오히려 싸울수록 더 날래고 민첩해졌다.

양과는 왼손으로 검결劍訣을 취하고 오른손 검으로 상대의 왼쪽 허리를 향해 횡으로 베어갔다. 이와 동시에 소용녀는 양손으로 검 자루를 쥐고 검을 위로 향해 수직으로 찔러갔다. 이것이 바로 옥녀소심검법의 거안제미擧案齊眉 초식이었다. 두 사람의 하나 된 검에 우아함과 부드러움이 흘러넘쳤다. 이제 두 사람은 옥녀소심검법을 빈틈없이 제대로 구사했다.

공손곡주는 마치 한 사람이 검을 휘두르는 것과 같은 두 사람의 공격을 받아내느라 애를 먹었다. 악을 쓰며 반격을 전개했지만 오른손의 흑검은 군자검에 막히고, 왼손의 금도는 소용녀가 두 손으로 받치고 있는 숙녀검에 제압당했다.

공손곡주는 안 되겠다 싶어 한 발 물러나 전신의 힘을 오른팔에 싣고 힘껏 휘둘렀다. 금도가 소용녀의 숙녀검과 맞닿으려는 순간 돌연 금도를 옆으로 살짝 틀어 마치 검법을 구사하듯 칼등으로 숙녀검을 수평으로 내리쳤다. 이것은 최상승의 검법인데 검이 아닌 도법으로 전개하니 실로 놀라운 일이었다. 오로지 곡주의 음양도란인법으로만 구사할 수 있는 절초였다. 금도를 검처럼 휘둘러 칼등으로 숙녀검을 내리치면서도 칼의 강인한 위력은 그대로 유지되었다.

소용녀는 충격으로 온몸에 심한 통증을 느꼈다. 쥐고 있던 장검이 날아갈 것만 같았다. 그녀는 검을 놓치지 않으려고 있는 힘껏 검 자루를 꼭 쥐고 있는데 잇따라 또 한 차례의 강력한 힘이 가슴을 훑고 지나갔다. 늑골이 으스러지는 듯한 통증이 폐까지 전해지며 서 있을 수조차 없었다. 소용녀의 몸이 오른쪽으로 휘청했다. 일부러 힘을 주고 바로 서려다가 또 피를 토하게 될까 봐 그대로 오른쪽으로 쓰러졌다.

소용녀가 쓰러지는 것을 보고 양과는 다급한 김에 무조건 자신의 몸으로 소용녀의 몸을 덮었다. 이 동작은 바로 〈옥녀심경〉 제7편의 정정여개亭亭如蓋 초식이었다.

일전에 양과와 소용녀가 〈옥녀심경〉 제7편을 연마하면서 정정여개 초식도 시도한 적이 있었다. 그런데 그 자세가 너무 묘하여 양과는 자신도 모르게 소용녀에게 입을 맞추려 했고 당황한 소용녀는 다시는 이 초식을 연마하지 않겠다고 말했다. 양과는 소용녀가 땅에 쓰러지자 구하려는 마음에 자신의 몸을 덮쳐 공격을 막으려고 한 것일 뿐 결코 제대로 연습조차 해보지 못한 생소한 정정여개 초식을 구사하려고 한 것은 아니었다. 그런데 자신도 모르는 사이에 정정여개 초식을 완벽하게 구사한 셈이 되었다.

양과는 소용녀의 몸을 가로막으면서도 사부에 대한 경외심으로 감히 끌어안지 못하고 자신의 몸을 소용녀의 몸에 닿지 않게 두 팔로 땅을 받치고 두 발로 땅을 디딘 채 몸을 활 모양으로 구부렸다. 자신의 배와 옆으로 누운 사부의 몸이 닿지 않도록 한 것이다.

공손곡주는 내심 쾌재를 부르며 성큼 다가가 양과의 머리를 향해 칼을 내리치려 했다. 누운 채 그것을 본 소용녀는 깜짝 놀라며 들고 있던 숙녀검을 반사적으로 양과의 두 다리 사이로 쭉 뻗었다. 공손곡주는 양과의 몸이 시야를 가려 소용녀의 동작을 전혀 눈치채지 못했다.

허리를 굽혀 금도를 휘두르다가 칼날이 양과의 머리에 닿기도 전에 복부에 극심한 통증을 느끼고 비명을 지르며 뒤로 쓰러졌다. 그 즉시 배에서 붉은 피가 솟아나왔다.

소용녀는 양과를 구하겠다는 생각이었지 공손곡주를 해치려는 마음은 전혀 없었다. 그래서 검 끝이 곡주 몸에 닿자마자 즉시 검을 뺐다. 그 때문에 공손곡주는 중상을 입지는 않았다.

양과는 즉시 일어나서 소용녀를 일으켰다. 두 사람은 나란히 공손곡주 옆으로 다가가서 검을 들고 각각 곡주 왼쪽 눈과 오른쪽 눈을 겨냥했다. 여기서 조금만 더 검을 뻗으면 곡주는 두 눈이 멀게 될 뿐만 아니라 목숨까지 잃게 될 상황이었다. 곡주는 이미 병기를 버린 채 벌렁 드러누워 가쁜 숨을 몰아쉬고 있었다.

방금 소용녀가 전개한 것은 실로 예측하기 어려운 절초였다. 곡주는 도란도검법刀亂倒劍法으로 소용녀를 쓰러뜨린 후, 양과가 자신의 생사를 아랑곳하지 않고 소용녀의 몸을 덮치는 것을 보자 단칼에 모든 것을 끝내려고 했다. 그런데 소용녀가 돌연 양과의 다리 사이로 검을 뻗어낼 줄 어찌 알았겠는가!

모두들 이 광경을 지켜보면서 순간 심장이 멎어버린 것처럼 멍하니 있다가 곡주가 땅에 쓰러지고 양과와 소용녀가 검으로 두 눈을 겨냥한 후에야 겨우 숨을 내쉴 수 있었다. 대부분의 사람은 손에 식은땀을 쥐면서도 이제 생사투生死鬪가 끝났고, 아무도 죽은 사람이 없으니 다행이라 여겼다.

소용녀는 또다시 마음이 약해졌다.

"과야, 용서해주자. 그리고 집으로 돌아가자."

소용녀가 말하는 집이란 바로 고묘를 의미했다.

"좋아요. 집으로 돌아가요."

양과가 흔쾌히 대답했고, 두 사람은 장검을 거둬 옆에 있던 공손녹악에게 돌려주었다.

양과는 오른손을 뻗어 소용녀의 허리를 감싸 안았다. 소용녀가 살포시 미소를 지으며 수줍은 듯 애교를 부리자 양과는 참지 못하고 그녀의 뺨에 살포시 입을 맞추었다. 소용녀의 마음은 기쁨과 사랑으로 가득 찼다. 그런데 바로 그 순간 가슴을 철 망치로 얻어맞은 듯한 통증이 전해져왔다. 그리고 오른손 손가락에도 칼로 베인 듯한 아픔을 느꼈다. 양과는 즉시 정화의 독이 발작한 것임을 알아차렸다. 양과는 이 고통을 겪어본 터라 소용녀의 아픔을 짐작하고도 남았다.

"아프죠?"

양과는 두 손으로 소용녀의 손을 움켜쥐고 조금이라도 고통을 덜어주고자 정화에 찔린 손가락을 입으로 빨았다. 그런데 이번에는 자신의 손에도 통증이 전해져왔다.

공손곡주는 이 기회를 틈타 바닥에 누운 채 흑검을 들고 양과의 가슴을 겨누었다. 양과는 아무 무기도 없으니 방어할 방법이 없었다. 공손곡주는 다시 오른손으로 금도를 집었다. 소용녀는 깜짝 놀라 막으려고 했으나 금도에 의해 저지당했다. 역시 무기가 없으니 어찌해볼 수가 없었다.

"이놈을 잡아라!"

공손곡주의 호령에 네 명의 녹의인이 어망을 풀어서 양과를 사로잡고 밧줄로 꽁꽁 동여맸다.

"아버지!"

공손녹악이 소리를 지르며 들고 있던 쌍검을 떨어뜨렸다. 그러자 군자검과 숙녀검이 서로를 향해 움직이더니 찰싹 달라붙었다. 이 검에 강한 자력이 있었던 것이다.

모두들 놀라는 가운데 소용녀가 입을 열었다.

"검이 이러한데, 사람인들 다르겠습니까? 우리를 함께 죽여주십시오."

소용녀가 차분하게 말하자 공손곡주는 콧방귀를 뀌었다.

"따라오시오."

공손곡주는 금륜국사 등을 향해 예를 갖추어 인사한 후 내당으로 들어갔다. 네 명의 제자는 어망으로 묶은 양과를 끌고 함께 따라가고 소용녀가 그 뒤를 따랐다.

"이 비열하고 추악한 늙은이! 네 목숨을 살려주었는데도 비겁하게 기습을 하다니, 이런 개만도 못한 놈!"

마광좌가 소리를 질렀다. 금륜국사와 소상자 등도 공손곡주가 지위에 어울리지 않게 너무 비열하다고 생각했다.

"국사, 우리가 어떻게 구해봐야 하지 않겠습니까?"

마광좌가 소리쳤으나 금륜국사는 미소만 지을 뿐 대꾸조차 하지 않았고 소상자는 냉소를 흘렸다.

"당신이 저 늙은이를 이길 수 있을 것 같소?"

"지더라도 싸워야지! 지더라도 싸워야 해!"

마광좌가 울분에 악을 썼으나 아무리 머리를 쥐어짜봐도 좋은 방도가 생각나지 않았다.

공손곡주는 위풍당당하게 앞장서서 작은 석실로 들어갔다.

"정화를 꺾어 오너라."

양과와 소용녀는 이미 함께 죽기로 결심한지라 미소를 지으며 서로를 바라볼 뿐 공손곡주의 말과 행동에는 전혀 신경 쓰지 않았다.

잠시 뒤 석실 안이 머리가 아찔할 정도로 진한 꽃향기로 가득 찼다. 고개를 돌려보니 눈앞에 고운 빛깔로 자태를 뽐내는 꽃이 가득했다. 10여 명의 제자가 정화를 한 아름씩 안고 석실로 들어오고 있었다. 그들은 가시에 찔리지 않도록 손에 모두 소가죽을 끼고 있었다. 공손곡주는 오른손을 휘저으며 차갑게 명령했다.

"이놈의 몸에 쌓아라."

삽시간에 양과는 온몸이 마치 수천 마리의 벌에 쏘인 듯한 통증을 느꼈다. 양과는 견딜 수가 없어 큰 소리로 비명을 질렀다. 소용녀는 양과가 너무나 불쌍했다.

"뭐 하는 거예요?"

소용녀는 분노에 가득 찬 목소리로 곡주를 향해 소리쳤다. 그녀는 양과의 몸을 덮고 있는 정화를 떼어내려고 했다. 공손곡주는 그런 그녀를 붙잡았다.

"오늘은 우리 둘이 화촉을 밝히기로 한 날이었소. 그런데 저놈이 갑자기 뛰어들어와서 우리 혼례식을 엉망으로 만들어버렸소. 저 아이와 만난 적도 없고 원한도 없으니 손님의 예를 갖추기만 하면 나도 얼마든지 예로 대할 것이오. 하지만 이렇게 되어버렸으니……."

공손곡주는 갑자기 왼손을 획 내저어 제자들을 모두 물린 후 석실 문을 닫았다.

"복인지, 화인지는 모두 누이 마음먹기에 달려 있소."

양과는 정화의 가시에 둘러싸여 고통이 이루 말할 수가 없었다. 그러나 소용녀가 가슴 아파할까 봐 이를 악물고 더 이상 신음 소리도 내지 않았다. 고통을 참느라 공손곡주가 하는 말도 전혀 들리지 않았다. 소용녀는 고통스러워하는 양과의 표정을 바라보며 안타까움에 어쩔 줄 몰라 했다. 그러자 정화의 독이 발작하여 손가락에 다시 극심한 고통이 전해졌다.

'정화에 한 번 찔렸는데도 이렇게 아픈데 과는 온몸이 가시로 덮여 있으니 얼마나 견디기 힘들까?'

공손곡주는 그런 소용녀의 마음을 눈치채고 다시 달래기 시작했다.

"누이, 나는 진심으로 누이와 백년가약을 맺고 싶소. 당신에 대한 나의 사랑은 정말 조금의 악의도 없는 진실이오. 이것은 누이도 잘 알 것이오."

소용녀는 고개를 끄덕였다.

"저한테 항상 잘해주셨죠. 그리고 제 목숨까지 구해주셨고요. 이 일이 있기 전까지는 저를 너무나 잘 돌봐주셨고 혹여 제 마음이 다칠까 봐 전전긍긍하셨어요."

그녀는 고개를 숙이고 잠시 묵묵히 있다가 긴 한숨을 내뱉었다.

"곡주님, 만약 그날 저를 만나지 않았다면, 저를 구해주지 않았다면, 그냥 죽게 내버려두었다면 우리 세 사람에게 모두 좋았을 거예요. 억지로 저와 결혼한다 해도 평생 불행하게 된다는 것을 잘 알고 계시잖아요."

공손곡주는 두 눈썹을 천천히 치켜올렸다.

"난 매사가 분명한 사람이오. 다른 사람에게 무시당하거나 수모를 당하는 것은 참을 수가 없소. 누이는 내 청혼을 받아들였으니 반드시 혼인을 해야 하오. 희로애락과 인생사는 알 수 없는 법. 앞으로 어떻게 될지 누가 알겠소? 두고 보시오."

그는 잠긴 목소리로 말을 마친 후 소매를 획 털었다.

"이 청년은 온몸이 정화에 찔렸소. 한 시진이 지나면 그 고통이 배가될 것이고, 36일 뒤면 고통으로 죽게 되오. 열두 시진 안에 내가 가지고 있는 해독약으로 치료를 해야 하오. 그러지 않으면 신선이 온다 해도 어찌할 수 없소. 이제 저 녀석이 죽고 사는 것은 모두 당신에게 달려 있소."

그는 천천히 석실 문을 향해 걸어간 후 손으로 문을 열고 다시 고개를 돌렸다.

"만약 고통스럽게 천천히 죽는 것을 원한다면 좋을 대로 하시오. 여기서 36일 동안 지켜보아도 좋소. 난 당신을 해하려는 마음은 추호도 없으니 안심하시오. 열두 시진 내에 마음이 바뀌면 그저 한 번 부르기만 하시오. 당장 해독약을 가지고 달려와서 구해줄 테니."

그는 성큼 석문을 나섰다.

양과는 온몸을 부들부들 떨었다. 꽉 깨문 입술에 피가 배어나왔다. 소용녀는 총명함으로 반짝거리던 그의 두 눈에 초점이 사라지자 가슴이 찢어질 것만 같았다.

'지금도 이렇게 아픈데 한 시진 뒤면 얼마나 아플까. 이렇게 36일 동안 고통 속에 지내야 하다니, 지옥도 이것보다는 고통스럽지 않을 거야.'

소용녀는 잠시 입술을 지그시 깨물고 생각에 잠겼다가 곧 공손곡주를 불렀다.

"곡주님, 혼인하겠어요. 어서 풀어주고 해독약을 주세요."

그러나 공손곡주는 막상 이 말을 들으니 기쁘기는 했지만 질투를 느끼지 않을 수 없었다. 앞으로 이 여인이 자신에게 품을 감정은 원망과 증오뿐이겠구나 싶었다.

"잘 생각하셨소. 모두에게 좋은 일이오. 오늘 밤 화촉을 밝히고 내일 아침 일찍 해독약을 주겠소."

"먼저 과를 치료해주세요."

"누이, 나를 너무 우습게 생각하는군. 겨우 누이의 승낙을 얻어내긴 했지만 진심이 아니라는 것을 내가 모르겠소? 내가 먼저 양과를 치료해줄 만큼 바보 같아 보이오?"

그는 몸을 획 돌려 나가버렸다.

소용녀와 양과는 비통에 잠겨 잠시 묵묵히 서로를 바라보았다.

"선자, 나는 선자를 진심으로 사랑하고 또한 선자의 사랑을 받았어요. 저승에 가더라도 너무나 기쁠 거예요. 일장에 저를 보내주세요!"

"먼저 너를 보내고 나도 자결할게."

소용녀는 마음을 굳히고 손을 들어 내공을 천천히 끌어올렸다. 양과는 미소를 머금고 사랑이 가득한 눈으로 그녀를 바라보았다.

"지금이 우리의 첫날밤이로군요."

소용녀는 양과가 조금 정신을 되찾자 더욱 비통에 잠겼다.

'이렇게 잘생기고 착한 사람에게 왜 하늘은 이다지도 가혹할까? 왜 오늘 이 사람의 목숨을 앗아가려는 걸까?'

이런 생각을 하니 갑자기 피를 토할 것만 같았다. 그 바람에 팔의 내공도 일시에 사라졌다. 소용녀는 내공을 끌어올리기를 그만두고 돌연 양과의 몸에 자신의 몸을 덮었다. 순간 수천수만의 정화 가시가 그녀의 살을 파고들었다.

"과야, 함께 고통을 나누자꾸나."

그때 곡주의 놀란 비명이 들렸다.

"아! 이…… 이런……."

그러나 곧 곡주의 목소리가 냉랭해졌다.

"왜 이런 짓을 하지? 누이가 고통을 겪으면 저 아이의 고통이 줄어들기라도 한단 말이오?"

소용녀는 그윽한 눈빛으로 양과를 바라보고는 천천히 몸을 돌려 석실을 나갔다. 곡주는 차갑게 양과를 노려봤다.

"열 시진이 지나면 해독약을 가지고 오겠다. 열 시진 동안 평정한 마음을 갖고 동요만 하지 않는다면 그리 고통스럽지는 않을 것이다."

곡주는 말을 마친 후 석실 문을 닫고 나갔다.

양과는 몸의 고통보다 마음의 고통이 더 컸다.

'예전에 겪은 고통은 오늘의 고통에 비하면 아무것도 아니구나. 악랄한 곡주 놈을 놔두고 먼저 죽을 수는 없지. 선자가 앞으로 받을 고통을 생각하면 절대 죽을 수 없어. 그리고 부모님의 원수도 아직 갚지 않았잖아. 의인인 척하는 곽정, 황용에게 복수를 해야 돼.'

이런 생각을 하자 가슴속에 피가 들끓으면서 마음을 다잡을 수 있었다.

'죽을 수 없어. 난 절대 죽지 않아! 선자가 곡주의 부인이 된다 해도

구해낼 거야. 열심히 무공을 연마해서 부모님의 원수도 갚을 거야.'

양과는 이를 악물고 정신을 차려서 좌정했다. 어망에 묶여 있어서 제대로 자세가 나오진 않았지만 기를 단전에 모으고 내공을 운행했다. 그렇게 두 시진 동안 앉아 있으니 제자 한 명이 쟁반을 들고 왔다. 거기에는 만두 네 개가 담겨 있었다.

"오늘은 곡주 어르신의 혼례가 있는 날이니 잘 먹이라고 했다."

그는 쟁반을 어망 곁에 두었다. 혹여 정화에 찔릴까 봐 손에 두꺼운 천을 둘둘 말고 있었다. 양과는 어망에서 손을 뻗어 만두 네 개를 모두 먹어치웠다.

'곡주 놈이랑 끝까지 사투를 벌여야 하니 먼저 몸을 아껴야 해.'

그런 양과의 모습에 그 제자가 빈정대며 웃었다.

"식욕이 대단하신 줄 몰랐네."

그때 갑자기 문 앞에 녹색 그림자가 번득이더니 또 다른 녹색 옷을 입은 제자가 들어왔다. 그러고는 아무 기척도 내지 않고 먼저 온 사람의 뒤에 서더니 주먹으로 등을 힘껏 내리쳤다. 쓰러진 사람은 누가 자신을 때렸는지도 모르고 그대로 기절했다. 몰래 들어온 사람은 바로 공손녹악이었다.

"공손 낭자!"

공손녹악은 일단 석실 문을 닫고 목소리를 낮추었다.

"양 대형, 소리를 낮추세요. 제가 구해드릴게요."

공손녹악은 어망을 풀고 수북이 쌓인 정화를 걷어낸 후 양과를 빼내주었다. 그녀 역시 손에 거친 베를 친친 감고 있었다.

"아버님께서 이 일을 아신다면……."

"크게 혼날 각오를 하고 왔어요."

그녀는 정화 한 다발을 녹의 제자 입에 쑤셔 넣어 깨어나도 소리를 지르지 못하도록 한 다음 어망에 묶고 온통 정화를 쌓아두었다.

"양 대형, 누가 들어오면 문 뒤로 숨어요. 맹독에 당했으니 제가 약을 가지고 올게요."

양과는 만난 지 하루밖에 되지 않은 공손녹악이 자신을 위해 이런 위험을 무릅쓸 줄은 생각지도 못했다. 양과는 감격하지 않을 수 없었다.

"낭자, 난······ 난······."

양과는 너무 감격해 뭐라고 말해야 좋을지 몰랐다.

"잠시만 계세요. 곧 돌아올게요."

공손녹악은 옅은 미소를 짓고는 방을 나갔다.

공손녹악은 방년 열여덟 살로 이제 막 사춘기에 접어든 한창 나이였다. 절정곡에서는 내공을 수련할 때 사랑과 욕정의 감정을 모두 버려야 한다고 가르쳤다. 그러나 모든 살아 있는 것에는 감정이 있게 마련인 법. 불가에서 '유생지물有生之物은 유정有情'이라고 했다. 남녀노소 간의 감정뿐 아니라 말, 소, 돼지, 양, 물고기, 뱀, 곤충 같은 것들에게도 모두 감정이 있게 마련이다. 살아 있으면서도 감정이 없다면 번식을 못해 멸종당하고 말 것이기 때문이다. 그러나 절정곡의 수련법은 자연의 이치를 부정하고 인성人性과 물성物性을 어기는 것이므로 정도正道라고 할 수 없었다. 물론 절정곡에도 남자가 있었으나 모두 얼음장같이 차가웠다. 공손녹악은 어릴 때부터 부친의 사랑을 받아보지 못했고 세상의 맛있는 음식, 아름다운 옷, 보석, 화장품, 신기한 물건 등을 한 번도 본 적이 없었다. 그런데 우연히 양과를 만나게 되어 감정을 느낄 수 있게 되었다. 양과는 다른 사람과 달리 아름다운 것을 보면 마음껏 놀라며 찬탄하고, 관습에 얽매이지 않고 행동했으며, 말도 아주 재미있게 했다. 그제야 처음으로 인생의 즐거움을 맛본 녹악은 술에 취한 듯 마음이 녹아들며 양과를 향한 마음을 어찌할 수 없었다. 미묘한 감정이라는 끈이 양과에게 단단히 묶여 있어 결코 헤어날 수 없었던 것이다. 비록 짝사랑이었지만 녹악에게는 귀중한 감정이었다.

'나한테 왜 이렇게 잘해주는 거지? 그동안 힘든 일도 많이 겪고, 수모도 많이 당했지만 나한테 잘해주는 사람도 참 많구나. 선자는 말할 필요도 없고, 손 할멈, 홍 방주님, 의부 구양봉, 황 도주, 정영, 육무쌍 그리고 공손녹악 낭자까지, 모두 나에게 너무나 잘해주는 고마운 사람들이야. 내 운명은 참으로 기구하구나. 잘해주는 사람은 이렇게 잘 대해주고, 나한테 나쁘게 하는 사람은 참으로 악독하니…….'

양과는 친구와 적이 이토록 분명한 이유가 바로 자신의 천성에서 비롯된 것이라고는 생각지 못했다. 양과 스스로가 자신의 뜻과 맞는 사람에게는 성의껏 잘 대해주고, 맞지 않는 사람에게는 철천지원수처럼 대하기 때문에 다른 사람도 마찬가지로 자신을 그렇게 대한다는 사실을 몰랐던 것이다.

시간이 한참 지났으나, 공손녹악은 돌아오지 않았다. 시간이 지날수록 양과는 점점 초조해졌다. 처음에는 지키는 사람이 있어 약을 훔치는 것이 쉽지 않겠지 생각했으나, 약을 구하지 못했어도 지금쯤은 와야 할 시간인데 오지 않자 걱정이 되었다. 양과는 공손 낭자가 자기를 위해 이런 위험을 무릅쓰는데, 가만히 기다리고만 있을 수 없다고 생각했다. 양과는 석실 문을 살짝 열어 문틈으로 밖의 동정을 살폈다. 문밖에 아무도 보이지 않자 몰래 빠져나오긴 했으나 어디서 공손녹악을 찾아야 할지 막막했다. 그렇게 잠시 망설이고 있는데, 모퉁이에서 발걸음 소리가 들렸다. 양과는 급히 몸을 숨겼다. 녹의 제자 두 명이 나란히 걸어왔다. 모두 손에 고문할 때 사용하는 형장을 들고 있었다.

'낭자가 죽어도 실토하지 않자, 파렴치한 곡주 놈이 고문을 하려고 하는구나!'

양과는 발소리를 죽여서 몰래 그들 뒤를 따라갔다. 두 사람은 전혀 눈치채지 못하고 이리저리 길을 돌아 한 석실 앞에 당도했다.

"곡주님, 형장을 가져왔습니다."

양과는 두근거리는 가슴을 누르고 석실 동쪽 창문 아래로 가서 창문을 통해 안을 들여다보았다. 소용녀는 보이지 않고, 공손녹악만 고개를 숙인 채 아버지 앞에 서 있었다. 공손곡주는 중간에 앉아 있고, 두 명의 제자가 장검을 들고 공손녹악의 좌우를 지키고 서 있었다. 곡주는 형장을 받아 들고 얼음장 같은 목소리로 말했다.

"녹악아, 너는 내 친딸이다. 대체 왜 나를 배반했느냐?"

공손녹악은 고개를 숙인 채 말이 없었다.

"네가 양가 놈을 좋아하는 걸 모를 줄 아느냐? 내가 나서지 않아도 그놈을 놓아주려고 했는데, 뭐가 그리 급했느냐? 내일 내가 그놈에게 말할 테니 양가 놈과 결혼하는 것이 어떻겠느냐?"

양과는 뜻밖의 말을 듣자 가슴이 두근거렸다.

공손녹악은 여전히 고개를 푹 숙인 채 말이 없다가 갑자기 고개를 들고 또랑또랑한 목소리로 대꾸했다.

"아버지는 아버지 혼사에 대한 생각뿐이신데…… 저까지 생각할 겨를이 있으세요?"

공손곡주는 콧방귀를 뀔 뿐 대꾸하지 않았다.

"맞아요, 전 양 공자님을 사모해요. 양 공자님의 바른 인품과 기개, 따뜻한 마음씨를 사랑해요. 하지만 그분에게는 용 낭자뿐인걸요. 제가 그분을 구하려고 하는 것은 바로…… 바로 아버지의 행동을 그냥 지켜볼 수가 없어서예요."

양과는 크게 감동을 받았다.

'파렴치하고 극악무도한 곡주 놈이 저런 반듯한 딸을 낳았구나.'

공손곡주의 얼굴은 딱딱하게 굳어 있었다. 그러나 그는 쉽게 화를 내지 않고 담담한 표정을 유지했다.

"네 말을 들으니 나는 바르지 못한 사람이고, 못된 사람이로구나."

"제가 어찌 아버지께 그런 말을 하겠어요? 전 그냥, 그냥……."

"그냥, 뭐냐?"

"양 공자님은 온몸이 정화 가시에 찔렸으니 얼마나 고통스럽겠어요? 아버지, 은혜를 베풀어서 그를 놔주세요."

"내일이면 풀어줄 것인데 왜 네가 나서느냐?"

공손녹악은 고개를 살짝 기울이고 잠시 신음을 했다. 할 말이 있는데 망설이는 것 같았다. 그러다 얼굴에 결연한 빛이 보였다. 결심이 선 듯했다.

"아버지는 저를 낳고 평생 길러주셨어요. 그리고 양 공자님은 처음 만난 낯선 사람이고요. 그런데 왜 제가 아버지를 거역하고 그분을 도왔겠어요? 만약 아버지가 내일 정말 그분을 치료해주실 거라면 제가 왜 위험을 무릅쓰고 약을 훔치려 했겠어요?"

"그래, 왜 그랬느냐?"

공손곡주의 목소리가 엄해졌다.

"저는 아버지가 나쁜 마음을 먹고 있다는 걸 알아요. 용 낭자와 강제로 결혼한 후에는 양 공자님을 죽여서 용 낭자의 마음을 완전히 돌려놓으려고 하시잖아요. 아버지는 양 공자에게 해독약을 주고 이곳에서 떠나게 해주겠다는 약속을 지키지 않으셨어요. 아까 대련에서 그들은 아버지를 살려주었어요. 모두가 똑똑히 지켜보고 있는데……."

공손곡주는 긴 눈썹을 다시 치켜올렸다.

"내가 정말 호랑이 새끼를 키웠구나. 어렵사리 널 이렇게 키워줬는데 이제 와서 나를 물려고 하다니. 어서 내놓아라!"

"뭘 말이에요?"

"모른 척하는 거냐? 정화의 독을 푸는 절정단絶情丹 말이다."

"저는 가지고 있지 않아요."

"그럼 어디에 있단 말이냐?"

곡주는 자리에서 벌떡 일어났다.

양과는 방 안을 살펴보았다. 탁자와 선반에 약병이 가득했고, 벽에는 말린 약초가 즐비했다. 서쪽에는 약을 달일 때 쓰는 화로 세 개가 있었다. 이곳이 바로 약을 보관하는 장소가 분명했다. 공손곡주의 표정을 보니 녹악은 오늘 중벌을 면치 못할 것 같았다.

"아버지, 저는 몰래 이곳에 들어와서 절정단을 훔쳐 양 공자님께 드리려고 했어요. 하지만 아무리 찾아도 발견하지 못했어요. 찾았다면 왜 아버지께 들켰겠어요?"

"이곳은 밖에서 항상 사람이 지키고 있어 함부로 들어오지 못하는 곳이다. 그럼 절정단이 제 발로 걸어 나갔단 말이냐?"

공손녹악이 울면서 애원했다.

"아버지, 양 공자님의 목숨을 살려주세요. 이곳에서 쫓아내 다시는 돌아오지 말라고 하시면 되잖아요."

"내 목숨이 위태로웠어도 이렇게 무릎을 꿇고 울면서 애원했겠느냐?"

얼음장 같은 목소리에 녹악은 아무 말도 하지 못하고 그저 아버지의 두 무릎에 매달렸다.

"네가 절정단을 가지고 있으면서 왜 나보고 살려달라는 거냐? 좋다, 사실대로 말하든 않든 상관없다. 여기서 하루 동안 갇혀 있거라. 네가 약을 가졌다고는 하나 양가 놈의 입속에 처넣지 못한다면 헛수고일 뿐. 열두 시진이 지난 후에 너를 풀어주마."

공손곡주는 석실 문을 나갔다.

"아버지!"

"또 무슨 할 말이 있느냐?"

"먼저 이 사람들을 물리세요."

"우리 절정곡의 사람들은 모두 한 식구나 다름없는데, 이들 앞에서 못 할 말이 무엇이냐?"

공손녹악은 얼굴이 온통 붉어지다가 창백하게 질렸다.

"좋습니다. 딸을 못 믿으신다니 제 몸에 약이 있는지 없는지 직접 보세요."

녹악은 상의를 풀고 치마까지 풀었다. 공손곡주는 급히 제자 네 명

213

을 밖으로 물린 후 문을 닫았다. 잠시 뒤, 녹악은 웃옷과 치마를 완전히 벗고, 몸에 속옷 한 장만 달랑 남기고 거의 알몸이 되었다. 그러나 몸에는 아무것도 지니고 있지 않았다.

양과는 백옥같이 하얀 녹악의 살결을 보고 마음이 두근거렸다. 양과는 한창 나이의 젊은이였고, 공손녹악은 미끈한 몸매에 옥 같은 얼굴을 한 아리따운 낭자였으니 자신도 모르게 뜨거운 피가 솟구쳤다.

'낭자는 내 목숨을 구하기 위해 옷을 모두 벗었는데 나는 그걸 구경하고 있다니…… 양과야, 양과야, 네가 한 번만 더 낭자의 몸을 훔쳐보면 그야말로 짐승만도 못한 놈이다.'

양과는 자책하며 황급히 눈을 감았다. 그러나 두근거리는 마음을 억누를 길 없어 창문틀에 이마를 살짝 박고 말았다. 아주 미세한 소리였으나 공손곡주는 이를 놓치지 않았다. 그는 약을 달이는 화로로 다가가 중간 화로를 밀고 동쪽 화로를 중간으로, 서쪽 화로를 동쪽으로 옮긴 후 원래 가운데 있던 화로를 서쪽으로 밀어놓았다.

"이렇게 된 이상 그놈의 목숨을 살려주기로 하겠다."

"아버지!"

녹악은 크게 기뻐하며 바닥에 엎드려 절을 했다.

공손곡주는 벽에 닿아 있는 의자에 앉았다.

"절정곡의 규율은 너도 잘 알 것이다. 누구든지 이곳에 마음대로 들어오면 어떻게 되는지 말해보거라."

"죽어야 합니다."

"너는 내 친딸이나 규율을 깨뜨릴 수는 없다. 잘 가거라."

공손곡주는 한숨을 내쉬며 흑검을 뽑아 허공으로 치켜들었다.

"양가 놈의 목숨을 구해달라고 말하지 않는다면 너를 용서해주마. 나는 한 사람만 용서할 것이다. 너를 용서할까, 아니면 그놈을 용서할까?"

"그분을 용서하세요."

"그래 좋다. 내 딸은 참으로 기개가 있는 의인이구나. 이 아비보다 훨씬 낫다."

공손곡주는 녹악의 목을 향해 칼을 휘둘렀다.

"잠깐!"

양과는 소리를 내지르며 창문으로 뛰어들었다.

"나를 죽여라!"

그는 오른발로 땅을 짚고 몸을 날려 공손곡주의 손목을 잡아서 흑검을 막으려고 했다. 그런데 갑자기 발이 밑으로 쑥 빠졌다. 양과는 큰일 났다 싶어 반사적으로 몸에 기를 실어 위로 솟구쳤다. 그때 공손곡주가 두 손으로 딸의 어깨를 툭 밀었다. 그 기세에 녹악이 뒤로 밀려나면서 양과의 몸에 부딪쳤다. 양과는 위로 몸을 날려 땅에 착지하려는데, 공손녹악과 부딪치는 바람에 두 사람이 모두 굴러떨어지고 말았다. 얼마나 구멍이 깊은지 수십 장이나 추락해도 바닥에 닿지 않았다.

양과는 다급한 가운데도 공손녹악을 보호해야겠다는 생각에서 두 손으로 그녀의 몸을 받쳤다. 도대체 저 아래에는 뭐가 있을까? 칼이 꽂혀 있을까, 아니면 바위가 있을까? 양과는 두려움에 떨면서도 짧은 시간 동안 많은 생각을 했다. 그러는 사이 두 사람은 풍덩 물속으로 떨어져 깊이 가라앉았다. 그곳은 바로 깊은 연못이었다.

19 地底老婦

땅속의 노파

양파는 두 손으로 밧줄을 잡고 위로 올라가기 시작했다. 잠시 아래를 내려다보니 구천척과 녹악의 모습이 희미하게 눈에 들어왔다. 손에 더욱 힘을 주고 올라가니 순식간에 손이 구멍에 걸린 나뭇가지에 닿았다.

양과는 발이 물에 닿자 살았구나 싶었다. 물이었기에 망정이지 수십 장 까마득한 아래 바위 위로 떨어졌더라면 죽음을 면치 못했을 것이다. 그러나 수면에 닿을 때 큰 충격을 받았고, 수심도 깊어 양과의 몸은 끝없이 아래로 떨어져 내렸다. 양과는 숨을 꾹 참았다. 그러자 몸이 천천히 위로 떠오르기 시작했다. 그는 왼손으로 녹악을 안고 오른손으로 물을 헤치며 위로 헤엄쳐 갔다. 한참을 올라가자 드디어 머리가 수면 위로 떠올랐다. 그제야 양과는 가쁜 숨을 내쉬었다. 그때 강한 비린내가 훅 끼치더니 오른쪽 수면이 마구 흔들렸다. 마치 거대한 바위 같은 것이 빠르게 다가오고 있는 것 같았다.

　'곡주 놈이 우리 두 사람을 여기에 빠뜨린 것을 보면 틀림없이 뭔가 위험한 게 있을 거야.'

　양과는 긴장을 늦추지 않고 오른손으로 장풍을 날렸다. 수면을 치는 거대한 소리와 함께 크고 단단한 무언가가 장풍에 맞은 듯했다. 그 기세에 수면이 거세게 일렁였다. 양과는 오른손 장풍을 날린 후 급히 공손녹악을 안고 오른쪽으로 피했다. 양과가 수영을 못해도 물밑에서 오래 버틸 수 있었던 것은 순전히 내공의 힘 때문이었다. 칠흑 같은 어둠 속에서 한 치 앞도 볼 수 없었지만 오른쪽과 뒤쪽에서 물살이 강하게 일렁이자 다시 오른손을 뻗었다. 그러자 뭔가 크고 차갑고 거친 것이 만져졌다. 비늘 같은 껍데기가 만져지는 것이 물속에 사는 생물 같았다.

'혹시 독룡이 아닐까?'

양과는 깜짝 놀라 손에 힘을 주어 녹악을 안은 후, 그 괴물체를 발판 삼아 몸을 날렸다. 숨을 깊게 들이마시고 다시 한번 물속에 들어갈 준비를 하는데 오른발이 땅에 닿는 것이 아닌가. 전혀 예상치 못한 일이라 발에 통증이 심했다. 하지만 땅을 밟았다는 기쁨 때문에 통증은 금세 가라앉았다. 손을 더듬어보니 아마도 연못 옆에 있는 바위인 것 같았다. 양과는 괴물이 다시 습격할까 봐 급히 녹악을 안고 높은 곳으로 올라가 앉은 후 마음을 진정시켰다.

녹악은 물을 너무 많이 먹어서인지 정신을 차리지 못했다. 양과는 녹악을 자신의 다리에 엎드리게 한 뒤 천천히 물을 토하게 했다. 그때 뭔가가 스르륵 기어오르는 소리와 함께 비린내가 점점 강하게 풍겨왔다. 괴상한 생물체가 물에서 기어올라온 것 같았다.

녹악은 벌떡 일어나 양과의 목을 끌어안고 비명을 질렀다.

"저게 뭐예요?"

"무서워하지 말고 내 뒤에 숨어요."

그러나 녹악은 얼어붙은 듯 꼼짝도 하지 않고 양과의 목을 더욱 꽉 끌어안았다.

"악어예요, 악어!"

양과는 도화도에 살 때 악어를 본 적이 있어서 악어가 얼마나 무섭고 잔인한지 잘 알고 있었다. 예전 곽부, 무씨 형제와 악어를 본 후 무서워서 줄곧 멀리 돌아가고 피해 다녔는데, 오늘 이 깊은 못에서 악어

떼를 만난 것이다. 양과는 똑바로 앉아서 온 신경을 귀에 집중했다. 발소리를 들어보니 악어 세 마리가 천천히 다가오고 있는 듯했다.

녹악이 소리를 낮추어 말했다.

"양 대형, 여기서 대형과 함께 죽을 줄은 몰랐어요."

두려움보다는 기쁨과 안도감이 가득한 말투였다.

"죽을 때 죽더라도 먼저 악어는 죽여야겠어요."

제일 앞에서 오던 악어 한 마리가 양과의 발치에서 불과 일 장 떨어진 곳까지 기어왔다.

"얼른 때려요!"

녹악이 비명을 질렀다.

"조금만 더 기다려요."

양과는 오른발을 바위 밑으로 늘어뜨렸다. 악어는 더 바짝 기어올라와서 양과의 발을 물려고 입을 쩍 벌렸다. 양과는 악어의 아래턱을 향해 오른발을 움츠렸다 냅다 내질렀다. 악어는 그대로 고꾸라져서 연못에 빠졌다. 물소리와 함께 연못의 악어 떼들이 한바탕 난리를 피우더니 다시 또 다른 악어 두 마리가 기어왔다.

양과는 정화 독에 중독이 되기는 했지만 무공은 전혀 약해지지 않았다. 방금 발로 찰 때의 힘은 수백 근의 무게에 해당하는 것이었다. 그러나 악어가죽은 너무 단단해서 오른발 끝이 아파왔고 발에 얻어맞은 악어는 아무렇지도 않은 듯 여유롭게 못에서 헤엄치고 있었다.

'맨몸으로는 저 악어 떼를 상대하지는 못하겠어. 나와 공손 낭자는 결국 잡아먹히고 말 거야. 어떻게 해야 저 악어 떼를 모조리 죽일 수 있을까?'

양과는 곰곰이 생각하다가 그나마 돌이라도 던지려고 주위를 더듬었다. 그러나 바위 위에는 미끌미끌한 이끼만 있을 뿐 돌이라고는 하나도 만져지지 않았다. 그때 또 두 마리의 악어가 바짝 다가왔다.

"낭자 혹시 검을 가지고 있습니까?"

"저한테요?"

녹악은 약방에서 겉옷은 다 벗어버리고 겨우 속옷만 입고 있었다. 그 상태로 양과의 품에 안겨 있었으니 너무 부끄러워서 온몸이 화끈거렸다. 그러나 수줍으면서도 달콤한 행복감이 밀려드는 것은 어쩔 수 없었다.

양과는 악어와 싸우느라 정신이 팔려 있어서 그런 녹악의 마음을 전혀 눈치채지 못했다. 귀를 쫑긋 세워보니 악어가 이미 바짝 다가와 있고 뒤에도 두 마리가 다가왔다. 만약 장풍을 발한다면 아까처럼 못 속으로 빠뜨릴 수는 있겠으나 다시 또 올라와서 공격할 게 뻔했다. 다행히 내공은 손상되지 않아서 먼저 기어오는 악어 두 마리가 삼 척 가까이 다가올 때쯤 일시에 쌍장을 발해 악어의 머리를 명중시켰다. 악어는 움직임이 느려 양과의 공격을 피하지는 못했지만, 가죽이 단단해서 잠깐 기절한 뒤 다시 못 속으로 미끄러져 들어갔다.

이제 뒤쪽의 악어들도 바짝 다가왔다. 양과는 오른발로 한 마리를 차서 연못 속으로 떨어뜨렸다. 그러다가 그만 몸이 기우뚱하면서 안고 있던 녹악을 놓치고 말았다. 녹악은 외마디 비명을 지르며 바위 아래로 미끄러졌다.

녹악이 오른손으로 겨우 바위를 잡고 기어오르자 양과가 등을 잡고 올려주었다. 이렇게 지체하는 사이에 마지막 한 마리 악어가 다가와 입을 크게 벌리고 양과의 어깨를 물려고 했다. 이제 주먹과 발을 휘두르기에는 너무 늦어버렸다. 자신은 피한다 해도 녹악이 물릴 형국이었다. 양과는 다급한 김에 두 손을 뻗어 악어의 아래위 턱을 잡아쥐고 내공을 발하여 기합을 내지르며 찢었다. 괴성이 울리면서 악어는 양턱이 찢긴 채 그 자리에서 죽었다. 다행히 무시무시한 악어를 죽이긴 했지만 양과는 너무 놀란 나머지 온몸에 식은땀이 흘렀다.

"괜찮아요?"

자신을 걱정해주는 녹악의 따뜻한 목소리를 듣자 양과는 마음이 조금 푸근해졌다.

"괜찮아요."

너무 갑자기 강한 힘을 사용한 탓인지 팔이 아파왔다. 녹악은 바위 위에 죽어 있는 커다란 악어를 보고 마음속으로 탄복해 마지않았다.

"맨손으로 어떻게 죽였어요? 이렇게 어두운데도 보이세요?"

"선자와 고묘에서 몇 해 동안 살다 보니 어두운 곳에 있어도 볼 수 있게 됐어요."

양과는 선자와 고묘라는 말을 하다 보니 저절로 소용녀 생각이 났다. 그러자 온몸에 참을 수 없는 고통이 밀려왔다. 양과는 자신도 모르게 비명을 내지르며 죽은 악어를 걷어차 못에 빠뜨렸다. 악어 두 마리가 바위 위로 기어오다가 양과의 고통스러운 비명 소리를 듣고 놀라서 다시 물속으로 들어갔다.

녹악은 황급히 양과의 손을 잡고 제발 통증이 조금이라도 가라앉기를 바라면서 천천히 이마를 쓸어주었다. 양과는 정화 독에 중독된 이상 얼마 살지 못한다는 것을 알고 있었다. 차라리 이런 고통을 겪을 바에야 자살하는 게 더 좋지 않을까? 그러나 지금 죽어버리면 녹악은 어떻게 되겠는가.

'공손 낭자는 순전히 나 때문에 이곳까지 오게 되었다. 아무리 고통스러워도 그녀는 구해줘야지. 곡주 놈이 그래도 부녀지간의 정을 생각해서 낭자만은 살려주었으면 좋으련만.'

이런 생각을 하며 소용녀 생각을 잠시 접으니 통증이 가라앉았다.

"공손 낭자, 걱정하지 마세요. 낭자의 아버님께서 꼭 구해주실 거예요. 나만 미워하지 딸은 아끼고 사랑하실 테니까요."

이 말을 듣자 녹악은 눈물을 떨어뜨렸다.

"어머니가 살아 계실 때는 아버지도 정말 저를 사랑하셨어요. 하지만 어머니가 돌아가신 후부터는 저를 점점 멀리하셨어요. 그래도……그래도 마음속으로는 미워하시지 않을 거예요. 그렇겠죠?"

그러다 녹악은 뭔가 이상하고 의문스럽다는 듯이 말을 이었다.

"양 대형, 지금 생각해보니 아버지가 줄곧 나를 두려워하고 있었던 것 같아요."

"낭자를 두려워해요? 거참, 이상하군요."

"맞아요. 나를 보는 아버지의 표정이 항상 부자연스러웠어요. 마치 뭔가 중요한 것을 숨기면서 나한테 들킬까 봐 걱정하시는 것 같았어요. 몇 년 동안 줄곧 저를 피하면서 만나려고 하지 않으셨어요."

녹악은 자신을 대하는 부친의 표정이 달라진 것을 이상하게 생각하면서도 어머니가 돌아가시자 너무 슬퍼서 그런 모양이라고 생각했다. 그러나 이렇게 못에 빠지자 분명 아버지가 일부러 놓은 덫처럼 생각되었다. 약방에서 단로 세 개를 옮긴 것은 바닥 문을 열기 위해서였다.

부친이 양과를 미워해서 죽이려 했다면 이미 정화 독에 중독되었으니 해독약만 주지 않으면 그만이었다. 게다가 양과는 연못으로 빠지고 있는 상황이었다. 그런데 아버지는 왜 자신도 함께 이곳으로 밀어넣은 것일까? 결코 화가 나서 순간적으로 실수한 것이 아니었다. 그 상황에서 부녀지간의 정이라고는 조금도 느낄 수 없었다.

녹악은 생각할수록 슬펐지만, 점차 또렷하게 생각을 정리할 수 있었다. 아버지의 이상한 언행들이 당시에는 이해가 되지 않고 그저 '괴팍해서'라고만 여겼는데, 지금 생각해보니 모두 자신을 두려워했기 때문이란 걸 깨달았다. 그런데 대체 왜 자신의 친딸을 두려워한 것일까? 아무리 생각해도 그 까닭을 알 수가 없었다.

그사이 악어 떼들이 연못에서 한바탕 난리를 치고 있었다. 그들은 죽은 악어를 서로 찢고 다투어 먹느라 더 이상 바위로 기어오르지 않았다.

양과는 멍하게 넋이 나가 있는 녹악을 바라보며 물었다.

"혹시 아버지께서 뭔가를 숨기고 있다가 낭자에게 들킨 것은 아닐까요?"

"아버지는 항상 언행이 바르고 공정하셔서 모두에게 존경을 받았어요. 양 대형께는 확실히 해서는 안 될 일을 하셨지만, 예전에는 결코 그런 행동을 하지 않으셨어요."

양과는 절정곡의 과거지사는 전혀 모르니 섣불리 추측할 수도 없었다.

연못은 지하 깊은 곳에 있어서인지 얼음 굴처럼 추웠다. 게다가 두 사람은 온몸이 물에 흠뻑 젖어서 한기가 뼛속을 파고들었다. 양과는 한옥 침상에서 내공을 쌓았기 때문에 이 정도 추위쯤은 아무렇지도 않았지만, 녹악은 온몸을 덜덜 떨면서 양과의 품으로 파고들었다. 양과는 그녀가 추울까 봐 왼팔에 힘을 주어 더욱 바짝 끌어안았다. 죽음을 앞에 두고 있으니 녹악의 마음이 분명 슬프고 무서울 거라는 생각이 들어 양과는 우스갯소리라도 하며 그녀의 마음을 조금이나마 풀어주고 싶었다. 그러나 보이는 것이라고는 예리한 이빨을 드러내고 먹이를 다투며 몸부림치는 악어 떼뿐이니 자신도 무섭기는 마찬가지였다.

"공손 낭자, 오늘 죽으면 내세에는 무엇으로 태어나고 싶으세요? 저는 이런 못생긴 악어라면 차라리 태어나지 않을 겁니다."

"양 대형은 한 송이 수선화로 태어나세요. 예쁘고 향기롭고 모두가 사랑하는 꽃으로요."

"수선화는 낭자 같은 분에게나 어울리겠지요. 전 아마 수세미꽃이 아니면 잡초가 더 어울릴 거예요."

"염라대왕이 정화로 태어나게 해준다면 그렇게 하시겠어요?"

양과는 잠시 입을 다물었다.

'나와 선자가 합심해서 옥녀소심검법을 쓸 때 곡주 놈은 상대가 되지 않았어. 그놈이 땅에 엎드려 용서를 구할 때 마음이 약해져서 살려준 것이 후회스럽군. 그리고 고묘로 돌아가는 생각을 섣불리 해서 정화 독을 발작시킨 게 잘못이었어. 아, 모두 하늘의 뜻이니 어쩔 수 없는 노릇이지. 지금 선자는 무얼 하고 계실까?'

소용녀를 생각하니 또다시 통증이 밀려왔다. 양과가 대답이 없자 녹악은 정화 이야기를 괜히 꺼냈다 싶어 급히 말을 돌렸다.

"양 대형은 악어가 보이세요? 전 눈앞이 캄캄한 게 아무것도 안 보여요."

"악어는 아주아주 못생긴 동물이니 안 보는 게 나아요."

양과는 웃으며 녹악의 마음을 위로하려고 어깨를 가볍게 두드렸다. 아까는 부드러운 살이 닿아도 아무 생각이 나지 않았는데 그제야 그녀가 약방에서 옷을 벗어 속옷밖에 입지 않았다는 사실이 생각났다. 어깨와 목이 천 조각 하나 없이 그대로 드러나 있었다. 양과는 자신도 모르게 흠칫 놀라 "이런!" 하며 뒤로 물러났다.

양과는 조금 멀리 떨어져 앉으면서 장포를 벗어 걸쳐주었다. 장포를 벗으면서 소용녀 생각뿐 아니라 자신에게 이 옷을 만들어준 정영과 자신을 대신해서 죽으려 한 육무쌍을 생각했다. 이런 미녀들의 깊은 은혜를 입고도 제대로 보답조차 하지 못했다는 생각이 들자 절로 긴 한숨이 나왔다.

녹악은 소매에 팔을 끼고 허리띠를 묶다가 장포 주머니 속에 든 작은 꾸러미를 꺼냈다.

"이게 뭐예요?"

양과는 묵직한 꾸러미를 받아 들고 오히려 반문했다.

"이게 뭡니까?"

"양 대형 주머니 속에 있던 물건인데 왜 저한테 물으세요?"

녹악이 웃으며 힐책했다. 그것은 거친 베로 싼 작은 꾸러미였는데 양과는 처음 보는 것이었다. 열어보니 눈앞이 갑자기 환해지면서 네 가지 물건이 보였다. 그중 하나는 작은 비수였는데, 그 칼자루에 박혀 있는 용의 눈 크기만 한 진주가 부드럽고 밝은 빛을 발했다. 그것을 들어 녹악의 아름다운 얼굴을 비춰보며 생각했다.

'세상에 야명주夜明珠라는 보물이 있어서 밤에 스스로 빛을 발한다고 하더니 이것이 바로 그것이로구나.'

"어머!"

그때 녹악이 비명을 지르더니 꾸러미에서 비취로 된 작은 병을 집어 들었다.

"이게 절정단이에요."

"이게 정화의 독을 치료한다는 단약이라고요?"

녹악은 병을 흔들어보고 병 속이 가득 차 있는 걸 확인한 후 기뻐서 소리 질렀다.

"그래요. 약방에서 아무리 찾아도 없더니 어째서 양 대형 주머니 속에 있는 거죠? 어떻게 된 거예요? 이게 절정단인지 모르고 있었군요, 그렇죠?"

녹악은 너무 기뻐서 대답할 틈도 주지 않고 쉴 새 없이 재잘거렸다. 양과는 머리를 긁적였다.

"전혀 몰랐어요. 이 단약이 어째서 내 주머니에 있는 거죠? 정말 이상한 일이네요."

녹악은 야명주를 비추어 다른 물건들도 확인했다. 작은 꾸러미 안에는 비수와 절정단이 담긴 비취병 외에도 7~8치 정도의 네모난 양피와 반 토막 난 영지가 들어 있었다. 녹악은 그제야 영문을 알았다.

"이 토막 난 영지는 노완동 주백통이 잘라낸 거예요."

"주백통이라고요?"

"그래요. 이 영지는 원래 영지방에 있던 백옥 화분에서 기르던 거예요. 지난번에 주백통이 와서는 서방, 검방, 약방, 영지방에서 소란을 피웠어요. 책을 훼손하고 검을 훔치고 단로를 차고 영지를 꺾어버렸잖아요. 결국 그분이 좋은 일을 한 셈이네요."

양과는 그제야 깨달았다.

"맞아요, 맞아!"

"뭐가요?"

"이 작은 꾸러미는 선배님이 주신 거예요."

양과는 주백통이 자신을 도우려는 마음이었다는 것을 알고 '노완동'이라는 호칭을 '선배님'으로 바꾸었다. 녹악도 어느 정도 짐작이 되었다.

"그분이 양 대형께 주신 거로군요."

"아니오. 그 무렵 선배님께서는 장난을 워낙 좋아하시고 예측할 수 없는 괴이한 행동을 하시죠. 그분은 내 인피 가면과 가위를 몰래 훔치고 대신 이 꾸러미를 주머니에 넣어놓은 거예요. 저는 전혀 몰랐지 뭐예요. 정말 그 노인네의 능력은 대단합니다."

"맞아요. 아버지가 그분이 중요한 물건들을 훔쳐갔다고 하면서 잡아두셨어요. 그런데 모두가 보는 앞에서 옷을 벗었는데도 아무것도 발견하지 못했잖아요."

"홀딱 벗고 곡주를 속인 셈이군요. 물건들은 이미 내 주머니에 넣어두고 말이죠."

녹악은 비취병의 옥 마개를 뽑고 왼손을 둥글게 오므린 후 병을 기울였다. 병에서 검은색의 네모반듯하고 비린내가 강한 단약이 한 알 나왔다. 일반적으로 단약은 삼키기 편하게 원형으로 되어 있는데 이 절정단은 이상하게도 사각형 모양이었다.

양과는 녹악의 손에서 단약을 받아 들고는 자세히 살펴보았다. 녹악은 병을 다시 손바닥에 대고 몇 번 더 흔들었다.

"없어요. 이 한 알밖에. 얼른 드세요. 혹시 연못에 떨어지기라도 하면 큰일이에요."

한 알밖에 없다는 말을 듣고 양과는 아연실색했다.

"이 한 알밖에 없다고요? 아버지가 더 가지고 있나요?"

"한 알밖에 없기 때문에 귀한 거예요. 더 있었다면 아버지가 왜 그렇게 화를 냈겠어요?"

"우리 선자도 온몸에 정화 가시가 찔렸는데, 그렇다면 아버지도 구할 방법이 없단 말이군요?"

양과의 목소리가 떨리고 있었다.

"대사형의 말에 의하면 원래는 절정단이 아주 많았는데 나중에 어찌 된 영문인지 한 알밖에 남지 않았다고 하더군요. 이 단약은 만들기가 아주 어렵다고 해요. 그래서 대사형이 절대 정화의 극독을 조심해야 한다고 당부했어요. 살짝 찔리기만 하면 며칠 뒤 저절로 낫지만, 독이 깊으면 아버지라도 어쩔 수 없어요. 한 알에 한 사람밖에 치료할 수 없거든요."

양과는 단약을 다시 병에 집어넣었다. 양과의 마음을 알아차린 녹악은 가볍게 한숨을 내뱉었다.

"양 대형, 제가 절정단을 가지고 올라가서 용 낭자를 구해주기만을 바라시죠? 용 낭자를 그리도 사랑하시니 아버지도 결국 뉘우치지 않으시겠어요."

양과는 속마음을 들켜버리자 겸연쩍게 웃었다.

"이리도 마음이 고운 낭자께서 여기서 죽으면 안 되죠. 선자의 목숨도 구할 수 있으면 좋겠어요. 제가 단약을 먹고 해독한다 해도 이곳에 갇혀 있는 이상 살기는 틀렸어요. 선자를 구하는 것이 더 낫겠지요."

'절세의 미인인 선자를 아내로 맞고 싶어 하는 것은 인지상정이다. 하나 곡주는 선자가 혼인하려 하지 않자 검방에 함정을 파놓고 죽이려고 했어. 참으로 악독한 자야. 하나밖에 없는 절정단을 도둑맞아 선자의 정화 독을 풀 방법이 없다는 것을 알면서도 여전히 억지로 혼인을 강행하다니, 차라리 이 연못의 악어가 곡주보다 훨씬 낫구나.'

녹악은 어떤 말을 해도 양과가 단약을 먹지 않자 단약이 한 알밖에 없다고 말한 것을 후회했다.

"영지는 해독 기능은 없지만 몸의 기를 강하게 만들어줘요. 이거라도 드세요."

"그러죠."

양과는 반 조각난 영지를 다시 두 개로 나누어 하나는 자신이 먹고 나머지는 녹악에게 주었다.

"부친께서 언제 구해줄지 모르니 이걸 먹고 추위를 이겨내세요."

녹악은 차마 거절하지 못하고 받아먹었다. 이 영지는 수백 년 동안 기른 것이라 먹자마자 온몸에 따뜻한 기운이 가득 퍼졌다. 그리고 정신도 또렷해지면서 머릿속이 맑아졌다.

"주백통이 절정단을 훔쳐간 걸 아버지는 알고 있었어요. 그렇다면 양 대형을 고쳐주겠다는 미끼를 던져 용 낭자를 데려간 것도, 저에게 단약을 내놓으라고 호통을 친 것도 모두 거짓이었군요."

이는 양과도 이미 알고 있는 사실이었지만 녹악이 상심해할까 봐 차마 말하지 못한 부분이었다.

"아버지께서 만약 살려주시면 매사에 조심해야 합니다. 절정곡에서 도망가는 것이 최선일 것 같네요."

"아, 아버지를 모르셔서 하는 말씀이에요. 저를 이 연못에 빠뜨린 이상 절대 다시 살려주시지 않을 거예요. 원래 저를 멀리하셨는데 다시 살려주겠어요? 양 대형, 저와 함께 죽는 게 싫으세요?"

양과가 몇 마디 위로의 말을 건네려는 찰나 악어 한 마리가 천천히 바위로 기어올라왔다. 앞발은 이미 보따리에서 나온 양피에 닿아 있었다.

"이놈을 없애고, 양피에 어떤 비밀이 있는지 봅시다."

양과는 비수를 들고 악어의 두 다리를 찔렀다. 비수가 악어의 다리에 깊이 박혔다. 이 비수는 돌도 자를 만큼 예리했다. 악어는 몇 번 몸부림을 치더니 못에 풍덩 빠져 배를 드러내고 죽었다.

"비수가 우리 손에 있는 이상 이 못의 악어들도 운이 다한 것 같네요."

양과는 왼손으로는 양피를 집고, 오른손으로는 비수의 칼자루를 가까이 가져가서 야명주의 희미한 불빛으로 살펴보았다. 양피는 표면이 거칠었고 별다른 점이 없었다. 뒤집어보니 산, 돌, 집 등이 가득 그려진 그림이 나왔다. 자세히 살펴보았으나 별다른 점은 없어 보였다.

"이 양피는 별거 아니네요."

그러나 옆에서 줄곧 지켜보던 녹악이 갑자기 소리쳤다.

"이건 우리 절정곡의 지세와 집들을 그린 거예요. 보세요. 이곳이 양 대형이 들어온 계곡이고, 이곳이 대청, 이곳이 검실, 그리고 이곳이 영지방, 이곳은 약방이잖아요."

녹악은 손으로 도형을 가리키며 설명했다. 그때 양과가 갑자기 펄쩍 뛰며 놀라워했다.

"그렇군요, 여길 봐요."

양과는 약방 아래 그려진 물줄기를 가리켰다.

"이곳이 바로 연못이네요. 그리고…… 여기에 통로가 있어요."

과연 연못 옆에 통로가 그려져 있었다. 두 사람은 정신이 번쩍 들었다.

"만약 여기에 그려진 그림이 사실이라면 연못은 깊은 지하에 위치한 것인데, 통로가 그 아래에 있네요. 대체 어디로 통하는 것일까요?"

그림의 통로는 양피의 끝에서 끊어져 어디로 이어지는지 알 수 없었다.

"이 연못에 대해 아버지나 대사형이 말해준 적은 없습니까?"

"약방 아래에 이렇게 무시무시한 곳이 숨어 있는지는 정말 몰랐어요. 대사형도 아마 모르고 있을 거예요. 하지만 이렇게 많은 악어를 기르려면 자주 음식을 줘야 할 텐데, 아버지는 대체 어떻게……."

녹악은 부친의 음험함을 생각하며 자신도 모르게 온몸을 부르르 떨었다. 양과는 주위를 살펴보았다. 바위 뒤에 통로의 입구 같은 검은 공간이 있었으나 너무 멀어서 자세히 보이지는 않았다.

'정말 통로라 하더라도 그 안에 무슨 괴물이 숨어 있는지 알 수가 없다. 여기보다 더 위험할지도 모르지. 하지만 이렇게 앉아서 죽을 수는 없는 일. 어차피 죽을 바에야 몸부림이라도 쳐봐야겠다. 공손 낭자를 이곳에서 내보내고, 절정단을 선자에게 줄 수만 있다면 얼마나 좋을까?'

양과는 비수를 녹악의 손에 들려주었다.

"내가 가서 살펴볼 테니 악어를 조심하세요."

양과는 바위에서 왼발을 굴러 몸을 날렸다. 그는 오른발로 죽은 악어의 배를 딛고 사뿐히 뛰어올라 다시 왼발로 악어의 등을 디뎠다. 악어가 물속으로 가라앉기 전에 양과는 건너편으로 몸을 날려 바위 벽에 몸을 붙였다.

"정말 여기에 동굴이 있어요!"

녹악은 경공이 부족해 절대 양과처럼 뛰어갈 수 없었다. 양과는 업고 가고 싶었지만 두 사람의 무게로는 몸을 날릴 수가 없고, 악어도 무게를 지탱하지 못할 터였다. 이렇게 된 이상 끝까지 모험을 해보는 수밖에 없었다.

"공손 낭자, 장포를 물에 적셔서 던지세요."

녹악은 영문도 모른 채 일단 장포를 벗어서 물에 적시고는 둥글게 말았다.

"받으세요!"

녹악은 힘껏 양과를 향해 던졌다. 양과는 장포를 받아 들고 매듭을 푼 후 발을 디딜 곳을 찾았다. 그러고는 왼손으로 툭 튀어나온 절벽 모서리를 꼭 잡고 오른손으로 젖은 장포를 흔들었다.

"이 소리를 잘 들으세요."

양과가 팔목을 꺾어서 장포를 앞으로 내리치자 퍽, 하는 소리가 났다. 그는 연이어 세 번을 내리친 후 소리쳤다.

"동굴이 있는 위치를 알겠어요?"

녹악은 소리를 통해 위치를 어림잡았다.

"알겠어요."

"내가 장포를 던질 테니 잡으세요. 그럼 끌어줄게요."

녹악은 두 눈을 최대한 크게 뜨고 앞을 보았으나 보이는 것이라고는 컴컴한 암흑뿐이었다.

"전 못 해요, 전……."

"걱정 마세요. 장포를 못 잡고 못에 떨어져도 제가 뛰어가서 구해줄게요. 이제 악어는 걱정하지 마세요. 쇠도 자를 수 있는 비수가 있잖아요."

양과는 휙 장포를 던졌다. 공손녹악은 이를 악물고 두 발로 바위를 딛고 서서 장포가 허공을 가르는 소리를 듣고 두 손을 뻗었다. 다행히 오른손으로 아랫자락을 간신히 붙잡았으나 왼손은 허공을 치고 말았다. 양과는 장포를 잡은 손이 묵직해지자 즉시 끌어당겼다. 그는 녹악이 발을 헛디딜까 봐 장포를 끌어당기면서도 동시에 몸을 날려 녹악의 허리를 살짝 받쳐주었다. 녹악은 안전하게 동굴에 착지했다.

"해냈어요. 정말 좋은 생각이었어요."

녹악이 기뻐 소리쳤다.

"이 동굴에 또 무슨 괴물이 살고 있을지 몰라요. 우린 그저 운명을 하늘에 맡기는 수밖에 없어요."

양과는 웃으며 말하고는 먼저 허리를 굽혀 동굴로 들어갔다. 녹악은 비수를 양과에게 건네준 후 장포를 받아서 몸에 걸쳤다.

동굴은 아주 좁아서 두 사람이 무릎으로 기어가야 겨우 지나갈 수 있었다. 연못 주변이 습해서 동굴 안에도 물기가 뚝뚝 떨어지고 역한 비린내가 심하게 풍겼다. 양과는 그런 곳을 기어가면서도 농담을 건

냈다.

"오늘 아침에는 햇빛 아래에서 함께 정화를 보고 수려한 산세와 새가 지저귀는 소리에 취해 있었는데, 몇 시진 만에 이런 곳으로 떨어지게 됐네요. 정말 제가 낭자를 너무 힘들게 만들었군요."

"그게 어디 양 대형 탓인가요?"

한참을 기어가니 동굴이 점차 넓어지면서 서서 갈 수 있을 정도가 되었다. 다시 한참을 걸어갔으나 도무지 끝이 보이지 않는 길이 평평하게 이어졌다.

"하하, 고생 끝에 낙이 오는군요."

"양 대형, 억지로 저를 웃기려고 안 하셔도……."

"하하하 하하핫!"

녹악의 말이 끝나기도 전에 앞쪽에서 돌연 큰 웃음소리가 울려 퍼졌다. 마치 호랑이가 울부짖는 듯한 웅장한 웃음소리 뒤에 처량함과 비애가 묻어 있었다. 웃는 것인지 우는 것인지 모를 괴이한 소리가 갑자기 칠흑같이 어두운 동굴에 울려 퍼지니 사나운 맹수나 괴물을 만난 것보다 더욱 모골이 송연해졌다. 제아무리 간이 큰 양과도 이 소리를 듣고 너무 놀란 나머지 머리를 동굴 천장에 찧고 말았다. 양과가 이러할진대 녹악은 어떻겠는가. 그녀는 식은땀이 흘러내리고 온몸의 털이 쭈뼛 일어섰다. 곧 그녀는 양과의 품으로 달려들어 목을 부둥켜안았다. 두 사람은 그대로 앞으로 가야 할지 뒤로 도망쳐야 할지 판단할 수가 없었다.

"귀신일까요?"

녹악이 소리를 죽여 말했다. 아주 낮은 소리였지만 왼쪽에서 괴기스러운 목소리가 들렸다.

"맞다, 난 귀신이다. 난 귀신이야. 하하, 하하!"

녹악은 두 손으로 양과의 목을 꽉 껴안았다. 양과도 팔로 그녀의 허리를 안고 다독여주었다.

'스스로 귀신이라고 하는 걸 보니 귀신은 아니로군.'

"전 양과라고 합니다. 공손 낭자와 어려움에 처해 있어 이곳을 벗어나려고 하는 것이지 무슨 나쁜 뜻으로 여기 온 것은 아닙니다."

"공손 낭자? 공손 낭자라니?"

"공손곡주의 딸인 공손녹악 말입니다."

그러자 동굴에 침묵이 흘렀다. 마치 방금 있었던 사람이 흔적도 없이 사라져버린 것 같았다. 이미 겁에 잔뜩 질려 있던 두 사람은 갑자기 아무 소리도 나지 않자 더 큰 공포에 사로잡혀 서로 꼭 붙어서 한마디도 하지 못했다. 말은커녕 움직일 수조차 없었다. 녹악은 양과를 안고 바들바들 떨었다.

한참 뒤 호통이 터져 나왔다.

"공손곡주라면 공손지를 말하는 것이냐?"

분노에 가득 찬 여자의 목소리였다. 녹악이 가까스로 용기를 내어 대답했다.

"아버지는 외자인 지止 자를 쓰십니다. 노 선배님께서는 아버지를 아십니까?"

"흥, 그자를 아느냐고? 흐흐, 내가 그자를 아느냐고?"

잠시 뒤 다시 벼락같은 목소리가 들렸다.

"네 이름이 무엇이냐?"

"전 녹악입니다. 푸를 녹綠 자에 꽃받침 악萼 자를 씁니다."

"몇 년, 몇 월, 몇 시 생이냐?"

녹악은 이것을 알려주면 무슨 요술로 해를 가하지는 않을까 걱정이 되어 양과의 귀에 대고 소곤거렸다.

"말해야 될까요?"

양과가 대답도 하기 전에 다시 저편에서 냉소 가득한 목소리가 들렸다.

"갑신년 이월 초삼일 술시戌時 생 맞지?"

녹악은 깜짝 놀랐다.

"어…… 어떻게 아세요?"

녹악은 갑자기 뭐라고 설명할 수 없는 이상한 느낌에 휩싸였다. 그리고 그 괴인이 결코 자신을 해치지는 않을 거라는 확신이 들었다. 그녀는 양과의 품에서 벗어나 앞으로 달려 나갔다. 모퉁이를 두 번 돌자 눈앞이 환해지면서 반라半裸의 왜소한 노파가 앉아 있는 것이 보였다. 엄숙한 얼굴에 위엄이 가득한 모습이었다. 녹악은 비명을 지르며 얼어붙은 듯 그 자리에서 꼼짝도 하지 못했다. 양과는 녹악에게 무슨 일이 생길까 봐 얼른 그 뒤를 바짝 따랐다.

노파가 앉아 있는 곳은 끝이 보이지 않을 정도로 깊숙한 천연 석굴이었다. 그 위로 한 장 정도 크기의 구멍이 뚫려 있어 그곳으로 햇빛이 비쳤다. 아마도 노파는 실수로 이 구멍으로 떨어진 후 나가지 못하는 것 같았다. 어떻게 이런 높이에서 떨어졌는데도 살 수 있었는지 놀라울 따름이었다. 노파는 나뭇잎으로 몸을 가리고 있었다. 아마도 석굴에 너무 오래 있어서인지 옷이 다 해진 모양이었다.

노파는 양과는 본체만체하고 녹악을 아래위로 훑어보더니 처량하게 한 번 웃었다.

"참 많이 컸구나."

녹악도 같이 웃어 보이고는 한 걸음 다가가서 예를 갖추었다.

"노 선배님, 인사드립니다."

그러자 노파는 앙천대소를 하더니 예의 그 웃는 듯 우는 듯 알 수 없는 소리로 말했다.

"노 선배님이라고? 하하, 좋다, 좋아. 하하!"

노파의 얼굴에 점점 노기가 피어올랐다. 녹악은 자신의 말이 왜 노파의 비위를 건드렸는지 알 수 없어 그저 당황스럽고 무서워 도와달라는 눈빛으로 양과를 쳐다보았다. 양과는 노파가 석굴에서 너무 오래 있어서 미쳐버렸다고 생각해 상대하지 말라는 뜻으로 녹악에게 고개를 흔들어 보였다.

양과는 주변 지세를 살피며 어떻게 하면 빠져나갈까를 궁리했다. 석굴의 구멍이 아무리 높다 하더라도 자신의 경공이라면 빠져나갈 수 있을 듯했다. 그러나 녹악은 여전히 노파를 바라보고 있었다. 머리는 빠져서 성글고 얼굴은 주름살로 가득했지만 두 눈만은 반짝이며 빛을 발했다.

노파도 줄곧 녹악을 주시했다. 두 사람은 이렇게 서로를 바라보며 양과의 존재를 까마득히 잊어버린 듯했다. 잠시 뒤 노파가 입을 열었다.

"올해 나이가 몇이냐?"

"열여덟입니다."

"벌써 열여덟이구나. 왼쪽 허리에 붉은 점이 있지?"

녹악은 다시 한번 놀랐다.

'내 몸의 붉은 점은 아버지도 모르시는데, 지하 깊숙이 있는 노파가 어떻게 알지? 내 생년월일도 알고 있고…… 분명 우리 집과 깊은 관계가 있는 사람일 거야.'

녹악은 부드럽게 물어보았다.

"할머님, 분명 저희 아버지를 아시고 돌아가신 어머니도 아시죠? 그렇죠?"

노파는 순간 당황하는 기색이 역력했다.

"돌아가신 어머니라고? 하하, 물론 알다마다."

노파의 음성이 갑자기 엄해졌다.

"네 허리에 붉은 점이 있느냐 없느냐? 어서 내보여라. 만약 거짓이라면 바로 저승으로 보낼 것이다."

녹악은 양과를 한 번 쳐다보며 얼굴이 발갛게 달아올랐다. 양과는 급히 고개를 돌리고 등을 지고 섰다. 녹악은 장포를 풀고 속옷도 풀어서 눈처럼 하얀 허리를 드러냈다. 과연 엄지손가락만 한 붉은 점이 하얀 피부 위에 선명하게 새겨져 있었다. 마치 하얀 눈 속에 핀 붉은 매화처럼 아주 귀여워 보였다. 노파는 그 점을 한 번 보더니 온몸을 부르르 떨고 눈물이 그렁그렁 맺히며 두 손을 벌렸다.

"내 사랑하는 딸아, 어미는 네가 너무 보고 싶었단다."

녹악은 그런 노파를 바라보며 반사적으로 품으로 달려들어 울면서 어머니를 불렀다.

"어머니! 어머니!"

양과는 두 사람의 말을 듣고 깜짝 놀라 뒤를 돌아보았다. 두 사람이 서로를 부둥켜안고 눈물을 흘렸다.

'설마 이 노파가 공손 낭자의 어머니란 말인가?'

그때 노파가 돌연 두 눈을 치켜뜨며 얼굴에 살기를 가득 드러냈다. 공손곡주가 적을 공격할 때의 그 표정이었다. 양과는 노파가 녹악을 해칠까 봐 얼른 달려 나갔다. 그러나 노파는 녹악의 어깨를 가볍게 한 번 밀치더니 차갑게 말했다.

"물어볼 게 있다."

녹악은 의아한 표정을 지으며 어머니 품에서 떨어졌다.

"어머니!"

"공손지가 너를 왜 보냈느냐? 무슨 교묘한 말로 나를 속이려고 그러는 거지?"

"어머니, 살아 계셨군요. 어머니!"

녹악의 얼굴에는 기쁨과 슬픔이 동시에 나타났다. 그녀의 사무친 정에 어찌 조금이라도 거짓이 있을 수 있겠는가. 그러나 노파는 여전히 무섭게 다그쳤다.

"공손지가 나를 죽었다고 했느냐?"

"전 10년이 넘게 어머니가 돌아가신 줄로만 알았어요. 그런데 어머니가 이렇게 살아 계셨군요. 전 너무 기뻐요."

"이자는 누구냐? 왜 이자를 데리고 온 거냐?"

"어머니, 제 말을 들어보세요."

녹악은 양과가 어떻게 절정곡에 들어왔고 정화 독에 당했는지, 또 어떻게 두 사람이 연못에 떨어졌는지를 이야기해주었다. 그러나 모친이 화를 낼까 봐 공손곡주가 소용녀와 혼인하려 한다는 말은 하지 않았다.

노파는 이해가 되지 않는 부분을 다시 세세하게 물었고, 녹악은 소용녀의 일만 빼놓고 모두 사실대로 이야기했다. 노파의 표정은 점점 편안해졌고 양과를 바라보는 눈빛도 부드러워졌다. 녹악이 양과가 어떻게 악어를 죽이고 자신을 보호해주었는지를 이야기하자 노파는 연신 고개를 끄덕였다.

"잘했다, 잘했어! 내 딸이 너에게 반한 것도 무리가 아니다."

녹악은 얼굴이 발개져서 고개를 들지 못했다.

양과는 지난 얘기를 하고 있을 때가 아니라는 생각이 들었다.

"공손 백모님, 먼저 어떻게 여기를 빠져나갈 건지부터 의논해야 할 것 같습니다."

그러자 노파는 낯빛이 흐려지더니 호통을 쳤다.

"공손 백모라니? 공손 백모라는 말은 앞으로 절대 입 밖에 내지 마라. 내가 힘없는 노파처럼 보여도 너 하나 죽이는 것은 식은 죽 먹기다."

노파가 순간 뭔가를 날리자 쨍, 하며 양과가 들고 있던 비수에 맞았다. 양과는 손과 팔에 극심한 통증을 느끼며 비수를 떨어뜨렸다. 깜짝 놀라 뒤로 물러나 보니 비수 옆에 대추씨가 떨어져 있었다.

'금륜국사의 금륜, 달이파의 금강저, 공손곡주의 금도로도 나의 검을 떨어뜨리지 못했다. 그런데 노파는 대추씨 하나로 무기를 떨어뜨렸어. 내가 아무리 방비를 하지 않았어도 그렇지……. 이 노파의 무공은 참으로 알 수가 없구나.'

녹악은 양과의 안색이 변하는 것을 보고 황급히 어머니를 변호했다.

"양 대형, 어머니는 절대 양 대형을 해하지 않을 거예요."

그리고 또 노파에게 말했다.

"어머니, 어떻게 부를지 그냥 가르쳐주시면 되잖아요. 양 대형이 잘 알지 못해서 그런 것이니 용서해주세요."

노파는 음험하게 웃었다.

"좋다. 강호에서는 나를 철장연화鐵掌蓮花 구천척裘千尺이라고 부른다. 네가 나를 어떻게 불러야 하냐고? 흐흐, 절 한 번 꾸벅하고 장모님이 라고 하면 되지 않느냐?"

"어머니, 양 대형과 전 아무 사이도 아니에요. 양 대형은 저에게 그 저 호의로 대해주실 뿐 다른 감정은 전혀 없어요."

"흥! 아무 사이도 아니라고? 다른 감정은 없다고? 그럼 네 옷은? 왜 속옷만 입고 저 녀석의 장포를 걸치고 있느냐?"

노파는 돌연 목소리를 높이며 버럭 화를 냈다.

"저 양가 놈은 공손지의 뻔뻔함을 배운 모양이로구나. 죽어도 땅에 묻지도 못하게 만들어줄 것이다. 양가 놈아, 내 딸과 결혼을 하겠느냐 말겠느냐?"

양과는 노파가 말도 안 되는 헛소리를 늘어놓으며 딸과 결혼하라고 윽박지르자 어이가 없었다. 하지만 녹악이 난처해할까 봐 일언지하에 거절할 수도 없었다. 게다가 노파는 무공도 높고 성격도 괴팍하니 자 칫 조금이라도 실수하면 그 자리에서 죽을지도 모를 일이었다. 먼저 벗어날 방법을 찾는 것이 급선무라고 생각했다.

"노 선배님, 안심하십시오. 공손 낭자는 제 목숨을 구해준 은인입니 다. 전 결코 양심 없는 사람이 아니니 그 은혜는 평생 잊지 않을 것입니다."

녹악을 아내로 맞겠다고 말하지는 않았지만 구천척은 아주 흡족한 표정을 지었다.

"그럼 됐다."

그러나 녹악은 양과의 마음을 알아차리고 원망 섞인 눈길로 한 번 쳐다보고는 고개를 숙였다. 잠시 뒤 구천척에게 말했다.

"어머니, 어째서 여기로 떨어지신 거예요? 아버지는 왜 어머니가 돌아가셨다고 말해서 10년 동안 제 마음을 아프게 한 거죠? 만약 어머니가 여기 계신다는 걸 알았다면 목숨을 걸고라도 구하러 왔을 거예요."

녹악은 아무것도 걸치지 않은 어머니의 상반신을 양과의 장포로 덮어주고 싶었으나, 자신도 거의 벗은 상태라 장포의 앞뒤 옷섶을 잘라서 어깨에 둘러주었다.

양과는 정영이 만들어주고 소용녀가 기워준 장포가 찢기자 슬펐다. 그러자 정화의 독이 다시 발작하여 온몸에 극심한 통증이 밀려들었다. 구천척은 이것을 보고 오른손을 떨며 품속에 넣고 뭔가를 꺼내려고 하다가 생각이 바뀐 듯 그냥 빈손을 꺼냈다.

녹악은 모친의 표정과 행동을 보고 눈치를 챘다.

"어머니, 양 대형은 정화 독에 당했어요. 구해주실 수 있는 거죠?"

"여기에 떨어져서 내 몸 하나 건사하지 못하고 있다. 아무도 나를 도와줄 수 없는데 어찌 누구를 도울 수 있겠느냐?"

"어머니, 양 대형을 구해주시면 대형도 분명 어머니를 구해드릴 거예요. 어머니가 구해주지 않더라도 양 대형은 전력을 다해 어머니를 도울 거예요. 그렇죠, 양 대형?"

양과는 이 괴상망측한 노파를 전혀 좋아하지 않았으나 녹악을 봐서라도 당연히 전력을 다해 구해줄 생각이었다.

"물론이지요. 노 선배님은 여기에 오래 계셨으니 이곳 지형에 밝으실 겁니다. 하나하나 말씀해주시겠습니까?"

구천척은 땅이 꺼져라 한숨을 내쉬었다.

"여기는 지하 깊은 곳에 있지만 나가기는 별로 어렵지 않지."

구천척은 양과를 한 번 바라보았다.

"나가기 어렵지 않다면 왜 이곳에 있냐고 생각하고 있는 거지? 난 손과 발의 힘줄이 다 잘려나가서 무공을 모두 잃었기 때문이야."

양과는 벌써 손발의 움직임이 이상하다는 것을 알아챘으나 녹악은 이 말을 듣고 깜짝 놀랐다.

"위에서 떨어지면서 다친 거예요?"

"아니다. 누군가 나를 해친 것이다."

녹악은 놀라서 목소리가 떨렸다.

"어머니, 누가 해친 거죠? 저희가 찾아가서 복수할게요."

구천척은 냉소를 지었다.

"복수라고? 네가 할 수 있을 것 같으냐? 내 손발의 힘줄을 끊은 것은 공손지다."

녹악은 눈앞에 있는 사람이 어머니라는 사실을 안 뒤부터 어렴풋이 이런 예감을 하고 있었다. 그러나 어머니 입에서 이런 말이 나오자 온몸이 떨려왔다.

"왜…… 왜 그런 거죠?"

구천척은 양과를 한 번 훑어보았다.

"이유는 단 하나. 내가 사람을 죽였기 때문이지. 젊고 아름다운 여자를, 바로 공손지가 아끼는 여인을 죽였기 때문이다."

구천척은 이를 바득바득 갈았다. 녹악은 돌연 무서운 생각이 들어 어머니에게서 조금 떨어져 양과 쪽으로 다가갔다. 순간 석굴에 이상한 정적이 흘렀다.

"배고프냐? 이 석굴에는 배를 채울 것이 대추밖에 없다."

구천척은 사지를 땅에 붙이고 아주 민첩하게 짐승처럼 기어올라갔다. 녹악과 양과는 구천척의 그 모습이 처량하고 불쌍해 보였다. 그러나 구천척은 10여 년 넘게 이렇게 행동하는 것이 익숙해서 전혀 신경 쓰지 않았다. 녹악이 도와주려고 했을 때 구천척은 이미 큰 대추나무가 있는 곳까지 기어올라가 있었다.

어느 해인가 바람이 대추나무를 흔들어 동굴 구멍에 대추 한 알을 떨어뜨렸다. 대추 한 알은 석굴의 흙에 뿌리를 내리고 자라서 꽃을 피웠다. 그러더니 그 주변에 크고 작은 나무가 무성하게 자라났다. 만약 대추 한 알이 떨어지지 않았더라면, 떨어졌더라도 나무로 자라나지 않았더라면 양과와 공손녹악이 이곳에 도착했을 때 이미 구천척은 해골이 되어 있었을 것이다. 누가 그 해골이 무림 고수의 것이라고 상상이나 할 수 있겠는가. 또 공손녹악이 그 해골을 친어머니라고 생각이나 했겠는가.

구천척은 대추씨를 집어 입에 넣은 후 위로 훅 하고 불었다. 대추씨는 위로 날아가 나뭇가지를 명중시켰다. 가지가 흔들리자 대추 수십 알이 비처럼 후드득 떨어졌다. 양과는 정신이 번쩍 들었다.

'손발의 힘줄이 끊어져서 입으로 대추씨를 부리는 법을 연마한 거로군. 정말 하늘이 무너져도 솟아날 구멍이 있다는 말이 맞구나.'

녹악은 대추를 주워서 어머니와 양과에게 주고 자신도 몇 알 먹었다. 지하 석굴에서조차 손님을 맞이하고 부모를 봉양하는 반듯한 몸가짐을 잊지 않은 것이다.

구천척은 비참한 운명으로 전락한 후, 10여 년 동안 증오와 한을 키워왔다. 원래 천성이 포악하지만 제아무리 온화한 사람이라 할지라도 그런 상황에 처하면 성격이 비뚤어지게 마련일 것이다. 그러나 모녀지간의 정은 천륜인지라 밤낮으로 그리워하던 딸이 이렇게 아름답고 성숙한 모습으로 나타나자 딸에 대한 사랑이 진하게 피어올랐다.

"공손지가 나에 대해 무슨 나쁜 말을 하더냐?"

"아버진 한 번도 어머니에 대해 말씀하신 적이 없어요. 어릴 때 제가 어머니를 닮았냐고 물어본 적이 있었어요. 그리고 어머니가 병으로 돌아가셨는지 여쭤보았죠. 그러자 아버지는 갑자기 불같이 화를 내면서 저를 혼내셨어요. 앞으로 다시는 그런 말을 꺼내지 말라면서요. 몇 년이 지나서 다시 여쭤봐도 정색을 하셨죠."

"그때 넌 무슨 생각을 했니?"

녹악은 금세 눈물을 글썽였다.

"줄곧 어머니는 너무나 아름답고 선한 분이라고 생각했어요. 아버지가 어머니를 너무 사랑해서 돌아가신 후 누가 어머니 얘기를 꺼내면 슬퍼하시는 거라고 생각하고 더 이상 묻지 않았어요."

구천척은 냉소를 지었다.

"지금 아주 실망했겠구나. 네 어미가 예쁘지도 착하지도 않고 오히려 흉악한 늙은 할멈이니 말이다. 이렇게 된 이상 나를 못 본 걸로 하는 게 좋겠다."

녹악은 두 팔을 벌려 어머니의 목을 끌어안았다.

"어머니는 제가 항상 그리던 모습 그대로예요."

녹악은 양과를 돌아보며 물었다.

"양 대형, 우리 어머니 고우시죠? 그렇죠? 저한테도 양 대형에게도 아주 잘해주시죠. 그렇죠?"

그녀는 진심으로 하는 말이었다. 그녀는 정말로 어머니가 세상에서 가장 훌륭한 여자라고 여기고 있는 듯했다.

'젊었을 때는 아름다웠을지 몰라도 지금은 뭐가 고와요? 낭자에게는 잘해줄지 몰라도 나한테는 아닌데요, 뭘.'

양과는 속마음을 차마 그대로 말할 수는 없었다.

"맞아요. 낭자 말이 맞아요."

그러나 녹악처럼 진심 어린 말투가 드러나지 않았는지 구천척은 금세 그런 양과의 속마음을 알아차렸다.

'하늘이 불쌍히 여겨 딸과 만나게 해주었다. 지금은 딸아이가 나를 좋아하고 있지만, 앞으로도 그럴지는 모르는 일이지. 내 한을 지금 말해야 한다.'

"녹악아, 내가 어떻게 이곳에 빠졌는지 물었지? 왜 공손지는 내가 죽었다고 말했는지를 물었지? 내가 모든 것을 말해주마."

구천척은 느릿느릿 말을 이었다.

"공손지의 조상은 당나라 관리였는데 후에 안녹산安祿山의 난을 피해 가솔을 이끌고 이 깊은 계곡으로 들어오게 되었단다. 그의 조상은 무관으로 공손지는 가문 대대로 전해지는 무예를 익혔다. 하지만 그가 익힌 상승 무공은 모두 내가 전해준 것인데 그는 나를 앞질렀지."

"아!"

양과와 녹악은 너무나 뜻밖이라 놀라며 동시에 소리를 질렀다.

"너희는 아직 어려서 무슨 말인지 이해하지 못할 거다. 철장방鐵掌幇 방주인 철장수상표鐵掌手上飄 구천인裘千仞은 나의 친오라버니다. 철장방의 내력을 아느냐?"

"철장방요? 저는 견문이 짧아 철장방에 대해서는 알지 못합니다."

이 말을 듣고 구천척이 벌컥 성을 냈다.

"이 녀석이 감히 거짓말을 해? 철장방은 천하에 명성이 자자하며 개방과 함께 2대 방회로 불리는데도 알지 못한단 말이냐?"

"개방이라면 들어본 적이 있습니다. 하지만 철장방은……."

"쯧쯧, 무예를 배웠다는 놈이 철장방도 모른다니……."

녹악은 모친이 화가 나서 귀까지 벌게지자 서둘러 말렸다.

"어머니, 양 대형은 아직 스무 살도 되지 않았어요. 어릴 때부터 깊은 산에서 사부와 무예를 익혀 무림에 대해서는 자세히 알지 못해요."

그러나 구천척은 딸의 만류에도 아랑곳하지 않고 연신 혀를 찼다. 20년 전, 철장방은 확실히 강호를 호령하는 대단한 방회였다. 그러나 제2차 화산논검대회에서 방주인 철장수상표 구천인이 불교에 귀의해 일등대사를 사부로 섬기면서 철장방은 와해되었다. 양과는 철장방이 와해되었을 당시 세상에 태어났고, 아무도 철장방의 얘기를 하지 않아서 전혀 몰랐던 것이다. 과거 양과의 어머니 목염자는 철장방의 본거지인 철장봉에서 양강에게 몸을 허락해 양과를 가졌다. 그러나 이런 사실을 전혀 모르는 양과는 구천척의 말이 맞는지 알 수가 없었다.

구천척은 절정곡에 은둔한 20여 년 동안 강호의 일은 전혀 듣지 못했고, 철장방은 수백 년 동안 명성을 떨쳤으니 지금은 더욱 번성했을 것이라 생각했다. 그녀는 자신의 둘째 오빠가 구천인이라는 것에 자부심이 대단했는데, 양과가 철장방이라는 말은 들어보지도 못했다고 하니 불같이 화를 낸 것이었다.

양과로서는 영문도 모르고 욕을 얻어먹은 셈이었다. 처음에는 꾹 참았지만 점점 말도 안 되는 소리를 하며 욕을 해대자 은근히 화가 치밀어 올랐다. 무슨 말이든 대꾸를 해야겠다는 생각에 고개를 들고 입을 열려는데 미안한 얼굴로 자신을 쳐다보고 있는 녹악과 눈이 마주치자 마음이 약해졌다. 양과는 어쩔 수 없이 화를 꾹 눌러 참았다.

'낭자 어머니가 심하게 욕을 할수록 낭자는 나에게 더욱 잘해주겠지. 노인네가 하는 잔소리는 한 귀로 듣고 흘리고, 미인의 따뜻한 눈빛만 마음에 담아둬야겠다.'

이런 생각을 하자 마음이 너그러워졌다. 그때 문득 이런 생각이 들었다.

'완안평 낭자의 무공이 공손지와 비슷하고 또 철장 무공을 익혔다고 했어. 분명 철장방과 관련이 있을 거야.'

눈을 감고 가만히 생각해보니 완안평이 야율제와 싸우면서 사용했던 권법과 도법이 7~8할 정도 생각났다. 또한 공손지와 싸운 것은 불과 몇 시진 전의 일이라 하나하나 선명하게 떠올랐다.

"아, 기억났습니다!"

양과가 돌연 소리를 질렀다.

"뭐가 말이냐?"

"3년 전, 무림 기인 한 분이 강호 고수 열여덟 명과 싸우는 것을 보았습니다. 맨손으로 열여덟 명이나 상대했는데 아홉 명은 중상을 입고 나머지 아홉 명은 죽었습니다. 그 무림 고수는 자신이 철장방이라고 했습니다."

"그 사람이 어떻게 생겼느냐?"

"예순 정도 되어 보였는데 머리가 벗겨졌고, 얼굴이 붉고 체격이 크고, 녹색 도포를 입고 있었습니다. 성이 구 뭐라고……."

"헛소리! 오빠 두 분 모두 머리도 안 벗겨졌고 체구도 작다. 그리고 녹색 옷은 한 번도 입지 않았어. 내 머리가 벗겨진 걸 보고 오빠 머리도 벗겨졌다고 말하는 것이지?"

'큰일 났다!'

양과는 속으로 아차 싶었지만 겉으로는 전혀 드러내지 않고 웃음을 지었다.

"성격도 급하시네요. 그분이 선배님 오빠라고 말한 적은 없습니다. 천하에 구씨 성을 가진 분이 선배님 오빠밖에 없겠습니까?"

양과의 조리 있는 말에 구천척은 할 말이 없었다.

"그럼 그 사람의 무공이 어떻더냐?"

양과는 일어서서 완안평의 권법을 시범 보이고 공손지의 신법, 장법까지 보여주었다. 하면 할수록 몸에 익어서 순식간에 석굴에는 매서운 장풍과 범 같은 권법이 날아다녔다. 초식을 제대로 흉내 냈는지는 모르겠으나 확실히 완안평의 장법보다 몇 배 더 고강한 무공을 선보였다. 완안평의 권법에는 허점이 아주 많았으나 양과는 순식간에 그

허점을 보안해 빈틈없는 무공을 전개했다. 한 장 한 장 뻗을수록 그 맹렬함이 배가되었다. 구천척은 크게 기뻐했다.

"녹악아, 녹악아, 이것이 바로 우리 철장의 무공이다. 자세히 보거라."

양과가 하나하나 무공을 시연할 때마다 구천척은 옆에서 동작을 설명하며 요점을 풀어주었다. 양과는 속으로 웃음을 금치 못했다.

'이대로 계속하다간 꼬리가 밟히겠군.'

양과는 시연을 멈추었다.

"여기까지 하다가 그 무림 고수가 이미 대승하여 더 이상 싸우지 않았습니다."

구천척은 아주 기뻐했다.

"잘못 기억하고 있는 초식이 많아. 손동작도 틀렸고. 하지만 이 정도 하기도 쉽지 않지. 앞으로 내 천천히 가르쳐주마. 한데 그 무림 고수의 이름은 무엇이냐? 무슨 이야기를 나누었느냐?"

"그 고수는 싸움에서 대승한 후 홀연히 떠나버렸습니다. 저는 그저 부상당한 아홉 명이 땅에 누워서 철장방의 구 어르신을 건드렸으니 스스로 죽음을 자초한 거라며 서로 원망하는 소리를 들었을 뿐입니다."

"맞다, 구씨라는 그 사람은 분명 오빠의 제자였을 거야."

그녀는 천성적으로 무공을 좋아했는데, 10여 년 동안 마음대로 손발을 쓰지 못하다가 양과가 본문의 무공을 펼치자 물고기가 물을 만난 것처럼 활기가 넘쳤다. 그래서 두 사람에게 철장문의 장법과 경공을 줄줄이 이야기해주었다.

양과는 어서 동굴을 나가서 절정단을 소용녀에게 줘야겠다는 생각뿐이었다. 구천척이 말하는 것은 상승 무공으로 들어두면 크게 도움이 될 터이나 소용녀가 당하고 있을 고통을 생각하니 무공 따위는 전혀 귀에 들어오지 않았다. 양과는 연신 녹악에게 눈짓을 보냈으나 녹악은 어머니의 내력을 묻느라 여념이 없었다.

"어머니, 근데 무공을 어떻게 아버지에게 전수해주신 거예요?"

"공손지라고 불러라. 아버지는 무슨 아버지냐?"

"그럴게요. 어머니, 계속 말씀하세요."

구천척은 생각만 해도 화가 치미는 듯 한참 동안 말을 잇지 못했다.

"그러니까 20년 전의 일이다. 내 두 오빠는 무슨 일로 사이가 틀어져서 서로 말다툼을 했지."

"외삼촌이 두 분이세요?"

"외삼촌을 모른단 말이냐?"

구천척의 음성이 무섭게 변하면서 나무라듯이 말했다.

"제가 어떻게 알겠어요?"

"그래, 아무도 너에게 말해주지 않았구나."

구천척은 긴 한숨을 내뱉었다.

"넌 정말 아무것도 모르는구나. 불쌍한 것, 불쌍한 내 딸."

구천척은 잠시 뒤에야 입을 열었다.

"네 외삼촌 두 분은 쌍둥이였다. 큰외삼촌은 구천장, 작은외삼촌은 구천인이지. 두 사람은 모습도 목소리도 완전히 똑같지만 성격과 기질은 완전히 달랐단다. 둘째 오빠는 무공이 아주 높았지만, 큰오빠는 그저 그랬지. 내 무공은 둘째 오빠가 전수해주었지만 큰오빠와 사이가 더 좋았어. 둘째 오빠는 철장의 방주라 일이 너무 많았고 무공을 연마하느라 나와 만날 시간이 없었거든. 무공을 전수해줄 때도 아주 엄하고 말수도 적었다. 하지만 큰오빠는 나를 퍽이나 귀여워해주었고 아주 정이 깊었단다. 나중에 큰오빠와 둘째 오빠가 싸울 때 난 자연히 큰오빠 편을 들었지.”

“어머니, 외삼촌들은 왜 싸우시게 된 거예요?”

구천척은 갑자기 얼굴에 웃음이 피어올랐다.

“크게 생각하자면 크고 또 작게 생각하면 아무것도 아닌 일이었지. 그저 둘째 오빠가 너무 고지식해서였어. 둘째 오빠가 방주가 된 후 철장수상표 구천인이라는 이름이 강호에 떠들썩하게 알려졌다. 하지만 큰오빠인 구천장의 이름을 아는 사람은 거의 없었지. 큰오빠는 밖에 나다닐 때 간혹 둘째 오빠의 이름을 쓰곤 했단다. 두 사람은 모습도 비슷한 데다 실제로 친형제간이니 이름쯤 빌려 쓴다고 뭐가 그리 큰일이겠느냐? 그러나 둘째 오빠는 자주 이 일로 투덜거리며 큰오빠가 사기 치고 다닌다고 했지. 큰오빠는 성격이 좋아서 둘째 오빠에게 욕을 얻어먹어도 그저 웃으며 미안하다고 했어.”

그녀의 말이 계속 이어졌다.

“하루는 둘째 오빠가 정말로 크게 화가 나서 큰오빠를 인정사정없이 몰아붙였지. 나는 참지 못하고 끼어들어 큰오빠 편을 들었어. 그래서 둘째 오빠와 말다툼을 벌이게 되었고, 화가 나서 철장봉을 떠난 후 다시는 돌아가지 않았지.”

구천척은 한숨을 내쉬었다.

“난 혼자서 강호를 돌아다녔어. 하루는 나쁜 놈을 추격하다가 나도 모르게 절정곡으로 들어오게 되었지. 그러다 전생의 업보로 공손지 그 사악한 놈과 만났어. 그리고 우리는 혼례를 치렀단다. 난 나이가 그놈보다 많고 무공도 강했어. 혼례를 치른 후 내 무공을 전수해줬을 뿐만 아니라 어느 것 하나 불편함 없이 보살펴주었지. 그놈 집안에서 내려 오는 무공인 폐혈도법이니 어망진, 음양도란인검법이니 하는 것들은 대단하긴 했지만 허점이 너무 많았어. 그래서 내가 연구해서 하나씩 보완해주었지."

구천척은 아랫입술을 지그시 깨물었다.

"한번은 엄청난 적이 쳐들어온 적도 있었단다. 내가 만약 목숨 걸고 물리치지 않았다면 절정곡은 이미 끝장났을 거야. 근데 그 개만도 못 한 놈이 은혜를 원수로 갚을지 어찌 알았겠느냐? 날개를 단 후에는 자 신의 능력이 어디서 왔는지, 누가 위기에서 목숨을 구해주었는지는 생 각지도 않더구나."

구천척의 말이 점점 거칠어졌다. 녹악은 듣고 있자니 점점 얼굴이 달아올랐다. 어머니가 양과 앞에서 자신의 아버지를 욕하는 것이 너무 경박해 보였다.

"어머니! 어머니."

하지만 구천척이 어디 들은 척이나 하겠는가. 양과는 들을수록 점 점 신이 났다. 공손지를 욕하는 한마디 한마디가 모두 자신이 하고 싶 은 말이었다. 양과 또한 공손지라면 이가 갈릴 지경이니 연신 맞장구 를 치며 구천척의 흥을 돋우어주었다. 만약 녹악이 없었더라면 자신도 똑같이 한바탕 욕을 했을 것이다. 구천척은 더 이상 욕할 말이 없을 때 까지, 더 이상 들춰낼 옛날 일이 없을 때까지 욕을 하며 퍼부어댄 후에 야 멈추었다.

"그해 배 속에 너를 가져서 신경이 조금 날카로웠다. 하지만 공손지가 겉으로는 날 돌봐주는 척하면서 뒤로는 계집종과 눈이 맞았으리라고는 생각지도 못했어. 너를 낳은 후에도 공손지는 여전히 그 계집년과 몰래 정을 통하고 있었어. 하지만 난 꿈에도 생각 못 했지. 옥같이 귀여운 딸이 생겼으니 공손지가 나에게 더 잘해줄 거라고만 생각했어. 나는 그 두 연놈에게 몇 해 동안이나 놀아난 거야. 몇 년 후에야 난 그 개 같은 놈과 계집년이 절정곡에서 멀리 도망갈 계획을 세우고 있다는 말을 들었지."

여기까지 말한 구천척은 이를 부드득 갈았다.

"그때 난 나무 뒤에 숨어서 똑똑히 들었어. 그놈은 내 무공이 무서우니 멀리 도망갈수록 좋다고 하더군. 그리고 내가 얼마나 자신을 꼼짝도 못 하게 하는지 말하면서 그 계집년과 함께 있을 때만 사람 사는 재미를 느낀다고 하더구나. 나는 그가 진심으로 나를 대한다고 생각하고 있었는데, 그 말을 들으니 화가 나서 머리가 어쩔해졌지. 그래서 당장 달려 나가서 일장을 날려 그 파렴치한 연놈을 한 손에 죽여버리고 싶었어."

구천척의 눈에선 원독怨毒이 이글거렸다.

"하지만 그놈은 나에게 정이 없었겠지만 난 몇 해 동안 부부로 함께 산 정이 있어서 그럴 수가 없었단다. 그리고 공손지 그놈은 근본이 선하니 분명 그 계집종의 감언이설에 꼬여 넘어간 것이라고 생각했지. 나는 겨우 화를 가라앉히고 나무 뒤에 숨어서 모든 이야기를 다 듣고 있었어. 그 둘은 이틀 뒤면 내가 방에 들어가 무공을 연마하느라 7일 동안 나오지 않을 거라며 그 틈에 도망가자고 하더군. 내가 알았을 때는 7일이 지난 후니 절대 잡히지 않을 거라고 말이야. 나는 이 말을 듣고 온몸에 털이 쭈뼛 서는 것 같았지. 다행히 이 일을 먼저 알았기에 망정이지 그렇지 않았다면 7일이 지난 후에 어떻게 그 연놈을 찾을 수 있었겠느냐?"

"어머니, 그 젊은 하녀는 이름이 뭐예요? 예뻤나요?"

"흥! 예쁘긴 뭐가 예뻐. 그저 말을 잘 듣고 고분고분했지. 공손지가 무슨 요구를 하든지 다 들어주고, 그놈이 무슨 당대 최고의 영웅이네 하면서 치켜세워주고 그랬던 거지. 그렇게 해서 그놈을 홀린 거야. 흥, 그 계집년의 이름이 아마도 유柔였을 거야. 공손가의 18대손인 공손지, 그놈의 모든 무공은 초식 하나하나까지 모두 내 손바닥 안에 있는데 영웅은 무슨 영웅! 흥, 우리 큰오빠한테도 상대가 안 되고, 둘째 오빠의 차 심부름이나 하다가 한 발에 멀리 걷어차이고나 말 위인이지. 더러운 놈!"

양과는 이야기를 듣고 있으니 공손지가 조금 측은해졌다.

'분명 하나하나 간섭하면서 큰일이건 작은 일이건 구천척의 말을 들어야 했을 거야. 그러고도 무시를 당하니 결국은 반발심이 생겼겠지.'

녹악은 어머니의 욕이 끝없이 이어지자 얼른 말을 끊었다.

"그래서요, 어머니?"

"그때 두 연놈은 3일째 되는 날 진시에 그곳에서 다시 만나 함께 도망가기로 약속했어. 이틀 동안 더욱 조심하면서 도망치려는 기색을 드러내서는 안 된다고 서로를 단속했지. 그러고는 또 속살거리며 헛소리를 지껄여댔어. 그 계집년은 공손지를 홀린 듯이 바라보면서 무슨 황제보다 귀하고 신선이나 보살보다 더 대단한 사람인 양 떠받들었지. 그러자 공손지 놈도 득의양양해서 자화자찬하기 시작하더니 서로 끌어안고 입 맞추고······."

구천척은 다시 이를 갈았다.

"하마터면 그 자리에서 두 연놈을 죽일 뻔했지. 3일째 되는 날 아침,
난 일부러 방에 앉아 무공을 연마하는 척했어. 공손지는 창밖에서 몰
래 훔쳐보고 있더구나. 그 표정에 희색이 만면했지. 나는 그놈이 떠나
기를 기다렸다가 즉시 경공으로 뒤따라갔어. 그 파렴치한 계집년은 벌
써 와서 기다리고 있더구나. 난 한마디도 하지 않고 그년을 잡아서 정
화 더미 속으로 던져버렸어."

녹악과 양과가 동시에 비명을 질렀다.

구천척은 두 사람을 흘깃 보더니 계속 말을 이었다.

"잠시 뒤, 공손지도 왔어. 그는 계집이 정화 더미에서 뒹굴며 신음
하는 것을 보더니 당연히 놀라더구나. 나는 나무 뒤에서 걸어 나와 두
손으로 그놈의 멱살을 쥐고 정화 속으로 던져버렸지. 절정곡에는 대대
로 정화의 독을 푸는 절정단이라는 단약이 전해졌단다. 공손지는 발버
둥을 치며 그 계집종을 부축해서는 약방으로 들어갔어. 절정단을 먹이
려는 거였겠지. 하하, 그런데 그놈이 뭘 보았는지 아느냐?"

"뭘 보았는데요?"

양과는 속으로 코웃음을 쳤다.

'보나마나 당신이 절정단을 없애버렸겠지, 뭐.'

"하하, 그놈이 본 것은 탁자 위에 놓인 물 한 사발이었어. 수십 알의
절정단이 그 사발 안에 담겨 있었고, 사발 옆에는 '비상수砒霜水'라고
적힌 쪽지가 붙어 있었지. 절정단을 먹으려면 비상의 독에 중독될 수
밖에 없었지. 절정단을 만드는 처방은 그의 조상의 비법이야. 하지만

257

진귀한 약재를 다 갖추기도 어렵고 단약을 만들려면 봄 이슬과 가을 서리가 필요해 3년이나 걸리지. 그는 내가 있는 방으로 뛰어들어와 무릎을 꿇고 목숨만 살려달라고 사정을 하더군. 내가 부부의 정을 생각해서 절정단 몇 알은 남겨두었을 거라고 생각한 거지. 연신 자신의 뺨을 때리면서 두 사람의 목숨만 살려주면 유를 쫓아보내고 다시는 만나지 않겠다고 맹세를 했어. 앞으로 다시는 딴마음을 품지 않겠다고 맹세를 했지."

구천척의 눈에서 싸늘한 광채가 번득였다.

"그는 말끝마다 유를 살려달라고 애원했어. 나는 더욱 화가 나서 절정단 한 알을 탁자 위에 집어 던지면서 소리쳤지. '절정단은 한 알밖에 없어. 한 사람만 살 수 있는 거야. 반씩 나눠 먹으면 아무 효험이 없다는 건 당신이 더 잘 알 테지. 그년을 살릴 건지, 당신 자신을 살릴 건지 알아서 결정해'라고 잘라 말했지."

그녀는 한숨을 내쉬고 말을 이었다.

"그는 얼른 단약을 받아 들고 약방으로 들어갔어. 나는 뒤를 따라가 보았지. 계집년은 너무 고통스러워서 땅바닥을 데굴데굴 구르고 있었어. 공손지가 말했지. '우리 편안히 가자. 함께 죽자.' 공손지는 장검을 빼 들었어. 유는 그놈의 말에 감격해서 고통으로 몸부림치면서도 이렇게 말했지. '예, 그래요. 함께 저승에서 부부로 살아요.' 공손지는 칼을 빼들고 계집종을 찔러 죽였어."

구천척은 갑자기 처절하게 웃었다.

"하하핫! 난 약방 창밖에서 이 광경을 지켜보며 속으로 놀라고 있었지. 그리고 공손지가 자결할까 봐 검을 빼 들면 얼른 말리려던 참이었어. 그런데 그는 유의 죽은 몸에 검을 문질러서 핏자국을 닦아내더니 다시 검을 검집에 넣었어. 그리고 창밖을 향해 이렇게 소리치더군. '부인, 나는 진심으로 뉘우치고 있어. 내가 직접 계집년을 죽였어. 이제 용서해줄 거지?' 그러고는 절정단을 삼켰어. 너무나 뜻밖의 행동에 놀라긴 했지만 어쨌든 그가 후회한다는 걸 충분히 보여주었으니 난 아주 만족했어. 공손지는 그날 주연을 베풀어 술을 따라주며 나에게 사죄를 했지. 나는 한바탕 그를 욕해주었고 그도 자신을 계속 책망하며 앞으로는 절대 이런 일이 없을 거라고 수없이 많은 맹세를 했어."

'그게 바로 함정이었군.'

양과가 이런 생각을 하고 있는데 녹악은 눈물을 뚝뚝 흘렸다.

"왜 그러느냐? 그 계집종이 불쌍해서 그러는 거냐?"

구천척이 화가 나서 소리치자 녹악은 고개를 흔들며 대답을 하지 못했다. 그녀는 부친의 무정함과 악랄함에 마음이 아팠던 것이다.

"나는 술 두 잔을 마신 후 냉소를 지으며 품에서 절정단 한 알을 꺼내 탁자에 올려놓았지. 그리고 웃으며 이렇게 말했어. '아까 너무 빨리 손을 썼어. 난 그저 당신 마음을 시험해보려고 했을 뿐이었는데 말이야. 당신이 다시 한번 더 사정했으면 두 알을 모두 주려고 했어. 그러면 그 미인의 목숨도 구할 수 있었을 텐데 말이야'."

"어머니, 정말 다시 왔다면 두 알을 모두 주시려고 했어요?"

구천척은 잠시 망설였다.

"그건 나도 모르겠다. 그때는 계집을 죽이지 말고 그냥 쫓아내는 게 낫다고 생각했어. 그래야 공손지가 나에게 감격해하면서 앞으로 잘못을 뉘우치고 허튼짓을 하지 않을 거라고 생각했거든. 하지만 그놈은 자신의 목숨을 위해서 성급히 자신의 정인을 죽여버렸어. 나를 탓할 수는 없지. 공손지는 단약을 한참 동안 보더니 잔을 들고 웃으며 말했어. '부인, 지나간 일을 말해서 무엇 하겠소? 그 계집은 깨끗이 죽는 것이 더 낫소. 부인 이 잔을 비웁시다.' 공손지는 계속 술을 권했어. 나는 근심도 해결되고 기분이 좋아져서 완전히 취해버렸지. 술에서 깨어보니 난 석굴에 있었고 손과 발의 힘줄이 모두 끊어져 있었어. 그놈은 다시 나를 볼 담력조차 없었던 거야. 흥, 지금쯤 내 뼈가 이미 재가 되어버린 줄 알겠지?"

말을 마친 구천척의 눈빛에 흉악한 기운이 서리고 표정이 공포스럽게 일그러졌다. 양과와 녹악은 얼굴을 돌리고 감히 눈을 마주치지 못했다. 세 사람의 주위에 한참 동안 정적이 흘렀다.

녹악은 사방을 둘러보았으나 석굴 안에는 돌 부스러기, 나뭇잎 등이 어지러이 널려 있었고 풀 외에는 아무것도 없었다.

"어머니, 이곳에서 10년이 넘게 대추만 먹으면서 사셨군요."

"그래, 그럼 토막 내서 죽여도 시원찮을 그놈이 매일 밥이라도 가져다준 줄 아느냐?"

"어머니!"

녹악은 어머니를 안고 구슬프게 불렀다.

"공손지가 이 석굴을 빠져나갈 출구가 있다고 말한 적은 없습니까?"

"나와 부부가 된 지 수 해 동안 한 번도 이런 석굴이 있다고 말한 적이 없다. 이 못과 석굴에 출구가 있었다면 그 썩을 놈이 나를 여기에 놔뒀을 리가 없지. 악어는 아마 그놈이 기르는 걸 거야. 혹시라도 내가 도망갈까 봐 겁이 났던 거지."

양과는 석굴 둘레를 한번 돌아보았다. 역시나 들어왔던 구멍 외에는 통로가 없었다. 위로 햇살이 들어오는 구멍이 있긴 하지만 백 장 높이쯤 되어 보였고, 동굴에 큰 대추나무가 자라고 있긴 하지만 4~5장 높이밖에 되지 않았다. 한참을 생각해봐도 도무지 방법이 떠오르지 않았다.

"나무에 올라가서 한번 볼게요."

양과는 훌쩍 몸을 날려 대추나무 꼭대기에 올라갔다. 그런데 위쪽의 석벽은 아래쪽처럼 미끌미끌하지 않고 울퉁불퉁했다. 양과는 숨을 들이쉬고 석벽으로 몸을 날렸다. 과연 벽을 타고 올라갈 수 있었다.

"공손 낭자, 내가 동굴에서 나가면 밧줄을 내려줄 테니까 타고 올라오세요."

아래를 향해 소리친 뒤 양과는 뛰어난 경공으로 별 탈 없이 60~70장 정도까지 올라갔다. 그런데 그 위로는 석벽이 너무 미끄러울 뿐 아니라 손발을 놓을 곳이 없었다. 잡고 오를 것이 하나도 없었다. 게다가 안쪽으로 기울어져 있어 파리나 거미라 하더라도 미끄러질 판이었다.

양과는 주위를 자세히 살펴보았다. 저 위의 구멍은 직경이 일 장 정도 되어서 얼마든지 빠져나갈 수 있을 것 같았다. 양과는 빠져나갈 방도를 생각해내고는 석굴 밑으로 내려갔다.

"나갈 수 있어요! 먼저 밧줄을 길게 만들어야 해요."

양과는 비수를 꺼내서 대추나무 껍질을 벗겨내고 밧줄을 꼬기 시작했다. 공손녹악도 크게 기뻐하며 옆에서 도와주었다. 두 사람은 밖이 어둑해진 다음에야 긴 밧줄을 완성했다. 양과는 밧줄을 잡고 힘껏 당겨보았다.

"안 끊어지겠어."

양과는 다시 대추나무 가지 하나를 길게 잘라낸 다음, 밧줄 한 끝을 가지 중간에 묶고 다시 기어올라갔다. 기어올라갈 수 있는 데까지 가서 그는 천근추 무공으로 두 발을 석벽에 단단히 디딘 다음 팔을 휘둘러 나뭇가지를 구멍으로 던져 올렸다. 다행히 나뭇가지가 구멍에 걸렸다. 양과는 밧줄을 잡고 나뭇가지를 구멍 가로 옮겨서 동굴 밖 단단한 땅에 더 많이 걸리게 하고, 중간 부분은 살짝 허공에 걸리도록 했다. 그러고는 다시 밧줄을 잡아당겨 나뭇가지가 안전하고 단단히 걸려 있는 것을 확인했다. 이 정도면 자신의 무게는 거뜬히 견딜 수 있을 것 같았다.

"저 올라갈게요!"

양과는 두 손으로 밧줄을 잡고 위로 올라가기 시작했다. 잠시 아래를 내려다보니 구천척과 녹악의 모습이 희미하게 눈에 들어왔다. 손에 더욱 힘을 주고 올라가니 순식간에 손이 구멍에 걸린 나뭇가지에 닿았다. 그런 다음 팔을 구부려 훌쩍 구멍 밖으로 뛰어나갔다. 양과는 길게 숨을 들이쉬고 몸을 똑바로 세웠다. 저 멀리 동녘 산 뒤에서 밝은 달이 떠오르고 있었다. 어두컴컴한 석굴에서 반나절을 갇혀 있다가 드디어 밖으로 나오니 뭐라고 표현할 수 없는 자유로움과 편안함이 느껴졌다.

'선자와 고묘에 있을 때는 하나도 답답하지 않았어. 하지만 나가고 싶어도 못 나가는 상황이 되니까 너무 힘드는군. 나가고 싶지 않은데 나가야 되는 상황이 와도 역시 힘들겠지? 사람의 마음이란 참……'

소용녀를 생각하니 다시 정화의 독이 발작했다. 양과는 잠시 안정을 찾은 후 밧줄을 아래로 내려보냈다.

구천척은 양과가 석굴 밖으로 나가는 것을 보고는 딸에게 욕을 퍼부었다.

"이 바보 같은 것! 왜 그를 혼자 올라가게 했느냐? 그놈이 나가면 우리를 구해줄 것 같으냐?"

"어머니, 걱정 마세요. 양 대형은 그런 사람이 아니에요."

"세상 사내들은 다 똑같아. 좋은 놈이 어디 있는 줄 아느냐?"

구천척은 갑자기 딸의 몸을 샅샅이 살펴보기 시작했다.

"이런 바보 같은 것, 너 그에게 당했지. 그렇지?"

그 말을 듣고 녹악의 얼굴이 온통 발개졌다.

"어머니 대체 무슨 말씀을 하시는 건지 모르겠어요."

"모른다면서 왜 얼굴이 벌게지는 거냐? 사내와 있을 때는 잠시도 마음을 놓아서는 안 돼. 이 어미 꼴을 보고도 모르겠느냐?"

그렇게 한참 잔소리를 늘어놓고 있는데 녹악이 돌연 벌떡 일어났다. 밧줄이 내려오고 있었던 것이다. 녹악은 그 밧줄을 어머니의 허리에 묶어주면서 웃으며 말했다.

"보세요. 양 대형이 우리를 모른 척하지 않을 거라고 했죠?"

그러고는 밧줄을 몇 번 당겨서 잘 묶었다는 신호를 보냈다.

구천척은 콧방귀를 뀌었다.

"어미 말을 잘 들어라. 올라간 후에는 잘 감시해야 한다. 잠시도 떨어져서는 안 돼. 알았니? 네 외할아버지가 내 이름을 천척千尺이라고 지어주셨는데 천 척은 백 장百丈이 아니냐? 흐흐, 백 장 밖에다 남편을 두니 어디 그 남편이 붙어 있었겠느냐?"

녹악은 우습기도 하면서 서글픈 생각이 들었다.

'어머니, 그저 저 혼자만의 짝사랑인걸요. 그분은 저를 전혀 마음에 두고 있지 않아요.'

이런 생각을 하니 눈물이 그렁그렁 맺혔다. 그때 구천척의 몸이 천천히 위로 올라갔다. 녹악은 어머니를 올려다보았다. 양과가 다시 밧줄을 보내줄 것을 알고 있으면서도 이 석굴에 홀로 남아 있으니 온몸이 으스스해졌다.

양과는 구천척을 동굴 밖으로 끌어 올린 후 허리의 밧줄을 풀고 다시 한번 석굴로 내려보냈다. 녹악은 밧줄을 허리에 단단히 묶고 몇 번 잡아당겼다. 그러자 밧줄이 공중으로 둥실 떠올랐다. 발밑의 대추나무가 점점 작게 보이고 머리 위의 별들이 점점 가까워졌다. 그때 저 밖에서 사람들의 고함 소리가 들리더니 밧줄이 헐거워지면서 갑자기 몸이 아래로 떨어졌다. 이대로 떨어지면 온몸이 산산조각 날 판이었다. 녹악은 비명을 지르며 거의 기절할 뻔했다.

'나를 떨어뜨려 죽이려고 하는 걸까? 그럴 리가, 절대 그럴 리가 없어.'

양과는 두 손으로 힘껏 밧줄을 잡고 녹악을 끌어 올리고 있었다. 이제 막 성공하려는 찰나, 뒤에서 발걸음 소리가 들리더니 누군가 공격을 퍼부었다. 너무나 갑자기 일어난 일이었기 때문에 몸을 돌려 적을 막을 틈도 없었다.

"여기서 무슨 꿍꿍이를 벌이고 있는 거냐?"

등 뒤에서 호통이 들리더니 길고 묵직한 병기가 등을 향해 날아왔다. 양과는 병기가 내는 바람 소리를 듣고 그가 번일옹이라는 것을 알았다. 그는 다급한 가운데 왼손을 돌려 일장으로 강장을 막아냈다.

날이 어두워 번일옹은 그가 양과라는 걸 확인하지 못했다. 그러나 상대가 상당한 고수라는 것을 알아차렸다. 번일옹은 다시 강장을 휘둘렀다. 양과는 오른손으로 녹악이 매달린 밧줄을 붙잡고 있었다. 그냥 잡고만 있어도 힘이 드는데 강장의 공격까지 막아내야 하니 힘이 배가 들 수밖에 없었다.

번일옹이 예전부터 사용하던 강장은 이미 망가졌다. 그래서 지금은 예전 것보다 더 굵은 강장을 들고 있었다. 번일옹의 공격은 매우 맹렬해서 양과는 왼손으로 강장을 막자마자 극심한 통증을 느꼈다. 그 때문에 오른손으로 잡고 있던 밧줄이 느슨해졌고 녹악은 천 길 아래로 떨어졌다. 석굴에서 녹악의 비명 소리가 울려 퍼졌다.

양과는 강장을 피하지도 않고 얼른 오른손을 뻗어 몸을 구부려 밧줄을 당겼다. 그러나 녹악의 떨어지는 힘이 너무 강했다. 그 힘에 끌려 오히려 자신마저 석굴로 끌려가고 말았다. 그의 무공이 아무리 강하다 해도 이런 상황에서는 어찌할 도리가 없었다.

구천척은 손과 발의 힘줄이 모두 끊어지고 무공마저 잃은 상태라 아무것도 도와줄 수가 없었다. 땅에 놓인 밧줄이 점점 짧아지고 있었다. 이대로 가다간 녹악과 양과의 몸이 산산조각 날 판이었다. 그때 구천척이 재빨리 손을 썼다.

'이 나쁜 놈. 너와 동귀어진하리라!'

구천척은 밧줄을 들어서 번일옹을 향해 던졌다. 그러자 밧줄이 빙글빙글 돌며 번일옹의 허리를 휘감았다. 번일옹은 허리가 갑자기 꽉 죄이자 천근추 무공으로 몸을 고정시켰다. 그러나 양과와 녹악의 무게가 실려 있는 데다 떨어지는 속도까지 붙자 그 힘을 이기지 못하고 석굴 쪽으로 끌려가기 시작했다. 몇 발짝만 더 가면 구멍 속으로 곤두박질치게 될 상황이 되자 번일옹은 깜짝 놀라서 왼손으로 밧줄을 잡고 오른손으로 구멍 옆의 바위를 꽉 붙잡았다. 이렇게 힘을 쓰니 내려가던 밧줄이 자연히 멈추게 되었다.

그때 녹악의 몸은 석굴 바닥까지 거의 닿을 지경이었다. 역시 가장 무서운 것은 떨어질 때의 가속도였다. 아무리 작은 돌이라도 이렇게 높은 곳에서 떨어지면 대단한 힘을 지니게 되는 법이다. 번일옹은 신력을 다해 이 떨어지는 힘에 맞서 버텼다. 이제 양과와 녹악의 체중만 이겨내면 되었다. 이 두 사람의 체중을 버티는 것쯤은 번일옹에게는 식은 죽 먹기나 다름없었다. 그러나 그는 오른손으로 밧줄을 잡고 왼손으로는 허리의 밧줄을 풀어서 이들을 떨어뜨리려고 했다. 그때 등 뒤가 따끔해지더니 날카로운 물건이 여섯 번째 척추 관절 아래에 있는 영태혈靈台穴을 짓눌렀다.

"어서 밧줄을 끌어 올려라. 영태혈이 다치면 모든 힘줄이 손상된다."

번일옹은 이 소리를 듣고 흠칫 놀랐다. 이것은 사부가 점혈 무공을 전수해줄 때 누차 경고하던 말이었다. 그는 감히 항거하지 못하고 두 손으로 힘껏 양과와 녹악을 끌어 올렸다. 그러나 아까 추락하는 힘을 멈추느라 너무 많은 힘을 쓴 탓인지 가슴이 답답하고 목이 타는 것이 입에서 피가 쏟아져 나올 것만 같았다. 이미 내장이 손상되어 힘을 쓸 수가 없었던 것이다. 하지만 적이 자신의 요혈을 겨냥하고 있으니 어쩔 수 없이 전력을 다할 수밖에 없었다. 겨우 양과를 끌어 올리고 마음을 놓는 순간 사지가 휘청하더니 왈칵 피를 토하며 쓰러졌다. 번일옹이 손을 놓자 밧줄은 다시 아래로 떨어졌다.

"어서 밧줄을 잡아!"

구천척이 소리를 질렀다. 양과는 그 소리가 나오기 전에 이미 밧줄을 잡고 녹악을 끌어 올렸다. 녹악은 몇 차례나 오르락내리락하느라 올라오자마자 기절했다.

양과는 먼저 번일옹의 복면혈伏兎穴, 거골혈巨骨穴을 눌러서 손발을 움직이지 못하게 한 후 녹악을 깨웠다. 녹악은 정신이 드는지 천천히 눈을 떴다. 천당인지 지옥인지 멍하게 있는데 달빛 아래에서 양과가 웃으며 자신을 바라보고 있자 그의 품으로 달려들었다.

"양 대형, 우리 모두 죽은 거예요? 함께 죽어줘서 고마워요. 근데 어머니는요?"

"그래요, 우리 모두 죽었어요. 근데 다시 살아났지 뭐예요."

녹악은 자신을 놀리는 듯한 말투를 듣고 뒤로 물러서며 양과의 눈빛을 살폈다. 옆에서는 구천척이 웃는 듯 마는 듯한 표정으로 자신을 바라보고 있었다.

"어머니!"

녹악은 쑥스러워서 어머니를 부르며 몸을 일으켰다.

양과는 구천척이 무공을 잃은 상황에서도 번일옹을 누르고 자신의 목숨을 구해주자 존경스러운 마음이 일었다.

"대체 어떤 방법을 썼기에 저 땅딸보가 말을 들은 겁니까?"

구천척은 미소를 지으며 손을 들어 보였다. 손에는 작은 돌멩이 하나가 쥐어져 있었다. 공손지의 점혈 무공은 구천척이 전수해주었고,

번일옹은 공손지에게 전수받았다. 세 사람의 무공은 일맥상통하고 구결 또한 일치했다. 그래서 구천척은 돌로 번일옹의 영태혈을 맞힌 후 '영태혈이 다치면 모든 힘줄이 손상된다'라는 무시무시한 말을 한 것이다. 이 말을 듣고 번일옹은 혼비백산했다. 사실 구천척의 힘으로는 이렇게 작은 돌로 모든 힘줄을 손상시킬 수는 없었다.

이제 녹악과 구천척은 위험에서 벗어났고 번일옹도 힘을 쓰지 못하는 상태였다. 양과는 오로지 소용녀를 구해야겠다는 생각뿐이었다.

"두 분은 여기서 잠시 기다리십시오. 전 절정단을 가지고 먼저 구할 사람이 있습니다."

"절정단이라고? 너도 절정단을 가지고 있느냐?"

구천척이 놀라 반문했다.

"네, 보십시오. 진짜 절정단이 맞지요?"

양과는 품에서 작은 병을 꺼내 네모반듯한 단약을 쏟아부었다. 구천척은 가지고 가서 냄새를 맡아보았다.

"맞구나. 그런데 이게 왜 네 손에 있는 거냐? 정화의 독을 당했으면서도 왜 먹지 않은 것이냐?"

"말씀드리자면 아주 깁니다. 먼저 사람을 구하고 나서 다시 말씀드리겠습니다."

양과는 단약을 받아 들고 걸음을 옮기려고 했다. 녹악은 그런 그를 바라보며 마음이 아팠다.

"양 대형, 제발 저희 아버지는 만나지 마세요."

구천척이 호통을 쳤다.

"또 아버지라고 하다니! 계속 아버지라고 부르려면 나를 어머니라고 부르지 마라!"

양과가 웃으며 말했다.

"단약으로 선자의 독을 해독하려 한다면 공손곡주도 막지 않을 거예요."

"또 독계로 대형을 괴롭히면 어쩌시려고요?"

양과는 담담하게 웃어 보였다.

"운명에 맡기는 수밖에요."

"공손지를 만나러 간다고?"

"네."

"좋다, 나도 함께 가자. 조금이라도 도움이 될지 모르지."

구천척도 양과를 따라나섰다.

양과는 처음에는 어서 해독약을 소용녀에게 먹여야겠다는 생각뿐이라 공손지를 전혀 신경 쓰지 않았다. 그러다 구천척의 말을 들으니 눈앞이 환해지면서 마음이 편해졌다.

'공손곡주는 이미 혼인을 한 몸이니 선자와 결혼할 수는 없지.'

그렇게 기쁨에 들떠 있는데 돌연 이런 생각이 들었다.

'절정단은 한 알밖에 없으니 선자를 살려도 나는 죽겠구나.'

양과는 마음이 무거웠다. 녹악도 또다시 부친과 만날 생각을 하니 마음이 뒤숭숭해졌다. 오로지 구천척만이 기쁨에 들떠 있었다.

"녹악아, 어서 나를 업어라."

"어머니, 먼저 씻고 옷을 갈아입으세요."

녹악은 그저 부친과 만날 시간을 조금이라도 지연시키고 싶었다.

"내 옷이 찢어지고 몸이 이 꼴로 더러워진 게 다 누구 때문인데? 음,

그렇지, 좋은 생각이 있다."

그때 큰오빠인 구천장이 둘째 오빠 구천인으로 가장해서 강호를 누비며 많은 영웅을 놀라게 한 일이 떠올랐다. 자신은 손발의 힘줄이 다 끊겨서 이제는 공손지의 적수가 되지 못하니 다시 만난다 해도 복수를 할 수 없을 것이다. 그래서 둘째 오빠로 변장해서 먼저 공손지를 제압한 후 기회를 틈타 손을 쓰면 될 것 같았다. 다행히 공손지는 둘째 오빠를 만난 적이 없고, 자신이 살아 있다고는 꿈에도 생각지 못했을 테니 감쪽같이 속일 수 있을 듯했다. 그러다 또 이런 생각이 들었다.

'그래도 부부로 산 세월이 몇 년인데 나를 못 알아볼까?'

양과는 구천척이 계속 망설이며 고민하고 있자 마음을 눈치채고 조용히 말했다.

"선배님, 공손지가 알아볼까 봐 걱정하시는 거죠? 제가 보물 하나를 드릴게요."

양과는 인피 가면을 꺼내서 얼굴에 썼다. 그러자 무시무시한 얼굴로 변했다. 구천척은 뛸 듯이 기뻐하며 가면을 받아 들었다.

"녹악아, 후원의 숲으로 가서 숨어 있을 테니 갈삼葛衫 한 벌과 부들 부채를 구해오너라. 절대 들키면 안 된다."

녹악은 알았다고 대답하고 어머니를 등에 업었다.

양과는 주변을 살펴보았다. 이곳은 높은 봉우리의 꼭대기였고 사방은 무성한 나무로 빽빽했다. 저 멀리 수 리 밖에 석장石畊이 보였다. 구천척이 탄식하며 말했다.

"이 산봉우리를 여귀봉厲鬼峯이라고 부르지. 이 봉우리에 무서운 귀신이 살고 있다는 전설 때문에 아무도 올라오지 않는다. 내가 다시 살아서 나온 곳이 바로 이 여귀봉일 줄이야 어찌 상상이나 했겠느냐."

양과는 번일옹에게 호통을 쳤다.

"당신은 왜 여기까지 왔소?"

번일옹은 전혀 두려워하지 않고 말했다.

"두말하지 말고 어서 날 죽여라."

"공손곡주가 보내서 왔는가?"

"그렇다. 사부님께서 산 앞뒤를 잘 지키라고 하셨다. 과연 사부님의 예측이 맞았구나. 이런 곳에서 못된 수작을 부리고 있었다니."

번일옹은 말을 하면서 줄곧 구천척을 살펴보았다. 대체 왜 생판 모르는 노파를 공손 낭자가 어머니라고 하는지 알 수가 없었다. 번일옹은 공손지 부부보다 나이가 많은데 이 노파는 자기보다 더 늙어 보였다. 그가 공손지를 사부로 모셨을 때 구천척은 이미 석굴에 갇힌 뒤였다. 그러니 그녀를 알아보지 못하는 것이 당연했다. 세 사람이 나누는 대화로 보아 사부에게 좋지 않은 일이 벌어질 것이 틀림없어 보였다.

구천척은 공손지에 대한 충성심이 가득한 번일옹의 말투를 듣자 화가 치밀었다.

"어서 이 늙은이를 죽여서 후환을 없애자."

양과는 번일옹을 돌아보았다. 번일옹은 조금의 두려움도 없이 꼿꼿한 자세로 앉아 있었다. 그런 사내대장부다운 모습을 보고 목숨만은 살려주고 싶었다. 하지만 구천척의 도움이 절실한 터라 그녀의 말을 어길 수도 없었다.

"공손 낭자, 먼저 어머니를 업고 내려가십시오. 이 난쟁이를 처리한 후 따라가겠습니다."

공손녹악은 대사형의 곧고 바른 성품을 알고 있기 때문에 그가 죽는 것을 보고 싶지 않았다.

"양 대형, 대사형은 나쁜 사람이 아닙니다."

"어서 가자! 어서 가! 어쩌면 어미 말은 한마디도 듣지 않느냐?"

즉시 구천척의 불호령이 떨어졌다. 녹악은 어머니를 업고 봉우리를 내려갔다. 양과는 번일옹에게 다가갔다.

"번 형, 손발에 혈도를 찍어두었으나 여섯 시진 뒤면 저절로 풀릴 겁니다. 당신과는 아무런 원한도 없으니 해칠 생각은 없습니다."

양과는 경공을 펴서 즉시 녹악을 쫓아갔다. 번일옹은 이미 눈을 감고 죽음을 각오했다. 그런데 뜻밖에 그냥 살려두니 순간 멍해지면서 아무 말도 나오지 않았다. 그저 세 사람이 어둠 속으로 멀어져가는 모습만 지켜볼 뿐이었다.

양과는 어서 소용녀를 만날 마음에 급히 걸었으나 녹악의 걸음이 너무 느렸다.

"구 선배님, 제가 잠시 업겠습니다."

녹악은 어머니와 양과 사이가 껄끄러워 조금 걱정이 되던 차에 양과가 자원해서 업겠다고 말하자 너무 기뻤다.

"그럼 수고해주세요."

구천척은 양과의 등에 업혀 구시렁거렸다.

"난 너를 열 달 동안이나 배 속에 품고 있다가 이렇게 꽃같이 예쁘게 낳아주었는데, 넌 저놈 말 한마디에 어미를 넘겨주느냐? 잠시 업고 있는 것도 못 한단 말이냐?"

양과는 어이가 없어 대꾸도 하지 않은 채 구천척을 업고는 쏜살같이 아래로 내려갔다.

구천인의 별호는 철장수상표로 그의 경공은 무림에서 독보적이었다. 예전 주백통과 싸울 때도 중원에서 서역까지 만 리나 내달려 주백통 같은 최고 고수를 쉽게 따돌렸다. 구천척의 무공은 친오빠에게 전수받은 것으로 힘줄이 끊기기 전에는 그녀도 경공이 상당히 빨랐다. 그런데 양과의 등에 업혀보니 발이 땅에 닿지도 않는 듯이 빠르고 안정적으로 달리는 것이 아닌가.

'이놈의 경공은 우리 집안의 것과는 완전히 다르지만 철장 무공에 결코 뒤떨어지지 않는구나. 함부로 무시할 수 없겠구나.'

구천척은 처음에는 딸을 양과에게 시집보내고 싶지 않았다. 딸이 좋다고 하니 어쩔 수 없는 노릇이었지만 양과가 그리 탐탁지는 않았다. 하지만 석벽을 기어올라가는 것을 보고 무공이 쓸 만하다는 것을 알았고, 시간이 지날수록 점점 이 미래의 사위가 딸을 욕되게 하지는 않겠다는 생각이 들었다.

양과는 구천척을 업고 어느새 봉우리 아래에 다다랐다. 하지만 녹악은 아직도 산 중턱에 있었다. 녹악은 한참 뒤에야 가쁜 숨을 내쉬면서 이마에 땀을 줄줄 흘리며 산 아래로 내려왔다.

세 사람은 몰래 장원 뒤로 돌아갔다. 녹악은 감히 집 안으로 들어가지 못하고 인가에서 옷을 빌려 입고 어머니를 위해 갈삼과 부들부채를 빌렸다. 또 장포를 빌려서 양과에게 입혀주었다. 이웃들은 공손녹악을 잘 아는지라 그다지 의심하지 않았다. 구천척은 인피 가면을 쓰고 갈삼을 입고 손에는 부들부채를 든 채 양과와 녹악의 부축을 받으며 장원으로 향했다.

장원 문을 들어서는 세 사람의 마음은 아주 복잡했다. 구천척은 10여 년 만에 자신의 집으로 다시 돌아오니 감개가 무량했다.

장원에 들어서니 문 앞에 붉은 등이 걸려 있고, 오색찬란한 연회 장막이 세워져 있었으며, 대청에서 풍악 소리가 흥겹게 들려왔다.

집 안에 있던 사람들은 구천척과 양과를 보고 모두 놀라움을 금치 못했다. 그러나 녹악이 옆에 서 있자 아무 말도 할 수 없었다. 대청에는 하객들이 마당을 가득 메우고 있었다. 모두 절정곡 수산장水山莊 인근에서 온 이웃들이었다. 공손지는 예복을 입고 왼쪽에 서 있고, 오른쪽에는 신부의 봉황관으로 얼굴을 가린 소용녀가 서 있었다. 곧이어 마당 한가운데에서 불꽃이 번쩍이며 축포가 세 번 쏘아 올려졌다. 혼례를 주관하는 사람이 소리쳤다.

"길시吉時가 되었으니 신랑 신부는 하늘에 절을 하시오!"

그 말을 듣고 구천척이 앙천대소를 터뜨렸다. 그 소리에 촛불이 흔들리며 기와가 들썩였다.

"신랑 신부가 하늘에 절을 하면 옛사람은 어떻게 하라고?"

구천척은 힘줄이 모두 끊겼으나 내공만큼은 전혀 잃지 않았다. 아무도 없는 석굴에서 매일 밤낮을 내공 수련에만 몰두했고, 그런 탓에 12년 동안 다른 사람들이 24년 수련한 것보다 더 깊은 내공을 쌓았다. 구천척의 내공이 섞인 목소리를 듣고 대청에 모인 사람들은 귀에서 윙윙, 소리가 나며 눈앞이 일순 캄캄해졌다. 또 대청을 밝히고 있던 촛불 10여 자루가 동시에 꺼졌다.

모두 깜짝 놀라 일제히 뒤를 돌아보았다. 공손지는 그 소리를 듣고 이미 놀라 있었는데, 양과와 딸이 가면 쓴 사람 옆에 멀쩡히 서 있는 것을 보자 더욱 놀랐다.

"대체 누구시오?"

구천척은 목소리를 바꾸고 냉소를 지으며 말했다.

"당신과 나는 친척 사이인데 나를 모른 척하실 셈이오?"

'나를 모른 척하실 셈이오'라는 마지막 말이 메아리가 되어 대청에 계속 울려 퍼졌다. 혼례를 축하하기 위해 참석한 금륜국사와 소상자, 윤극서 등은 구천척의 목소리를 듣고 그 사람이 범상치 않은 인물임을 알아차렸다.

공손지는 갈삼을 입고 손에 부들부채를 든 모양새가 예전 아내가 말하던 구천인의 모습과 닮았다고 생각했다. 그러나 용모가 주백통이 소상자로 분장했던 것과 비슷해 뭔가 다른 함정이 있을 것만 같았다. 공손지는 마음속으로 단단히 경계를 하며 냉담히 말했다.

"저는 댁을 전혀 모릅니다. 그런데 친척이라니 그게 무슨 말씀입니까?"

윤극서는 무림의 내력을 잘 알고 있어서 구천척의 갈삼과 부들부채를 보고 뭔가 떠오르는 바가 있었다.

"귀하께서는 혹시 철장수상표 구 선배님이 아니십니까?"

구천척은 크게 소리 내어 웃은 뒤 부들부채를 몇 번 흔들었다.

"세상에 이 늙은이를 아는 사람은 모두 죽은 줄 알았더니 아직 한 사람이 남아 있었구려."

그러나 공손지는 눈 하나 깜짝하지 않았다.

"댁이 정말 구천인이란 말씀입니까? 혹시 이름을 사칭하고 다니는 무뢰배는 아닙니까?"

구천척은 속으로 뜨끔하지 않을 수 없었다.

'이놈이 어떻게 내가 구천인이 아닌 줄 알았지?'

아무리 생각해도 어디서 허점이 드러난 것인지 알 수 없어 그저 냉소를 지으며 대꾸하지 않았다.

양과는 이 부부가 무슨 말을 나누건 상관하지 않고 소용녀에게 달려가서 오른손에 절정단을 쥐여주고 왼손으로 얼굴의 붉은 두건을 벗겼다.

"선자, 입을 벌리세요."

소용녀는 양과를 보자 가슴이 뭉클해지며 목소리가 떨렸다.

"너…… 너 이제 다 나았구나."

소용녀가 공손지의 악랄한 마음과 비열한 행동을 알고도 혼인을 허락한 것은 오로지 양과의 목숨을 구하기 위해서였다. 양과가 이렇게 멀쩡히 온 것을 보자 공손지가 독을 풀어주었다고 생각했다. 양과는 절정단을 소용녀의 입에 넣어주었다.

"어서 삼키세요!"

소용녀는 뭔지도 모르고 그저 시키는 대로 삼켰다. 그러자 순식간에 맑은 기운이 단전으로 올라왔다. 공손지는 양과가 다시 돌아와 훼방을 놓자 저지하려 했다. 그러나 가면을 쓴 괴객이 진짜 철장수상표 구천인인지도 모르니 함부로 행동할 수가 없었다. 양과는 소용녀의 봉황관과 두건을 찢어버린 후 손을 잡고 옆으로 물러섰다.

"선자, 저 나쁜 곡주 놈이 당하는 꼴을 그냥 지켜보자고요."

소용녀는 마음이 심란해 그저 아무 말도 하지 않고 양과에게 몸을 기대고 서 있었다. 마광좌는 양과가 갑자기 나타나자 몹시 반가워하며 이것저것 묻고 떠들며 옆을 떠나지 않았다. 윤극서는 20년 전 강호를 호령했던 구천인과 친해질 요량으로 그에게 다가가서 읍을 했다.

"오늘은 공손곡주의 혼례일인데, 구 선배님도 혼례 술을 드시러 오셨습니까?"

"혹시 저자가 나와 어떻게 되는지 알고 있소?"

구천척은 공손지를 가리키며 말했다.

"모릅니다. 가르쳐주십시오."

"본인이 직접 말하도록 하시오."

공손지가 다시 한번 물었다.

"정말 철장수상표란 말입니까? 그거참 이상하군요."

공손지는 박수를 한 번 쳐서 녹의 제자 한 명에게 분부했다.

"서방에 가서 동쪽 탁자에 놓인 상자를 가지고 오너라."

그때 녹악은 어찌할 바를 모르고 허둥대다가 의자 하나를 가져와 어머니를 앉혔다.

'저년과 양가 놈은 분명 연못에 빠졌는데 어떻게 죽지 않고 살아왔지?'

공손지는 속으로 놀라워했다. 잠시 뒤 제자가 상자를 가지고 오자 공손지는 거기에서 편지 한 통을 꺼냈다.

"10년 전, 구천인에게서 서신 한 통을 받았습니다. 만약 귀하가 정말 구천인이라면 이 편지는 가짜겠군요."

구천척은 흠칫 놀랐다.

'둘째 오빠와 나는 사이가 틀어진 뒤부터 소식을 끊고 살았어. 그런데 갑자기 서신이라니? 편지에 대체 뭐라고 적혀 있는 거지?'

277
19. 땅속의 노파

"내가 언제 서신을 줬단 말이오? 헛소리하지 마시오."

공손지는 그 말투를 듣고 갑자기 한 사람이 생각났다. 그 순간 등에서 식은땀이 흘러내렸다.

'아니야, 아니야. 석굴에서 이미 죽어 해골만 남았을 거야. 그 사람이 살아 있을 리 없어.'

공손지는 서신을 펴서 낭독하기 시작했다.

"동생, 매제, 보게. 큰형님이 철장봉에서 곽정과 황용에게 죽음을 당했다네……"

구천척은 이 구절만 듣고 비통에 겨워 소리쳤다.

"뭐라고? 누가 우리 큰오빠를 죽였다고?"

그녀는 구천장과 우의가 각별해서 오빠가 죽었다는 말이 나오자 온몸이 떨리면서 목소리가 바뀌었다. 원래 기를 단전에 모으고 남자인지 여자인지 구별하지 못하게 목소리를 바꾸었으나 그만 감정에 겨워 여자 목소리를 드러낸 것이다.

공손지는 여자 목소리로 '우리 큰오빠'라고 외치는 말을 듣고 공포감이 밀려들었다. 그러나 설마 구천척은 아니겠지 하는 심정으로 계속 편지를 읽어 내려갔다.

"어리석은 오빠는 수십 년 동안의 세월을 뉘우치고 있다. 형제간의 불화는 모두 어리석은 나에게 있다. 깊은 밤 생각해보니 나의 악행이 끝이 없더구나. 큰형님과 현명한 누이에게만 죄를 지은 것이 아니었어. 화산논검대회에서 일등대사의 가르침을 입고 어리석은 오빠는 이제 검을 내려놓고 불교에 귀의한다. 그러나 아직 수행이 짧아 속세와의 인연을 끊기가 힘들구나. 청등고불靑燈古佛 옆에서 항상 우리 자매의 지난날 즐거웠던 세월을 떠올리곤 한단다. 부디 많은 복을 받기 바란다. 관세음보살!"

공손지가 편지를 읽는 동안 구천척은 줄곧 흐느끼다가 편지가 끝나자 통곡을 하며 소리쳤다.

"큰오빠, 작은오빠, 내가 받은 고통을 아십니까?"

그러고는 갑자기 가면을 벗어 던지고 소리쳤다.

"공손지, 이제는 나를 알겠지?"

이 한마디에 대청의 촛불 7~8개가 순식간에 꺼지고 나머지 촛불들도 마구 흔들렸다. 어두운 촛불 아래 무섭고 참혹한 한 노파의 얼굴이 드러나자 모두들 놀라서 한마디도 하지 못했다. 대청에는 고요한 침묵만이 감돌았고, 사람들의 심장만이 미친 듯 두근거렸다. 그때 갑자기 한쪽 구석에서 손님 시중을 들고 있던 한 종이 뛰어들어왔다.

"마님, 마님, 죽지 않았군요!"

구천척은 고개를 끄덕이며 대답했다.

"그래, 장이숙張二叔. 아직 나를 기억하고 있었구나."

충성심 가득한 그 종은 자신의 주인이 멀쩡하게 살아 있자 기쁨을 감추지 못하고 연달아 머리를 조아리며 절을 했다.

"마님, 정말 너무나 기쁩니다!"

대청의 하객들은 금륜국사 일행을 제외하고는 모두 절정곡 식구들이었다. 30대 이상의 사람들은 대부분 구천척을 알아보고 그녀의 주변으로 다가가 안부를 물었다. 그때 공손지가 호통쳤다.

"모두 비켜서라!"

모두 놀라 고개를 돌리자 공손지가 구천척에게 소리를 질렀다.

"이 못된 것! 다시 돌아오다니. 대체 무슨 낯짝으로 나를 만나러 온 것이냐?"

녹악은 부친이 잘못을 시인하고 어머니와 화해하기만을 바랐는데 물거품이 되자 너무나 슬퍼서 부친 앞으로 달려가 땅에 엎드려 소리쳤다.

"아버지! 어머니는 죽지 않았어요. 죽지 않았다고요! 어서 미안하다고 말하고 용서를 비세요."

"용서를 빌라고? 내가 뭘 잘못했는데!"

"어머니를 지하 석굴에 가두고 10여 년 동안 고통을 겪게 하셨잖아요. 아버지, 어떻게 그러실 수가 있어요?"

"먼저 나를 해치려고 했어. 아느냐? 나를 정화 더미에 밀어넣고 고통을 겪게 했어. 또 해독약을 비상액에 담가두고 마셔도 죽고, 마시지 않아도 죽도록 만들었어. 그걸 아느냐? 또 내가 칼로 사랑하는 여자를 죽이도록 몰아세웠지. 그것도 아느냐?"

"다 알아요. 그분 이름이 유라는 것도요."

공손지는 10여 년 동안 들어보지 못한 그 이름을 듣자 얼굴이 파리해지더니 하늘을 쳐다보고 혼잣말을 내뱉었다.

"그래, 유였지. 유……."

공손지는 점점 서글프고 처량해지더니 가만히 중얼거렸다.

"유야, 유……."

양과는 이 원한 가득한 부부는 모두 나쁜 사람이라고 생각했다. 자기 자신도 중독이 깊어 살날이 얼마 남지 않았으니 아무도 없는 곳에 가서 소용녀와 단둘이 편하게 지내고 싶은 마음뿐이었다. 그래서 이 부부의 시시비비를 가리고 있을 여유가 없었다. 양과는 소용녀의 소매를 끌어당기며 낮은 목소리로 말했다.

"선자, 우리 가요"

"저 여자가 정말 곡주의 부인이야? 정말 남편 때문에 10여 년을 갇혀 있었어?"

소용녀는 세상에 이렇게 악랄한 사람이 있다는 게 믿기지 않았다.

"저 부부는 서로 복수를 한 거예요."

소용녀는 고개를 갸우뚱하며 잠시 생각하더니 소리 죽여 말했다.

"정말 모르겠어. 그럼 저 여자도 나처럼 억지로 결혼을 한 거야?"

소용녀는 억지로 결혼한 게 아니라 서로 사랑해서 결혼했는데 어떻게 서로에게 저렇게 잔인할 수 있는지 도무지 이해가 되지 않았다.

"세상엔 선한 사람보다 악한 사람이 더 많아요. 그런 사람들의 속마음은 아무도 짐작할 수 없죠."

그때 공손지의 호통이 들려왔다.

"꺼져라!"

돌아보니 공손지가 오른발을 들어 녹악을 발로 찼고, 그녀의 몸이 허공에 떠서 밖으로 나가떨어졌다. 녹악의 몸은 구천척의 가슴을 향해 떨어졌다. 구천척은 딸과 함께 뒤로 벌렁 넘어지면서 머리를 돌기둥에 박았다. 붉은 피가 사방에 튀었고 그녀는 한참 동안 일어나지 못했다. 녹악도 아버지에게 걷어차인 후 그대로 기절해버렸다.

협지대자의 뜻

날이 밝자 몽고군은 또 성을 공격했다. 화살이 빗발처럼 쏟아지고 돌이 날아다녔다. 한참 동안 공격을 가한 후 그들은 사다리를 들고 사방팔방에서 성 위로 기어올라가기 시작했다. 그러나 성안의 방어도 만만치 않았다. 건장한 송군이 긴 창과 검으로 성벽을 기어오르는 몽고군을 무차별 공격했다.

양과는 지금 이런 시비에 끼어들고 싶지 않았다. 그러나 멋대로 패악을 부리는 공손지의 모습에 끓어오르는 분노를 참을 수가 없었다. 그가 앞으로 나서 따지려는 사이, 소용녀는 이미 구천척을 부축해 머리 뒤에 있는 옥침혈玉枕穴을 문지르며 흐르는 피를 막고 있었다. 그리고 제 옷을 찢어 상처를 동여매주었다.

　"공손 선생, 이분은 당신의 본부인이 아닙니까? 어찌 이렇게 대하실 수 있나요? 또 부인 있는 사람이 어찌 나와 혼인하려 했나요? 나중에는 내게도 이렇게 대하겠군요?"

　소용녀의 통렬한 비판에 공손지는 입을 벌린 채 대답할 말을 찾지 못했다. 마광좌는 10년 묵은 체증이 내려가는 듯 속이 다 시원해 저도 모르게 환호성을 질렀다. 그러나 소상자는 여전히 냉정한 표정으로 나직이 중얼거릴 뿐이었다.

　"말을 참 잘하는군."

　공손지는 실제로 소용녀를 깊이 사랑했다. 그녀의 말에 말문이 막혀 어찌할 바를 몰랐지만 화내는 기색은 조금도 없었다.

　"누이, 당신을 어찌 저런 독한 여자와 비교할 수 있겠소? 나는 누이를 누구보다 사랑하고 있소. 내가 조금이라도 악심을 품었다면 천벌을 받을 거요."

"당신은 이미 나를 실컷 괴롭혔잖아요! 세상에서 내가 사랑하는 사람은 양과 한 사람뿐이에요. 당신이 아무리 나를 좋아한다고 해도 나는 당신을 좋아할 수가 없어요!"

소용녀는 냉랭하게 말하며 양과의 손을 잡았다. 양과는 새삼 분노가 솟구쳤다.

'선자가 나를 이렇게 아껴주시는데 나는 며칠 살 수 없는 몸이 되고 말았어. 이게 다 네놈 때문이다!'

양과는 손을 들어 공손지를 가리키며 외쳤다.

"우리 선자에게 악심을 품지 않았다고? 흥! 나를 사지에 빠뜨리고 선자를 속여 혼인하려 하지 않았느냐! 그것이 선자를 위하는 마음이었단 말이냐? 선자의 몸이 정화에 중독되어 약이 없음을 알고 있으면서도 그런 사실을 알려주지 않은 것도 선자를 위한 마음이라고 하겠느냐?"

소용녀는 흠칫 놀랐다.

"정말이야?"

"걱정 마세요. 이미 해독약을 드셨으니까요."

양과는 소용녀를 안심시키며 가만히 미소를 지었다. 기뻐하는 듯하면서도 처량해 보이는 미소였다.

'약을 선자께 양보했으니 저는 기쁜 마음으로 죽을 수 있어요.'

공손지는 구천척을 바라보았다. 그리고 시선을 옮겨 소용녀와 양과를 바라보았다. 세 사람을 훑어보는 그의 시선에는 질투와 정욕, 분노, 회한, 실망, 수치 등의 감정이 복잡하게 섞여 있었다. 평소에 엄격하게 수양을 해온 그였지만, 지금은 이미 반미치광이가 되어 있었다. 그는 갑자기 몸을 구부리더니 붉은 양탄자 아래에서 음양쌍인을 꺼내 날카롭게 날을 부딪치며 외쳤다.

"그래, 좋다! 오늘 우리 모두 여기서 죽자!"

"아니……."

혼인의 절을 올리는 길한 양탄자 밑에 저런 끔찍한 흉기를 숨겨놓았으리라고는 생각지 못했던 사람들은 아연실색했다. 소용녀의 얼굴에 냉소가 떠올랐다.

"과야, 저런 인간이었다니……. 일전에 목숨을 구해준 게 후회되는구나."

소용녀는 신부복 속에서 검 한 쌍을 꺼내 들었다. 바로 군자검과 숙녀검이었다. 세상 물정을 모르는 소용녀였지만 마음속으로 미워하는 사람을 상대할 때는 조금의 사정도 봐주지 않았다. 과거 손 할멈의 복수를 위해 전진교를 상대할 때도 서슬 퍼런 기세로 중양궁 도사들을 쩔쩔매게 만들었다. 심지어 광녕자 학대통도 하마터면 목숨을 부지하지 못할 뻔했다. 공손지가 그녀와 양과를 떼어놓았을 때 그녀는 이미 죽기를 각오하고 맞서기로 결심했다. 그래서 혼례복 속에 검을 숨겨놓고 공손지가 양과를 치료해주기만 하면 곧바로 달려들 생각이었다. 만일 이기지 못한다면 그대로 혀를 깨물고 죽어 절정곡에서 몸을 잃는 일만은 막으려고 했다.

자리에 있던 사람들은 혼인을 치르려는 부부가 각자 검을 숨기고 있었다는 것을 알고 어리둥절해했다. 금륜국사 등 몇 명만은 이 혼사가 흉한 꼴을 보게 될 것이라 이미 짐작하고 있었다. 그런데 구천척이 앞서 보여준 깊은 내공과는 달리 일격에 쓰러지자 영문을 알 수 없다는 표정을 지었다.

양과는 소용녀가 건네준 군자검을 받아 들었다.

"선자, 오늘 저 소인배를 죽여 내 원수를 갚아요!"

막 숙녀검을 치켜들던 소용녀는 알 수 없다는 표정을 지었다.

"네 원수라니?"

양과는 자신이 정화 독에 중독되었다는 사실을 알릴 수는 없었다.

"저놈은 사람들을 너무 많이 해쳤어요."

그의 검이 떨리는가 싶더니 공손지의 왼쪽 팔을 노리고 들어갔다. 그는 힘든 싸움이 될 것이라 예상했다. 소용녀는 이미 정화 독이 풀린 상태였지만, 자신은 아직 심각하게 중독된 상태였다. 이 상태로 검을 합쳐 옥녀소심검법을 쓰게 되면 그 충격을 견디기 힘들 것 같았다. 그는 적을 똑바로 쏘아보며 전진검법을 펼쳤다. 초식 하나하나가 절도 있고 신중했다. 만약 이 검법을 마옥, 구처기 등 고수들이 썼다면 심후한 무공의 극치를 보여줬을 것이나 젊은 양과는 아직 어설픈 부분이 적지 않았다.

공손지는 두 사람이 힘을 합칠 때의 위력을 잘 알고 있어서 공격을 시작하자마자 음양도란인법으로 오른손에는 흑검, 왼손에는 금도를 들고 날카로운 초식을 펼쳤다.

양과의 전진검법은 공손지만큼 날카롭고 맹렬한 움직임은 없어도 변화가 정교하고 묵직했다. 양과는 쉽사리 덤벼들지 않고 상대의 공격을 세 차례 연속 받아냈다. 소용녀는 외마디 소리를 내지르며 숙녀검으로 공손지의 등을 겨누고 공격했다.

공손지는 흔들리고 있었다.

'꽃처럼 아름다운 이 여인은 원래 내 부인이 될 사람이었다. 그런데 이렇게 다른 자와 함께 나를 공격하다니…… 못된 여편네가 본부인이랍시고 나타나 과거를 들춰내는 바람에 체면이 말이 아니게 됐다. 누이를 설득해 혼인하는 것은 이미 물 건너갔고, 잘못하면 절정곡에서 쌓아온 명성도 무너지겠구나!'

그는 자신의 무공을 믿었다. 오늘 이렇게 어려움에 부딪히기는 했지만 뛰어난 무공으로 양과를 물리치기만 하면 소용녀를 데리고 멀리 도망갈 수 있을 것이라 생각했다. 그는 소용녀가 이미 해독약을 먹은 사실은 모르고 이제 목숨이 36일밖에 남지 않았으니 남은 시간 동안이라도 자신의 부인이 되어달라고 말할 참이었다. 이런저런 생각을 할수록 사악한 마음이 불길처럼 흉포해지고 검을 휘두르는 기세도 점점 거칠어졌다.

소용녀는 옥녀검법을 쓰며 양과가 자신과 힘을 합쳐 소심검법의 힘을 발휘해주기를 기다렸다. 그런데 양과는 눈길 한 번 주지 않은 채 혼자서 검을 휘둘렀다. 소용녀는 의아한 생각이 들었다.

"과야, 왜 이러는 거야?"

그의 마음이 흔들리기 시작했다. 사랑하는 여인의 목소리가 들리자 가슴이 뜨끔해지며 고통이 밀려왔다. 찍, 소리와 함께 양과의 옷자락이 흑검에 의해 잘려나갔다. 소용녀는 깜짝 놀라 잇따라 세 차례 번개같이 검을 휘둘러 공손지의 공격을 막았다.

"선자를 볼 수도, 선자의 목소리를 들을 수도 없어요."

"왜?"

또다시 위험에 빠질까 봐 양과는 거친 목소리로 소리 질렀다.

"내가 죽는 꼴을 보고 싶거든 계속 말을 시키세요!"

화를 내자 아픔이 잠시 잦아들며 공손지의 공격을 막아낼 수 있었다. 소용녀는 어찌 된 연유인지도 모른 채 양과의 말을 따를 수밖에 없었다.

"화내지 마. 네 말대로 할게."

울적한 마음에 고개를 돌리는 순간 '정화'라는 두 단어가 머리를 스쳤다.

'아, 나는 해독을 했지만 과는 아직 약을 먹지 않았지! 해독약을 얻고도 내게 줘버렸잖아.'

양과에 대한 안타까운 마음에 소용녀의 검초는 더욱 날카롭게 위력을 발했다. 그녀의 움직임은 이제 양과를 보호하는 데 맞춰졌다. 원래 소용녀가 양과를 보호하면 양과도 그녀를 보호해야 했다. 그러나 양과가 눈을 소용녀 쪽으로 돌리지 못하는 처지이다 보니 그녀는 아무런 방어 없이 적의 공격에 노출되고 말았다.

이들의 움직임을 살피던 공손지의 눈도 날카롭기 그지없었다. 그는 몇 차례 공격 끝에 약점을 찾아냈다. 그러나 소용녀를 다치게 할 생각은 손톱만큼도 없었다. 그의 공격은 순전히 양과에게만 맞춰져 있었다. 그의 공격이 맹렬해질수록 양과와 소용녀의 공격을 막아내는 움직임 역시 한 치의 흐트러짐이 없었다. 그러나 혼신의 힘을 다해 공격을 막아내는 소용녀의 방어 앞에서 수십 차례의 공격이 모두 무위로 돌아갔다.

그때 녹악은 이미 깨어나 제 어머니 옆에서 싸움을 지켜보았다. 제 몸을 돌보지 않고 몸을 던져 양과를 지켜내는 소용녀의 모습을 본 그녀는 스스로에게 물었다.

'만일 내가 소용녀의 입장이었다면 생사가 걸린 화급한 지경에서

나를 버리고 그를 지킬 수 있었을까?'

녹악은 잠시 생각에 잠기더니 긴 한숨을 내쉬었다.

'나도 소용녀처럼 그를 대할 테지만, 저 사람은 나를 소용녀처럼 대해주지 않을 거야.'

순간 구천척의 찢어질 듯한 고함이 터져 나왔다.

"가짜 도刀는 도가 아니고 가짜 검劍은 검이 아니야!"

양과와 소용녀는 무슨 소리인지 영문을 알 수가 없어 잠시 어리둥절해했다.

"도는 도, 검은 검이라고!"

양과는 이미 공손지와 두 차례 맞붙은 뒤 줄곧 음양도란인법의 핵심에 대해 생각해왔다. 그러나 그의 움직임은 실로 오묘하기 그지없었다. 흑검을 가볍게 놀리는 듯하면서도 그 충격은 대단히 묵직했고, 또 언뜻 보기에도 중량감이 느껴지는 금도는 깃털처럼 자유자재로 재빠르게 공격해 들어왔다. 이러한 방식은 모두 무학의 이치와는 전혀 상반되는 것이었다. 도를 검처럼, 검을 도처럼 쓰는 것은 그렇다 치더라도 검법 중 도법이 살짝 드러나기도 하고, 도법 중 검초의 방식이 내포되어 있었다. 그 속에 담겨 있는 살수가 워낙 변화무쌍하고 종잡을 수 없는지라 내심 적잖이 당황하던 차였다. 그런데 갑자기 구천척이 외치는 소리를 들으니 무언가를 깨달을 수 있을 것 같았다.

'혹, 도에 검초가 섞이고, 검에 도법을 가미한 듯한 무공이 모두 가짜란 말인가?'

순간 횡으로 질러 들어오는 흑검이 눈에 들어왔다. 분명 도법의 초수였다. 마음속으로 이것을 장검이라 생각하고 군자검을 뺐었다. 두 검이 부딪치자 귀를 찢을 듯한 소리가 울렸고, 곧 두 사람은 각자 한 발씩 물러섰다. 과연 흑검은 기실 검이었다. 그가 사용하는 도법은 그저 상대의 눈을 현혹하는 눈속임일 뿐이었다. 그러나 알맞게 대응하지 못하고 허점을 보일 경우, 도법으로도 능히 부상을 당할 것 같았다.

이러한 이치를 깨닫자 양과는 자신감이 생겼다. 정신을 더욱 집중시켜 상대방의 허점을 찾으려 했다. 계속되는 상대방의 공격은 여전히 오묘했지만 이전과는 달리 조금 흐트러진 면도 보였다. 또 구천척의 목소리가 들렸다.

"오른쪽 다리, 오른쪽 다리를 공격해!"

양과가 보기에는 공손지의 금도가 어지럽게 움직이며 하반신을 막고 있었다. 그러나 구천척의 말을 믿지 않을 수 없는 상황이라 그녀의 말대로 상대의 오른쪽 다리를 공격해 들어갔다. 공손지가 칼을 휘둘러 자세를 갖추며 오른쪽 다리를 막았다. 그의 자세가 달라지자 왼쪽 팔과 어깨에 허점이 드러났다. 양과는 구천척의 지시를 기다리지 않고 곧장 장검을 뻗어 공손지의 겨드랑이를 공격했다. 그러자 공손지의 옷자락이 잘려나갔다. 공손지는 뒤로 물러나며 두 눈을 부릅뜨고 구천척을 노려보았다.

"망할 여편네! 내 그냥 두나 봐라!"

그는 다시 검을 치켜들며 양과를 향해 돌진했다. 소용녀가 그의 공격을 막았다.

"등을 차!"

구천척의 외침이 다시 울렸다. 양과는 공손지의 정면에 있던 터라 그의 등을 차기는 어려웠지만 구천척의 말을 믿고 얼른 몸을 돌려 공손지의 뒤를 노렸다. 공손지는 칼을 돌려 뒤를 막았다.

"이마를 찔러!"

'이제 막 뒤로 돌아왔는데 이마를 찌르라니……'

양과는 이렇게 생각하면서도 워낙 화급한 상황이라 더 생각할 것도 없이 즉시 상대의 앞으로 돌아 나왔다. 막 그의 이마를 찌르려는 순간 또 구천척의 목소리가 들렸다.

"엉덩이를 베어버려!"

녹악은 옆에서 두 손에 땀을 쥐고 싸움을 지켜보다가 문득 눈살을 찌푸렸다.

'어머니가 아무렇게나 소리를 질러대는 것 같아. 혹, 아버지를 도와 주시려는 게 아닐까?'

녹악이 입을 열기도 전에 마광좌가 참지 못하고 고함을 쳤다.

"양 형제, 이 여자에게 속지 말게. 자네를 지치게 하려는 거야!"

그러나 양과는 앞서 몇 차례의 공격을 통해 구천척의 생각을 어렴 풋하게나마 이해했다. 그래서 그녀가 지시를 내리는 대로 앞뒤로 정신 없이 움직였다. 이렇게 몇 차례를 돌고 나니 공손지의 오른쪽 팔 부분 에 빈틈이 보였다. 양과는 이 순간을 놓치지 않고 장검을 꽂았다. 공손 지의 옷자락이 잘려나가며 검 끝이 그의 살을 파고들었다. 공손지의 팔에 피가 흘렀다.

"아!"

사람들은 탄성을 지르며 자리에서 일어났다. 금륜국사 등 좌중에 있던 사람들은 그제야 상황을 파악했다. 구천척은 양과에게 이길 수 있는 방법이 아니라 이기지 못할 상황에서도 전세를 역전시킬 수 있는 방법을 알려준 것이었다. 즉 공손지의 초수에 있는 허점을 알려준 것이 아니라 허점이 없는 공손지의 초수에서 빈틈을 만들어내는 방법을 알려준 것이었다. 일동은 모두 감탄을 금치 못했다.

'정말 이토록 대단한 고수의 초식 중에서 어떻게 빈틈을 찾아내겠는가. 이 여자의 방법대로라면 평생을 배우고 쓴다고 해도 다 깨우치지 못하겠구나. 그런데 양과는 금방 그 뜻을 이해했으니 정말 대단하군.'

그러나 공손지로 하여금 스스로 허점을 드러내도록 하려면 무공뿐 아니라 그의 모든 초식을 꿰뚫고 있어야 했다. 그래야만 10여 초식을 겨루는 짧은 시간 동안 그가 스스로 실수를 저지르도록 유도할 수 있을 것이다. 이런 것이라면 구천척 외에 할 수 있는 사람이 아무도 없었다. 양과는 다만 그런 이치를 이해할 뿐 스스로 만들어낼 수는 없었다. 양과는 다시 그녀가 알려준 대로 검광을 날리며 공손지의 전후좌우를 급히 공격했다. 10여 초식 후 공손지는 오른쪽 다리에 검을 맞았다. 상처가 깊지는 않았지만, 공손지의 다리에는 흉측한 상처가 남았다.

'이 애송이 놈에게 상처를 입히지 못하면 저 여편네 때문에 내가 당하겠구나. 더 볼 것 없다. 당하기만 해서야 사내대장부가 아니지!'

공손지는 자신이 살기 위해 사랑하는 여인을 제 손으로 죽인 사람이었다. 위급한 상황에 놓이자 소용녀를 생각할 겨를도 없었다. 그는 흑검을 세차게 움직이며 어느새 소용녀의 어깨를 겨냥했다. 양과는 깜짝 놀라 소용녀를 보호하기 위해 뛰어들었다.

"허리 아래를 찔러!"

구천척의 외침에 양과는 놀라 움찔했다.

'선자가 공격을 당하는데 어떻게 그냥 두란 말인가? 하지만 구 선배님의 지시에는 모두 깊은 뜻이 담겨 있었다. 어쩌면 이 역시 방어와 공격을 함께할 수 있는 묘수일지 모르겠군.'

더 생각할 것도 없이 양과는 공손지의 오른쪽 허리를 노리고 검을 휘둘렀다.

"악!"

소용녀의 가녀린 비명 소리가 터졌고 그와 동시에 숙녀검이 땅바닥에 떨어졌다. 공손지의 흑검은 어느새 양과의 공격을 막고 있었다. 양과는 깜짝 놀라 소리쳤다.

"떨어져 계세요. 내가 혼자서 상대할 테니!"

감정이 격앙된 양과는 또 가슴에 통증을 느꼈다. 소용녀의 부상은 깊지 않았다. 그녀는 얼른 물러나 옷을 찢어 상처를 싸맸다. 양과는 더욱 힘을 내 적에 맞서면서도 구천척에게 화가 나 그녀를 쏘아보았다. 구천척은 차가운 미소를 짓고 있었다.

"왜 날 탓하느냐? 나는 네가 적을 물리치도록 돕는 것이지 한가하게 누구 목숨이나 구하라고 하는 것이 아니다. 흥, 저 계집애가 죽든 살든 나와 무슨 상관이냐? 차라리 죽는 게 나을지도 모르지!"

"부부가 정말 똑같군요! 양심이라곤 조금도 없는 사람들이에요!"

구천척은 여전히 냉소를 띤 채 조금도 동요하지 않고 두 사람의 사투를 지켜볼 뿐이었다. 양과는 흘깃 소용녀를 살펴보았다. 그녀는 의자에 기대고 앉아 옷을 찢어 상처를 싸매고 있었다. 언뜻 보기에 큰 부상은 아닌 듯했다. 양과는 다시 기운을 내 덤벼들었다. 그의 움직임이 전진검법에서 옥녀검법으로 옮겨가고 있었다.

공손지는 무겁고 신중하던 그의 움직임이 갑자기 가볍고 빠르게 변하자 놀라지 않을 수 없었다. 마치 사람이 완전히 바뀐 것 같았다.

'이 녀석, 보통이 아니구나. 이건 또 무슨 수작을 부리는 거지?'

공격을 받아내며 살피니, 검의 움직임이 대단히 활발하고 상당한 고수의 솜씨가 느껴졌다. 잠시 탐색하고 보니 소용녀가 아까 사용하던 검법과 같은 것이었다. 의혹이 걷힌 공손지는 금도와 흑검을 동시에 내뻗으며 자신 있게 공격해 들어갔다. 10여 초를 겨룬 후, 양과는 다시 수세에 몰려 더 이상 물러설 곳이 없게 되었다. 구천척이 여러 차례 지시를 내려주었지만, 양과는 그녀가 일부러 소용녀에게 부상을 입힌 것에 화가 나 들은 척도 하지 않았다.

혼자서 고군분투하던 양과는 갑자기 정영의 움막에서 요양할 때 베개 곁에 있던《사언시집四言詩集》이 떠올랐다. 당시 침상에 가만히 누워 지내는 것이 심심해 몇 번 들춰보았는데 그때 쉬운 시구를 읽으며 마음을 편안하게 가라앉혔던 기억이 났다. 그는 무학을 하는 사람이라 모든 사물을 무공과 연관 지었다. 시를 읽을 때도 혼자서 검초를 떠올리며 시구와 연결시켰다. 원래는 이막수를 상대할 때 쓰려던 것인데 이참에 한번 써보기로 했다.

"양마기한良馬旣閑, 여복유휘麗服有暉. 좌람번약左攬繁弱, 우접망귀右接忘歸!"

양과는 갑자기 시를 길게 읊으며 검초를 시구에 맞추었다. 검의 움직임에서 독특한 풍취가 묻어났다. 공손지는 양과의 검법이 갑작스레 변하자 순간 당황했다.

"뭐 하는 것이냐?"

양과는 아랑곳하지 않고 계속 읊어나갔다.

"풍치전서風馳電逝, 섭경추비攝景追飛. 능려중원凌慮中原, 고반생자顧盼生姿!"

시구 넉 자가 한 구를 이루니 검초도 역시 4초가 한 조를 이루었다. '풍치전서, 섭경추비'를 읊는 부분에서는 검초에 가속을 붙이더니 '능려중원, 고반생자'를 읊는 부분에서는 번개처럼 빨리 검을 휘둘렀다.

공손지는 이러한 검법을 본 적이 없는지라 어찌할 바를 몰랐다. 그리고 일단 무척 듣기 좋은 시여서 공격이 조금 느슨해지기까지 했다. 그런데 정신을 집중해 시구를 생각해보니, 양과의 검초와 시의 의미가 서로 어울려 보였다. 그렇다면 그 의미를 깨닫는다면 검법을 깨뜨릴 수도 있을 터!

시를 외우는 양과의 목소리가 계속 이어졌다.

"식도란포息徒蘭圃, 말마화산秣馬華山. 유반평고流磻平臯, 수륜장천垂綸長川. 목송귀홍目送歸鴻, 수휘오현手揮五絃."

시구는 담담했지만, 검초는 대담하기 이를 데 없었다. 특히 마지막 두 구절에서는 검이 바람처럼 움직이며 동쪽인가 싶으면 서쪽에서 공격해 들어오니 허실을 분간하기가 쉽지 않았다.

소용녀는 이미 상처를 동여매고 양과를 지켜보고 있었다. 그런데 갑자기 그가 본 적도 없는 검법을 멋지게 전개하는 것을 보고 궁금증을 참을 수가 없었다.

"과야, 그게 무슨 검법이야? 누구에게 배운 거야?"

양과는 미소를 지었다.

"저 혼자 만든 거예요. 마음에 드세요? 얼마 전에 부상 때문에 누워 지냈는데, 그때 옆에 시집이 있었어요. 거기에 있던 시인데, 좋아서 외워두고 있었어요. 주자류 선배님도 영웅대연에서 서법을 무공으로 연결시키셨잖아요. 그래서 시를 무공으로 만들 수도 있겠다고 생각했죠."

"정말 좋아……."

갑자기 금륜국사의 외침이 터져 나왔다.

"양 형제, 정말 총명하기 이를 데 없군! 노승, 감탄을 금할 길이 없구려. 그렇다면 다음 구절은 부앙자득俯仰自得, 유심태현游心太玄, 가피조수嘉彼釣叟, 득어망전得魚忘筌이겠지?"

공손지는 흠칫 놀랐다.

'이 중이 나를 도와주는구나.'

그가 무슨 뜻으로 도움을 주는 것인지 생각할 겨를도 없이, 양과의 다음 동작을 떠올려보았다. '부앙자득'이라면 필시 검을 위로 치켜올린 후 아래로 내리칠 터. 공손지는 흑검으로 위를 막으며 금도로 허리 부분을 횡으로 그었다.

금륜국사는 문무를 겸비한 사람으로 편벽한 몽고에 있으면서도 한인의 경사백가經史百家 등을 두루 공부했다. 그래서 양과의 시구를 듣고 곧바로 다음 구절을 알려줄 수 있었던 것이다. 내심 공손지의 손에 양과가 죽어주었으면 하는 심정이었다.

이렇게 되자 공손지는 과연 선수를 쳐 양과의 검초가 미처 나오기도 전에 그의 공격로를 막고 금도로 급소를 노릴 수 있었다. 다행히 양과도 금륜국사가 다음 구절을 이야기하는 것을 듣고 이러한 반격에 대비했다. 그러나 스스로 만들어낸 사언시검법四言詩劍法은 더 이상 사용하지 못하고 장검으로 허리 부위를 막으며 왼손 중지로 금도의 칼등을 소리나게 퉁겼다. 공손지는 팔에 통증이 밀려오고 손아귀가 찌르르하게 저려왔다.

'이 녀석, 이상한 무공을 많이도 알고 있구나.'

양과의 이 손가락 무공은 바로 황약사가 가르쳐준 탄지신통이었다. 그의 공력이 아직 적을 완전히 제압할 정도는 되지 못했지만, 만일 황약사가 튕겼다면 금도는 여지없이 손에서 빠져나갔을 것이다.

양과의 장검은 이번에는 춤을 추듯 바람을 가르며 황약사에게 배운 옥소검법으로 이어졌다. 옥소검법은 탄지신통과 함께 적의 혈도를 주로 공격하는 무공으로, 검과 손가락 무공이 한데 어우러진 오묘하고 정교한 최상승의 기술이었다. 양과의 공력이 아직 노련하지 못해 너무 서두르는 경향이 있었지만, 그래도 공손지는 막아내기에 급급했다. 공손지는 이미 여러 차례 흑검으로 적의 무기를 상하게 하려고 거칠게 공격했지만, 양과의 군자검 역시 보검이라 두 검이 서로 부딪치면 날카로운 불꽃만 튀길 뿐 별다른 변화를 일으키지 못했다.

구천척은 옆에서 계속 떠들어댔다. 이번에는 공손지의 초수 하나하나를 미리 알려주었다.

"검이 오른쪽 허리로 들어온다! 도가 목을 노린다! 검으로 오른쪽 어깨를 베려 한다. 도가 왼쪽 팔을 막고 있어!"

이렇게 되니 양과는 자연히 더욱 꺼릴 것이 없었다. 공손지의 음양쌍인은 집안 대대로 전해오는 무학이었지만, 구천척이 잡다한 것은 버리고 정수만 골라 다시 정리했다. 그러니 그가 사용하려는 초수를 구천척이 미리 예측할 수 있었던 것이다. 그가 아무리 변화를 주고 변칙을 시도해도 자꾸만 구천척의 한발 빠른 예상에서 벗어날 수는 없었다.

두 사람이 한참을 싸우는 동안 구천척도 쉬지 않았다.

"도와 검이 모두 상반신을 노린다!"

이제는 구천척의 목소리에서 묘한 독기가 느껴졌다. 마침 공손지는 도와 검을 이미 뻗은 상태라 다시 공격을 바꿀 수 있는 상황이 아니었다. 그래서 양과는 여유 있게 공격을 막았다. 양과는 뒤이어 고개를 숙인 채 달려들어 검으로 뒤를 보호하며 왼쪽 손가락으로 상대의 배꼽 아래 한 치 반 자리에 있는 기해혈氣海穴을 찍었다. 공격이 보기 좋게 성공하자 양과는 적이 중상을 입었으리라 생각하고 만면에 웃음을 지었다. 그런데 공손지는 뒤로 훌쩍 물러서며 오히려 양과의 아래턱을 걷어찼다. 양과는 깜짝 놀라 수 척 옆으로 몸을 피했다. 그러고 보니 이자는 스스로 혈도를 여닫을 수 있는 사람이었다. 잠시 어리둥절해하고 있는 사이, 공손지의 도와 검이 재차 공격해왔다.

그때 구천척의 목소리가 울렸다.

"도와 검이 교차한다. 오른쪽의 검은 왼쪽으로, 왼쪽의 도는 오른쪽으로 들어올 거야!"

양과는 더 생각할 것도 없이 얼른 공격을 막았다. 두 사람은 엎치락뒤치락하며 이미 700~800여 초를 겨루었다. 이를 지켜보던 계곡의 제자들은 모두 바짝 긴장하며 마른침을 삼켰고, 소상자 등 고수들도 눈앞이 어지러워 정신이 없었다. 검이 번쩍거리는 사이로 공손지와 양과의 모습이 언뜻언뜻 스쳐 지나갔다. 숨을 헐떡이며 땀으로 옷이 푹 젖은 모습에서 두 사람 모두 이미 대결을 시작할 때와 같은 민첩함과 날카로움은 찾아볼 수가 없었다.

녹악은 계속 이렇게 가다가는 두 사람 중 한 명이 분명 부상을 입고 말 것이라는 생각이 들었다. 그녀는 양과가 지는 것도, 아버지가 다치는 것도 원치 않았다.

"어머니, 그만 싸우라고 하세요. 모두가 함께 누구 잘못인지 시비를 가리면 되잖아요."

딸의 부탁에도 구천척은 아랑곳하지 않았다.

"흥! 차 두 잔을 따라오너라."

녹악은 마음이 산란했지만 어머니 말대로 차를 두 잔 따라 어머니 앞에 내놓았다. 구천척은 두 손을 들어 머리에 둘렀던 피 묻은 천을 풀었다. 그녀가 뇌문을 맞아 피를 흘릴 때 소용녀가 옷소매를 찢어 상처를 싸매준 천이었다. 이것을 풀어버리니 머리에서 또 피가 흘러내렸다.

"어머니!"

"안 죽는다!"

구천척은 피 묻은 천을 무릎에 올려두고 두 손에 찻잔을 하나씩 받아 손가락 네 개로 잔을 받치고는 엄지손가락을 잔 속에 담갔다. 손에 묻었던 피가 차로 퍼져나갔다. 그녀가 살짝 흔들자 피가 섞여들었다.

"둘 다 힘들 텐데, 차나 한 잔씩 마시고 하시오!"

구천척은 두 사람을 불러 세우고 녹악을 돌아보았다.

"차를 한 잔씩 가져다주거라."

녹악은 어머니가 아버지에 대한 원한이 깊으니 절대 호의를 베풀리 없다고 생각했다. 이 차에 무슨 음모가 숨겨져 있을 것만 같았다. 그러나 차는 모두 자기가 따라온 것이니 절대 독약 같은 것은 들어 있지 않았다. 아마도 양과에게 차를 한 잔 주고 싶은데 아버지에게도 주지 않으면 싸움이 멈추지 않기 때문에 그런 것이라 생각했다. 두 사람을 살펴보니 정말 너무나 힘들어 보였다. 녹악은 두 손에 차를 받치고 조심조심 두 사람에게 다가갔다.

"차 드세요!"

공손지와 양과는 진작부터 목이 말라 죽을 지경이었다. 두 사람은 차라는 말에 동시에 손을 멈추고 뒤로 물러섰다. 녹악은 차를 아버지에게 먼저 가져다주었다. 공손지는 구천척이 차를 가져다주라고 한 것이기 때문에 부쩍 의심이 들었다. 어쩌면 독을 넣었을지도 모를 일이었다. 그는 두 손을 저으며 양과에게 차를 미루었다.

"네가 먼저 마셔라."

양과는 아무런 생각도 없이 차를 받아 들고는 입으로 가져가 한 모금 마셨다.

"그래, 내가 그걸 마시지."

공손지는 얼른 양과의 손에 들려 있던 차를 빼앗아갔다. 양과는 안쓰럽다는 듯 미소를 지었다.

"그래, 당신 딸이 가져다준 차에 독이 있을까 봐 그러시오?"

그는 남은 차를 받아 단숨에 들이켰다. 공손지는 딸의 얼굴을 흘끔 쳐다보았다. 아무런 동요도 없이 평온한 표정이었다.

'녹악은 저 녀석을 좋아하니 차에 독을 넣었을 리가 없지. 저놈에게 줬던 걸 빼앗았으니 걱정 없겠지?'

그는 그대로 차를 마시고 도와 검을 소리 나게 부딪쳤다.

"계속하자! 흥, 저 여편네가 도와주지만 않았다면 너는 목숨이 열 개라도 모자랐을 거다!"

가만히 지켜보던 구천척은 아까 풀었던 천을 다시 머리의 상처에 싸매며 나직이 말했다.

"그의 폐혈공은 이미 깨졌다. 이제 혈도를 찍어도 좋아."

공손지는 그만 말을 잃고 말았다. 목구멍 저 속에서 희미한 피비린 내가 느껴지는 듯했다. 엄청난 일이 벌어진 것이다. 그가 연마한 가전의 비기秘技인 폐혈공은 절대 범해서는 안 되는 금기가 있는데, 그것은 바로 비린 것을 먹어서는 안 된다는 것이었다. 그래서 육류 등 비린 음식을 입에 대지도 않았던 것이다. 선대 조상들은 혹 무심코 이런 음식을 입에 댈까 봐 골짜기 전체에 육식을 금하라는 엄명을 내렸고, 다른 사람들은 이 상승 내공을 연마하지 않으면서도 그 때문에 채식만 해야 했다. 그간 이러한 금기를 치밀하게 지켜온 그도 구천척이 차에 피를 섞은 독계에 그만 당하고 말았다.

그는 미친 듯 날뛰며 고개를 돌렸다. 구천척은 하객을 대접하기 위해 마련해둔 꿀 바른 대추를 천천히 음미해가며 입을 열었다.

"내가 20년 전에 말하지 않았더냐. 너희 공손씨 집안의 무공은 연마하기는 어렵지만 깨지기 쉬우니 배우지 않는 게 낫다고……."

공손지는 도와 검을 거머쥐고 그녀를 향해 질풍처럼 달려들었다. 녹악은 깜짝 놀라 어머니 앞을 가로막고 섰다. 순간 귓가로 바람 소리가 일더니 무언가가 휙 지나간 듯했다. 그와 동시에 공손지가 긴 비명을 지르는가 싶더니 오른쪽 눈에서 피를 흘리며 몸을 돌려 밖으로 뛰쳐나가는 모습이 보였다. 그는 여전히 도와 검을 쥐고 있었다. 땅바닥으로 한 줄기 핏자국이 대청 문까지 이어졌다. 끔찍한 비명 소리가 점차 멀어지더니 산 너머 저편으로 서서히 사라졌다.

사람들은 서로 마주 보며 영문을 모르겠다는 표정을 지었다. 그들은 구천척이 무슨 방법으로 그에게 부상을 입혔는지 알 수가 없었다. 구천척이 입으로 대추씨를 내뿜었다는 사실을 알고 있는 사람은 양과와 녹악뿐이었다.

양과가 공손지와 싸우는 동안 구천척은 꿀을 바른 대추를 씹으며 입안에 대추씨 일고여덟 개를 머금었다. 그녀는 양과와 싸우는 공손지를 보면서 그의 무공이 크게 진보해서 만일 대추씨를 내뿜게 된다면 틀림없이 이를 피할 수 있을 것이라 여겼다. 한 번에 맞히지 못한다면 모든 게 물거품이 될 것만 같았다. 그래서 그가 싸우는 사이 피를 섞은 차를 만들어 폐혈공을 먼저 깨뜨린 뒤 그가 분노로 이성을 잃고 달려들 때 대추씨를 내뿜은 것이다. 이는 그녀가 10여 년 동안 갈고닦은 유일한 무공이었다. 세상 어떤 암기에도 뒤지지 않는 강력하고 빠른 무공이었다. 녹악이 갑자기 달려들지만 않았다면 공손지는 아마도 목숨을 잃었을 것이다.

"아버지, 아버지!"

굳은 듯 서 있던 녹악은 더 이상 견디지 못하고 아버지를 살피러 달려 나갔다. 구천척의 찢어질 듯한 목소리가 들렸다.

"아비라는 사람과 가겠거든 그러려무나. 하지만 나와는 끝이다!"

녹악은 걸음을 멈추었다. 어떻게도 할 수 없는 상황이었다. 그러나 생각해보면 아버지가 잘못한 일이었다. 그간 어머니가 당한 고통은 아버지보다 훨씬 큰 것이었다. 게다가 아버지는 이미 멀리 가버려 쫓아갈 수도 없었다. 문 앞까지 달려간 녹악은 고개를 숙인 채 천천히 돌아왔다.

구천척은 늠연히 의자에 앉아 이곳저곳을 둘러보더니 차가운 미소를 지었다.

"그래, 오늘 모두들 축하주를 드시러 오셨는데 이렇게 되었으니 영흥이 나지 않는군요."

사람들은 그녀의 차가운 눈초리를 보고 온몸에 솜털이 곤두서는 느낌이 들었다. 혹 그 입에서 다시 이상한 암기가 나오지 않을까 걱정되어 저도 모르게 몸을 움츠렸다. 사람들이 그렇게 두려움에 떨고 있는 사이 금륜국사와 윤극서는 나름대로 방책을 세웠다.

소용녀와 양과는 공손지가 그렇게 쫓겨나는 것을 보고는 한숨을 내쉬며 서로 손을 맞잡았다. 두 사람은 같은 생각을 한 듯 함께 어깨를 나란히 하고 대청 밖으로 걸음을 옮겼다. 막 문을 나서려는 순간 구천척이 소리를 질렀다.

"양과야, 어딜 가는 거냐?"

양과는 몸을 돌려 공손하게 고개를 숙인 뒤 입을 열었다.

"선배님, 녹악 낭자, 저희는 그만 가보겠습니다."

앞으로 목숨이 얼마 남지 않은 것을 알기에 그는 다음에 뵙겠다는 등의 인사는 하지 않았다. 양과의 작별 인사에 녹악은 말없이 답례했다. 구천척은 서슬 푸른 얼굴로 으르렁거렸다.

"내 외동딸을 너에게 허락하였거늘 어찌 나를 장모라 부르지도 않고 이렇게 서둘러 가는 것이냐?"

양과는 놀라 얼른 말이 나오지 않았다.

'당신이 허락했다고는 하나, 나는 선자가 있는데……'

구천척은 양과에게 틈도 주지 않고 계속 말을 이었다.

"여기 예물이며 패물이 모두 갖춰져 있고, 화촉을 밝힐 준비도 모두 되어 있다. 하객도 이리 많이들 오시지 않았느냐. 무학을 하는 사람이라면 일일이 부모님을 모실 것도 없다. 너희는 오늘 혼사를 올리도록 해라."

금륜국사 일행은 양과가 소용녀를 위해 공손지와 몇 차례나 사투를 벌인 것을 두 눈으로 똑똑히 보았다. 그들은 구천척의 말을 들으며 이제 또 한 차례 파란이 일겠구나 싶었다. 일행은 서로 얼굴을 마주 보았다. 미소를 짓는 사람도 있었고, 어떤 사람들은 가만히 고개를 젓기도 했다.

양과는 왼손으로 소용녀의 어깨를 감싸고 오른손으로 군자검의 검자루를 쥐었다.

"선배님의 영애를 이 후배에게 허락해주신 것은 커다란 영광입니다. 후배, 크게 감사드립니다. 하지만 저는 이미 마음을 준 사람이 있어 영애의 배필로는 어울리지 않습니다."

양과는 천천히 뒤로 물러섰다. 그는 구천척이 홧김에 갑자기 대추씨를 뱉을까 봐 검을 꽉 쥐고 단단히 준비 태세를 갖추었다.

구천척은 눈을 치켜뜨고 소용녀를 쏘아보았다.

"흥, 여우 같은 게 예쁘장하게 생겼구나. 늙은 것이나 어린것이나 홀릴 만도 해."

"어머니, 양 대형은 이 낭자와 일찍부터 혼인을 약속한 사이예요. 그간 있었던 일은 제가 천천히 설명드릴게요."

참다못한 녹악이 나서보았지만 구천척은 아랑곳하지 않고 오히려 그녀를 윽박질렀다.

"너는 이 어미를 뭘로 보는 거냐? 내가 한번 한 말을 바꿀 것 같으냐? 양가 녀석아, 듣거라. 내 딸은 인물로 보나 뭘로 보나 너에게 뒤질 것이 하나도 없다. 설사 이 아이가 세상에 둘도 없는 괴물이라고 해도 나는 오늘 반드시 이 아이를 너에게 시집보내야겠다."

너무나 터무니없는 억지라 듣고 있던 마광좌가 웃음을 터뜨렸다.

"하하하, 이 계곡의 부부는 정말 보기 드문 괴짜들이군. 남편은 남의 집 규수에게 억지로 장가를 들려고 하지를 않나 부인은 애꿎은 젊은이를 딸과 맺어주려고 하지를 않나. 그래, 다른 사람은 안 된단 말이오?"

"안 된다!"

구천척은 차갑게 대답했다. 마광좌는 크게 웃어젖혔다. 순간 바람 소리와 함께 대추씨 하나가 마광좌의 눈썹 사이를 향해 날아갔다. 마광좌는 깜짝 놀라 번쩍 고개를 들었다. 어느새 대추씨에 맞은 마광좌의 앞니 세 개가 후드득 떨어졌다. 마광좌는 화가 머리끝까지 치밀어 괴성을 지르며 달려들었다. 그러나 역시 바람 소리와 함께 오른쪽 다리의 환도혈環跳穴과 왼쪽 다리의 양관혈陽關穴을 동시에 맞고 땅에 쓰러졌다.

대추씨는 너무나 빨리 날아가 도저히 쫓아갈 수가 없었다. 양과는 마광좌가 웃음을 터뜨릴 때 이미 구천척이 독수를 쓸 것이라 예상하고 장검을 뽑아 들고 도우려 했으나 한 걸음 늦고 말았다. 곁으로 다가간 양과가 얼른 팔을 뻗어 마광좌를 일으키고 혈도를 풀어주었다. 마광좌는 완전히 전의를 상실하고 패배를 인정했다. 그는 왜소한 여자가 손가락 하나 까딱하지 않고 자신을 쓰러뜨리자 진심으로 탄복했다. 그가 입에 머금었던 앞니 세 개를 내뱉자 피도 함께 흘러나왔다.

"부인, 참으로 무공이 대단하군!"

구천척은 쓰러진 마광좌에게는 눈길도 주지 않고 양과를 쏘아보았다.

"끝내 내 딸을 데려가지 않겠다는 것이냐?"

사람들 앞에서 모욕을 당한 꼴이 된 녹악은 견디지 못하고 허리춤에서 비수를 뽑아 들었다. 서늘한 칼끝으로 자신의 목을 겨누었다.

"어머니, 계속하시면 저는 이 자리에서 죽어버릴 거예요!"

구천척이 입술을 모으는가 싶더니 다시 대추씨 하나가 날아가 칼자루를 맞혔다. 강력한 힘에 칼이 옆으로 날아가 나무 기둥에 깊숙이 꽂히더니 한참 동안 파르르 떨렸다. 지켜보던 사람들은 너무 놀라 숨을 멈추었다.

양과는 계속 여기에 있으면 입만 아플 것 같아 손가락으로 검의 날을 퉁겼다. 검이 진동하며 내는 소리에 맞춰 양과가 입을 열었다.

"외로운 흰 토끼는 동쪽으로 가며 서쪽을 돌아보는구나. 옷은 새것만 못하고, 사람은 옛사람만 못하네贊贊白兎 東走西顧 衣不如新 人不如故."

양과는 소용녀의 손을 잡고 몸을 돌려 걸음을 옮겼다.

녹악은 '옷은 새것만 못하고, 사람은 옛사람만 못하네'라는 구절을 들으니 더욱 마음이 아팠다. 그녀는 갈아입으려 벗어두었던 양과의 헌옷을 들어 두 손으로 공손하게 그의 앞에 내밀었다.

"양 대형, 옷도 옛것이 좋을 거예요."

"고마워요."

양과는 옷을 받아 들었다. 그런 녹악의 모습에 소용녀는 미소를 지으며 감사의 의미를 담아 고개를 숙였다. 그녀는 녹악이 제 어미가 양과에게 대추씨를 뱉어 부상을 입히지 못하도록 일부러 그 사이를 막고 선 것을 알았다. 녹악은 어서 가라는 듯 눈짓을 했다.

구천척은 넋이 나간 표정으로 혼잣말을 되뇌었다.

"사람은 옛사람, 사람은 옛사람이라……."

그녀는 정신이 든 듯 번쩍 고개를 들었다.

"양과야, 내 딸을 마다하다니, 목숨이 아깝지 않으냐?"

양과는 처연히 미소를 지으며 뒤로 한 걸음 물러나 대청의 문턱을 넘어섰다. 소용녀는 섬뜩한 생각이 들었다.

"잠깐."

소용녀는 구천척을 똑바로 바라보았다.

"구 선배님, 정화의 독을 치료할 단약을 가지고 계신가요?"

녹악도 줄곧 어머니가 혹시 치료 방법을 알고 있지 않을까 기대를 걸고 있었다. 그러나 어머니는 분명 그것을 미끼로 양과에게 자신과 혼인하라 떠밀 것이 분명하므로 차마 말을 꺼내지 못했다. 하지만 이제는 더 이상 다른 것을 따질 겨를이 없었다.

"어머니, 양 대형이 도와주지 않았다면 어머니는 지금도 석굴에 갇혀 계셨을 거예요. 양 대형이 어머니께 잘못한 일도 없잖아요. 은혜를 입었으면 갚아야죠. 그의 몸에 퍼진 독을 풀 방법을 알려주세요."

구천척은 차갑게 웃었다.

"은혜를 갚아야 한다고? 원한이 있으면 원수를 갚아야 하고? 세상의 은혜와 원한이 그렇게 무 자르듯 분명하게 나누어진다더냐? 그러면 공손지는 내게 은혜를 갚은 것이냐?"

녹악의 표정은 진지했다.

"저는 음흉하게 두 마음을 품고, 정도 의리도 없이 새로운 사람을 위해 옛 여자를 버리는 남자는 싫어요. 만일 양 대형이 옛 여인을 버리고 저와 혼인하겠다고 했다면 저는 절대 저 사람에게 시집가지 않았을 거예요."

구천척에게는 특히 공감이 가는 얘기였다. 조금 바꾸어서 생각하니 딸의 마음을 알 수 있을 것 같았다. 딸은 양과를 깊이 사랑했다. 만일 양과가 정말 마음을 허락한다면 그가 옛사람을 버리든 말든 당장 혼인하겠다고 나설 것이다. 그러나 지금은 상황이 급박하니 우선 그의 목숨을 살려놓고 보자는 생각을 하는 게 분명했다.

금륜국사와 윤극서는 이런 실랑이가 두 차례나 일어나자 서로 눈을 찡긋거리며 미소를 지었다. 금륜국사는 양과가 독에 중독되었음을 알고 속으로 쾌재를 불렀다. 그러나 양과가 목숨을 부지하기 위해 녹악과의 혼인을 받아들일까 봐 조금은 불안하기도 했다. 워낙 양과가 영리하니 혹 거짓으로 허락하는 척하고 해독약을 가로챌지도 모를 일이었다. 금륜국사는 반드시 자리를 지키고 있다가 양과가 속임수를 쓰면 즉각 구천척에게 일러줘야겠다고 마음먹었다.

구천척은 눈동자를 천천히 움직이며 자리에 있던 사람들을 한번 훑어보았다.

"양과야, 여기 있는 사람들 중 어떤 이는 네가 죽기를 바라고, 어떤 이는 네가 살기를 바라고 있다. 너 스스로가 죽기를 원하는지 살기를 원하는지 잘 생각해보거라."

양과는 팔을 뻗어 소용녀의 허리를 힘껏 껴안고 외쳤다.

"선자가 내 사람이 되지 못하고 내가 선자의 사람이 되지 못한다면, 우리 두 사람은 함께 죽기를 택할 것이오."

"맞아요!"

소용녀도 얼굴 가득 미소를 지으며 말을 받았다. 두 사람은 완전히 마음이 통했고 두 사람의 사랑은 이미 죽음조차 초월할 정도로 깊었다.

구천척은 그녀의 마음을 도무지 이해할 수가 없었다.

"내가 도와주지 않으면 저 녀석은 목숨이 끊어진다. 알고는 있느냐?

저 녀석은 앞으로 36일밖에 살지 못한단 말이다!"

"당신이 도와주신다면 우리는 몇 년을 더 살 수 있으니 큰 은혜를 입은 셈이지요. 당신이 도와주지 않아 우리가 함께 있을 수 있는 시간이 36일밖에 되지 않는다 해도 좋아요. 어쨌든 이 사람이 죽으면 나도 살 생각이 없으니까요."

죽고 사는 이야기를 하면서도 소용녀의 아름다운 얼굴에는 조금도 망설이는 기색이 없었다.

구천척은 그녀와 양과의 얼굴을 번갈아 바라보았다. 두 사람은 서로를 뜨겁게 마주 보고 있었다. 진정으로 간절하게 상대에게 취해 있는 사랑하는 연인의 모습을 구천척은 평생 한 번도 본 적이 없었다. 남녀의 정이라는 게 이런 것이던가. 자신과 공손지의 관계가 떠올라 긴 한숨이 새어나왔다. 곧 두 줄기 눈물이 뺨을 타고 흘러내렸다.

녹악은 어머니의 품으로 뛰어들었다.

"어머니, 독을 치료해주세요. 저랑 같이 외숙부를 찾아가요. 외숙부는 어머니를 아끼신다고 하셨죠?"

구천척의 마음은 어느덧 누그러졌다. 순간, 둘째 오빠 구천인의 편지에 쓰여 있던 구절이 떠올랐다.

"큰형님은 철장봉에서 곽정, 황용의 손에 목숨을 잃고……."

자신은 몸이 이 지경이 되고 둘째 오빠는 이미 출가해 중이 되었으니 큰오빠의 원수는 이제 영원히 갚을 길이 없는 것인가. 하지만 양과가 무공이 뛰어나니 대신 원수를 갚으라 하면 그 역시 해볼 만한 일이겠다는 생각이 들었다. 그녀는 다시 고개를 들었다.

"원래 정화의 독을 치료하는 해독약은 아주 많았다. 그러나 세 개만 남겨두고 내가 모두 비상에 넣어버렸지. 그 세 개의 해독약 중 공손지가 이미 하나를 먹었고, 또 하나는 내가 취한 사이 그가 훔쳐가 결국에는 네 손에 들어갔다. 그리고 너는 그것을 저 여자에게 먹였고……. 그렇다면 세상에는 이제 단 하나의 절정단이 남아 있다. 이것은 내가 이미 20년을 넘게 숨기고 있었다. 이 절정곡에 들어온 이상 절정단을 가지고 있지 않다면 이미 그 목숨은 자기 것이 아니다. 보아하니 나는 앞으로 살날이 많지 않을 테고, 내 딸도 더 이상 이 계곡에 머물지 않을 것으로 보이니……."

구천척은 천천히 손을 품 안에 넣어 세상에 하나밖에 남지 않은 절정단을 손톱으로 두 조각을 내서는 반을 꺼내 손바닥에 올려놓았다.

"절정단을 너에게 주겠다. 네가 내 사위가 되지 않겠다 해도 상관없다. 하지만 내게 한 가지 일을 해주어야겠다."

양과는 소용녀와 서로 마주 보았다. 무슨 저의로 갑자기 호의를 베푸는 것인지 알 수가 없었다. 이미 죽음 따위는 두렵지 않은 두 사람이었지만, 살 수 있는 길이 있다니 기쁨을 감출 수가 없었다.

"선배님께서 시키시는 일이라면 있는 힘을 다하겠습니다."

"내 너에게 두 사람의 수급을 가져오라 시킬 것이다."

양과와 소용녀는 구천척이 죽이려는 사람 중 한 명은 분명 공손지일 것이라고 생각했다. 그자에 대해서라면 양과 역시 좋은 감정을 가지고 있지 않았고, 또한 이미 한쪽 눈을 다친 데다가 폐혈 내공까지 깨졌을 것이므로 그리 어려운 상대는 아니었다. 그러나 자신을 사랑하는 여인의 아버지를 죽인다는 것이 영 내키지 않았다. 양과는 잠시 대답하지 못하고 망설였다. 소용녀 역시 마음이 개운치 않았다. 공손지가 믿다고는 하나 어찌 되었든 자신의 목숨을 구해준 은인이었다. 그러나 구천척의 기색을 살펴보니 시키는 대로 하지 않으면 해독약은 절대 넘겨줄 성싶지 않았다.

"이 두 사람과 너희가 어떻게 얽혀 있는 관계인지는 모른다. 하지만 나는 그들을 반드시 죽여야겠다."

구천척은 두 사람의 얼굴에 난감한 표정이 떠오르자 차갑게 웃으며 해독약 반쪽을 만지작거렸다. 그녀의 말투가 아무래도 공손지 얘기를 하는 것 같지는 않았다.

"누구와 원한이 있기에 그러십니까? 누구의 수급을 가지고 오라고 하시는 거죠?"

양과의 목소리가 조금 다급해졌다.

"아까 공손지 그 인간이 편지를 읽는 소리를 듣지 못했느냐? 나의 큰오빠를 해친 것들, 곽정과 황용 말이다."

양과의 얼굴이 환하게 밝아졌다.

"그것 잘되었습니다. 그 두 사람은 바로 제 아버지의 원수입니다. 선배님의 분부가 없더라도 저는 그들을 찾아가 원수를 갚으려고 했습니다."

구천척은 조금 움찔했다.

'정말일까?'

양과는 금륜국사를 가리키며 이야기를 계속했다.

"저 대사님이 그 두 사람과 우여곡절이 있습니다. 제 일도 저분과 이야기한 적이 있습니다."

구천척은 금륜국사를 돌아보았다. 금륜국사가 고개를 끄덕였다.

"하지만 양 형제는 그때 곽정과 황용을 도와 저를 괴롭혔습니다."

소용녀와 양과는 중요한 순간마다 끼어들어 일을 그르치려 하는 그가 얄미워 못 견딜 지경이었다. 금륜국사는 눈을 치켜뜨고 자신을 쏘아보는 두 사람을 못 본 척 외면하며 미소를 지었다.

"양 형, 분명 그런 일이 있었지?"

"그렇지요. 제가 원수를 갚고 나서 대사께 가르침을 좀 받아야겠습니다."

금륜국사는 두 손을 맞잡고 합장을 했다.

"기꺼이 받아들이지!"

구천척이 왼손을 뻗었다.

"네 말이 사실인지 아닌지는 상관하지 않겠다. 이 약을 가져가 먹어라."

양과는 앞으로 나가 약을 받아 들었다. 그러나 반쪽뿐인 약을 보고 곧 구천척의 속셈을 알 수 있었다.

"두 사람의 목을 가져오면 나머지 반쪽도 주시겠다는 건가요?"

"정말 영리하구나. 한번 보면 알아채니 여러 말 할 필요가 없어."

'우선 반이라도 먹고 보자. 안 먹는 것보다야 낫겠지.'

양과는 약을 입에 털어 넣고 침을 꿀꺽 삼켜 약을 넘겼다.

"이 절정단은 세상에 하나밖에 없는 것이다. 네가 반을 먹었으니 나머지 반은 내가 아주 은밀한 곳에 숨겨두겠다. 18일 후, 네가 두 사람의 수급을 가지고 오면 네게 넘겨줄 것이다. 그러지 않으면 네가 약을 빼앗기 위해 나를 잡아 괴롭히고 다시 석굴에 가둔다 해도 절대 주지 않을 것이다. 나는 한번 뱉은 말은 반드시 지킨다. 결코 번복하는 일은 없을 것이다. 그럼 손님 여러분은 각자 돌아가시기 바랍니다. 양 소협, 용 낭자, 18일 후에 보자."

구천척은 말을 마치고 두 눈을 감아버렸다.

"그런데 왜 18일이죠?"

소용녀의 물음에 구천척은 여전히 눈을 감은 채 대답했다.

"그의 몸속에 퍼진 정화 독은 원래 36일 후에 발작한다. 그런데 약 반쪽을 먹었으니 독기가 한곳에 뭉쳐 발작이 배로 빨리 일어나게 될 것이다. 18일 후 나머지 반을 먹으면 즉시 해독이 되지만 그러지 않으면…… 흐흐……."

구천척은 다시 입을 다물고 어서 가라는 듯 손짓했다.

양과와 소용녀는 그녀가 더 이상 아무 말도 하지 않으리라는 것을 알고 공손녹악과 인사를 나눈 뒤 서둘러 수선장을 빠져나갔다. 양과는 다시 길을 찾아 배를 타고 계곡을 빠져나가는 것이 귀찮아 소용녀와 경공으로 산을 넘는 길을 택했다. 계곡에 들어간 지 3일밖에 되지 않았는데, 양과는 그동안 너무 많은 우여곡절을 겪고 생사의 위험을 여러 차례 넘긴 데다 이제 사랑하는 이와 사지死地를 벗어나니 마치 딴 세상에 온 듯한 기분이 들었다.

어느덧 동이 터 하늘이 밝아왔다. 두 사람은 나란히 봉우리에 올라 계곡을 내려다보았다. 울창한 나무숲이 찬란한 새벽 햇빛을 받아 반짝거렸다. 푸른 숲이 눈앞에 펼쳐진 대자연 속에서 두 사람은 상쾌한 자유를 만끽하며 구름 위에 떠 있는 듯 몸이 가벼워지는 것을 느꼈다. 양과는 소용녀의 손을 꼭 잡고 커다란 나무 아래로 갔다.

"선자……."

소용녀는 양과에게 살포시 기대며 미소 지었다.

"내가 다시는 선자라고 부르지 말랬지."

양과는 이미 그녀를 사부로 생각하지 않았다. 그러나 '선자'라는 호칭은 이미 오랜 습관이었다. 소용녀의 귀여운 책망에 양과는 마음이 사르르 녹는 듯했다. 그는 소용녀의 까만 눈을 똑바로 쳐다보았다.

"그럼 뭐라고 부를까요?"

"네가 부르고 싶은 대로 불러. 뭐든 네 마음대로 해."

양과가 잠시 고민하는 표정을 지었다.

"제 평생 가장 즐거웠던 때는 고묘에서 선자와 함께 지낼 때였어요. 그때 선자라고 불렀으니 죽을 때까지 선자라고 부를래요. 하지만 지금 속으로는 '색시'라고 부르고 있어요."

"그때 내가 네 엉덩이를 때릴 때도 즐거웠어?"

양과는 두 팔을 뻗어 소용녀를 품 안에 꼭 껴안았다. 그녀의 몸에서 느껴지는 체온과 향기가 산속의 상쾌한 꽃 내음, 풀 내음과 한데 섞여 들었다. 양과는 마치 취한 듯 몽롱해졌다.

"우리 이렇게 18일 동안 살아요. 얼마 남지 않은 시간, 곽정과 황용을 찾아다니다 허비하지 말아요. 여기저기 쫓아다니며 죽으려고 덤비는 것보다 이렇게 함께 조용하고 즐겁게 남은 시간을 보내는 게 좋겠어요."

"네가 그러고 싶다면 그렇게 해. 전에는 너더러 내 말을 들으라고 했지만, 이제부터는 내가 네 말을 들을 거야."

언제나 차갑던 소용녀가 이제는 누구보다도 사랑이 넘치는 따뜻한 여인으로 변해 있었다. 따뜻한 정이 온몸을 휘돌며 그녀의 몸을 더욱 부드럽고 따뜻하게 만들었다. 지금 그녀에게는 진심으로 양과의 말을 듣고 따르는 것보다 즐거운 일은 없었다.

양과는 가만히 소용녀를 들여다보았다.

"왜 눈물이 고여 있죠?"

소용녀는 양과의 손을 들어 제 뺨에 갖다 대고 가만히 비볐다.

"모르겠어……."

잠시 침묵이 흘렀다.

"내가 너를 너무 좋아해서 그런가 봐."

"선자가 무엇 때문에 괴로워하는지 알아요."

소용녀가 고개를 들었다. 순간 참았던 눈물을 흘리며 양과의 품으로 파고들었다.

"과야, 너는…… 너는……. 우린 18일밖에 없어. 그걸로 충분하니?"

양과는 소용녀의 어깨를 가만히 두드려주었다.

"그래요, 저도 부족해요."

"나는 너랑 영원히 이렇게 지내고 싶어. 백 년, 천 년, 만 년……."

양과는 손으로 소용녀의 턱을 감싸며 발그스레한 입술에 가볍게 입을 맞추었다.

"좋아, 뭐라 해도 곽정과 황용을 죽여야겠어요!"

양과가 갑자기 힘 있게 외쳤다. 입안에 소용녀가 흘린 눈물의 짭짜름한 맛이 느껴지자 가슴이 터질 듯 감정이 북받쳐왔다.

"서로가 아쉬운 처지에 그렇게 급할 것 없지 않소."

갑자기 왼쪽 머리 위에서 누군가의 목소리가 들려왔다. 고개를 돌려보니 10여 장 밖 봉우리 위에 금륜국사, 윤극서, 소상자, 니마성, 마광좌 다섯 사람이 나란히 서 있었다. 말을 건 사람은 바로 금륜국사였다.

양과가 소용녀와 서둘러 계곡을 떠날 때 금륜국사 일행은 이들의 뒤를 바짝 쫓았다. 두 사람은 큰 위험을 헤치고 다시 만난 상태라 다른 것들을 생각할 틈이 없었다. 물론 두 사람이 나무 아래에서 속살거리는 모습도 금륜국사 일행은 멀리서 지켜보고 있었다.

양과는 절정곡에서 금륜국사가 여러 차례 자신을 곤경에 빠뜨렸던 일이 떠올랐다. 그의 말 한마디 때문에 죽을 뻔한 위기도 겪었다. 이럴 줄 알았다면 산에서 움막을 치고 상처를 치료할 때 일장에 목숨을 끊어놓았을 것이다. 생명의 은인에게 한 문파의 종사라는 사람이 이렇게 함부로 행동하다니 양과의 눈에 분노가 이글거렸다. 그러자 소용녀가 조용히 타일렀다.

"그냥 내버려둬. 저런 사람은 평생을 살아도 우리가 잠깐이면 느끼는 이런 기쁨을 모르고 살 거야."

옆에 서 있던 마광좌가 고함을 쳤다.

"양 형, 용 낭자, 함께 갑시다. 여기는 술도 고기도 없으니 무슨 재미로 지내겠소!"

양과는 그저 한순간이라도 더 소용녀와 조용히, 자유롭게 지내고 싶었다. 잘 알지도 못하는 사람들이 몰려와 방해를 하니 고묘에서의 한적한 생활이 새삼 그리워졌다. 그러나 그는 마광좌가 순수한 호의로 그러는 것임을 잘 알고 있었다.

"마 형, 먼저 가십시오. 소제, 곧 뒤따라가겠습니다!"

"그래요, 그럼 천천히 오시오!"

그때 갑자기 금륜국사가 웃음을 터뜨렸다.

"뭘 그리 신경을 쓰시오. 저 두 사람이야 이곳에서 재미나게 지내면서 18일을 보내면 그만인 것을……."

금륜국사가 이죽거리자 마광좌가 분통을 터뜨리며 옷자락을 거머쥐었다.

"망할 인간! 네 심장은 독기로 가득한 모양이로구나! 우리는 양 형과 함께 이곳에 들어왔다. 네가 양 형을 도와주지 않은 것도 이미 도리가 아니거늘, 계속해서 빈정거리고 괴롭히는 이유가 도대체 무엇이냐?"

금륜국사는 당황하는 빛도 없이 차갑게 웃었다.

"놓으시지!"

"못 놓겠다, 어쩔 테냐?"

금륜국사는 오른손을 들어 정면으로 내질렀다.

"그래, 힘을 쓰시겠다?"

마광좌는 부채만 한 손을 들어 금륜국사의 주먹을 잡았다. 그러나 금륜국사의 주먹은 허초였다. 그는 뒤이어 왼손을 뻗어 마광좌의 등에 대고 강한 힘과 부드러운 힘을 동시에 내보냈다. 그러자 육중한 몸뚱이가 풀쩍 날아오르더니 봉우리 아래로 떨어졌다. 다행히 떨어진 곳에 긴 풀이 자라 있고 마광좌의 살이 퉁퉁하기도 해서 크게 다치지는 않았다. 그러나 그의 이마는 이미 퍼렇게 부어올랐다. 그는 짐승처럼 소리를 지르며 몸을 일으켰다. 마광좌가 어리석기는 해도 나름대로 앞뒤는 가리는 사람이었다. 그는 이렇게 싸워서는 금륜국사를 도저히 이길 수 없다는 것을 잘 알고 있었다.

"아이고, 아이고, 망할 중대가리 때문에 팔이 부러졌네!"

금륜국사는 몽고 태후에게 등용되어 몽고 제일국사로 봉해진 사람이었다. 소상자와 니마성은 줄곧 이런 사실을 인정하지 않으려 했다.

게다가 그의 행동거지가 너무나 제멋대로인지라 더욱 화가 났다. 서로의 얼굴을 쳐다보더니 소상자가 먼저 입을 열었다.

"대사의 무공은 정말 대단하십니다. 역시 몽고 제일국사라는 칭호를 받으실 만합니다."

"뭘요, 과찬이십니다……."

아무렇지도 않은 듯 내뱉으면서 금륜국사는 주변 사람들의 기색을 살폈다. 니마성, 소상자 두 사람은 금방이라도 달려들 기세였고, 양과와 소용녀도 한쪽에서 기회를 노리고 있었다. 다만 윤극서는 어떤 마음을 품고 있는지 알 수가 없었다.

금륜국사는 자신의 무공을 믿고 있었지만, 다섯 명의 고수가 힘을 합쳐 공세를 편다면 감당하기 어려운 정도가 아니라 목숨을 부지하기 힘들 것 같았다. 그는 애써 태연한 척 말을 받으면서도 속으로는 도망칠 궁리를 짰다. 그런데 마광좌가 실실 웃으며 슬금슬금 뒤편으로 다가오더니 느닷없이 뒤통수를 가격했다. 평소의 금륜국사라면 마광좌의 기습에 당할 리 없었으나, 지금은 신경이 온통 양과와 소상자 등 다섯 사람에게 쏠려 있었던지라 그만 마광좌의 공격을 놓치고 말았다. 힘이 장사인 마광좌의 주먹은 마치 쇠망치 같았다.

금륜국사는 큰 충격을 받았으면서도 팔꿈치를 돌려 마광좌의 가슴을 가격했다. 마광좌는 괴성을 지르며 그대로 앞으로 고꾸라졌다. 그런 뒤 금륜국사는 얼른 두 다리를 살짝 구부려 마광좌의 커다란 몸을 어깨에 걸쳤다. 그러고는 그대로 산 아래로 뛰어내려가기 시작했다. 사람들은 소리를 지르며 그 뒤를 쫓았고, 그중 양과가 가장 앞장서서 달려갔다.

금륜국사는 어깨에 300근은 족히 나갈 거구를 메고서도 바람처럼 빨리 달렸다. 양과와 소용녀, 니마성 등도 모두 경공술이 상당히 뛰어난 사람들이었지만 이미 그에게 한발 뒤처지자 쉽게 따라잡지 못했다. 양과와 소용녀는 더욱 발을 재게 놀려 조금씩 거리를 좁혀갔다. 그때 금륜국사가 갑자기 멈춰 서서 뒤를 돌아보더니 큰 소리로 웃어젖혔다.

"좋다, 함께 덤비겠느냐? 하나씩 덤비겠느냐?"

금륜국사는 마광좌를 거꾸로 들고 그의 머리를 커다란 바위에 갖다 댔다. 금방이라도 그를 바위에 내려칠 듯한 기세였다. 양과는 그의 뒤로 돌아가 퇴로를 막았다.

"그를 해치면 한꺼번에 덤빌 거요."

금륜국사는 껄껄 웃으며 마광좌를 땅에 털썩 던져놓았다.

"이런 멍청이를 알고 지낼 필요가 있을까?"

그는 재빨리 손을 품에 넣어 은륜과 동륜을 꺼내 들었다. 두 개의 윤자를 부딪치자 요란한 소리가 산골짜기에 울려 퍼졌다.

"누가 먼저 덤비겠느냐?"

"무학을 갈고닦으신 분들이니 장사나 하던 저는 옆에서 지켜보겠습니다."

윤극서가 배시시 웃으며 옆으로 빠졌다.

'어느 쪽도 도와주지 않겠다면 적이 하나 줄어드는 셈이지.'

금륜국사가 생각하며 적들을 살피는 사이, 소상자도 머리를 굴렸다. 아무래도 누군가 먼저 대결을 해서 국사의 힘을 빼놓아야 자신이 나서서 싸울 만하겠다는 생각이 들었다.

"니 형, 무공이 나보다 나으시니 먼저 나서시오!"

소상자의 속셈을 니마성도 금방 눈치챘다. 그러나 천축에서는 독보적인 존재로 군림했던 니마성은 혹 금륜국사를 이기지는 못한다고 해도 지지 않을 자신은 있었다. 그래서 그는 옆에 있던 바위를 잡으며 외쳤다.

"좋소, 어디 그 장난감 같은 윤자 한번 시험해봅시다!"

그는 그대로 바위를 집어 들어 금륜국사의 가슴을 향해 달려들었다. 바위는 족히 300근은 넘어 보였다. 사람들은 니마성이 따로 무기를 쓰지 않고 바위를 들고 싸우자 깜짝 놀라며 지켜보았다. 금륜국사 역시 그의 자그마한 체구에서 그런 힘이 나올 줄은 생각지도 못했다. 그래서 선불리 정면에서 받아내지 못하고 몸을 비틀며 옆으로 비켜났다. 그런 뒤 오른손의 동륜으로 그의 등을 공격했다.

니마성은 바위를 든 채 팔을 뒤로 돌려 공격을 막았다. 동륜과 바위가 서로 부딪치자 불꽃이 사방으로 튀며 귀를 찢는 듯한 소리가 울려퍼졌다. 소리가 어찌나 큰지 산골짜기에 한참 동안 여운이 맴돌았다. 금륜국사는 왼손이 저릿저릿 저려왔다.

'난쟁이 같은 자가 무공은 상당하구나. 방심해서는 안 되겠어. 하지만 아무리 힘이 좋아도 바위를 들고 오래 버티지는 못하겠지.'

금륜국사의 은륜과 동륜이 춤을 추듯 움직이며 니마성의 주변을 휘감았다. 양과는 우선 마광좌를 구해내고 소용녀와 나란히 서서 대결을 지켜보았다. 뜻밖에 니마성의 힘이 대단하고 무공도 남달라 두 사람은 내심 혀를 내둘렀다. 니마성과 금륜국사는 한참 동안 싸웠다. 그런데도 니마성은 조금도 힘이 떨어지는 기색이 보이지 않았다.

"아파성 阿婆星!"

갑자기 니마성이 일갈하며 바위를 번쩍 들어 금륜국사를 향해 내던졌다. 이것은 천축 불가 무학에서 석가척상공釋迦擲象功이라고 하는 대단한 무공이었다.

불경에는 다음과 같은 이야기가 전해진다. 석가모니가 태자였을 때, 하루는 성을 나섰는데 코끼리가 그의 길을 막았다. 태자는 손으로 코끼리 발을 들어 올려 공중으로 던졌다. 사흘 후에야 코끼리가 떨어져 그 자리에 깊은 구덩이가 생겼는데, 그 구덩이를 척상구擲象溝라 불렀다. 이는 불가사의한 불법의 세계를 상징하는 우언이다. 후대에 천축의 무학 수련자가 외공을 수련할 당시 엄청난 힘으로 물건을 던질 수가 있게 되자 그는 석가모니의 이야기를 본떠 이것을 석가척상공이라 이름 붙였던 것이다.

지금 니마성이 이러한 힘을 이용해 던진 바위는 공중에서 빠른 속도로 회전하며 바람을 일으켜 금륜국사를 향해 날아갔다. 금륜국사의 무공이 강하다고는 하지만 이처럼 커다란 바위를 정면으로 받아낼 수는 없었다. 그가 얼른 비켜서는 순간, 니마성이 갑자기 뛰어오르더니 바위를 쫓으며 장을 뻗었다. 그러자 바위는 방향을 바꾸며 다시 금륜국사를 향해 날아들었다. 처음 던진 힘에 다시 장력이 가해졌으니 바위의 속도가 더욱 빨라졌다.

무공을 논한다면 금륜국사가 니마성보다 한 수 위였다. 그러나 눈앞에 다가오는 바위를 일단 피할 수밖에 없었다. 니마성은 뒤를 쫓으며 계속 장력을 가했고, 바위는 점점 더 힘을 받으며 더욱 맹렬한 기세로 금륜국사에게 날아갔다.

'계속 이렇게 싸우다가는 이 난쟁이에게 당하고 말겠다. 어서 무슨 수를 내야지. 다행히 혼자서 덤비고 있으니 독수를 써서 얼른 끝내야겠다. 죽고 나면 더 덤빌 수도 없겠지. 양과와 소용녀는 독 때문에 옥녀소심검법을 쓰는 것이 여의치 않을 테고……'

그때 갑자기 산 뒤쪽에서 말발굽 소리가 천둥 치듯 요란하게 울리더니 형형색색의 깃발이 나타나며 한 무리의 인마人馬가 모습을 드러냈다. 금륜국사와 니마성은 한창 싸움에 여념이 없어 신경 쓸 겨를이 없었다. 양과 등이 보니 사람들이 위풍당당하고 말도 몸집이 큼직큼직했다. 그들은 바로 긴 칼에 활로 무장한 몽고 기병이었다. 앞장선 사람이 손을 들어 손짓하자 기마대가 그 자리에서 멈추었다. 깃발 아래에서 누군가 금륜국사와 니마성의 대결을 잠시 바라보더니, 이내 말을 몰아 다가오며 고함을 질렀다.

"멈추시오! 멈추시오!"

손에 철궁을 들고 황포黃袍를 휘날리며 다가오고 있는 그 사람은 바로 몽고 왕자 홀필열이었다.

니마성은 목소리를 듣고는 방향을 이리저리 바꿔가던 쌍장을 앞으로 뻗었다. 그러자 바위는 그대로 산 아래로 굴러떨어졌다. 떨어지는 기세도 요란했다.

홀필열은 말에서 내려 얼굴 가득 미소를 머금고 금륜국사와 니마성에게 다가갔다.

"두 분이 무공을 수련하고 계셨군요. 정말 좋은 공부가 되었습니다."

그도 두 사람이 실제로 싸우고 있었다는 것을 알았지만 둘의 체면을 세워주기 위해 일부러 말을 다르게 했다.

"이렇게 풍경도 아름다운 곳에서 어찌 술을 빼놓을 수 있겠습니까? 여봐라, 술을 가져오너라. 여기서 좀 마셔야겠다!"

몽고인은 태어나면서부터 광야에서 자라 세상천지를 다 제집으로 삼고 자연에서 양식을 찾으며 살아온 민족이었다. 왕자도 일반인과 별반 차이가 없었다. 명이 떨어지기가 무섭게 호위병은 술과 말린 고기를 가지고 와 땅바닥에 자리를 폈다. 자리에 앉은 홀필열은 그제야 소용녀를 발견하고 잠시 숨이 멎는 듯한 기분이 들었다.

'인간 세상에 저리도 아름다운 여자가 있었단 말인가!'

그녀가 양과와 나란히 서서 손을 맞잡고 있는 것을 본 홀필열은 양과를 돌아보며 물었다.

"이 낭자는 누구시오?"

"용 낭자라 합니다. 저의 사부님이시자, 지금은 제 아내이기도 합니다."

양과는 절정곡에서 죽었다 살아나서인지 이제는 세상에 얽혀 있는 예법이나 관습 따위가 두렵지 않았다. 마음속으로는 이 세상에 '나 양과가 스승을 아내로 맞았노라'고 큰 소리로 알리고 싶었다. 몽고인은 스승에 대한 예의나 남녀 간의 금기 등이 한인처럼 엄격하지는 않았다. 홀필열도 양과의 말을 듣고 그다지 이상하게 여기지 않았다. 다만 이 어린 여자가 양과에게 무공을 가르쳤다고 하니 존경스러운 마음이 일었을 뿐이다.

"재주 높은 공자와 아름다운 낭자가 만났으니, 정말 하늘이 맺어준 배필 같소이다. 참으로 잘되었군요. 자, 모두 한잔씩 하십시다. 두 분을 축하해드려야지요."

홀필열은 짐짓 떠들썩하게 잔을 치켜들고 단숨에 술잔을 비웠다. 금륜국사도 가만히 미소를 지으며 잔을 들이켰다. 다른 사람들도 뒤이어 술을 마시고, 성급한 마광좌는 그새 석 잔을 비웠다.

소용녀는 몽고인에 대해 원래 별다른 감정이 없었지만, 홀필열이 자신과 양과가 잘 어울린다고 칭찬을 해주자 기쁜 마음에 술을 반이나 비웠다. 그녀의 얼굴이 금세 발그레해졌다.

'한인들은 모두 나와 과가 혼인을 하면 안 된다고 하는데, 이 몽고 왕자는 잘되었다고 축하해주니, 몽고 사람들의 식견이 더 높은가 봐.'

홀필열이 흐뭇한 듯 웃음을 지으며 말했다.

"여러분을 사흘이나 못 뵈어서 걱정이 되었습니다만, 양양의 군무가 급해 더 기다릴 수가 없었습니다. 주 선생은 모시지 못했지만 다음에 다시 기회가 있겠지요. 여러분께서 양양으로 와 군사들 앞에서 실력을 보여주시라고 전갈을 남겨두고 왔는데, 이렇게 직접 만나게 되니 정말 기쁩니다."

"왕야, 우리 군사로 양양을 치는 것이 잘되겠습니까?"

금륜국사의 물음에 홀필열이 양미간을 살짝 찌푸렸다.

"양양을 지키는 여문환呂文煥이라는 자는 별것 아니오. 내가 가장 두려워하는 사람은 곽정 한 사람뿐이오."

순간 양과의 가슴이 철렁 내려앉았다.

"곽정이 확실히 양양에 있습니까?"

"곽정은 내게는 웃어른이 되시오. 젊어서 선왕과 교분이 두터웠고, 조부이신 테무친께서도 매우 아끼시던 장군이었소. 그분은 지략과 용맹을 겸비해서 서역으로 원정을 갔을 때 신출귀몰한 계책으로 혁혁한 공을 세웠다 하오. 선왕께서도 내게 당부하신 적이 있지요. 송조宋朝의 왕이 어리석고 간신이 들끓어 군사가 허약하니 사람이 아무리 많아도 몽고 정병을 이기지 못할 테지만, 곽정을 만나면 조심해야 한다고 말입니다. 아…… 선왕께서 선견지명이 있으셨소. 아군은 양양성 밖에 진을 친 지 오래건만 함락하지 못하고 있다오. 이게 다 곽정이 성안에서 군사를 지휘하고 있기 때문이겠지요."

양과가 자리에서 벌떡 일어났다.

"그자는 제 아버지를 죽인 원수입니다. 제게 그를 죽이라 명을 내려주십시오."

양과의 말에 홀필열이 반색을 했다.

"내가 여러 영웅을 모신 목적이 바로 그것입니다. 그러나 듣자하니 곽정의 무공이 중원의 한인들 가운데 으뜸이라 하더군요. 게다가 여러 재주 있는 사람들이 그를 돕고 있다고 합니다. 이미 여러 차례 사람을 보내 기회를 노려보았지만 모두 사로잡히거나 목숨을 잃어 살아 돌아온 이가 없었소. 양 형의 무공이 뛰어나기는 하나, 혼자서는 어려울 듯하니 여러 영웅께서 함께 양양에 숨어들어 거사를 도모하는 것이 어떨까 싶소. 그자만 없애면 양양은 바로 우리 수중에 떨어질 것이오."

금륜국사, 소상자 등이 자리를 박차고 일어나 두 손을 앞으로 모으며 예를 올렸다.

"왕야의 명을 받들어 죽을힘을 다하겠습니다."

홀필열은 기쁜 기색을 감추지 못했다.

"어느 분이 곽정을 없애든 함께 간 분들의 공을 인정할 것이오. 그리고 직접 곽정을 죽인 분은 내가 대칸께 청을 올려 작위를 내리고 대몽고국 제일용사의 칭호를 내릴 것이오."

소상자, 니마성 등은 작위를 받는 것에는 그다지 관심이 없었다. 다만 대몽고국 제일용사의 칭호를 얻는다면 천하에 이름을 날리는 것이니 이것이야말로 평생 원하던 바였다. 당시 몽고는 강대한 군사력을 바탕으로 전에 없이 영토를 확장하고 있었다. 서역으로 수만 리가 이어지고 이미 중국 영토 3분의 2를 차지했다. 제국의 중심에서 서쪽 변경에 이르기까지 빠른 말로 달려도 꼬박 1년이 걸릴 넓이였다. 이런 몽고에서 제일용사로 불릴 수만 있다면 천하의 영웅호걸들이 모두 부러워할 일이었다. 사람들은 저마다 의욕이 넘쳤고, 금륜국사마저도 눈에서 이상한 빛이 뿜어져 나왔다.

양과는 덧없는 웃음을 지으며 천천히 고개를 저었다. 그런 그를 소용녀가 깊은 정이 담긴 눈으로 바라보았다.

'작위고 천하 제일용사고 다 필요 없어. 네가 무사히 살아 있기만 하면 돼.'

일행은 또 술을 몇 잔 더 마시고는 자리에서 일어났다. 몽고 무사가 말을 끌고 오자 양과, 소용녀, 금륜국사 일행이 모두 말에 올라탔다. 이들은 홀필열을 쫓아 바람처럼 말을 몰아 양양으로 내달았다.

길옆에 늘어선 집들은 십중팔구는 비어 있고, 여기저기 시체들이 널려 있었다. 몽고군은 한인만 보면 짐승 다루듯 마음대로 학살을 자행하고, 여인네들을 으슥한 곳으로 끌고 가 온갖 짓거리로 농락하다 죽여버렸다. 양과는 괴로워 똑바로 쳐다볼 수가 없었다. 당장이라도 나서서 막고 싶었지만, 홀필열의 얼굴을 봐서 그럴 수는 없었다.

'몽고군은 참으로 잔인하구나. 우리 한인을 개돼지처럼 다루다니…… 곽정, 황용만 죽이고 나면 제일 지독했던 몇 놈은 내 손으로 죽여야 화가 좀 풀리겠다.'

며칠 걸리지 않아 그들은 양양성 외곽에 도착했다. 두 나라 군사는 한창 공방전을 벌이고 있었다. 이미 한 달여를 끌어온 싸움이었다. 산에는 온통 부러진 창과 방패, 엉겨 붙은 핏자국이 널려 있었다.

사대왕四大王 홀필열이 친히 왕림하자 몽고 군영에서 전군의 원수, 대장들이 30리 밖까지 나와 영접했다. 그 뒤를 따르는 호위 부대의 말들이 기운차게 달리고 철갑이 울리는 모습이 참으로 위풍당당해 보였다. 장수들은 멀리서 홀필열의 모습이 보이자 일제히 말에서 뛰어내려 길옆에 엎드렸다. 홀필열은 가까이까지 말을 몰고 가 걸음을 멈추고 사방을 둘러보았다. 한참 후 뭔가 심히 못마땅한 듯 말을 툭 던졌다.

"흥, 양양성을 이렇게 오랜 시간 공격하고도 성과가 없으니 우리 대몽고국의 위세가 땅에 떨어진 게 아닌가?"

"죽을죄를 지었습니다. 벌하여 주십시오."

홀필열은 말을 채찍질해 앞으로 질풍처럼 달려 나갔다. 장수들은 한참 동안 일어나지 못하고 그렇게 엎드려 있었다. 자신과 금륜국사에게는 더없이 온화한 홀필열이 장수들에게는 그렇게 엄격한 것을 보고 양과는 내심 깜짝 놀랐다.

'몽고군이 강대한 것은 엄격한 군율 때문이었구나. 송이 어찌 그 적수가 될 수 있을까?'

그런 생각이 들자 양과는 저도 모르게 눈살이 찌푸려졌다.

다음 날 아침 날이 밝자, 몽고군은 또 성을 공격했다. 화살이 빗발처럼 쏟아지고 돌이 날아다녔다. 한참 동안 공격을 가한 후 뒤이어 군사들이 사다리를 들고 사방팔방에서 성 위로 기어올라갔다. 그러나 성안의 방어도 만만치 않았다. 그렇게 한참 공방전을 벌인 끝에 몽고군 수

백 명이 성벽 위로 올라섰다. 몽고 군중에서 환호성이 터져 나왔다. 그 뒤를 이어 숱한 몽고군이 개미 떼처럼 달라붙어 성벽을 올랐다. 그러자 성안에서 막대기가 서로 부딪치는 소리가 어지러이 울리더니 성벽 뒤에서 궁수들이 나타나 화살을 쏘아대며 몽고군이 더 이상 기어오르지 못하게 차단했다. 또 그 뒤로 송나라 군사들이 몰려와 손에 든 횃불로 사다리에 불을 붙였다. 긴 사다리에 매달렸던 몽고군이 추풍낙엽처럼 우수수 떨어져 내렸다.

성 위아래에서 엄청난 고함 소리가 울리더니 건장한 사내들이 성벽 위에 나타나 긴 창과 검으로 성벽을 기어오르는 몽고군들을 무차별 공격했다. 이들은 송군의 복색이 아니라 검은 저고리나 푸른 도포 등을 입고 있었다. 적을 공격하는데도 대형隊形을 이루는 것이 아니라 각자 움직이는 것이 얼른 보기에도 상당한 무공이 있는 듯 보였다. 앞장서서 성을 공격하던 병사들은 모두 몽고군에서 가장 뛰어난 용사들이었다. 그런데 성 위에 버티고 있는 사람들과 몇 합 겨뤄보지도 못하고 목이 날아가거나 성 아래로 떨어졌다.

송군 진영의 한 남자가 특히 용맹해 보였다. 그는 회색 옷을 입고 빈손으로 종횡무진하며 위기에 몰린 아군의 포위를 풀어주는가 하면 장풍으로 몽고군을 밀어내기도 했다. 그야말로 양 떼 가운데서 날뛰는 한 마리의 호랑이 같았다.

홀필열은 성 아래에서 전투를 독려하다가 용맹을 떨치고 있는 그 남자의 모습을 한참 동안 넋을 잃고 바라보았다.

"천하의 용사여…… 누가 저자를 뛰어넘을 수 있을까?"

그의 옆에 서 있던 양과가 물었다.

"왕야께서는 저 사람이 누군지 아십니까?"

홀필열은 놀란 듯 잠시 숨을 멈추었다.

"저자가 곽정이란 말이오?"

"그렇습니다."

성벽 위의 몽고군은 이미 거의 죽어 몇 명 남지 않았다. 가장 용맹한 백부장 세 명이 창을 들고 사투를 벌이고 있었을 뿐이다. 성 아래에서는 만부장이 호각을 불며 다른 부대에 성을 공격하도록 지휘하며 성 위에서 싸우고 있는 백부장들을 도우려 했다.

그때 곽정이 긴 휘파람 소리를 내며 성큼 다가왔다. 그러자 백부장 한 명이 창끝을 곽정에게 겨누었다. 곽정은 망설임 없이 창 자루를 잡고 밀어버렸다. 동시에 왼쪽 다리를 날려 또 다른 백부장의 방패를 걸어찼다. 두 백부장이 용맹한 사람들이기는 했지만 곽정의 힘을 당해낼 수는 없었다. 이들은 순식간에 곤두박질치며 온몸의 뼈가 부러져 절명했다. 혼자 남은 백부장은 이미 나이가 지긋해 백발이 성성한 사람이었다. 그는 이제 목숨을 보존키 어려울 것이라는 생각에 앞뒤 가릴 것 없이 장칼로 이리저리 휘둘러댔다. 마치 미친 호랑이가 날뛰는 것 같았다.

곽정은 왼쪽으로 비켜나며 칼을 쥔 백부장의 손목을 움켜쥐었다. 동시에 오른손으로 장을 발하려다가 몸이 굳은 듯 멈추었다. 백부장과 눈이 정면으로 마주친 것이었다.

"금도부마 아니십니까!"

그는 곽정이 과거 서역으로 출정할 때 수하에 있던 옛 부하였다. 황용이 계책을 내 사마르칸트 성을 공격할 때 선봉에 섰던 용사였다. 곽정은 순식간에 옛정이 용솟음치며 목이 메었다.

"아니, 악이다鄂爾多가 아닌가!"

백부장은 곽정이 아직까지 자신의 이름을 기억하고 불러주자 뜨거운 눈물이 솟구쳤다.

"예, 소인 악이다입니다."

"그래, 옛정을 봐서 오늘은 살려주마. 다음에 또 잡히면 나도 어쩔 수 없다."

곽정은 일부러 냉정하게 고개를 돌렸다.

"밧줄을 가지고 와 이자를 내려주어라!"

군졸 두 사람이 밧줄로 악이다의 허리를 묶고 성 아래로 내려주었다. 악이다는 몽고군에서 전투 경험이 풍부하고 전공도 많이 세운 역전 용사였다. 그런 그가 송나라 군사의 밧줄에 묶여 아래로 내려지니 아래에 있던 몽고군은 모두 어리둥절할 뿐이었다. 어찌 된 일인가 싶어 뒤로 수 장 물러난 사이 성 위에서도 화살 쏘기를 잠시 멈추었다. 두 나라 군대 사이에 아주 짧은 휴전이 성립되었다. 성 아래로 내려진 악이다는 곽정을 향해 엎드렸다.

"금도부마께서 이곳에 계시니 다시는 침범하지 않겠습니다!"

곽정은 위풍당당한 모습으로 성 위에 올라섰다.

"몽고 원수는 들어라! 송과 몽고는 과거 동맹을 맺고 합심해 금을 멸하였다. 그런데 어찌 몽고는 우리의 변경을 침입해 백성을 해하는 것인가? 우리 대송의 백성은 몽고보다 열 배가 많다. 속히 군사를 물리지 않으면 대송의 의병이 속속 모여들어 10만 몽고군의 목숨을 모조리 뺏고 묏자리도 찾지 못하게 할 것이다!"

곽정은 몽고어로 말했다. 배에 깊숙이 힘을 주어 한마디 한마디를 내지르자 성벽이 높고 두 나라 군대가 상당히 먼 거리에 있는데도 목소리가 똑똑히 울려 퍼졌다. 몽고군은 순간 얼굴에 핏기가 가셨다. 한 만부장이 악이다를 끌고 홀필열에게 가 자초지종을 설명했다. 악이다는 과거 곽정을 따라 서정을 갔을 때 금도부마의 용병술이 어떠했으며, 또 어떻게 적을 무찔렀는지를 생생하게 설명했다. 홀필열의 얼굴이 점점 어두워졌다.

"끌고 가 목을 베라!"

"억울합니다!"

곁에 서 있던 만부장이 악이다를 두둔했다.

"사대왕께서도 아시다시피 악이다는 전공을 많이 세웠고……."

홀필열은 더 들을 것 없다는 듯 손을 흔들었다. 호위병들이 악이다를 끌고 가 목을 베고는 수급을 바쳤다. 자리에 있던 장수들 모두 두려움에 몸을 떨었다. 홀필열이 만부장에게 영을 내렸다.

"악이다는 전쟁 중에 죽었으니 그 처자에게 황금 1,000근과 노예 30명, 가축 300두를 하사한다."

"예!"

대답을 하면서도 만부장은 도무지 알 수 없다는 표정이었다.

"내가 이 사람을 죽이면서도 그 가족에게 상을 내린 뜻을 너희는 모르겠느냐?"

"부디 가르침을 주십시오!"

만부장이 허리를 숙였다.

"이 백부장은 적에게 무릎을 꿇고 절을 하여 군사들의 마음을 동요시켰다. 이것이 참수당해 마땅한 죄가 아니더냐? 그러나 그는 가장 앞장서서 달려 나가 마지막까지 싸웠다. 그러니 어찌 상을 주지 않을 수 있겠느냐?"

홀필열의 말에 장수들은 일제히 바닥에 엎드려 절을 올렸다. 그러나 몽고군의 사기는 이미 떨어져 있었다. 홀필열은 병사들의 모습을 보고 오늘 성을 공격해봤자 손실만 늘어날 뿐이라는 사실을 깨달았다. 성 아래에는 몽고군의 시체가 산처럼 쌓여 있었다. 모두 전투 경험이 풍부한 정예병들이었다. 홀필열은 속이 부글부글 끓어올랐다. 그러나 양양성의 문은 굳게 닫혀 있었다. 홀필열은 길게 한숨을 내쉬고 마침내 군을 40리 후퇴시키라는 명을 내렸다. 곁을 지키던 호위병들이 서로 마주 보더니 입을 모아 외쳤다.

"소인, 사대왕의 위엄을 떨치고자 적장의 예기를 꺾어 보이겠습니다!"

말을 마치자마자 그들은 말에 올라타고 성 아래로 내달렸다. 철궁을 들어 활시위를 당기는가 싶더니 어느새 화살 두 개가 곽정을 향해 나란히 날아갔다. 이 두 사람은 기마술이 뛰어난 데다 활 솜씨도 정확했다. 말도 바람처럼 달렸고 화살이 날아가는 속도는 그야말로 눈으로 확인하기가 어려웠다. 성 위아래에서 일제히 감탄사가 터져 나왔다.

화살은 이미 곽정의 가슴 앞까지 날아왔다. 도저히 피할 수 없으리라 생각되는 거리까지 화살이 다가오자 곽정은 두 손을 살짝 떨쳐 안쪽으로 휘감았다. 어느새 그의 두 손에는 화살이 하나씩 들려 있었다. 그리고 숨 돌릴 새도 없이 활시위에 활을 먹여 성 아래를 향해 날렸다. 두 몽고병이 말 머리를 돌리기도 전에 이미 화살이 그들의 가슴을 꿰뚫었다. 두 사람이 말에서 떨어지자 성 위에서 지켜보던 송나라 군사들은 온 성이 떠나갈 듯 박수를 치며 환호성을 질렀다.

홀필열은 심히 불쾌했다. 그는 더 기다릴 것 없이 군을 북으로 후퇴시켰다. 양과가 가만히 말을 붙였다.

"왕야께서는 고민하실 것 없습니다. 제가 성에 들어가 곽정의 목을 가져오겠습니다."

홀필열은 고개를 저었다.

"곽정이라는 사람은 참으로 용과 지를 겸비한 사람이오. 명불허전이라더니, 오늘 보니 골치 아프게 되었소."

"소인, 곽정의 집에서 몇 년 기거한 적이 있습니다. 그를 도와준 적도 있습니다. 설령 날 봐도 경계하지 않을 겁니다. 정면에서 대드는 창은 쉽게 피해도 몰래 쏘는 화살은 막아내기 어렵다고 하지 않았습니까?"

"아까 성을 공격할 때 내 옆에 서 계시는 것을 그쪽에서도 보지 않았겠소?"

"혹 그럴까 봐 용 낭자와 커다란 모자를 쓰고 얼굴을 가리고 가죽옷으로 복색도 숨겼습니다. 절대 알아보지 못했을 것입니다."

"그렇다면야 공을 세워주길 바랄 뿐이지요. 상은 약속드린 대로 꼭 내릴 것이오."

양과는 서둘러 고맙다고 인사하고 몸을 돌려 소용녀와 떠날 채비를 했다. 그런데 금륜국사와 소상자, 윤극서의 기색이 심상치 않았다.

'이 사람들…… 내가 곽정을 죽이고 몽고 제일용사의 칭호를 가져갈까 봐 그러는구나. 틀림없이 막고 나설 텐데…….'

양과는 가슴이 뜨끔해져 다시 홀필열에게 청했다.

"왕야, 소인이 곽정을 죽이는 것은 개인적인 원한 때문이며, 또한 그의 수급을 가져가야 목숨을 구할 수 있기 때문입니다. 왕야의 은혜로 일을 이룰 수 있다면 그만입니다. 몽고 제일용사라는 칭호는 받을 수가 없겠습니다."

"어찌 그러오?"

"소인의 무공은 여기 계신 분들보다 떨어집니다. 어찌 제일용사라 칭하겠습니까? 소인, 왕야께서 허락을 내려주셔야 떠날 수 있겠습니다."

양과의 말투는 참으로 간절했다. 홀필열도 그의 말이 진심이라는 것을 느낄 수 있었다. 게다가 옆에 있는 사람들의 눈치를 살피니 양과의 마음을 알 수 있을 것도 같았다.

"그렇다면…… 사람들은 제각기 신념이 있는 법이니 억지로 상을 권하지는 않겠소."

홀필열이 대답하자 금륜국사 일행은 한결 마음이 편안해졌다.

양과는 말 머리를 돌려 소용녀와 양양성으로 향했다. 도중에 쓰고 있던 모자와 가죽옷을 벗어버리고 한인의 복장으로 갈아입었다. 그들이 성 아래에 닿았을 때는 이미 해가 질 무렵이었다. 성문은 굳게 닫혀 있고 성 위에서 보초를 서는 군사들의 손에는 모두 횃불이 들려 있었다. 양과는 그 밑에서 큰 소리로 외쳤다.

"나는 양과라 합니다. 곽정 어르신을 뵈러 왔소!"

양과의 외침에 성 위에서 보초를 서던 장수가 내려다보니 웬 청년이 젊은 처녀와 함께 있는 것이 보였다. 그는 곽정에게 달려가 그대로 보고했다. 잠시 후, 두 젊은이가 성벽으로 달려왔다.

"누군가 했더니 양 형이었군요. 두 분뿐인가요?"

양과가 고개를 들어보니 무씨 형제가 자신들을 내려다보고 있었다.

'곽정이 우리 아버지를 죽일 때 무씨 형제의 아버지도 함께 도운 게 아닐까?'

"곽 백부는 성안에 계시오?"

"계시오. 들어오시오."

무수문이 대답하고는 병졸에게 문을 열라 명했다. 다리가 내려지자 양과와 소용녀는 성안으로 들어갔다. 무씨 형제는 두 사람을 이끌고 커다란 집으로 안내했다. 잠시 후 곽정이 기쁜 얼굴로 문을 박차고 뛰어나왔다. 그는 우선 소용녀에게 예를 표하고 양과의 손을 덥석 붙잡았다.

"과야, 마침 잘 왔다. 한창 공격이 심하던 참이었어. 네가 이렇게 왔으니 큰 힘이 될 거다. 정말 온 성의 백성들이 복을 받은 것이 아니고 무엇이겠느냐."

곽정은 양과의 사부인 소용녀에게 예를 갖추어 대했다. 그러면서도 양과에게는 매우 친근하고 자상하게 대했다. 양과는 곽정과 반갑게 손을 마주 잡았지만 속으로는 이를 갈고 있었다. 아버지를 죽인 원수에게 당장이라도 검을 빼 들어 찌르고 싶은 마음이 간절했다. 그러나 그의 무공을 생각하면 가볍게 행동할 수가 없었다. 양과는 애써 웃는 표정을 지었다.

"안녕하셨어요?"

그는 분노를 억누르긴 했지만 그에게 절을 하고 싶지는 않았다. 곽정은 워낙 마음이 넓은 사람이라 그런 세세한 것에는 신경 쓰지 않았다. 양과는 집 안으로 들어가 인사를 하기 위해 황용을 찾았다.

"네 백모가 곧 해산을 앞두고 있어 몸이 좋지 않구나. 다음에 만나도록 하거라."

곽정의 말에 양과는 속으로 쾌재를 불렀다.

'황용은 꾀가 많아 내 속내를 들키지 않을까 걱정했는데 잘되었군. 하늘도 나를 돕는 모양이야.'

이야기를 나누는 사이, 전갈이 왔다.

"여 대원수께서 대야를 연회에 초청하셨습니다. 오늘 몽고군에 대승을 거둔 것을 축하하시겠답니다."

"돌아가 감사하다고 전하게. 그런데 나는 오늘 귀한 손님이 오셔서 참석할 수가 없겠다고 말씀드리고⋯⋯."

병사는 양과를 흘깃 보았다. 나이도 아직 어리고 별다른 점이 없어 보이는데 어찌 곽정이 이 소년을 위해 대원수의 초청을 물리치는지 알 수가 없었다. 그는 고개를 갸웃거리며 돌아가 대원수인 여문환에게 그대로 보고했다.

곽정은 내당에서 조촐한 술자리를 마련해 소용녀와 양과를 대접했다. 주자류, 노유각, 무씨 형제, 곽부 등이 모여 반갑게 맞았다. 주자류는 양과에게 연신 고맙다고 인사하며 그가 곽도에게서 해독약을 빼앗아 자신을 치료해준 일을 칭찬했다. 양과는 가만히 웃으며 겸허하게 칭찬을 받았다. 무씨 형제는 못 들은 척하며 딴청을 부렸다.

"양 오빠!"

곽부는 양과를 보고도 덤덤한 표정으로 인사를 건넸다.

"부야, 전에 금륜국사에게 잡혀갔을 때 과가 나서서 도와주지 않았다면 너는 물론이고 네 어머니도 위험할 뻔하지 않았느냐! 어찌 진심으로 고맙다고 인사를 하지 않는 거야!"

곽부는 아버지의 꾸지람을 듣고서야 몸을 일으켰다.

"일전에 구해줘서 고마워요."

"모두 한 가족이나 마찬가지인데 고맙긴……."

곽부는 말없이 자리에 앉았다. 음식을 먹는 동안에도 그녀는 그늘 진 표정으로 뭔가 걱정이 있는 듯 보였다. 무씨 형제도 뭔가 편치 않은 모양이었다. 노유각과 주자류는 흥이 나 몽고군을 무찌른 이야기에 열을 올렸다. 술자리가 파했을 때는 이미 늦은 밤이었다.

곽정은 딸에게 소용녀와 들어가 자라 이르고 자신은 양과와 함께 잠자리에 들었다. 소용녀는 들어가면서 양과에게 눈짓을 보냈다. 정이 담뿍 담긴 눈빛으로 양과에게 조심하라 이르는 것 같았다. 양과는 마음을 들킬까 봐 얼른 고개를 돌리고 그녀를 똑바로 보지 못했다. 곽정은 양과의 손을 잡고 자신의 침실로 들어갔다. 그는 양과가 금륜국사에 맞선 일이며 주루와 석진에서 황용과 곽부, 무씨 형제를 두 차례나 구해준 일을 칭찬했다. 그리고 그간 어찌 지냈는지 물었다. 양과는 말을 많이 하면 실수라도 할까 봐 정영, 육무쌍, 바보 낭자, 황약사를 만난 일은 이야기하지 않았다. 그저 다친 후 산속에서 요양하다가 나중에 스승을 만나 함께 곽정을 찾아온 것이라 얼버무렸다. 곽정은 잠자리를 준비하며 이곳 상황을 설명했다.

"과야, 지금 강한 적이 변경을 압박하고 있다. 대송의 천하는 바람 앞에 촛불과 같구나. 양양은 대송을 지키는 병풍과도 같은 요지다. 이곳을 잃으면 대송의 백성은 몽고인의 노예가 되고 말 거야. 나는 몽고인이 다른 민족을 잔혹하게 죽이는 모습을 직접 본 적이 있어. 정말 피가 끓어오르는 것 같았다."

양과도 이야기를 들으며 몽고군이 저지른 각종 악행이 떠올랐다.

그러자 저도 모르게 이가 갈리고 피가 거꾸로 솟는 것 같았다.

"우리가 무공을 쌓아 무엇을 할 수 있겠느냐? 협을 따르고 의를 행하는 것, 위험에 빠진 사람을 구하는 것이 본분일 것이다만 이것은 협의 작은 부분일 뿐이다. 강호에서 나를 곽 대협이라고 부르는 것은 내가 나라를 위하고, 백성을 위하고, 또 내 몸을 돌보지 않고 양양을 지키고 있기 때문이다. 그러나 내 힘에도 한계가 있어 백성을 구해내기에는 역부족이구나. 그래서 대협이라는 호칭이 부끄러울 따름이다. 너는 나보다 열 배는 똑똑하고 지혜로우니 나보다 뛰어난 성취를 이룰 수 있을 거다. '위국위민爲國爲民, 협지대자俠之大者'라는 말을 가슴 깊이 기억하거라. 네가 천하에 이름을 날리고 만민의 존경을 받는 진정한 대협이 되었으면 정말 좋겠구나."

양과는 진심이 담긴 곽정의 간절한 말을 가만히 듣고 있을 수밖에 없었다. 곽정의 엄숙한 표정을 보고 비록 아버지를 죽인 원수이지만 자기도 모르게 존경심이 일었다.

"백부님이 돌아가신 후에도 오늘 하신 말씀은 기억하고 있겠습니다."

양과가 자신을 오늘 밤 죽이려는 줄 곽정이 어찌 알겠는가. 그는 손을 뻗어 양과의 머리를 가만히 쓰다듬어주었다.

"그래, 내 몸이 죽어 없어지더라도 있는 힘을 다해야지. 나라가 망하면 이 백부도 살 수 없을 거야. 홀필열의 용병술이 대단하다고 하더구나. 오늘은 물러갔지만 반드시 다시 올 것이다. 조만간 엄청난 전투가 있을 테니 한바탕 신명 나게 싸워보자꾸나. 오늘은 시간이 늦었으니 그만 자자."

"예."

양과는 옷을 벗고 잠자리에 들었다. 절정곡에서 가져온 비수를 몸에 닿는 곳에 숨겨놓은 뒤 자리에 누웠다.

'깊이 잠들고 나면 이불 속에서 찌를 것이다. 무공이 아무리 강하다고 해도 어찌 피할 수 있겠는가?'

곽정은 낮에 있었던 힘든 전투로 기력이 크게 떨어진 상태라 머리가 베개에 닿자마자 곧 곯아떨어졌다. 그러나 양과는 이런저런 생각 때문에 쉽게 잠이 오지 않았다. 그는 침상에 누운 채 곽정의 코 고는 소리를 듣고 있었다. 들이쉬고 내쉬는 간격이 일정하면서도 매우 길었다. 그것만으로도 곽정의 내공이 얼마나 심후한지 알 수 있었다.

한참 후 사방이 적막으로 가득 차고 멀리서 성을 지키는 군사의 나팔 소리만 은은하게 들려왔다. 양과는 가만히 일어나 옷 속에서 비수를 꺼내 들었다.

'이자를 죽인 후 황용도 죽여야 해. 해산을 앞둔 임신부라 안되기는 했지만 할 수 없지. 일을 마치고 선자와 절정곡에 가 해독약을 마저 먹어야지. 그런 뒤 평생 선자와 고묘에 은거하며 즐겁게 살 거야. 천하가 송의 것이 되든, 몽고의 것이 되든 그게 나와 무슨 상관인가!'

이런 생각이 들자 양과는 기분이 좋아졌다. 이제 행동하는 일만 남았다. 그 순간 가까운 곳에서 아이 우는 소리가 들렸다. 어머니가 아이를 달래는 소리가 들리자 잠시 뒤 아이의 울음소리가 점차 잦아들었다. 양과는 정신이 번쩍 들었다. 일전에 길에서 본 일이 생각난 것이다. 한 몽고 무사가 창끝에 아이의 뱃가죽을 걸어 높이 쳐들고 장난을 치던 모습. 숨이 붙어 있던 아이는 창끝에 매달려 비참하게 울부짖고 있었다.

'내가 지금 곽정을 죽이는 거야 순간이면 끝나겠지만, 그가 죽고 나면 양양이 위험해진다. 이 성에는 수천수만의 아이가 있겠지? 이 아이들도 몽고군의 노리개가 되는 것이 아닌가. 내가 나 하나의 원수를 갚기 위해 수많은 백성의 생명을 해하는 것은 안 될 일이다.'

그러나 또 다른 생각도 들었다.

'내가 이자를 죽이지 않으면 구천척은 절정단을 주지 않을 것이다. 내가 죽으면 선자도 살 수가 없겠지.'

소용녀에 대한 그의 사랑은 세상 그 어느 것에도 비할 수가 없었다. 그는 다시 마음을 굳게 먹었다.

'됐다, 됐어! 양양성 백성과 대송의 강산이 무슨 상관이야! 내가 고생할 때 선자 말고는 아무도 나를 도와주지 않았어. 세상 사람들이 나를 아끼지 않는데, 내가 왜 세상 사람들을 위해야 한단 말인가?'

그는 비수를 움켜쥐고 천천히 쳐들었다. 비수 끝이 정확히 곽정의 가슴을 노렸다. 방 안에는 이미 촛불이 꺼진 지 오래였다. 그러나 양과는 어둠 속에서도 사물을 볼 수 있었다. 비수가 막 곽정의 가슴에 박히려는 순간, 너무나도 평화롭고 온화한 곽정의 표정이 양과의 눈에 들어왔다. 마음을 푹 놓고 달게 자고 있는 곽정의 표정을 보며 양과는 어린 시절 그가 자신을 아껴주던 갖가지 일이 떠올랐다. 도화도에서 자신을 키워준 일, 멀고 먼 종남산으로 데려간 일, 하나뿐인 딸을 자신에게 시집보내려 한 일 등이 주마등처럼 스쳐 지나갔다.

'백부는 평생 바르게 사셨어. 언제나 진실되고 후덕하셨지. 이런 분이 우리 아버지를 죽였을 리가 없어. 바보 낭자가 잘못 알고 헛소리를 한 게 아닐까? 아, 그러고 보니 정영 낭자와 맹세를 했지. 원수를 죽이기 전에 세 번을 깊이 생각해보겠다고. 그럼 나는 정말 제대로 생각을 하고 알아본 것인가? 내가 지금 비수를 꽂으면 다시는 돌이킬 수 없다. 잠깐 이 일은 확실히 알아본 후에 처리해야겠다.'

양과는 천천히 비수를 거두었다. 그리고 곽정 부부를 만난 후에 있었던 일들을 천천히 마음속으로 되새겨보았다. 황용이 자신에게 언제나 못마땅한 듯 대한 일, 이 부부가 뭔가 이야기를 하다가 자신을 보고는 말을 돌렸던 일, 그리고 뭔가 중요한 것을 숨기고 있는 듯한 표정.

'게다가 백모는 나를 제자로 들이고도 글 읽는 것만 가르쳤지. 백부가 나에게 잘해준 것은 우리 아버지를 죽이고 마음속에 가책을 느껴 죄를 갚으려고 그런 것이 아니었을까? 하지만 정말 아버지를 죽였다면 왜 나를 경계하지 않고 이렇게 함께 자는 것일까?'

침상을 두른 장막을 바라보며 온갖 생각에 시달리느라 머리가 아파왔다.

곽정은 내공이 깊은 사람이었다. 깊은 잠에 빠져 있었지만 양과의 숨소리가 급박해지자 잠에서 깨 눈을 떴다.

"과야, 왜 그러느냐? 잠이 안 오느냐?"

양과는 몸을 부르르 떨었다.

"아닙니다."

"혹 다른 사람과 자는 것이 불편하다면 내가 탁자 위에서 자마."

곽정은 예의 그 사람 좋은 미소를 짓고 있었다.

"아, 아니에요."

"그래, 그럼 어서 자거라. 무학을 하는 사람은 항상 마음이 안정되어 있어야 한다."

"예."

잠시 침묵이 흘렀다. 양과는 더 이상 참지 못하고 곽정을 불렀다.

"백부님, 백부님이 저를 데리고 중양궁에 갈 때 제가 종남산 산자락에 있는 한 사당에서 뭘 여쭤본 적이 있었죠?"

"무슨 얘기냐?"

"그때 백부님께서 화가 나 비석을 치셔서 전진교 도사들의 오해를 받았잖아요. 그 당시 제가 여쭤본 얘기 기억하시나요?"

곽정은 잠시 생각에 잠겼다가 입을 열었다.

"그래, 그날 네가 나에게 네 아버지는 어찌 죽었는지를 물었지."

양과는 고개를 들고 곽정을 똑바로 쳐다보았다.

"아니요. 저는 누가 우리 아버지를 해쳤는지 여쭤봤습니다."

"네 아버지가 다른 사람의 손에 죽은 걸 어찌 아느냐?"

양과는 조금씩 목이 메었다.

"아버지가 좋게 죽지는 않았겠지요?"

곽정은 말이 없었다. 잠시 후, 그는 길게 한숨을 내쉬었다.

"그래, 불행하게 죽었다. 하지만 누가 그를 죽인 것이 아니라 스스로 자기를 죽였다고 해야 옳겠구나."

양과는 벌떡 일어나 앉았다. 가슴이 벅차올랐다.

"거짓말이에요! 어떻게 자기를 죽일 수가 있어요? 설사 자진을 했다고 해도 누군가 그렇게 만들었을 거예요!"

곽정은 괴로운 마음에 눈물을 흘렸다.

"과야, 네 조부와 내 아버지는 성만 다를 뿐 친형제나 다름없는 분들이었다. 또 나는 네 아버지와 의형제 사이였어. 네 아버지가 억울하게 죽었다면 내가 어찌 복수를 하지 않았겠느냐?"

양과는 온몸이 부들부들 떨렸다.

'당신이 죽었으니까! 그러니까 복수를 못 하는 거지!'

이 말이 목구멍까지 차올랐지만 내뱉을 수가 없었다. 만일 이 이야기를 한다면 곽정은 경계심을 품을 것이고 그러면 그를 없애는 것은 훨씬 어려워질 터였다. 양과는 가만히 고개를 주억거리며 입을 다물었다.

"네 아버지 일은 우여곡절이 많단다. 간단히 설명할 수가 없어. 네가 나에게 물었을 때는 네 나이가 너무 어려 그 사정을 이해하지 못할 것 같아 말하지 않았다. 이제 너도 다 컸으니 시비를 가릴 수 있을 거야. 몽고군을 물리치고 나서 내 처음부터 다 이야기해주마."

곽정은 말을 마치고 다시 자리에 누웠다. 다 맞는 말이었다. 양과는 할 말이 없었다. 그러나 그의 말을 듣고 있는 사이에도 완전히 의심을 거두지 못했다.

'양과, 양과야! 다른 때는 거칠 것 없이 대담하더니 왜 오늘은 이렇게 우물쭈물하는 거냐? 설마 속으로 저자의 무공을 두려워하는 거야? 오늘 밤 계속 이렇게 질질 끌다가는 기회를 놓치게 돼. 내일이라도 황용에게 계획을 들키면 선자조차 목숨을 잃게 될 거야.'

소용녀를 생각하니 다시 용기가 솟았다. 손을 뻗어 비수를 더듬어보았다. 칼끝이 살에 닿자 불에 댄 듯 온몸이 뜨거워졌다.

〈5권에서 계속〉